李西闽 著

李西闽，

著名作家。

1966年11月生于福建长汀农村。

1984年参加中国人民解放军空军，

在空军部队服役20年。

1984年开始发表小说，

在《收获》《天涯》《作家》等发表大量文学作品，

出版《酸》《腥》《麻》《救赎》《好女》

《死亡之书》《血钞票》《黑灵之舞》

《拾灵者》《崩溃》等长篇小说30多部。

在2008年5月12日汶川大地震中，

被埋废墟76小时，

根据这段经历写成的《幸存者》

发表和出版后，引起巨大反响，

并获“华语文学传媒大奖年度散文家奖”。

目录

高傲男生

我自以为是

1

坦白地告诉你,我是个高傲的男孩。

不瞒你说,我高傲还是有资本的。首先,我家里特有钱。别人都说我爸是个两腿泥都没洗干净就进了城的暴发户。我可不那么认为,我爸还是挺有本事的,他具有长远的战略眼光,在城里买了块地皮,建了一栋三层楼的小洋房。其次,我的学习成绩没说的。进城之前,在小镇上的学校里,我是顶呱呱的优等生。最让别人羡慕的是,我的作文"一级棒",初一的时候我就在《少年报》上发表了文章,尽管那是个小豆腐块,可它还是让我显得鹤立鸡群。我爸就是因为我学习好,肯定能考上省重点中学市一中,才在城里买地建房的,他说要给我提供优质的保障,光凭这一点,他就不是一般的暴发户了。让我最得意的是,我长得帅。这可不是我自己夸自己,小镇上的同学们都说我长得像谢霆锋,酷!当我把自己打扮得像谢霆锋的样子在小镇上招摇过市的时候,有那么几个小姑娘的目光黏住我不放，我把头仰得高高的，眼中尽是蓝天白云。

我初中毕业如愿地考上了市一中，全家就喜气洋洋地搬进了城里。你说，我能不高傲吗？

2

城市生活五光十色，肯定和乡镇生活不一样。虽然我们那个小镇在沿海小有名气，富得流油，城乡差别不是那么分明，城市流行什么，那里也不例外，可我总觉得少点什么城市的色彩。

在小镇上的时候，我可以说是个王子，人们都对我刮目相看，我的傲气反而成了优点，拿我班一个女同学的话说就是："肖攻钧要是不傲，那他就不是肖攻钧了，那多没气质，正因为他傲才那么酷。"

对了，我叫肖攻钧。我不知道老爸为什么会给我取这么一个怪兮兮的名字，也许有他的道理吧，我没有追究过什么。名字嘛，不过是一个符号而已，没什么大惊小怪的。可这名字让我后来着实难过了好长一段时间。

城里的同龄人根本就没把我放在眼里。在我看来，这当然是小镇和城市的最大差别。

无论我怎样神气活现地招摇过市，就是没人用特别的眼光来欣赏我；相反，他们的眼中有种厌恶的神色。比如那个叫宋伟楠的女孩儿。

准确地说，宋伟楠是我的邻居。她住在我家旁边的一幢单元房里。

我第一次碰到她时，她骑着一辆漂亮的山地车从我身边风一样飘过。我闻到了一股清新的气息。她骑自行车的姿态漂亮极了，有种小镇姑娘没有的洒脱劲儿。她回头看了我一眼，脸上露出轻蔑的笑容。

我心想：小丫头，神气什么？

她好像看出了我的心思。

她掉转车头，骑回来，在我身边刹住了车，说："你是刚从乡下搬来的吧？"

她的口气给人一种居高临下的感觉。

我受不了她身上那种比我还厉害的傲气。我理都不理她就往家走。她骑着自行车慢慢地与我同行。

她说:“你有什么好神气的？你以为你有多了不起？不就是家里有几个臭钱嘛!”说完,她飞快地骑车进了那幢单元房的院子,还给我扔下一串银铃般的笑声,不过,那笑声有些粗野。

我气坏了。我什么时候受过小丫头的气呀？可我拿她一点办法都没有,只好忍气吞声地回到家里。我家的那只白猫很不识趣,它偏偏要朝我走来,我有气没地方出,使劲地踢了它一脚,它惊恐地溜进了厨房。我上了三楼我的卧室,站在窗口往那幢单元房愤怒地盯着,我相信我的眼中火花四溅。

突然,对面单元房三楼的阳台上出现了一个人。她就是刚才羞辱我的小丫头。她拿了一把小提琴,旁若无人地拉着。偶尔,她示威般地朝我瞟上一眼,我愤怒的样子在她眼中肯定十分好笑。我不能让她的阴谋得逞,她不就是要打击我的锐气吗？我立即换上一种似笑非笑的表情,来掩饰我内心的不安。她不再看我了,拉琴的样子十分投入。我自觉无趣,“哗”地拉上了窗帘。

悠扬的琴声无法抗拒般地钻进我的耳朵。

我心里说:好男不跟女斗。我心理平衡了下来,但我还是想找机会灭她的威风。

谁让我是个高傲的男孩呢？高傲的男孩总是自以为是的。我要让城里的男孩女孩都对我刮目相看。

3

如果你要告诉我世界上真有缘分这回事,我还真信,缘分就像一条看不见、摸不着的绳子,会把一些毫不相干的人捆在一起。

当我第一次傲气十足地走进高一(2)班教室的时候,我就看到了那个宋伟楠。我的脸立马滚烫起来。宋伟楠显然看见了我,她朝我怪模怪样地笑了一下。我不知道她的笑里有什么深刻的含义。我做梦也没想到宋伟楠会成为我的同班同学。

我根本就不怕宋伟楠,我见到她脸发烫是因为感到意外,还有另外一个原因是我在前两天做了件很小人的事。

那天,我看着宋伟楠把自行车停在了单元房院子的车棚里。我突然有了一个卑鄙的想法,产生这个卑鄙想法的原因是我想报复她对我的羞辱。我来到单元房的大门口。两个小男孩正百无聊赖地蹲在那里看街上车来车往。

大一点的男孩说:"真想去打一把游戏机。"

小一点的男孩说:"我爸死活不给我钱,他说他都快要下岗了,没钱!"

我站在他们面前,对他们说:"小弟弟,你们真想打游戏机吗?"

两个小男孩用怀疑的目光审视着我,一声不吭。

我从口袋里掏出皮夹子,从里面抽出一张崭新的50元面值的人民币,在他们面前晃了一下,说:"只要你们帮我干一件事,我就拿钱给你们玩游戏机。"

他们俩慢悠悠地站起来,两人的目光都聚焦在钱上,嘴里却漫不经心地说:"不是耍我们吧?"

我说:"我不耍你们。"

我告诉他们,只要进去,把那辆天蓝色山地车的气放掉,我手上的钱就是他们的了。他们愣了一下。大一点的男孩说:"算了吧,我们还是别玩什么游戏机了。"小一点的也说:"算了吧,没劲。"我忙问为什么,小一点的说:"那可是宋伟楠的车呀!宋伟楠你知道吗?她可厉害了,我们这一片的兄弟们,哪个不怕她?她敢和流氓打架。"

我倒吸了一口凉气。

我想我的卑鄙计划要破产了,我收起钱,想离开他们。突然,大一点的说:"别走,我们去,你可别告诉宋伟楠,否则我们就没命了。"我心中一喜,说:"快去吧,我等着你们。"小男孩留了一个心眼,说:"先给钱吧,要不然我们放完气出来,你走了怎么办?"我说:"你们出来再给钱,要不然给钱之后你们不放气怎么办?”大男孩摸了摸后脑勺,对小男孩说:“你去,我在这里盯着!”小男孩有点不情愿,但他还是溜了进去。小男孩出来之后,我把钱给了他们。他们兴高采烈地走了,我心里也痛快极了,我享受到了有钱能使鬼推磨的快乐,更重要的是我报复了那个小丫头。

让我意外的是,我在高一(2)班竟成了宋伟楠的同桌。我心里老大的不情愿,凭什么我要和她坐在一起?但我又没有任何理由可以向班主任提出来不和她一起坐。

总而言之,我和宋伟楠的故事就这样正式开始了。

4

是的,我的确要让城里的同学们对我刮目相看。我从小就是身后跟着一帮拥戴者的王子,我不能让自己在市一中受人冷落。况且,我也不是孤僻的人,我喜欢玩,喜欢领着一群同学玩。我虽不想做什么首领人物,但我要别人尊重我,把我当一个说话管用的人,至少不要用轻蔑的目光看待我。

刚开始几天,同学们对我不冷不热的,因为我对他们而言是陌生的面孔,又是从乡下考进城的,从某种意义上,他们是不会主动接近我的。我必须去主动接近他们,让他们了解我。我知道,这有一个相互适应的过程,我要想方设法地缩短这个过程。

我的目标放在了矮胖子王阳身上。

王阳像只球,他走路的时候,就像一个圆滚滚的肉球在滚动。王阳好像有种自卑感,他总是一个人独来独往。

“王阳,我们交个朋友好吗?”放学之后,我在校门外追上了王阳。

王阳看了我一眼说:“为什么?”

这个问题让我愣了一下,交朋友就交朋友呗,还问为什么。我说:“我只是想和你交个朋友而已。”

王阳没有再和我说话,匆匆地走了。

我若有所思地望着他胖嘟嘟的背影，心里怪怪地难受。这种拒绝无疑是对我自尊心的一种打击。

我沮丧极了，骑着自行车无精打采地回家。

“丁零零——”我听到一串清脆的铃声，是宋伟楠。

宋伟楠和我平行了，她笑着对我说：“肖攻钧，敢和我赛车吗？”

挑衅！小丫头竟敢挑衅我！

我说：“怎么不敢！”

宋伟楠说：“那就开始吧！”

说完，她就骑着自行车窜了出去。我加快速度追上去。她骑自行车娴熟自如，在车流中穿来穿去，不一会儿就看不见她了。我的车技没有她好，落在了后面。

其实，宋伟楠不像个女孩，反而像个男孩。

我不喜欢男孩子气很足的女孩子，那种野气有时真让人忍受不了。我喜欢秀气而又腼腆的女孩，她们乖巧听话，就是耍点儿小脾气也楚楚动人蛮可爱的。在她们面前，我男孩的傲气就能充分体现出来，在她们面前，我当然是神气活现的小王子啰！

宋伟楠在单元房外等着我。

她看我气喘吁吁地骑车过来，便嘲笑地说：“小伙子，我看你是变质了，没有保留一点儿劳动人民的本色。”说完，一甩头上的短发进了单元房的院子。

这明摆着是和我过不去嘛！

我拿宋伟楠没有办法，心里憋着一股怒气。

我不知道宋伟楠为什么总是嘲笑我，打击我的自尊心，我可没有招惹她什么呀，我不就是从乡下来的吗？可是我哪里比城里的同学差呀！

回到家里，我又飞起一脚把我家的那只白猫踢到了一边。

可怜的白猫，你可别恨我，你要恨的话就恨宋伟楠去！

5

虽说王阳不买我的账,还是自顾自地独来独往,可还是有人愿意和我交朋友的。世界上没有攻不破的城堡,我老爸常常把这句话挂在嘴边,他每做好一笔生意就会这样自豪地说。

课间十分钟休息的时候,我朝校园里的一棵大桉树走过去。我们班的同学潘晓和杜中已经坐在树下了。

我听到了他们说的话。我不是故意要听他们说话的,可恰巧被我撞上了,这叫得来全不费工夫。

潘晓说:“杜中,宋伟楠那个男人婆真是不像话,老爱在班主任面前打小报告。”

杜中说:“潘晓,她又说你什么啦?”

潘晓叹了口气:“她说我上英语课时打瞌睡。”

杜中说:“她管得也真宽。”

我觉得时机到了,就出现在他们面前说:“对,宋伟楠也管得太宽了。”

潘晓和杜中看着我,一副疑惑的样子。

我马上表白:“我也讨厌宋伟楠。真想整治她一下,她太嚣张了!”

潘晓说:“对!”

杜中也说:“是该整整她!”

为了让他们信任我,我拍了拍胸脯说:“这事包在我身上,我非得让她出一回丑不可。不过,我有一个条件。”

潘晓说:“什么条件?”

我说:“你们必须和我交朋友!”

他们齐声说:“这有什么呀,不就是交个朋友嘛!”

我和他们击掌,表示亲热。

我夸下海口要收拾宋伟楠,这的确让我费了不少心机。宋伟楠是个天不怕地不怕的女孩,我怎么才能整治她呢?整整一个晚上,我在床上翻来覆去,难以入眠。我听到家里的那只白猫在阳台上叫着。我气极了,可恶的猫,偏在我心烦的时候叫。我上了阳台,一脚把白猫踢到一边,气冲冲地对它说:“你这只死猫,再叫看我怎么收拾你!”

快天亮的时候,我终于想出了个好办法。宋伟楠,看你还嚣张,哼,到时候有你好瞧的!

第二天,我一到学校,就把我的想法告诉了潘晓和杜中,他们听了都兴奋得跳了起来。潘晓说:“肖攻钧,你这个计划要是成功了,我请你吃麦当劳!”杜中说:“这下可有好戏看了,男人婆非吓得尿裤子不可!”

我们得意洋洋地走进教室。

宋伟楠看着我,似笑非笑的样子。我坐在座位上时,宋伟楠用胳膊肘捅了我一下。

我说:“干什么?”宋伟楠说:“你家是不是养了一只猫?”我说:“是呀。”

宋伟楠问我:“你们家的猫是不是很爱哭?”

我没听到白猫哭过呀,宋伟楠是不是话里有话?我实在弄不明白。

宋伟楠又说:“肖攻钧,你应该对你家的猫好一点,不要老欺侮它,它不是你的出气筒。”

我怔住了。

6

星期六,我去了小镇一趟。星期天下午我回到了家里。妈妈问我:“我让你办的事办了没有?”我问妈妈:“什么事呀?”妈妈说:“小祖宗,你的忘性怎么那么大呀?我让你捎点钱给姥姥,你竟忘了,你就知道玩。”我吐了吐舌头,把钱还给妈妈就兴冲冲地上了楼。

我把一个小布袋放进了书包里。

我把小布袋放进书包的一刹那,心中闪过一道阴影:这样做未免太过分了。但因为内心的虚荣和狭隘在作怪,我很快就不以为意了。

可是,那个晚上,我做了一个噩梦。

我梦见宋伟楠口吐白沫、翻着白眼从我面前倒了下去，活生生的宋伟楠就那样死了。我突然难过极了，其实她很爽朗大方，虽说不算美艳，却那样可人。我大声喊道："宋伟楠，是我害了你呀——"很多人大声说："严惩凶手，严惩凶手！"我看到两个警察拿着锃亮的手铐朝我扑过来。一个警察把我铐起来，说："这么帅的小帅哥也会杀人，可惜呀！"另一个警察说："他这么坏，帅有什么用？不用审判了，直接拉出去枪毙算了！"警察把我拉到了刑场。很多同学也跟来了，他们大叫："枪毙他，枪毙他！"我看到黑洞洞的枪口对着我，大喊道："别枪毙我——"

我从梦中醒来，天已大亮，我浑身湿透了。

我听到了小提琴欢快的声音。宋伟楠又在对面的阳台上拉琴了。

我想退缩。可当我拉开窗帘，看到宋伟楠看了我一眼，嘴角挂着一种傲慢的笑意，我心里又不平衡了。

我咬了咬牙，还是决定给她点颜色瞧瞧。

整个上午，我的心七上八下的。到第三节课下课时我才抓住机会，把小布袋里装的东西放进了宋伟楠的书包里。

宋伟楠和几个女同学正在校园里的一棵桉树旁兴致勃勃地谈着什么。

我朝潘晓和杜中眨了眨眼，他们邪邪地笑着。这时，教室里只有几个人，除了我们三个人之外，还有王阳和另外一个同学。我相信王阳和那位正在做作业的同学没有看到我的小动作。我把那玩意放进宋伟楠的书包里之后，觉得身上的血流加快了，满脑袋热烘烘的。其实，那时我矛盾极了，我想把那东西拿出来，又想让宋伟楠出丑。要不是潘晓和杜中在场，我也许就放弃了这次行动，可我不能丢人，男子汉敢作敢为嘛！

第四节是自习课。

上课铃一响，同学们就鱼贯而入。

宋伟楠大大方方地坐了下来，嘴巴里还嚼着泡泡糖呢。

我发现她把一只手伸进了书包，往里掏了一下。我看到她突然停住了手，脸上的微笑没有了，嘴巴也停止了嚼泡泡糖的动作。她怔了那么几秒钟，手从书包里快速地抽出来，大喊一声，把手中的一条小青蛇扔在了桌子上。同学们的目光顿时聚焦在她身上，同学们一看到小青蛇都惊叫起来！

我突然兴奋了。城里的孩子们怕蛇！甚至连潘晓、杜中他们都睁大了惊恐的双眼。

宋伟楠完全失去了平日里的那种天不怕地不怕的劲头儿，她全身发抖，看着在桌子上游动的小青蛇，张大的嘴巴久久不能合拢，眼中有晶亮晶亮的泪珠在滚动。

我装模作样地说："哪来的蛇呀？这可是竹叶青，要是被它咬上一口，那麻烦大了。"一听我的话，同学们纷纷往教室门口涌去，有人飞快地去叫班主任了。

我看到宋伟楠没有离去。她看着那条蛇，眼泪流了下来。

我捉住了那条蛇。

我说："哇，这条蛇没有毒，没事，这条蛇的牙已经拔掉了，就是咬人也没事的。"

我听到窗外的同学们说："哇噻！肖攻钧不怕蛇，他好酷哇！"

一听这话，我心里乐开了花。

就在这时，班主任郑跃老师走进了教室。

他看到了我手中的蛇。

我一看到郑老师就觉得大事不好。他朝我走过来，平静地问："怎么回事？"

我说："宋伟楠的书包里有条蛇。"

郑老师说："肖攻钧，我知道了。你赶快把蛇送走，越远越好。这节课你不用上了，快走吧！"

我把蛇塞进书包，洋洋自得地走了，郑老师没怀疑我，我仿佛是个英雄。我听见了宋伟楠难得的抽泣声，她毕竟是个女孩子嘛，谅她以后再也不敢不老实了。

我把蛇送到了郊区的一片草丛里。

我把它放生了。

我看着它游进草丛,轻声说:“小青蛇,谢谢你。”

小青蛇头也不回地溜进了草丛。

阳光灿烂。我心里舒畅极了。

当我骑着自行车兴高采烈地回到家的时候,我看见宋伟楠在离我家门口不远的一个路灯下看着我。

她是不是该感谢我弄走了蛇?或者……

我高傲地仰着头,推着自行车走进家门,理都没有理她。

今天,我觉得白猫可爱极了,我上前要抱它,它“喵呜”一声一下子躲进了厨房。我妈正在厨房里“哧溜”“哧溜”地炒菜,香味从厨房里飘出来。

7

那天下午,同学们都和我套近乎,我很得意。杜中和潘晓已经对我刮目相看,佩服得五体投地。他们围在我面前,和我说了好多让我开心的话。

宋伟楠却阴郁着脸,整个下午都不说话。

下午的最后一节自习课,郑跃老师来了。

他宣布开班会。一听说要开班会,我的心悬了起来,我以为事情过去了,看来没完呢。果然,郑老师开班会的主题直奔上午的“小青蛇事件”。

郑老师脸色十分严峻:“同学们,你们应该知道,这是一件多么严重的事情!这是学校,是同学们学习成长的地方,不是动物园,也不是马戏团,弄一条蛇出来捉弄自己朝夕相处的同学,你们说,这事情是不是十分的严重?”

我的心怦怦地跳着,脸上滚烫滚烫的。

郑老师说:“我知道,玩这个恶作剧的人肯定就在你们之中。我想,这位同学应该勇敢地站出来承认自己的错误，深刻地检讨自己的错误思想。”

我低下了头。

过了一会儿，郑老师又说：“我给那位同学 5 分钟时间，如果在这 5 分钟之内，他站出来承认错误，那就本着教育为主的原则，不作严肃处理。如果他认识不到错误，固执己见，那后果由他自己负责，我将上报校领导，由他们决定他该何去何从。我已经知道是谁干的了，就看他有没有勇气站出来！”

教室里一片寂静。

我心里矛盾极了。

我想站起来承认错误，可太丢人了；我想保持沉默，可一旦老师真的知道是我，让学校处分或开除我，那结果就更惨了。我心中的两个“我”在打架。我的额头冒出了汗珠，全身火烧火燎的。

时间一分一秒地过去了。

突然，王阳站了起来。我也直挺挺地站了起来。我知道，同学们的目光就像针一样扎着我，扎得我体无完肤。

郑老师说：“你们俩谁先说？”

王阳大声说：“郑老师，我先说，我有错，我看到是肖攻钧把蛇放到宋伟楠书包里的！”

我没想到“矮冬瓜”王阳会站出来检举我。

郑老师让王阳坐下了。

我把头压得很低，小声地说：“我错了。”

郑老师问：“同学们听见没有？”

同学们齐声说：“没听见！”

郑老师说：“肖攻钧同学，大家没听见怎么办？”

我提高了声音：“我错了。”

接下来，我作了一个深刻的口头检讨，并且向宋伟楠道了歉。我向宋伟楠道歉的时候，她把头仰得高高的。我想：我搬起石头砸了自己的脚。

小公鸡和马后炮

1

宋伟楠送给我一个绰号“小公鸡”，她叫我名字的时候把我名字的最后一个“钧”字故意念成“鸡”。就连我的死党潘晓和杜中也那么叫我，潘晓好些，杜中那小子叫完之后还要学公鸡“喔喔喔”叫几声，常气得我追得他满校园乱跑。我无法禁止“小公鸡”的绰号在校园里流行，只好默认了。反正“小公鸡”也不是很难听的绰号，比起“矮冬瓜”“小不点”“狼外婆”这些绰号要好听得多，况且我本来就高傲得像一只小公鸡嘛，没什么了不起的。

2

宋伟楠那天急了，“小公鸡”便脱口而出。

我和宋伟楠好像是天生的死对头，虽说她原谅了我在“小青蛇事件”中的丑恶行为，但还是和我格格不入、针锋相对。我们会因为一件很小的事情争得面红耳赤不可开交。我们班的同学们已经习惯了我们的争吵。

这不，因为一个简单的问题，我们又吵起来了。

下课后，我边往门外走边唱着谢霆锋的歌《伴我同行》：

世界太细了能载着几多亿人
而匆匆的有几个和我对看入神
你说再见了凝看着天空的云
而小小的背影里和幻想即将接近

宋伟楠在我后面大声说：“喂，肖攻钧，别唱啦！”

我转回身说：“宋伟楠，我唱歌关你什么事？”

宋伟楠说："你唱跑调了！"

我说："不可能吧？"

宋伟楠说："你就是唱跑调了！好端端的歌被你唱得怪兮兮的，像是公鸡打鸣。"

同学们哄笑起来。

我气得全身发抖，说："我唱歌怎么样你管得着吗？你唱得好为什么不唱给我听听？"

宋伟楠眼睛亮晶晶的，她笑着说："我凭什么要唱给你听，你懂得欣赏吗？"

我听了，简直怒发冲冠，但想到"好男不和女斗"，强压住了内心随时都要迸发出来的怒火。我"哼"了一声，决定不理她。

宋伟楠不依不饶的样子："怎么，不说话了？承认你的歌唱得不好了吧！"

我说："谁愿意理你！"

宋伟楠说："你不理我，我理你不也一样吗？"

面对她咄咄逼人的劲头，我没好气地说了声："男人婆！"

同学们又哄笑起来。

杜中那小子笑得前仰后合，潘晓更是笑得捂着肚子。平常可没有人敢当着宋伟楠的面说她是男人婆的。

说完这话，我有点后怕，问题还没有上升到进行人身攻击的地步嘛。要不是我说宋伟楠是男人婆，宋伟楠也不会送给我"小公鸡"的绰号。

宋伟楠果然急了，大声说："肖攻钧，你是一只翘着尾巴的小公鸡！"

同学们一阵哗然。

就这样，我就成"小公鸡"了。

我走到哪，同学们都会说："哟，小公鸡来了。"

3

无论宋伟楠怎么打击我,我还是喜欢谢霆锋,我对他简直崇拜到了惊人的程度。只要一有时间,我就到音像店去找有谢霆锋歌曲的CD和VCD。在这方面我大方极了,我买有关谢霆锋的书刊和影碟,就像杜中喜欢吃巧克力、潘晓喜欢卡通漫画一样痴迷。我拼命地模仿谢霆锋的扮相和他的声音。我的房间里贴满了谢霆锋的酷照。我常对着镜子和谢霆锋的酷照相比较,看哪个地方更像我的偶像谢霆锋。整个轮廓差不了多少,但最像的就数鼻子了,高高的,鼻尖有点尖,显得特别有形。

我在周六晚上看东南卫视"开心100"节目时,就会痴痴地想,我要是去模仿谢霆锋的话,肯定是最像的一张明星脸,"开心100"的主持人小庄肯定会惊讶地说:"哇噻,太像了!"我肯定能捧回那个开心金像奖的,非把宋伟楠气个半死不可。

宋伟楠越是打击我,我就越想去参加"开心100"明星脸的比赛。想想,就算我拿不回开心金像奖,光酷酷地往演播台上一站,宋伟楠看到的话也非晕倒不可。她肯定能看到的。星期六晚上谁要是不在家里看"开心100"节目,那他肯定是大脑有病,这是我们班里一个叫"小不点"的女同学尖着嗓子说的。当时,我们都同意小不点的观点,我们还决定一个星期不拿小不点开心。那个星期小不点有点不自然,她是一个喜欢被人拿去开心的女孩子。想起她来,我觉得她还是蛮可爱的,至少比宋伟楠可爱多了。宋伟楠根本就不是女孩子,我跟潘晓、杜中他们甚至认定,宋伟楠的父母是想女孩想疯了,从小把一个男孩子当女孩子养,给他留了长发,给他穿各式各样女孩子的衣服。我们这种认定一直没有得到过证实,但悄悄地说给人家听的时候,人家会笑得要死。

宋伟楠说:"小公鸡根本就不像谢霆锋,也不照照镜子,瞧他那一副尖嘴猴腮的样子,简直是在侮辱谢霆锋。"

我只有生气。我越是生气,就越想证明自己像谢霆锋。无论怎样,宋伟楠是无法让我不崇拜谢霆锋的。说实话,在小镇念初中时,我对谢霆锋还不是那么狂热，但到市一中之后，我就变了样，一天没听谢霆锋的歌就像没吃饭一样，肚子咕咕直叫，难受极了！我当时不知道我的潜意识里有种虚荣心在作怪，不知道我那样做的目的是要城里的同学对我刮目相看。我总是觉得同学们瞧不起我，特别是宋伟楠，总是一次又一次地打击我。

要是谢霆锋来我们市演出的话，再贵的门票我也要买它十张，除了和我要好的同学一人送一张外，还要送宋伟楠一张，让她看看真实的谢霆锋是不是和我长得差不多。

那个周六的晚上，我又坐在电视机前看“开心100”节目。在“开心明星脸”中竟然有一个长得一点不像谢霆锋的小伙子在模仿谢霆锋的声音，我听完之后大失所望，心里责怪那个小伙子，你怎么回事？不是存心要破坏谢霆锋的形象嘛！

我真想打个电话到东南卫视去，让他们以后擦亮眼睛，不要再让那些哪儿也不像谢霆锋的人去模仿他了，那样会伤好多人的心的。其实，有没有伤别人的心我不得而知，反正，把我的心给伤透了。

那晚我彻夜难眠，第二天一整天都无精打采的，只好坐在房间里，反复地听着谢霆锋的最新大碟《了解》。

听着听着，我就萌生了一个想法，我也要去参加“开心100”节目“开心明星脸”的比赛，我不但要让宋伟楠晕倒在电视机旁，而且还要让广大的观众为我倾倒。

4

宋伟楠真是个多管闲事的人，让我受不了。

更让我十分讨厌的是，她对别的同学都十分宽容，就是唯独和我过不去。我对她够小心翼翼的了，什么事都躲着她，可你不惹她，她偏要来惹你。

为了参加“开心明星脸”的比赛，我悄悄地写信向东南卫视报了名，并邮去了500元的报名费。那是我的私房钱。我积蓄了不少私房钱，每次只要我考试得 100 分，爸爸就会毫不犹豫地从他的鳄鱼皮大钱包里抽出一沓钱作为奖赏。我报名参加“开心明星脸”的比赛是保密的，在比赛之前，谁都不能知道，包括我的死党潘晓和杜中，他们一张扬出去就会对我不利。要是被我爸爸知道了，老爸肯定会揍我一顿，并严禁我去参加比赛的。

老爸只要我好好读书。他常在喝了几杯酒之后，脸红耳赤地对我说：“小子，你要是不好好读书，你就自动扫地出门，我不会再理你了，就当我没你这个儿子。你要是好好读书，考上大学，我搬一座金山给你都行！”

老爸的口气真大，要搬一座金山给我，他搬得动吗？但我理解老爸，他希望我好好读书，做有文化的体面人。他老是叹息自己没有读多少书，总是被人瞧不起，挣多少钱都还是个土老帽。我当然也不想当被城里人瞧不起的土老帽，所以我一定要去参加“开心明星脸”的比赛。

为了备战“开心明星脸”的比赛，我每天早上早早地起床，在阳台上练歌。我决定用《末世纪的呼声》这首歌参加比赛。

谁天生拥有一切吗
谁天生喜爱听到假说话
就算上帝多仁慈　不须犹疑
是个基本的笑话
谁甘心一世给雨洒
谁高声呼叫听不到也罢
……

我一遍遍地唱着这首歌，仿佛自己就是谢霆锋了，仿佛自己站在金碧辉煌的舞台上，面对着狂热的观众在唱。

突然，我听到了宋伟楠的声音：“小公鸡，那么一大早就喔喔叫了，精神不错嘛。”

我从幻想中回到现实，天色越来越明亮，我的心里一下子不舒服起来。我不想看到她，她今早没有拉琴，手中拿着语文课本，我知道她在背诵课文。我跟她不一样，语文是我的特级强项，我不敢说我有过目不忘的本领，但不是我吹牛，只要我默读上几遍，一篇课文基本上就背下来了。特别是背诵文言文，我有我的套路，那就是先理解，然后默读，熟记于心。宋伟楠每天早上都在阳台上背诵课文和读英语，我不必那么费劲；况且，我目前的主要任务是练好谢霆锋的歌，其他的我什么都不管了。

为了避免宋伟楠继续管我的闲事，我只好从空气清新的阳台上转移到房间里练歌。我一来到自己的房间里，就把窗帘拉上。房间里没了早晨透明的光线，顿时暗下来。我把灯拉亮，心里别别扭扭的，都是宋伟楠破坏了我练歌的好心情。

但我还是唱了起来。宋伟楠不至于无聊到让人十分厌恶的程度，她看不到我，也没有什么好说的了，她读她的书，我练我的歌。

我刚刚找回了一点儿感觉，老爸推门进来。他黑着脸。我看大事不好，忙笑着说："老爸，你不多睡一会儿？"

老爸瓮声瓮气地说："臭小子，你鬼叫什么呀？不好好读书，一天到晚唱那些破歌，有什么用？大清早也吼，你想干什么？"

我赶紧拿起语文课本，顺手翻到朱自清老先生的散文《荷塘月色》，摇头晃脑地读了起来：

> 这几天心里颇不宁静。今晚在院子里坐着乘凉，忽然想起日日走过的荷塘，在这满月的光里，总该另有一番样子吧。月亮渐渐地升高了，墙外马路上孩子们的欢笑，已经听不见了；妻在屋里拍着闰儿，迷迷糊糊地哼着眠歌。……

老爸阴沉的脸慢慢地晴朗起来。

他只要看到我读书，心情就会特别好，从我上学那天起就是这样。记得我还小些的时候，有一次我逃学回到家，老爸把我关在一间小房间里，饿了我一顿。我饿得眼睛金星直冒，肚子咕咕乱叫，他才打开门，把我领到饭桌前，让我吃饭。我狼吞虎咽地吃着，听着父亲沉重的声音："小子，你要不好好读书，有你饿的！"我害怕饿，不好好读书也不行了，所以，尽管我调皮，但我的学习成绩还是蛮好的。当然，有时淘气了也免不了挨打。老爸打起人来极狠，他非打得我求饶不可。挨打的原因当然是我有时不好好读书啰。

老爸轻轻地走了。

我松了一口气。他一出门，我赶紧把门关上，赶紧拿起歌曲集，照着唱起来。不过，我的声音压得极低，像蚊虫的叫声，只有我自己才听得见。看来，一早一晚在家里练歌是不行了。但是，要参加"开心明星脸"的比赛，不练好歌绝对不行，那样说不定会出丑的。我要改变策略。

我每天早上早早地起来，骑车来到郊外的江边练歌，傍晚时也到郊外的江边练歌。这条江再流 3 公里左右就入海了，其实这里也算是入海口，江面宽阔。我们小镇就在海边上，顺江而下就可以到达。海风和江风混杂在一起，有种海腥味儿。

那天傍晚，我对着夕阳引吭高歌之后正想回家，突然听到了"噼噼啪啪"的鼓掌声。我回头一看，原来是宋伟楠。宋伟楠跟踪我？我心里很不是滋味儿。她说："小公鸡，你真想当谢霆锋第二呀？"她边说边怪模怪样地笑，那笑容让我无所适从。

我没理她，蹬上自行车就往回走。

宋伟楠大声说："小公鸡，好好练吧！"

关你屁事！我心里恨恨地说。

5

课间休息的时候，我独自坐在课桌旁想入非非。

潘晓和杜中要我出去玩，我不想去。我心里一直在想着参加"开心明星脸"的比赛。就在我想入非非的时候，宋伟楠神气活现地走进来，把一封信放在我面前："小公鸡，你的信！"我一看，是东南卫视寄来的。我的心一阵狂跳，我第一次客气而又礼貌地对宋伟楠说了声谢谢。

宋伟楠说："小公鸡，有什么好事呀，那么得意？"

我把信放进了口袋里，我不想现在就拆开信，我不想让宋伟楠知道我的秘密，我不想让任何人知道我的秘密。我对宋伟楠说："没什么，没什么。"

一放学，我就骑上车风一样地回到家里。

家里那只大白猫看到我，要躲开。我知道，它不喜欢我。今天我心情好，朝它笑了笑说："猫咪，我今天不会踢你的。"

大白猫躲到一旁，奇怪地看着我，它心里或许在说："小主人今天是不是碰到什么好事了?"也或许在说："小主人今天朝我笑，这真是太阳从西边出来了。"

在大白猫表示疑惑的时候，我三步两步就上了楼，进了自己的卧室。我把门关上，赶紧把信拿出来，用小剪刀剪开信的封口。我展开信纸，果然是我日想夜盼的"开心明星脸"的参赛通知书，让我在11月5日到泉州的阳光大酒店参加比赛，我跳了起来，大声说："哇噻，太好了!"

看来，神气活现的宋伟楠和平常瞧不起我的那些城里人都要晕倒在电视机旁了。

我想，这对我而言是一次重要的行动，或许它会改变大家对我的许多看法。

我算了算，离11月5日还有十天时间，这十天时间看来不能与潘晓和杜中他们一起玩了，要全身心地投入到备战阶段中去。但是，让我十分不开心的是，过几天就要进行期中考试了。我要是把精力全部用在备战"开心明星脸"的比赛，那么考试肯定成问题；如果备战考试，那么比赛也成问题。这个突出的矛盾让我左右为难。

不过，我想我是有办法的。我不但是一个高傲的自以为是的男孩，我还是一个聪明的男孩。我相信没有什么可以难倒我。

我很自信。

6

好不容易考完了期中考试，我决定在11月4日出发去泉州。

我要去参加比赛，绝对不能让家里人和学校知道。我老爸要是知道我去参加比赛,他一定会横加阻止的。家里人可以隐瞒两天,可学校怎么办?旷课不是什么好事,也不是我的作风,我不是个坏学生,我必须向班主任郑跃老师请个假。

那也该有个理由呀,什么理由呢?我苦思冥想了老半天,就是想不出一个让自己满意的理由。烦透了!我烦的时候,那只白猫在我房间门口“喵呜”“喵呜”地叫,我打开门,大吼了它一声。它吓得连滚带爬地窜下了楼梯。我心想,这只白猫晚上又该哭了。

我突然想到了一个主意。

我对郑老师说:“我奶奶病了,要我回小镇两天,我请个假。”

郑老师看着我,很痛快地说:“好吧,准时回来上课!”

我红着脸,心怦怦直跳。我第一次向郑老师撒谎,心里当然会发慌。

终于,我在 11 月 4 日凌晨,坐上了开往泉州的长途客车,像一个战士奔赴战场。

我不知道等待我的是什么。我既兴奋又心绪不宁,但我很自信。

7

在泉州待了难挨的两天,我怀着沮丧的心情回到家里。我落选了,没有获得参加“开心明星脸”电视比赛的资格,那个诱人的开心金像奖离我远去了。电视台的主持人小庄安慰我:“小肖,你有潜质,以后有机会的,练好了歌再来,我们欢迎你!”我眼泪都快掉下来了。我是灰溜溜地离开泉州的。正如宋伟楠说的,我唱歌唱得跑调了,可我自我感觉还是那么良好。在回家的途中,我想了许多许多。

回到家里,我见到白猫,气就不打一处来。我刚一抬起脚,猫就习惯性地受惊而逃。我的残忍让白猫受尽了欺凌。

我老妈一见到我,大声地哭了起来:“儿哇——”

我觉得莫名其妙:老妈怎么啦?

老妈拉着我的手,仔细地左看右看,好像不认识我了,好像我缺了一只眼或者是少了一只耳朵似的。

我说："妈，你怎么啦？"

老妈说："你这两天跑哪去了？连一个招呼也不打，我和你爸都快急死了。学校里也没有你，回老家又找不到你，我们以为你失踪了哇——"

看着泪水涟涟的老妈，我心里很不是滋味，加上没入选"开心明星脸"的沮丧，我也难过极了，我对老妈说："对不起——"

老妈擦掉泪水说："回来就好，回来就好。"

这时，老爸回来了。

他阴沉着脸，一看到我，眼中迸射出一股怒火："你狗胆包天！"

我吓坏了。

我知道老爸是真的暴怒了。一般情况下，他是不会这样的。我躲在老妈的背后，惊恐地看着怒气冲天的老爸。

老爸扑了过来，把老妈推开，抓住我，举起大巴掌，往我脸上就是一记响亮的耳光。我的头"嗡"的一声响，半边脸火烧火燎地痛起来。

老妈一边说："要出人命了！"一边扑过来抱住老爸。

老爸顺势停住了手，气喘如牛地说："好小子，看我不好好收拾你！"

我站在那里，就像一片秋天的枯叶，挂在枝头，瑟瑟发抖，随时都会随风飘落。

老妈说："儿子，还不赶快向你爸认错！"

我低下了头："爸，我错了。"

老爸的气没那么容易消掉，他盯着我，目光像把刀子，仿佛要把我的皮剥下来，他才解恨。

我没想到班主任郑老师会来。

郑老师知道我挨了打，就劝我爸："唉，老肖，算了算了，攻钧回来了就好，你消消气，消消气，我会好好批评他的。"

老爸好歹给了郑老师一个面子。老爸叹了口气，坐到沙发上去了。他掏出烟，闷头闷脑地抽了起来。

郑老师和我上了楼，进了我的卧室。

我听到老妈骂老爸的声音："你这样打他，你的心真狠哪，我们就这么一个儿子，他要是有个三长两短，看我不和你拼命！"

老爸说："都是你惯的！"

我心里特别不好受，甜酸苦辣一齐涌上心头。我想，这是我从小到现在最没面子的一天，简直是暗无天日。

我埋下头，坐在郑老师面前，向他坦白了一切。郑老师笑了："肖攻钧同学，你的想法是好的，证明自己的才能也是积极上进的表现，但你应该选择适当的时间去参赛，而且，做人要诚实。这些道理你都懂，以后一定要注意，好吗？鼓起勇气，好好学习，不要辜负大家对你的期望。"

我点了点头。此时，我不经意地一抬头，往窗外望了一眼，看到宋伟楠正在对面的阳台上幸灾乐祸地笑。我没有让她晕倒在电视机旁，反而使自己丢尽了脸面，我真是倒霉透了。

8

似乎整个学校的人都知道我去参加"开心明星脸"的比赛败北而归的事情，我走到哪里，都有人在我背后窃窃私语："瞧瞧，这人就是小公鸡，看看他那个样子，还去参加'开心明星脸'比赛呢。"

我脊背一阵阵发凉，低垂着头，像只斗败了的小公鸡。

潘晓和杜中都来安慰我。

潘晓说："没什么了不起的，谁没有经历过失败呢！况且，这又不是丢人的事。"

杜中说："潘晓说得对。我认为呀，你是个勇敢的人，敢去报名参赛，这就证明你勇气可嘉，你说我们学校谁敢去呀！"

尽管潘晓和杜中两人老是安慰我，我还是快活不起来，并且老走神。比如在我们班参加的那次足球比赛上，我又一次脸面失尽，这就是常说的连锁反应吧！

我们高一(2)班的足球队在我们市一中是一匹黑马,近来在一些小规模的赛事中经常有预料不到的战绩。

我对足球并不那么热衷,但我还是有集体荣誉感的,在班与班的足球大战中,我还是一个合格的啦啦队员。

星期五下午放学之后,我们班和高一(4)班展开了激烈的球赛。这纯粹是一种友谊赛啦,但双方都暗藏杀机,因为这关系到双方的名誉问题。我们班足球队的声名鹊起,无疑对高一(4)班构成了极大的威胁,他们当然不服啰。这场比赛,是他们挑起来的,显然,他们要打败我们,挫挫我们班的锐气,扬扬他们班的威风。所以,两个班的同学都没走,围在足球场上观战,充当啦啦队员。听说我们班和高一(4)班打比赛,学校其他年级其他班级的许多同学也来观战。

足球赛一开始,就显示了我们高一(2)班的实力,我们班的足球队员屡屡突破高一(4)班的防线,发起猛烈的进攻。高一(4)班也毫不示弱,防守得很严密,特别是那个高大的守门员,总是把我们班队员射过去的球拦在门外。

我们喊着、叫着为本班的球队加油。

好,我们班的队员高辉把球带到了对方的门前,对方防守队员猛扑过来,高辉把球传给了左侧的杨凡,杨凡抓住一个空当,飞起一脚,射门——

这时,空气好像凝固了,全场鸦雀无声。

只有我跳起来,大喊一声:“好!”

我“好”声还没落下来,对方高一(4)班的啦啦队员们就高呼起来了:“好——”

原来,那个守门员把这个险球扑了出去。

我的脸立马滚烫起来,我像是为对方喝彩呢!

矮胖子王阳在我后面说了声什么,有人笑起来。

上半场打了一半时间,我们班要求换人。

你们猜,是谁上场了?

告诉你们吧，是男人婆宋伟楠上场了。宋伟楠一上场，场外的观战者一片哗然。高一(4)班有人大声说:“高一(2)班的男同学都不行啦!”

很多人附和道:“高一(2)班阴盛阳衰啦!”

宋伟楠上场，我都觉得挺丢人的。对方的人一叫嚷，我们班的人都哑口无言，一下子找不出话来回应对方。

对方嘘声四起。

宋伟楠不动声色，上场不一会儿，就显露了她的勇猛。她真的挺厉害，她踢的是前锋，根本就不弱于刚换下来的那个男队员，甚至在许多方面要比那个男同学强。

宋伟楠在球场上奔跑着，那样子真让人着迷。说实话，她充满了活力，健康的活力。我忘记了平素里对她的反感。

也许是因为我一直在想着宋伟楠英姿勃勃的样子，对方射进我们班球门一个球时，我竟以为是宋伟楠射进了对方的球门一球。我一走神，就跳起来大声叫道:“好球——”

潘晓捅了我一下:“你疯了!”

等我发现自己喝了倒彩时为时已晚，全班同学纷纷对我怒目而视，大声指责我，有人还说我是叛徒。

我无地自容，缩在那里上天无路、入地无门，往常那种高傲的样子早就飞到爪哇国去了。

一直到下半场宋伟楠射进一球之后，我们班的同学才停止数落我，被高兴的情绪替代。宋伟楠那一球射得十分漂亮。

她一个人带着球，突破了几道防线，在禁区外找了一个空当猛地飞起一脚将球踢了出去。只见足球异常有力地射向球门，守门员根本来不及抱球，球就直入网窝。球打在网上，在网上弹了一下才落到地上，打着旋儿。

我目瞪口呆。

等同学们欢呼完之后，我才大声叫起来:“好球!”

同学们说:“今天小公鸡犯病了!”

王阳在我身后大叫："马后炮!"

我又一次出了丑。

后来，宋伟楠又踢进了一个球，这场比赛以2∶1告终，高一(4)班败北。

宋伟楠踢进最后一个球的时候，我不敢吭声了，害怕又喝错了彩。

比赛完之后，同学们簇拥着球队凯旋，脸上洋溢着灿烂和辉煌。

我独自傻傻地走在后面，看着他们离去，心里怪不好受的。

很奇怪的是，那天晚上，我做了一个梦，梦见了宋伟楠。

她在球场上神采飞扬，像小鹿一样地奔跑，勇猛地射门，那头短发在风中飘扬着，飘扬着……

神气的倒霉蛋

1

尽管我在同学们面前丢了脸面，一次次出洋相，但我很快抚平了内心的创伤，重新抬起头，挺起胸，高傲地走在校园里。我的确是一只高傲的小公鸡，那又怎么样？我说过的嘛，我骄傲是有资本的。

在这个学期快结束的时候，从遥远的北京传来一个让我激动得心都要跳出来呼吸新鲜空气的好消息，我的作文《老家门前的海》获得了"新芽杯全国中学生作文大奖赛"的二等奖。虽说没有获得一等奖，但二等奖足以让我在市一中扬眉吐气地行走一阵子的了。仔细想想吧，全国有多少中学生参赛呀，光我们市一中，就不下100人。

班主任郑跃是语文老师。

我获奖的消息还是他最先知道、最先说出来的。因为他订有《语文月刊》，获奖名单就公布在那本刊物上。

那天一上课，郑老师微笑地环视了我们一眼，然后热情洋溢地说：

“今天，我要告诉同学们一个好消息——”

他停顿了一下。

我们不知道是什么好消息，一个个都盯着郑老师，希望他马上说出来，不要卖关子了。

郑老师的微笑仿佛冬日温煦的阳光。在他停顿的过程中，有人着急了，那就是宋伟楠，宋伟楠说：“郑老师，你快说嘛，是什么好消息？别卖关子了。”

我们都知道，郑老师有什么好消息告诉我们的时候，总喜欢这样吊我们的胃口。

他终于说：“我们班肖攻钧同学的作文《老家门前的海》荣获‘新芽杯全国中学生作文大奖赛’二等奖！”

我张大了嘴巴，不敢相信自己的耳朵，没想到这篇 800 字的短文能获奖。我在同学们热烈的掌声中飘了起来，迷迷糊糊地飘了起来。直到掌声消失，郑老师开始讲课，我的身体还飘在云端，回不到地面。

同学们这回是真的对我刮目相看了，我没料到以前作出那么大的努力也改变不了我在他们心目中的形象，这一篇作文的获奖却收获了他们对我的认同。

宋伟楠用胳膊肘撞了我一下，我才从迷醉中缓过神来。

宋伟楠微笑着说：“小公鸡，你真行，看不出来嘛！”

我第一次听到宋伟楠柔软甜美的声音，话里一点嘲讽的含义都没有。我听得出来，这是发自内心深处的称赞。

我笑了，笑得十分自信。是的，我又找回了从前的那种傲气。

我写了一张纸条给宋伟楠：“宋伟楠，中午我请你吃麦当劳。”

宋伟楠把那张纸条收了起来。

放学了，我与潘晓和杜中早早地来到了学校门口等宋伟楠。

潘晓说：“肖攻钧，你真准备与宋伟楠讲和了？”

我认真地点了点头。

今天潘晓没有叫我“小公鸡”。

杜中说:“肖攻钧,宋伟楠不一定会答应你的邀请的。”

我说:“应该不会吧。”我同样高兴杜中也不叫我“小公鸡”了。

宋伟楠骑车过来了。她停在我面前,微笑着对我说:“小公鸡,谢谢你的邀请,但我十分遗憾地告诉你,中午我有事,不能去为你庆祝了。”

她还是叫我“小公鸡”,但我无所谓。可她不去,我顿觉索然无味。

中午,潘晓和杜中点了好多好吃的,我却吃得一点儿不香,心里有种空落落的感觉。

2

宋伟楠虽说对我的态度有了改变,不再奚落我了,但对我还是不冷不热的。相反,我对宋伟楠有了好感。

我从来不知道怎样去讨好一位女孩子,想当初在小镇的时候,都是女孩子来讨好我,我却对她们不屑一顾。当然,我也不会像只哈巴狗那样去讨好宋伟楠的,尽管我对她产生了前所未有的好感,尽管有时我还会梦见她的短发在风中飞扬。

宋伟楠有一次对我说:“小公鸡,你是不是老欺侮你们家的那只猫?”

她问这个问题时,脸上带着微笑。我看着她的笑脸,不知道她为什么要问这个。

我不想回答她这个问题。

“你说呀!”她催促我。

我还是不想回答她。我说我常欺侮那只猫,那多没面子。我知道欺侮一只猫真算不上是帅哥的行为,当然也算不了好汉。但假如我回答不是,那又是在说谎,说谎会心里不安的,就像是干了一件见不得人的事,总有负罪感。我当然不想说谎啰。

宋伟楠说:“我知道你不会回答我的。”

“为什么?”我终于开口。

她眼角一挑,笑容消失,满脸下了一层霜似的说:“因为你心虚。”

哈哈，怪事，我欺侮自己家里的猫关你什么事？我凭什么心虚？你没看到我一如既往地高傲吗？

我说："随你怎么说吧。"

宋伟楠严肃地说："小公鸡，我劝你不要再欺负那只猫了，不然的话——"

她话中有话。

我问："为什么？"

她提高了声音："因为你家的猫被你欺侮之后老在深夜啼哭，吵得别人睡不着觉！况且，猫在你面前是弱小者，你欺侮一只猫算什么男子汉？还好意思扮酷！"

我脸发烫了。这丫头的嘴巴就是厉害，我一下子招架不住了。

我扭头就走。

她在后面说："小公鸡，你理亏了吧！你知道理亏了就好！不过，你一定要记住我的话，否则——"

否则怎么样？咬我一口不成？可爱的男人婆！怪，我怎么会在男人婆的前面加上一个"可爱"呢？

虽说我心里不服宋伟楠，但那段时间我的确没有再去踢我家的白猫了。宋伟楠有时会给我一个意味深长的微笑。

一天，我老妈匆匆走上楼，推开我卧室的门，问我："儿子，你看见猫了吗？"

我正边听着谢霆锋的歌边做作业。我是戴着耳机听歌的，没发现老妈进来。

老妈拍了我肩膀一下，我跳了起来，说："谁？"

老妈把我的耳机摘下来，放在桌子上说："你总是一心二用，要是被你爸发现了，又要收拾你了。"

我说："妈呀，老爸不是出门做生意去了吗？要是他在家，我才不会那么笨呢。"

老妈说："你呀，就知道耍贫嘴。"

我朝老妈吐了吐舌头。

老妈一本正经地说:“儿子,你看见猫了吗?”

我摇了摇头。对呀,这两天我都没有听到猫叫,更不用说看见猫了。

我看着老妈愁眉不展的样子,说:“妈,你别这样好不好?天又没有塌下来,不就是一只猫吗?它走就走了。”

老妈瞪了我一眼:“你懂什么?那只猫在我们家待了几年了,一直没跑过。”

我知道老妈喜欢白猫,和它有深厚的感情,就安慰说:“妈,猫肯定跑到哪里玩去了,等它玩够了,自然会回来的。如果它实在不想在我们家待了,不回来了,我回乡下去再给你抱一只回来,好吗?”

老妈叹了一口气,走了。

老妈一走,我无心做作业了。对了,猫会跑哪里去呢?我踢它打它骂它时,它都不会跑,怎么我不踢它打它骂它了,它却失踪了呢?真是少见的怪事。

就在我苦思冥想的时候,我听见了猫温柔的一声叫唤:“喵呜——”

声音是从窗对面的阳台上传过来的。

我朝窗外看去,看见了宋伟楠的微笑。她正抱着我家的那只白猫呢,白猫在宋伟楠的怀抱里显得温顺而幸福。

原来是宋伟楠把我家的猫拐走了。

我大声说:“宋伟楠,你干吗偷我家的猫?”

宋伟楠不愠不火地说:“小公鸡,不要那么生气嘛,又不是我偷你们家的猫,是它自己跑到我家阳台上来的,我看它蛮可爱的,就留下来玩两天。等我玩够了,我会让它回你们家的。”

我有点生气:“你知道吗?我老妈找不到猫都急坏了。”

宋伟楠还是满脸微笑:“你告诉你妈,我不会让白猫饿肚子的,我保证过两天还给你们,好吗?”

我觉得宋伟楠的声音好听极了,我无法抗拒这种好听的声音和她的微笑，只好说："那好吧。"

"喂，小公鸡，你们家的猫有名字吗？"宋伟楠一只手抱着白猫，另一只手抚摸着白猫柔顺的皮毛。

"没有，我老妈都没有给它取过什么名字，我和我老爸肯定也不会给它取什么名字的。"我对宋伟楠说。

宋伟楠说："那我给它取个名字好吗？"

我说："随你便吧。"

宋伟楠说："那就叫它小公鸡吧！"

说完，宋伟楠"咯咯咯"地笑起来，笑得像一只刚下了蛋的小母鸡。

猫无形中拉近了我和宋伟楠的距离。因为猫，她会在阳台上和我说笑了。

3

实话实说，我有个改不了的坏习惯，就是大手大脚地花钱，特别是在潘晓和杜中这些家境一般的同学面前，花钱花得特别来劲。我始终想抬高自己的身价，让他们服气我这个乡下小王子。可无论我花再多的钱，我还是乡下来的小公鸡。

就拿我过生日那件事情来说吧。

我的生日是 12 月 6 日，我提前一个星期做好了过生日的准备。我想邀请全班同学参加我的生日派对。我在文具店里买了许多请柬，像办喜事一样，填了全班同学的姓名，让潘晓和杜中一起挨个散发。同学们拿到请柬，一个一个表情各异。我想，这一招蛮厉害的，我不但要让同学们在写作文上佩服我，而且还要得到更多的佩服。

我查看了日历，我生日那天恰好是星期六，我很高兴，我想同学们没有理由不去的。

我把开生日派对的地点选在了阳光大酒店。我去侦察过，阳光大酒店二楼大厅富丽堂皇，卡拉 OK 的音响又特别好。潘晓和杜中与我一块去侦察的。潘晓很少进这样的酒店，他左顾右盼，眼中流露出迷惘的神色。杜中好像也很少进这种地方,他说:“啧啧,这地方像皇宫呀。”

我说:“这不算什么,你们没进过星级酒店吧?我要是考上大学了,就让我爸在五星级的金海湾大酒店请你们。”他们睁大了双眼:“金海湾?”我仰着头:“对,金海湾!”

阳光大酒店我并不陌生,老爸常带我和老妈来这里吃饭。酒店的老板,那个胖得离谱的笑面虎般的老板自然认识我,他和我老爸挺熟的。我与潘晓和杜中侦察完阳光大酒店,就单独去找被我称为“笑面虎”的酒店老板。

笑面虎看到我,嘴巴甜得像抹了层蜜。

我把自己的想法和他一说,他满口答应,脸上的肉颤动着说:“你要怎么搞都行,到时你签个单就行了,你爸会来付账的。我给你打五折,够意思吧!”我像老爸那样在他肉乎乎的肩膀上拍了一下,说:“够意思,就这么说定了,12 月 6 日中午把二楼全包了!”

笑面虎连连说:“行,行!”

我走出阳光大酒店堂皇的大门,心情是六月的天空,非常晴朗。阳光抚摸着我神采飞扬的脸,我觉得自己快乐而傲气。老爸常说,只要我好好读书,花钱算不了什么。我的作文获奖后,老爸比我还高兴,他说:“儿子有出息,有出息!”

他问我:“你要什么?尽管说出来,我都会满足你的。”

我想了想说:“那就在我生日那天,请同学们聚一下,好吗?”

老爸大方地挥了挥手,长满胡楂的脸上阳光灿烂:“行,你想怎么办就怎么办!”

我把潘晓和杜中叫到了家里,在我的卧室里商量如何操办我的生日派对。吃什么呢?

杜中说:“吃海鲜吧。”他对海鲜大餐向往已久。

潘晓说:“我们班 45 个人,要是全来的话,要吃掉多少海鲜呀,那得花多少钱呀。我看,这不行,太浪费了。”

杜中不说话了,玩着桌子上的那个玻璃球。

我说:“花钱算什么,只要同学们高兴就行了。”

潘晓也不说话了。

我知道他们心里在想什么,接着说:“吃自助餐怎么样?”

潘晓说:“行!”

我笑着问杜中:“你说呢?”

杜中勉强地说:“行吧。”

我们就决定吃自助餐,但总不能光吃饭吧,还得有别的内容。我们一起探讨着,最后拿出了一套方案。我们打算边吃自助餐边唱卡拉OK,最后准备一些奖品,搞一个“肖攻钧生日派对摸奖活动”。

奖品买什么好呢?

我想,要让所有同学都有奖品,45 张奖票上都要写上奖品的名称,这样,同学们才会记住我的生日,当然也就会经常想起我来。要达到这个目的,奖品当然要有保存价值了。杜中提出来,还要有实用价值!我说:“对!”我提出来买名牌的真皮双肩背包,他们一致表示同意。其实,潘晓和杜中对我的那个双肩背包已经羡慕已久。

就这样,我们一切准备就绪,等待我生日那天的来临。

宋伟楠对我的生日派对不冷不热,只是对我说:“小公鸡,好像香港的大富豪李嘉诚没举办过什么隆重的生日宴会吧!”

我说:“你怎么知道? 你又不是他的什么人!”

宋伟楠把圆珠笔放在手指间潇洒地转了转,笑着说:“信不信由你。”

但是我心里还是希望宋伟楠的笑脸出现在我的生日派对上,要是她能献上一首歌,那是最好不过的了。她的歌唱得好听是众所周知的,她的小提琴拉得也蛮专业的,学校搞什么文艺活动,她都要上去露两手。

4

日历一页一页地翻过去,终于到了我生日的那天。

那天清晨,我听到了对面阳台上的琴声。

我一个激灵醒过来，穿好衣服，走到窗前拉开窗帘，对已经放下了小提琴的宋伟楠说："宋伟楠，你刚才拉的是什么曲子？"

宋伟楠脸红了。

瞧瞧，宋伟楠也会脸红，这真是咄咄怪事。

她说："小公鸡，我为什么要告诉你？"说完，她就进屋了。

吃完早饭，潘晓和杜中就来了。他们竟然还穿着土不拉叽的白色校服。我说："你们怎么还穿这衣服来参加我的生日派对呀！"

潘晓和杜中都笑着不说话。

到了10点来钟，我对着镜子把自己打扮得像谢霆锋一样酷，并对他们说："出发吧！"我们得提前到阳光大酒店去准备准备。潘晓和杜中坐在那里没有要走的意思，我觉得奇怪。

出发前，老妈说："儿子，你怎么不叫上宋伟楠呢？"

是呀，我应该叫她的。我往对面的阳台上喊道："宋伟楠——"

宋伟楠的父亲走到阳台上说："楠楠她出去了。"

"哦——"我若有所思地下了楼。

我们来到阳光大酒店。

笑面虎早就等在二楼大厅了。今天的阳光大酒店的二楼大厅和往常不一样。往常的二楼大厅富丽堂皇得有些俗气，可今天让我耳目一新。笑面虎把这里布置得富有童话色彩，好像是一个偌大的森林，森林里面有小木屋，有各种动物，只有那卡拉OK还能证明我们是在城市里。我没想到见钱眼开的笑面虎还蛮有格调的，我兴奋极了。

杜中和潘晓呆了。

杜中说："哇噻，什么时候我也能在这样的地方过一个生日呀！"

潘晓说："杜中，你慢慢地等吧，等以后你长大了当了老板之后再过吧。现在——嘿嘿，只要我们的爸爸妈妈不下岗就OK啦！"

我们根本就不用准备什么了，笑面虎把该安排的都妥善地安排好了。

杜中和潘晓闲不住，他们边喝着可乐，边唱着歌。

笑面虎对他们说:“你们别喝太多可乐,一会儿有很多好吃的东西呢!”

他们没理笑面虎。

笑面虎也没在意,还是一副笑面虎的样子,颇有些可爱之处。潘晓和杜中唱的歌我实在不敢恭维,有时简直就是噪音。要是往常,我早就制止他们的瞎吼了,可今天不一样,我需要他们欢乐,越高兴越好。

杜中说:“肖攻钧,你也来唱一首吧!”

我说:“一会儿再唱,一会儿再唱。”

我虽说高兴,心里却忐忑不安。特别是过了11点之后,我的心跳就加快了。我在考虑一个十分严重的问题,那就是同学们到底会不会来?

我心猿意马地坐在那里,看着服务员一样一样地把菜端上来,摆在那长条桌上。我心里怪兮兮的,像有一座时钟,“滴答”“滴答”一分一秒地跳着。

我有点沉不住气了。

我对杜中说:“杜中,你到门口去迎接同学们吧。”

笑面虎连忙说:“不用去了,不用去了,我特地安排了一个迎宾小姐,她会把你的同学,也是我尊贵的客人们领上来的。”

笑面虎真是笑面虎,我服他了。

等到12点,同学们还是一个人都没有来。

我急得六神无主,不知怎么办才好。

潘晓和杜中也不再唱歌了。他们坐在我旁边,也心急火燎的。

我们沉默着,脸色灰灰的,煞是难看。

我在请柬上明明写了11点30分到场的呀。我自己安慰自己:“肖攻钧,耐心地等吧,你的同学们会来的。”

可是,我们等到下午1点多,还是一个人都没来。连笑面虎脸上的笑容也消失了。人不来,准备那么多东西算谁的?

我的泪水流了出来。

是的,同学们都没来。

惨败!

惨败呀!

这让我以后如何在学校里做人,这次面子比那次参加“开心明星脸”的比赛丢得还要大。我耷拉着脑袋,像一只斗败了的小公鸡,灰溜溜地走出了阳光大酒店。

我不知怎么回到家里的。

潘晓和杜中什么时候从我身后悄悄溜走我也不得而知。

我们三个人吃了一顿5万元的自助餐,你说值不值?尽管我老爸很痛快地掏了5万元给笑面虎,笑面虎一块石头落地之后又笑容满面,但我心里从此结下了一个疙瘩,许久许久以后才解开。

回到家里,我无精打采地上了楼。

我推开房间的门,发现桌子上放着一个用彩色闪光纸包装得很精美的礼盒。我眼睛一亮,大声地问楼下的老妈:“礼物是谁送来的?”

老妈说:“是宋伟楠送来的。”

我心里涌过一股暖流。

我小心翼翼地打开了礼盒。在打开礼盒的过程中,我心跳加速。我想宋伟楠送给我的是什么礼物呢?原来是一张贺卡和一只亮晶晶的玻璃小公鸡。贺卡上有一行娟秀的钢笔字:“小公鸡:祝你生日快乐!改掉你身上的坏毛病,做一只真正高傲的小公鸡。”

泪水无声无息地从我眼中淌下来。

我忽然想起来,早上宋伟楠拉的就是那首《生日快乐》歌。

我是一个神气的倒霉蛋。

一只爱哭的猫

1

我要说说我家的那只猫。

住在小镇的时候,家里的老鼠特别多,几乎每家每户都养着猫。我家的白猫和别人家的猫不同,就像我老爸和别人的老爸不同一样。

我家的猫特别厉害,是捕鼠的能手。同样,我老爸也特别厉害,他特别能攒钱。原先,我们家养过一只黑猫,后来它莫名其妙地和一只母猫跑了。那只黑猫兴许是只顾和那母猫谈恋爱的缘故,对于捕鼠的本职工作一点儿也不负责任,老鼠在我们家里成了精,弄得我们整夜整夜不得安宁。本来我老爸老妈就要把它处理掉,没想到它自己先跑了,跑了以后就再也没有回来。我们全家人对这只猫也没有什么怀念的,跑就跑了吧。

黑猫跑了之后,我舅舅就给我们送来了一只白猫。

舅舅一本正经地对我妈说:“姐,这可是一只良种猫呀,我千方百计才弄到手的!”

说来也怪,这只白猫还真是一只好猫,它来了不久,家里就安宁了,晚上再也听不到老鼠兴风作浪的声音。后来,我们搬到城市里住时,老爸说,城市里应该没有老鼠,就不用把猫带去了吧。老妈坚决不同意。她说,这是一只好猫,不能撇下它不管,就算城里没老鼠也不要紧,它为我们家好歹做过贡献。就这样,白猫和我们一起进了城。在乡下时,我对白猫还是蛮好的。可进城后,我就经常把不快发泄到它身上,直到宋伟楠对它有了好感之后,我才停止对它的残酷施暴。

我家的白猫其实是一只可爱的猫,尤其是在宋伟楠的眼里,它比我可爱多了。我真的有点妒忌它,有时真想踹它两脚,但又怕它被我欺侮之后晚上跑到阳台上去哭，只好收起了对它施暴的歹心。

那个寒假里，宋伟楠老是过来抱白猫去玩，抱去一两天后又送回来。要是别人抱走白猫，老妈可不干，但老妈喜欢宋伟楠，她乐意让宋伟楠抱白猫去玩。老妈总是说宋伟楠比我懂事，气得我没脾气。哇，我不懂事才怪呢，我不和同学打架，也不学抽烟，更不会跟社会上的小混混在一起胡闹，大不了就花点钱扮点酷嘛，怎么会是不懂事呢？

宋伟楠总是借着和猫亲近的机会和我待上一会儿，把她写的作文给我看，让我指点指点。这让我十分开心，我认为宋伟楠这样就等于是向我妥协了，我把我肚子里的那一点墨水全倒了出来。她说，她就是作文写不好，以后要多向我学习。我拍着胸脯说，没问题！

她看着我洋洋自得的样子，会冷不丁地来上一句："小公鸡，又发狂了是不是？"

寒假很快过去了，高一阶段的第二个学期开始了。开学之后，宋伟楠交上去一篇作文，作文的题目就叫《我家邻居的猫》。我可没看过这篇作文。班主任郑老师在课上念了这篇作文，表扬她写得好，有很大的进步。

宋伟楠脸上绽放出两朵美丽的红晕。我想，哼，这也有我的一份功劳嘛。郑老师让她谈体会时，我有点儿不屑一顾。但当宋伟楠说到向我取经时，我的脸滚烫起来。宋伟楠的确比我谦虚得多。

2

宋伟楠是越来越喜欢我家的白猫了，似乎有一天不见如隔三秋的感觉。

放学后，我们一起骑车回家，在路上，我们说着一些不着边际的话。宋伟楠说话的样子蛮好看的，她稍稍地把头偏向我的时候，我觉得有种美妙感觉，一种纯真的美妙感觉。我想，宋伟楠要是我妹妹多好啊，我会领着她满街乱跑，她喜欢什么我就给她买什么。唉，可惜她不是我妹妹！

来到我家门口，宋伟楠停了下来，笑着说："去看看'小公鸡'吧。"

我说："你不要叫白猫'小公鸡'好不好？"

宋伟楠说："为什么不能叫？"

我无奈地说："唉，真拿你没办法，你要叫就叫吧。"

在我家的客厅里，我和宋伟楠看到我老妈抱着白猫，脸上一副不高兴的样子。我们一会儿就发现了老妈不高兴的原因。我们看到白猫的一条腿上包裹着纱布，纱布上还有渗出的血迹。

宋伟楠惊叫道："伯母，白猫怎么啦？"

我也问："这是怎么回事？"

老妈说："就出去了一会儿，回来腿就受伤了。"

原来，白猫今天在门口被几个小孩打伤了。

"真狠哪，连血都打出来了。"老妈还在难过。

我挺生气，说："我找他们算账去！"

说着，我就往家门口走。

老妈叫住了我："儿子，你回来！他们都是不懂事的孩子，你找他们有什么用？不要去啦！"

老妈的话无疑是正确的。我没有去找他们。宋伟楠抱过猫，说："好可怜哟。"她的眼中波光闪闪。白猫琥珀般的眼中散发出迷离的光泽。宋伟楠的样子慈爱极了，她在安抚白猫的时候，让我想起了春天原野上迎风摇曳的花儿，楚楚动人。

3

我没有想到在春暖花开的季节，我家会出事，而且是爆炸性的大事。

我怎么也没想到，我老爸会因参加走私活动被抓起来。老爸不是在家里被抓走的，而是在海里的船上，连人带船被缉私人员抓走的。

知道这个消息时，我正和同学们在凤凰山踏青郊游呢。山野的野花野草散发出来的清新的气味让我们心情愉悦。我们边玩边说着一些笑话。

宋伟楠绘声绘色地说:"刘姥姥由巧姐领进了大观园歌舞厅。台上,有一个小姐举着麦克风边唱边扭摆着。刘姥姥老眼昏花,看不清更看不懂。她对巧姐嚷了起来:'你看那小姐可真是嘴馋哪,唱着唱着就跳起来,手里还拿个大鸡腿不停地放到嘴里啃!'"

宋伟楠一说完,大伙便笑起来。

我说:"这个笑话我好像在哪里看过。"

宋伟楠大方地说:"是在《中国校园文学》上吧?"

我说:"我也记不清了。嗨,我给大家讲个原创的故事吧!"

潘晓说:"好!"

杜中也附和道:"快讲吧,我们都等不及了。"

这时班主任郑老师在前面叫:"同学们快过来照相,这里风景太美了!"

宋伟楠说:"小公鸡,一会儿休息时你再讲吧,郑老师要帮我们照相了。"

我们都知道,郑老师是市摄影协会的会员,照出来的相片美极了。

同学们纷纷朝郑老师跑过去。

我正要过去,裤兜里的小手机振动起来。我赶紧把手机拿了出来,一看,是家里来的电话。

早上出发前,老妈塞给我个手机,说碰到什么事情可以及时联系。我怕同学们知道后说我的闲话,就把手机调成了振动模式。我现在不像从前那样张狂炫耀我家的财富了。

要是没有急事,老妈是不会打电话给我的。

我赶紧接通了电话,可老妈在电话里不说话。

我说:"妈,你说话呀!妈,你听到我的声音了吗?"

很奇怪,老妈突然把电话挂了。

我又赶紧回拨了一个电话给老妈。

电话接通了,这回我听到了抽泣声。

我大声说:"妈,怎么啦?发生什么事啦?"

老妈的抽泣声越来越厉害，最后变成了痛哭。

老妈在电话里哽咽道："你……你爸……出……出事了——"老妈又挂了电话。我呆了。

老爸出事了？出了什么事？我手中的手机滑落到地上。我愣愣地待了一会儿，突然疯了一样地往山下跑去。

郑老师发现了我，大声喊："肖攻钧，发生什么事了——"

宋伟楠也在叫："小公鸡，你怎么啦——"

潘晓也在叫："肖攻钧，你别跑——"

杜中也在叫："肖攻钧——"

我没有听见他们的叫声，只知道这春天温暖和煦的风一下子变得像冬天的风一样凛冽起来，让我浑身冰凉。

老爸肯定出了重大的事情，要不然，老妈不会在这个时候伤心欲绝地打电话给我的。我必须马上回家。

我陷入了一个黑暗的冰窖。

是的，我一下子从天堂跌落到了地狱。这种感觉我一回到家里就变得真实起来。老妈抱着白猫向我哭诉："儿子，这该怎么办呀？你爸连人带船被抓了呀！他，他怎么会去走私香烟呢？他，他可不是那种人哪！"

我脑海一片空白，不知道说什么好，不知道该怎么办。

我一下子成了一个罪犯的儿子，一个走私犯的儿子！什么狗屁王子，我已经不是从前那个高傲的小王子了。

4

我躲在家里，不敢去上学。我害怕极了，仿佛自己也是个走私犯。我害怕同学们的目光，那些目光肯定像利剑一般，会将我无情地刺穿的。

柔弱的老妈不知如何是好，这巨大的打击一下就把她击垮了。老妈成天目光呆滞，喃喃地说着："怎么会呢……天怎么这么黑呀……"

我看着老妈失神的样子，也不知如何是好，眼前一片黑暗，没有一丝光明。我从小就在蜜罐里泡大，现在出了这样的事，我和老妈一样一点主见也没有了。

我只有抱着猫流泪。

深夜，我会哭着醒来，望着窗外黑沉沉的夜感觉到无助和寒冷。

宋伟楠来了。她坐在我对面，那么忧伤地望着我，白猫在她的怀里温顺地趴着。我不明白她为什么也如此忧伤。

宋伟楠轻柔地说："小公鸡，勇敢些。"

我能勇敢吗？我的眼泪又流了出来，我觉得自己是那么懦弱。我从来不流泪的呀，怎么变成爱哭的猫了？我真恨自己，到了关键时候竟那么没出息。

宋伟楠说："小公鸡，上学去吧，事情总会解决的，无论怎样，你要去读书呀。"

我茫然极了。

宋伟楠的话没有错，但我是多么爱我老爸呀。在我心目中，老爸是个英雄。他是我们小镇第一个靠自己的双手发家致富的人。他从前是那么正直，别人拉他去干一些不三不四的事，他都会断然拒绝。可他怎么会去走私香烟呢？自从我们家搬到城里之后，他每天一大早就骑摩托车回到小镇的海边，去他的海水养殖场劳作。在老爸的海水养殖场里，有许多贵重的鱼虾贝类。城里的海鲜贩子都乐意到我老爸那里去买海鲜，因为我家的海鲜总是价廉物美。老爸除了搞海水养殖，顺带还做一些其他生意，但他从没干过犯法的事情呀。老爸怎么会走私香烟呢？老爸呀，你如今在哪里？你怎么会沦落为一个罪犯呢？

宋伟楠难过的样子使我更加难过。

我说："宋伟楠，你告诉郑老师，我不想再上学了。"

宋伟楠含着泪走了。

宋伟楠走后，我觉得浑身发冷，头重脚轻地倒在了床上。我不知道自己发烧了。我感觉自己轻飘飘地飘上了半空，看到了老爸，老爸在监狱里戴着手铐脚镣，有几个犯人在欺负他，打他骂他。老爸无言地忍受着，他苍老极了，头发全白了……

我大喊着“老爸”从昏迷中醒过来。

我听到老妈的声音：“儿子，你终于醒了，你要有个三长两短，让我怎么活呀！”

我发现自己躺在医院的病床上。

白色的天花板，白色的墙壁……一切都是白色的。

我看到老妈的脸憔悴不堪。

我还看到了许多熟悉的面孔。那是郑老师、宋伟楠、潘晓和杜中的面孔。对了，还有王阳以及班里许多同学的面孔……他们怎么来了呢？

“我……我怎么啦？”我挣扎着要起来。

郑老师按住了我，说：“肖攻钧同学，你病了，已经昏迷三天三夜，高烧一直不退，吓死人了。现在好了，好好躺着，安心养病。你家里的事情不要管，有我们呢！”

宋伟楠说：“小公鸡，你真的吓死我们了，你老说胡话呀。你安心养病吧，郑老师这几天一直在为你爸的事跑，他还为你爸请了律师。”

我流泪了。望着同学们真诚的脸，我一下子觉得自己长大了，以前的那些想法显得多么的幼稚。

我再也不会是一只高傲的小公鸡了。其实，我是一只爱哭的猫。

此时，我才发现自己是如此的脆弱，就像没经历过风雨的温室里的植物，一旦把它放置在狂风暴雨中，很快就被打得稀巴烂。

5

我病一好，郑老师就说要带我去看老爸。

老爸被关在市里的看守所里。

那天，本来不是探视犯人的时间，郑老师把王阳的父亲请出来了。王阳的父亲是市公安局的法制科科长，由他出面，才给了我 30 分钟的时间让我和老爸说话。

老爸完全变了模样。

在探视室里,我看到老爸的脸苍白而又浮肿,头被刮得光溜溜的,他的双眼已经失去了往昔的神气。但是,他一看到我,眼中燃起了两股火苗,忽然亮起来。

他颤抖着对我说:"小钧,我,我对不起你和你妈呀——"

我突然变得平静了。

其实,我是强忍住心中的伤痛,不让它表现出来,因为老爸要是看到我伤心,他会更加难过的。

我说:"老爸,你多保重。"

老爸老泪纵横,哽咽道:"小钧,我一念之差呀,我——"

我说:"老爸,别说了,我知道。"

老爸一副凄惶的样子。

我清楚,老爸是想让我过得更好,让家里更有钱,才被人利用,把我们家的渔船开出去走私香烟的。

我对老爸说:"老爸,你不要怕,你把一切说出来,说出来心里就轻松了。"

老爸继续哽咽道:"孩子,老爸一时半会是出不来了,你一定要好好读书,考上大学!记住,无论怎样,都要好好读书。"

我含泪点了点头。

半小时很快过去了。老爸被警察带走了,他的背影在颤抖,在我的视线中模糊。

我沉重地走出看守所的大门。

郑老师把手放在我的肩膀上,对我说:"肖攻钧,一定要坚强起来!"

我又点了点头!

这个暑假我要去流浪

1

我老爸在这个暑假到来之前，被判了5年刑。而且，家里的钱也被罚得差不多了。从法院回家的路上，我一直想着老爸被法警带走时绝望的眼神。我冲着老爸大声说："老爸，坚强些，我们等你回家——"

老妈泪眼迷蒙，她什么也说不出来。

其实，更需要坚强的是我和老妈。我们家的顶梁柱倒塌了，以后许多许多事情就要靠我们自己了。老妈已经不是富家太太了，我也不是什么神气的阔少了。

回到家里，我对老妈说："妈，把这房子卖了吧！"

老妈哀怨地望着我："不行，死也不能卖房子。"

我说："还是卖了吧，我们搬回小镇住。"

老妈说："当初你爸就是为了你在城里读书方便才在城里建房的，怎么能卖掉呢？况且，要是被你爸知道了，他心里能好受？儿子，咱再苦也要撑下去，房子千万不能卖。虽说我们家没钱了，但我们还有一双手！"

老妈的眼中出现了一种光芒，许久以来没有过的坚定的光芒。

老妈说："儿子，你安心读书，我不会让你受苦的。"

我心里又难过又幸福。

我抱起了白猫，对它说："猫呀，以后不能每天给你吃好吃的了，你可要忍耐哟。"

不久，老妈找到了一份工作。我没料到阳光大酒店的老板——那个笑面虎，还是个有情有义的人。他让老妈到阳光大酒店去打杂，打扫卫生、洗盘子什么的，一个月给老妈1000元工资。

笑面虎说:“唉,老肖一时糊涂,扔下你们母子俩,我也不能袖手旁观呀。好歹我和老肖朋友一场,他有困难,我总是要帮忙的。”我和老妈都知道,笑面虎给其他打杂的工人每月才600元,给我妈1000元是破天荒的事情。老妈是个知恩图报的人,她每天很早去酒店,很晚才回家,晚上一回来,洗洗就睡了,她太累了。

我每次路过阳光大酒店,心里都会觉得像被猫抓了一把一样痛。我低下头,不敢看那堂皇的门面。

2

无疑,因为老爸的问题,我的锐气遭到了严重的挫伤。我不光是在路过阳光大酒店时无地自容地低着头,在校园里也低着头。我像一个做错了事的孩子害怕挨骂那样自卑,内心忐忑不安。

学校里并不是每个同学都像宋伟楠那样理解我,也有人在背后说我的闲话,无情地打击我的希望。

说到这里,我还要提到一个人。那就是高二年级的黑皮。黑皮长得很黑,又高又瘦,平常看上去,好像一个可怜的男孩,但这只是表面现象。在学校里,只要一提起黑皮,没有人不皱眉头的。按宋伟楠的话说,黑皮不但皮黑,连心都是黑的,而且黑透了。宋伟楠一直在这所中学念书,她对黑皮的底细知道得十分清楚。黑皮不是通常意义上的那种考进市一中的好学生,他凭的不是自己的学习成绩,而是他的一个舅舅。据说,他的那个舅舅是市教育局的一个副局长。刚开始,黑皮被校长拒绝了。副局长就把校长找去谈话,最后以黑皮的父亲给市一中捐了5万元钱成交,黑皮就这样混进了市一中。黑皮的父亲也是大款,但他父亲很讨厌他,很少给他零花钱。黑皮一进市一中,就经常打架、骗人……只要他认为能干的坏事,他都干遍了。老师们一直批评他,可他就像一块牛皮糖,怎么也嚼不烂。他盯上了我。一天,他把我拉到一棵桉树的后面,对我说:“听说你家很有钱?”我说:“你想干什么?”他涎皮赖脸地笑着说:“我不想干什么,只想问你借几个钱花花!”哇噻!我和他毫不相干,他竟然和我借钱。我扭头就走。他在我身后恶狠狠地说:“臭小子,你别狂,你走着瞧!”我想,你能把我怎么样!

要不是宋伟楠,我说不定会被黑皮狠揍一顿。

那天放学之后,我骑车回家。走到半路,一辆自行车冲了过来,把我撞得人仰马翻,我发现是黑皮撞我的。

我忍着痛,站起来,质问黑皮:“你为什么要撞我?”

黑皮赖在地上,“哎哟”“哎哟”地叫唤,还反咬一口,说我撞的他,还说他的骨头断了,起不来了。这时,走过来三个小流氓一样的家伙,他们叼着烟,冲过来就推我:“好小子,把我哥们撞了,还倒打一耙!”

我吓坏了,语调低沉地说:“是他撞的我。”

其中一个小流氓说:“我们分明看到是你撞倒我哥们的,你还嘴硬,你找打!”

另外一个家伙走过来,一副要动手的样子。

我心想,这下子完了,要是打我个鼻青脸肿,我怎么在学校里扮酷?我说:“你们别打人,别打人。”

“哼哼!”这时,黑皮从地上爬起来,左胳膊弯曲着,冷冷地对我说,“我这条胳膊被撞断了,你看怎么办?要是不想挨揍,你就掏钱吧!”

我说:“我没带钱!”

黑皮给那三个小流氓使了个眼色,三个小流氓扑了过来。

说时迟,那时快,宋伟楠飞身过来。

我没料到宋伟楠竟会武术,她像电视连续剧中的侠女一样,三下五除二地把那三个小流氓打跑了。她出手极快,收拾小流氓的招式我都没看清楚,我的眼都看花了。我倒吸了一口凉气,哇——宋伟楠太厉害了。我心里有些后怕,当初用小青蛇吓唬她时,她要是给我来几招,我怎能招架得住?

黑皮也目瞪口呆,愣在那里,一动不动。

宋伟楠在黑皮面前晃了晃她的拳头,警告说:“黑皮,以后再敢欺负我同学,看我不收拾你!我可不怕你!”

黑皮的手根本就没断，他是装的，想敲诈我。没想到有宋伟楠这样的侠女从天而降，黑皮愣了半天才缓过神来，他扶起自行车，飞也似的逃了。

我对宋伟楠说："谢谢。"

宋伟楠当时白了我一眼说："都是金钱惹的祸。"说完，她就骑车走了。

我呆立在那里。

我老爸出事之后，有一天黑皮在校园里，当着许多同学的面，指着我说："他老爸是走私犯，大伙瞧瞧，他神气不起来了吧！哈哈，还当自己真是什么谢霆锋呢！来来，唱首谢霆锋的歌给我们听听！"我又气又恨，但又没有勇气和他抗衡。我想走，他在前面堵着我。面对大家的哄然大笑，我低着头，真想在地上挖一个洞钻进去。

王阳过来了。他指着黑皮说："黑皮，你太不像话了，欺负肖攻钧算什么好汉？人家心里够难过了，你还这样，你干吗呀？"

矮胖子王阳的挺身而出、拔刀相助，让我感动。

黑皮凶巴巴地对王阳说："死胖子，你以为我怕你呀，你不要以为你老爸是公安局的我就怕你，我还就看不起警察！"

王阳气得脸色发青。

黑皮又说出了更气人的话："王阳的老爸一定收了小公鸡老爸的好处，否则，他怎么会为小公鸡出面说话？"

围观的人又一阵哄然大笑。

要不是宋伟楠带我们班的同学赶过来，我和王阳都不知道该怎么下台。

黑皮看见宋伟楠雄赳赳气昂昂地走过来，吐了一下舌头，说："好男不和女斗！"说完，他就溜了。

我的眼中积满了屈辱的泪水。

宋伟楠说："小公鸡，挺起胸来，怕什么，一切都不是你的错。"

我心里对宋伟楠充满了无限的感激。

3

宋伟楠让我挺起胸来,我能吗?

我消沉极了。我在那些夜晚,抱着白猫独自流泪,有时一直到天亮。

宋伟楠拉完琴,就在对面的阳台上叫我:“小公鸡,起床啦。”

我拉开窗帘,看到一张充满活力的女孩的脸,那脸上有健康妩媚的笑容。只有看见这张脸,我的心里才会腾起某种亮色,我才会露出一个笑脸。

宋伟楠说:“小公鸡,跑步去吧!”

我说:“好。”

我就和宋伟楠一起去跑步。

宋伟楠的身体很好,我跑了一会儿就气喘吁吁的,而她浑身洋溢着青春的气息,一点事儿也没有。

她放慢了脚步,笑着对我说:“小公鸡,你可要加强锻炼哦,你的体质并不算好,别整天像个小老头似的,拿出当初那种傲气来,积极地对待生活!”

我说:“嗯。”

宋伟楠说:“男子汉嘛,是打不垮的!”

我又说:“嗯。”

宋伟楠又说:“我不喜欢你现在这个愁眉苦脸的样子,那么消极!该骄傲就骄傲吧,骄傲有什么不好?不要太过分就行了。我不喜欢你以前一掷千金的阔少的样子,但我喜欢你高傲的样子。小公鸡,你知道吗?你还是有很多优点的。比如,你的学习成绩好,特别是作文写得那么棒!而且,你的确长得像谢霆锋,帅极了。小公鸡,鼓起勇气好吗?”

我的脸发烫了。

宋伟楠从来没有夸过我。

宋伟楠是在鼓励我,让我恢复自信心。

宋伟楠接着说:“小公鸡,你不要以为骄傲是缺点,骄傲其实是自信的表现,你想想一个没有自信心的人,能够虚心吗?况且,过分的谦虚反而是懦弱的表现。”

我没说话。

宋伟楠说:“小公鸡,挺起胸来,往前跑,不要紧的,一切都会过去的。”

我重重地点了点头,突然说:“宋伟楠,你能教我武术吗?”

宋伟楠说:“没问题,以后每个星期天上午,你和我一起去业余体校好了。我老爸是那里的武术教练,让他收你为徒吧。我早就和老爸说过了,就是没和你说。”

我高兴起来。

宋伟楠说:“好了,我给你讲一个笑话吧。有一个高中生甲,很文弱的样子,风一吹就好像会倒下。每当上体育课,同学们都在操场上欢腾跳跃,甲却一个人退出操场之外,自称是‘东亚病夫’,不和‘列强’争霸。到了期末体育考试的那天,跑100米时每两人一组,甲恰好和一个女生同一组,结果远远地落在了女生的身后。同学们笑话他,他自嘲地对同学们说:‘当今世界,阴盛阳衰也;再说,好男岂能和女斗,让她三分便是了。’”

我听完,笑了笑,说:“宋伟楠,又是从《中国校园文学》上抄来的吧!”

宋伟楠说:“小公鸡,你说的一点都没错,活学活用嘛。”

4

要恢复自信心,对我而言,不是件容易的事情。大伙知道,我是从半空中跌落下来的,这一跌可不轻,大伤了我的元气。况且,从本质上来说,我也并不是那么自信的,不像宋伟楠,她是一种天生的自信,而我是装出来的。真正的自信是不用伪装的。

宋伟楠为了让我真正自信起来,可谓用心良苦。

学校里要举办“成长的足迹”演讲比赛,许多同学都报了名,我却没有。我现在不想做任何抛头露面的事情,尽管获奖者可以参加今年暑假的“海岛夏令营”活动。要是往年,我非参加不可。

宋伟楠也报了名。

她问我:“小公鸡,你怎么不报名呀?”

我摇了摇头。

宋伟楠说:“潘晓、杜中和王阳他们都报名参赛了,你怎么啦?”

我跑开了。我一个人来到一棵大树下,望着远天,心里酸酸的。

潘晓和杜中朝我走来。他们和我一起坐在树根上,仰望远天。我们一言不发。他们都十分理解我,知道我的心事。天空中有朵朵白云飘过,那是一种心情吧。蓝天和白云,应该是美丽的心情,可我的心中现在布满了乌云,下着淅淅沥沥的小雨。

那天晚上,我在家里做完作业之后就等着老妈回家。老妈还在阳光大酒店洗盘子,她的汗水说不定在流淌,她的手说不定酸痛了,她的腿说不定在颤抖……我抱着白猫,内心很痛苦:“老妈,我对不起你,老妈——”

“笃笃,笃笃……”

传来了敲门声。我想肯定不是老妈,现在还不到10点,老妈是不会那么早回家的。况且,老妈回来是会自己开门的。那是谁呀?

我打开了门。

哇噻!我惊喜极了,原来是郑老师和宋伟楠、王阳、潘晓、杜中他们。他们乐呵呵地进了门。

郑老师问我:“肖攻钧,你妈妈还没回来呀?”

我说:“没有,还在工作。”

潘晓插话道:“他妈妈在阳光大酒店洗盘子。”

郑老师“哦”了一声,叹了一口气。

我低下头,仿佛有把锋利的刀子插到了我内心最柔软的部位,我的心在流血。

郑老师拍了拍我的肩膀:“肖攻钧,抬起头来,洗盘子并不是丢人的事,只要是靠自己辛勤劳动换来的东西,都是宝贵的。你一定要抬起头来,勇敢地面对生活!”

我点点头。

郑老师又说:“今天晚上,我们来告诉你,宋伟楠帮你报名了,你好好准备演讲比赛吧!”

“这……”我茫然地看着他们。

郑老师鼓励我说:“你能行的!”

宋伟楠也说:“你一定能行的!”

我真的能行吗?

5

我硬着头皮参加了比赛。

在参加全班选拔赛时,我不知自己是怎么走上讲台的。我的头脑嗡嗡作响。我把背下来的演讲稿全忘了。我的汗水流了下来,天怎么这么热呀?这时,我看到了宋伟楠。

她给我打了个“OK”的手势,脸上充满了美丽的笑容,那笑容仿佛让我在阴雨天突然看到了灿烂的阳光。

我的眼睛湿润起来。我是肖攻钧,我是个骄傲的男孩!难道不是吗?

我鼓起了勇气,说:“我曾经是个高傲的男孩。我知道,成长是要付出代价的。成长的路上充满了欢乐和痛苦,充满了甜酸苦辣。在我成长的道路上……”

我在一种紧张而又兴奋的状态中演讲完毕。

沉默,许久的沉默。

我呆呆地站在讲台上,不知道自己刚才讲了些什么。是不是我错了?我像一个迷惘的孩子,站在那里不知所措,一股自卑感袭上心头。

突然,课堂上爆发出了一阵热烈的掌声,掌声一浪盖过一浪。

泪水冲出了我的眼眶,我笑了。那一刹那,我似乎找到了一个崭新的自我。

后来，在全校的演讲比赛中，我和宋伟楠代表高一(2)班参赛。结果是让人欢欣鼓舞的：我得了第一名，宋伟楠得了第二名。但我认为，是宋伟楠把第一让给了我，因为她的口才和外表要比我强，况且，她的演讲稿写得也蛮不错的。

6

这个学期很快就结束了，高一年级也就在欢乐和痛苦中悄悄地变成了记忆。

本来，宋伟楠和我在这个暑假要去参加学校组织的“海岛夏令营”的。但我没有去。宋伟楠想让我去，她问我时，我没有表示赞同，也没有表示反对。

宋伟楠出发的那天早上，空气异常新鲜，我还听到了鸟儿清脆的鸣叫。我想，在那美丽的海岛上，空气会更加清新的，那里应该不单有鸟儿的鸣叫，还有许许多多令人心醉神迷的东西吧？我不敢往下想了。

这天，我很早就起床了。

其实，我已经买好了去深圳的车票。我背着简单的行囊出了家门。我躲在离我家不远的一条巷子的角落里，看着宋伟楠从单元房的大门里走出来。

她今天没有穿那难看的校服，而是穿着一条白色的休闲短裤和一件“真维斯”的纯棉红色T恤，戴着一顶白色的遮阳帽，脚上穿着一双运动鞋，看上去清纯自然，活力四射。

她昨天晚上对我说，今天早上会来叫我一起去学校报到。我没有说什么，她以为我默认了。

她来到我家门口，大声喊道：“小公鸡，快下来——”她的声音清脆如玉。

她又大声喊道：“小公鸡，快下来——”

我心里像堵了一团棉花一样难受极了。我多么想和宋伟楠一起去海岛体验夏日的情怀呀，可我不会去的，暑假里我决定去深圳流浪——

说是去流浪，其实是要去打工。

宋伟楠的叫声没有把我叫出来，却把我妈叫了出来。老妈见到宋伟楠，马上笑着说："楠楠，这么早，叫阿钧什么事呀？"

我没把夏令营的事告诉老妈，我也没把我要去深圳流浪的事告诉她。我不想让她知道。等我到了深圳，我会写信告诉她的。

如果我现在就告诉她真相，她一定不会让我走的。她会让我和宋伟楠一起去海岛，那样，我的计划将全盘落空。

宋伟楠说："伯母，他没有告诉您我们今天要去参加学校的夏令营？"

老妈茫然地摇了摇头。

宋伟楠跺了一下脚，说："这个小公鸡，搞什么鬼嘛。说好了让他早点起床的，一会儿，学校就要开营了。"

老妈赶紧说："你别着急，我上楼去看看。"

看得出来，宋伟楠很焦急，她边等边不停地看手表。我心里说："宋伟楠，对不起，我会给你写信的，你会明白我的心情。我一定会像你和老师、同学们期待的那样，做个真正自信而坚强的男子汉的！"

宋伟楠等来的是失望和焦虑。

老妈下楼后，脸上一副惊慌失措的神情，她说："阿钧他，他不见了——"

"什么？"宋伟楠愣住了。

老妈又重复了一遍："阿钧他，他不见了——"

宋伟楠缓过神来："他会不会一个人先去学校了呢？"

老妈焦急万分："快，快去看看。"

宋伟楠赶紧拦了一辆"的士"，往学校的方向驶去。

我看着那辆红色的"的士"远去，心里响起了落雨的声音，那是惆怅的雨声。雨水打湿了我16岁的心田，打湿了一个少年的幻想。

我背着行囊，坚定地朝汽车站走去，脑海里一遍遍地重现着老妈和宋伟楠的样子，当然，还有老爸。

记得考完试的第二天，王阳、宋伟楠他们陪我去探了一次监。老爸明显地老了，监狱里的生活肯定不会让他像昔日一样容光焕发的。他一句话都没有对我说，穿着土灰色的囚衣，像是秋风中的一片枯叶。

我不清楚老爸这片枯叶会不会在某一天突然落到地上，销蚀成泥。

我微笑着对老爸说："老爸，你知道吗？我的学习成绩越来越棒了，我还获得了全校演讲比赛的第一名呢！"

老爸的脸抽搐了一下，他的嘴唇动了动，似乎要说什么，却什么也没有说出来。

我还是佯装笑脸，告诉老爸："老爸，我知道你放心不下我和老妈。不过，我要告诉你，我们过得很好，老妈找到了工作，一个月1000多元钱的工资呢，够我们生活的。老爸，你放心，我再也不会大手大脚地花钱了，我长大了，懂事了。老爸，你不要想太多。我和老妈等你出来。老爸，你听见我说的话了吗？"

我看到老爸的眼中噙着泪水。他终究未开口。

他被狱警带走时，我的心都碎了。

我就那样想着老爸老妈还有宋伟楠他们，一步一步坚定地走向了车站。

我有种苍凉感。在这种苍凉中，我的心慢慢地坚强起来。我想，一个人要是一生都没有遭遇挫折，他肯定是个永远长不大的孩子。

这时，我心里唱起了一首歌，这歌不是我的偶像谢霆锋唱的，而是郭富城唱的，歌名叫《旅途》：

> 我梦到一个孩子
> 在路边的花园哭泣
> 昨天折走了心爱的气球
> 你可曾找到
> 请告诉我那只气球
> 飞到遥远遥远的那座山后
> 老爷爷把它系在屋顶上

等着爸爸他带你去寻找
有一天爸爸走累了
就丢失在深深的陌生山谷
像那只气球再也找不到
这是个旅途
一个叫作命运的茫茫旅途……

清纯女生

我是女生

1

我是女生

漂亮的女生……

我是女生

爱哭的女生……

有个同学问我:“宋伟楠,你喜欢这歌?”我笑着说:“当然……喜欢!”那个同学说我回答他时的样子好可爱。我说:“简直是瞎说,我哪会可爱?”那个同学脸红了,他是个害羞的男孩。我是女生,可我并不漂亮。

我喜欢这首歌。我经常在有事没事的时候哼哼这首歌,我喜欢它的清纯和活泼。我在学校里可不像个女孩子,同学们在背后叫我“男人婆”。别看我对这个讨厌的称谓表现出不屑一顾的样子,依然故我,大大咧咧的,处处表现出男孩子的那种刚强。可是,回到家里,我会照着镜子,自言自语道:“我真是个男人婆吗?”

我想着想着就伤心起来。我伤心的时候就情不自禁地想起了妈妈。

妈妈在我10岁那年就得绝症去世了,我是个没有妈妈的女孩子。如果有人唱起《世上只有妈妈好》这首歌,我就会心里酸酸的,躲到一个没有人的地方,看着高远的天空上的白云,痴痴地想:妈妈是不是在天堂上凝视着我?

妈妈的音容笑貌一直活在我心中。想起妈妈,看着妈妈微笑着的照片,我就会流泪,一个人偷偷地流泪。如果妈妈还在,我一定不会变成男人婆的。

妈妈在世的时候,我是个乖乖女,妈妈总是把我打扮得花枝招展的。妈妈给我扎了两条漂亮的小辫子,小辫子上扎着两个粉红的蝴蝶结。每天,妈妈送我上学,接我回家,我坐在她自行车的后架上,搂着她的腰,感觉着母爱的温暖。我老爸常说:“楠楠长大了,一定是个漂亮的姑娘。”妈妈搂着我,亲着我粉嘟嘟的脸蛋,骄傲地对老爸说:“那还用说!”妈妈长得很漂亮。可老爸说我不像妈妈,而是像他。妈妈说:“像你就麻烦了,五大三粗的,我女儿长大了就嫁不出去了。”我红着脸说:“我才不要像爸爸呢。”爸爸就刮着我的鼻子说:“看你美的!”我又说:“好吧,好吧,爸爸妈妈,我像你们,一人像一半。”爸爸妈妈乐了,夸我是个鬼灵精。

不知怎么回事,妈妈去世后,我就真的越长越像爸爸了。其实,我老爸也不难看,但哪有我妈漂亮呀!

小时候的我,长得可甜了,大大的眼睛,圆圆的脸蛋,小小的嘴巴……可现在,我却成了一个男人婆,我能不伤心吗?但我只是在夜深人静的时候看着妈妈的遗照伤心。天一亮,我在阳台上拉起小提琴的时候,伤心的事情就随着晨风飘远了。我知道,沉湎在伤感之中对自己的成长不利,生活告诉我,要将内心的伤痛抛于九霄云外。

妈妈去世之后,老爸又当爹又当妈。老爸是体校的武术教练。他不可能像妈妈那样细心照顾我,我几乎成了野孩子。就拿我的头发来说吧，原先是长发飘飘，后来为了洗起来方便就剪成了短发。为了不让学校的男同学欺侮我，我跟老爸学了武术，谁要是欺侮我，我绝不轻饶他。

有一次，我把一个同学给揍了。那个同学把毛毛虫放在我的衣服上，我一拳就把他打得鼻子流血。那个同学的家长找到了我老爸。老爸又是赔礼又是道歉的，还赔了50元钱的药费。老爸等我同学的家长走了之后，黑着脸训我："楠楠，你太不听话了，一个女孩子，老是打架，像话吗？"我申辩说："谁让他欺侮我！"老爸说："你为什么不报告老师？动手打人就是不对，学武要有武德，我要是天天出去打架，像话吗？"我低下了头，老爸的话句句在理。

我轻声说："老爸，我错了。"

老爸"嘿嘿"了两声，用食指点着我的鼻尖说："你这个丑丫头！"

老爸说得没错，我不是个漂亮的女生。虽然说我不是个漂亮的女生，但我也不丑呀。有些男同学还说我挺耐看的呢！嘻嘻，听到男同学的恭维话，我内心一阵窃喜。爱美之心，人皆有之嘛。

我同样也爱美，不过，我不喜欢穿花花绿绿的裙子，尽管小时候还觉得那些裙子挺美的，可我现在喜欢质朴大方能够体现纯洁和青春活力的休闲装。

当然，是一些流行的休闲装喽。

不过，我也喜欢穿校服。白色的校服样子虽说有点土，但把它洗得干干净净后穿在身上也清清爽爽的，没什么不好。我可不像有些同学，一回到家里就把校服脱下来，争分夺秒地穿上时尚的衣服。老爸说得好，上学的时候嘛，应该朴素点，等以后参加工作了，怎么美都行，况且，朴素也是一种美嘛。我就喜欢自自然然的美。

第一次听到同学在背后窃窃私语，说我是男人婆的时候，我气坏了。我真想上去收拾他们一顿，但我转念一想，如果我和他们动武，就正中他们下怀，等于承认自己是男人婆了。我忍住内心的怒火，佯装出笑脸，从他们面前昂首挺胸走了过去。他们马上吐了吐舌头，一副不好意思的样子。

我是女生，我不是男人婆。

我知道同学们为什么会叫我男人婆。我是个开朗大方的女生，不会扭扭捏捏故作姿态讨男生喜欢，碰到不平的事我会挺身而出，做什么事我都有自己的主张。比如说，我喜欢踢足球，我常常和男生一起踢足球。

在足球场上，我可是巾帼不让须眉，这可不是我吹牛。不得不承认，许多男同学不如我。我只要加入某一方，那么，对方的失败是不可避免的。不是因为我是女生，他们有意让我，而是因为我确实太厉害了。我只要把球带到对方的禁区，飞起一脚射门，很少有守门员能挡住我凌厉的攻势。许多男同学怀疑我在球场上不是女生而是个小子。其实，真正踢起球来，都在玩命，眼都红了，他们已经把我的性别忘记了。只有在观战的同学眼中，我才是女生，意气风发的女生。

也许是因为我老爸是武术教练，我从小就喜欢运动。在妈妈离开我们之后，老爸就教我练武。运动使我快乐和健康。老爸除了教我练武，还要我练琴。妈妈在世的时候，她就让我练琴了，她在市歌舞团给我请了个老师，每周让我去练习两个小时的小提琴。

说心里话，我对拉琴的兴趣不大。

我总是不好好练琴，把琴拉得“吱吱呀呀”的像鬼叫。我想，妈妈听到我的琴声兴许会中止让我练琴。没想到，我自讨苦吃，妈妈见我故意不好好拉琴，于是变本加厉地让我拉琴，而且每天早上都要拉半小时的琴，这下可惨了，我不好好学琴是不行的了。

现在，拉琴成了我的喜好。每天清晨，当我在晨风中拉出悠扬的琴声的时候，我就会觉得在天堂里的妈妈正微笑着倾听女儿的琴声，我的心灵便随之欢畅而又悠远起来。音乐给我带来了快乐，快乐让我美丽，尽管这快乐中掺杂着一丝淡淡的忧伤。

像音乐一样，运动也给我带来了快乐，快乐让我美丽。

在我的同学里，也有喜欢音乐的人，那就是我高一的新同学肖攻钧。但是他不喜欢运动。而且，他也在背后说我是男人婆。

2

第一次见到肖攻钧的时候，我眼睛一亮，哟，这男孩真帅，那长相和装扮，特像我的偶像谢霆锋。

我骑着自行车路过他身边时，特地回头望了他一眼。他好像也看了我一眼。不过，我发现他眼中有太多的盛气凌人的成分。当他走进那栋新建的小洋楼的时候，我对他的好感就消失了，甚至产生了打击他那傲气的念头。那时，我不知道他会成为我的同学和同桌。

我们这片小区的人都知道，那栋小洋楼是一个乡下的暴发户买地皮建的。关于那个暴发户的传说很多，都说他很会攒钱。那栋小洋楼的价值，按我老爸的话说，他几辈子的工资加起来都不可能建起那栋小洋楼。

那高傲的男孩显然是那暴发户的儿子。说心里话，我对有钱人并不像有些人那样大惊小怪，可莫名其妙的是，我却忍受不了肖攻钧的那种傲气。我也会很俗气地在心里说："哼！不就是仗着你老爸有几个臭钱嘛，有什么好神气的！"这颇有点吃不到葡萄说葡萄酸的味道。让我讨厌肖攻钧的原因还有一个，那就是在建造小洋楼的时候，肖攻钧的爸爸为了赶进度，老是让人干到深夜，吵得我们睡不好觉。

有一次，老爸的一位同事带了一个女人到我家。我一看到那个女人就不喜欢，她打扮得很妖冶。我知道，那个同事是在给我老爸介绍对象。我气鼓鼓地回到自己的房间，拉灭电灯，重重地关上门，躺在床上想妈妈。每次，只要有人给老爸介绍对象，我心里就会特别不舒服，我就会千方百计地搞破坏，弄得老爸一筹莫展，毫无办法。这回，我躺在床上边想着妈妈，边恨着客厅里正和父亲谈着什么、不时传来荡笑的女人。我不要她进我的家。我烦躁不安。我躺在床上，听到阳台对面的工地上稀里哗啦干活的声音，心里就更烦了。我突然从床上爬起来，推开窗户，冲着对面小洋楼的工地大声喊："你们有完没完，吵死人了！"工地上有人在笑，他们根本就不理会我，我的眼泪涌了出来。我大声的喊叫被老爸他们听到了。老爸在我房间门口问:“楠楠,你怎么啦?”我大声地哭喊道:“没什么,没什么!”

不一会儿,我就听到了老爸送客的声音。显然,老爸听到我的哭喊,又把这次机会放弃了。我有时候很内疚,可我不知道怎么和老爸说,老爸也应该有他的生活。

自从肖攻钧全家搬进那栋小洋楼之后,我就常在阳台上拉琴。我好像是在用琴声告诉那高傲的男孩,你别自以为是,我比你强!

我不是一个争强好胜的女生,可我非要装出比肖攻钧厉害的样子。

那天,我下楼到大院的停车棚里推出自行车,发现自行车的轮胎瘪了,可我打气打了好长时间也打不足。这时,我才知道自行车的两个轮胎都被人放掉气了。我回去时,碰到了我们院子里的两个男孩子大虎和小羊,他们比我小多了。

奇怪的是,他们一见到我就好像老鼠见到了猫,躲着走。

我在院子里是出了名的,谁都知道我有一个武功高强的老爸,况且我也从小习武,小伙伴们都不敢惹我。

这两个小子平时就淘气,见我就躲,心里一定有鬼。我马上联想到了自行车的事。

我拉下脸,对他们说:“大虎,小羊,你们过来!”

他们停住了脚步,脸上一副慌乱惊恐的样子。

我知道他们想跑,就吓唬他们:“你们别跑,老老实实地过来,否则,以后要是被我碰到,就没有那么好说话了!”

他们你看看我,我瞅瞅你,不敢跑了,只好低着头,磨磨蹭蹭地走到我面前。

我厉声说:“你们老实说吧,你们干了些什么好事?”

大虎说:“不关我的事,是小羊干的。”

小羊说:“不关我的事,是大虎让我干的。”

看他们狗咬狗的样子,我心里乐了,但我还是极其严肃地说:“你们为什么要那么做?”

大虎说:“我不能说。”

小羊也说:“我不能说。”

“哼!”我瞪起了眼,“你们要是不说,看我怎么收拾你们!”

小羊胆子小,他一看我发火了,马上就招认了:“是小洋楼里的那个大哥哥让我们干的。”

我心里一下明白了,敢情是他在报复我呀,和我玩这下三烂的阴招。

我笑着对他们说:“你们走吧,这回不怪你们,以后可别再上有钱人的当。”

大虎和小羊连声说:“我们再也不敢了。”

他们飞奔而去。

我咬了咬牙,心想:好小子,竟用这种手段来报复我!走着瞧吧!

我真没想到,肖攻钧在几天之后就成了我的同学,而且还是我的同桌。

3

肖攻钧那一副趾高气扬的样子,让我讨厌。他知道我不喜欢他,还在我面前装模作样的,好像他真是什么白马王子,真是什么谢霆锋,我可不吃他那一套!我总是找机会打击他的锐气。

一天上体育课,课目是练习投篮。体育老师给我们做了示范动作之后,就让我们一个一个地投。我对投篮是有十分把握的,投了三个球都进了。轮到肖攻钧投篮时,他投了三个球,一个都没有进。有些同学就嘀咕开了:“肖攻钧真臭,个子那么高,一个也投不准。”

我幸灾乐祸地笑着。

到了最后10分钟,体育老师让我们自由活动。我抱着篮球走到肖攻钧面前说:“肖攻钧,你敢和我比赛投篮吗?”

肖攻钧也许知道自己的弱点,脸刷地红到耳根。

别看他平常一副神气的样子,现在肯定是不敢应战的了。

周围的同学哄笑起来。

矮胖子王阳故意逗他:“肖攻钧,你害怕了吧?”王阳和我一样,对肖攻钧的傲气看不惯,他常私下里对我说,肖攻钧老是拿钱来收买同学,比如潘晓和杜中就被他收买过去了。

看着肖攻钧的窘态,我得意极了。

这时,潘晓对肖攻钧大声说:“肖攻钧,怕什么呀? 和她比,有什么了不起的!”

杜中也说:“肖攻钧,和她比,怕什么?”

同学们一起起哄:“比呀!”

肖攻钧突然沉闷地说:“比就比!”

我说:“来吧!”

我们定了一个规矩,投十个球,谁进的球多,谁就赢;谁进的球少,谁就输。那么,输了怎么处置呢? 肖攻钧说:“谁输一个球 100 元钱!”我清楚他想用钱来压我,我摆了摆手:“我不稀罕你的臭钱,况且,我从不赌博。”潘晓说:“谁输了,谁就从中线一直爬到篮球架下。”我又摆了摆手:“这样太没意思!”

肖攻钧急了:“那你要怎么样?”

我收起了笑容,一本正经地说:“谁要是输了呀,不单要从中线爬到篮球架底下,还要抄写一万遍‘井底之蛙’四个字。”

同学们再次哄笑起来。

王阳大声说:“好,好!”

潘晓盯了王阳一眼:“好什么好?”

我挑衅地看着肖攻钧:“怎么样?”

肖攻钧已经骑虎难下,但为了他的尊严,只好说:“行!”听得出来,他的口气虚弱得很。比赛的结果是显而易见的,肖攻钧在体育方面显然不是我的对手,我进了八个球,而他只进了两个球,那两个球也是瞎猫碰上了死耗子。

这下,肖攻钧显出一副窘态。

王阳大声说:“肖攻钧,爬呀,爬呀!”我不知道平常不太爱说话的王阳今天为什么说话那么积极。我只是微笑着看着肖攻钧,我在心理上已经战胜了他,至于他爬不爬,我已经没有多大的兴趣。

我说:“算了算了,开开玩笑嘛,友谊第一,比赛第二,别那么当真。”

没想到,肖攻钧说:“爬就爬!”

他俯下身子,从中线一直爬到了篮球架下。爬完后,就气呼呼地走了。

他显然是受了我强烈的刺激,我是不是太过分了?

第二天,在放学回家的路上,肖攻钧追上了我。他下了自行车,从书包里掏出一个本子递给我:“给,我不会赖账的!”我看到肖攻钧的眼中流露出委屈的神色。我接过那本子,他就蹬着自行车扬长而去。

我翻开那个本子,只见本子上写满了“井底之蛙”四个字。那字迹还蛮好看的,比我写的钢笔字强多了。

我望着肖攻钧的背影,若有所思。

4

明明白白告诉你,我是女生。我像所有爱美的女生一样,喜欢时下流行的双肩背包。背着淡黄色的双肩背包,骑着时尚的山地车,我觉得自己是个爽朗而又大方的女生,充满了青春的活力。

肖攻钧的书包不是双肩背包。

我炫耀般地对他说:“喂,肖攻钧,你们乡下人都挎这么土的书包呀!”我不是瞧不起乡下人,我是要打击肖攻钧的锐气。

肖攻钧说:“你知道我这书包是真皮的吗?还是名牌呢。”

我不屑一顾地说:“真皮又怎么样?名牌又怎么样?样子土得没品位,有什么了不起!”

他盯着我,说不出话来,两眼冒着火。没有比打击肖攻钧的嚣张气焰更让我开心的了。其实,他那挎包比我的双肩背包名贵多了,而且,我的双肩背包是那种很普通、很便宜的人造皮革。

肖攻钧生气的样子很好笑,看上去鼻子都气歪了。我笑着说:“肖攻钧，干吗呀？说你一句就气成那样，鼻子歪了可就不像谢霆锋了。”

第二天，我发现肖攻钧背着一个崭新的双肩背包来上学。他的目光好像是在蔑视我，那高傲的样子让我受不了。可我还是装出一副笑脸，我不能让他占上风：“肖攻钧，其实你背双肩背包一点都不酷。你知道吗？双肩背包是属于少女的包，女生背双肩背包表达了一种闲适开朗的心情，显得纯真可爱。你们男生背双肩背包，我看不伦不类。”

肖攻钧那个浅灰色的双肩背包也挺名贵的，不但是真皮，而且是名牌。他背着浅灰色的双肩背包还是蛮帅的，我那样说他，只是为了打击他的锐气。

肖攻钧的脸红了，他实在找不出适当的话语来反驳我，本来他想打击我的，没想到我把球踢了回去。

晚上，我又听到肖攻钧家里传来猫的哭声。我清楚，肖攻钧总是把气撒在他家里那只白猫的身上。我只要一听到猫的哭声，心里就为那只白猫叫屈。我喜欢肖攻钧家里的那只白猫。我是女生嘛，喜爱小动物是我们女生的天性。

5

我搞不清楚我们班的女同学罗丽为什么会暗暗地喜欢肖攻钧。罗丽和我很要好，这在学校里是众所周知的事情。

罗丽长得胖。她的脸圆嘟嘟的，身体也圆乎乎的，她和王阳的体形差不多，要是他们俩走在一起，一定有人会说他们是双胞胎的。

以前，罗丽对自己的胖并不在乎，尽管她父母老是让她减肥。可最近罗丽老是嘀咕着要减肥，说自己那么胖，烦死了。于是，她就拼命地吃减肥药。

有一天，罗丽阴沉着脸对我说：“宋伟楠，我实在受不了了，我一看到那些减肥药，就要呕吐！”

我说：“你何苦这样折磨自己呀？”

罗丽脸红了，她看了一眼在不远处的桉树下与潘晓和杜中高谈阔论的肖攻钧，眼中闪现出迷离的光泽。

我安慰罗丽："罗丽呀，如果你烦那些减肥药，你就不要再吃了。胖一点有什么关系，丰满也是一种美。"

罗丽说："伟楠，我就是要减肥嘛。"

我想了想说："罗丽，其实不吃减肥药也可以减肥的，每天早上早一点起来运动就行。"

"真的？"罗丽高兴得跳了起来。

我点了点头。

罗丽真的按照我说的办法，每天一大早就起来跑步。要命的是，跑了几天，她就起不来了。那几天早起跑步，她上课老是打瞌睡，老师看她打瞌睡，罚她站起来听课，还招来同学们的偷笑。肖攻钧小声地说："母猪就是这样的，吃饱了就呼呼大睡。"他的话传到了罗丽的耳朵里，罗丽无奈地看着肖攻钧，真是又羞又恨。

罗丽虽说胖，可她总是管不住那张嘴巴。我实在不明白，她为什么那么喜欢吃东西。你要是对她进行突击搜查，保证能在她的口袋里搜出巧克力、水果糖之类的零食。她还喜欢去麦当劳吃麦辣鸡腿，一次可以吃五个，够吓人的。我说："罗丽，你就不要吃那么多东西了。"她会满口答应我，可转眼就忘得一干二净，该怎么吃还怎么吃。看看，她这样吃，就是吃下去一卡车的减肥药也毫无效果。我严肃地警告她："罗丽，你不能再这样吃东西了，否则，你会越来越胖的！"当时，她眼中掠过一丝惊恐。我知道，她惊恐自己的体重不断地增加，但她也获得过快乐，那是在她大快朵颐的时候。

尽管我知道罗丽减肥的希望很渺茫，但我还是帮她想着办法。一天，我在一本时尚杂志上看到一个好莱坞电影明星减肥的方法，那个方法很简单，就是吃苹果，也叫"水果疗法"，据说效果很好。

我马上把这种方法告诉了罗丽。我强调说："你每天坚持吃苹果，早上吃一个苹果，中午吃三个苹果，晚上吃两个苹果，三天一个疗程。注意，在这三天里，除了吃苹果和喝水，其他什么东西都不能吃。三天后你就可以吃饭了,过一周后再继续第二个疗程。"罗丽又朝肖攻钧看了看,说:"好,我照办!"她这回好像是下了决心。开始的那一天,她还主动让我检查她的口袋和背包,果真什么吃的东西都没有。我对她说:"你要靠自觉。"她点点头,一副很坚定的样子,仿佛看到了自己苗条的模样。我倒是真诚地希望她苗条起来。

罗丽就那样坚持了两天。

到了第三天上午第四节课的时候,她居然晕过去了。

那是节体育课。我们在练习投标枪。罗丽使出全身的力气把标枪投了出去。她在原地转了一圈就缓缓地倒下了,脸色苍白,牙关紧咬。我们吓坏了,叫来校医。校医检查后,给她注射了一支高浓度的葡萄糖。不久,罗丽醒转过来,叹了一口气,对我说:"哇,好饿呀!"原来,她是饿晕的。肖攻钧嘀咕了一声:"就知道吃!"罗丽听到那句话,眼泪流了下来。后来,我才知道罗丽要死要活地减肥,是为了肖攻钧。因为她喜欢肖攻钧,她听肖攻钧说过,他不喜欢肥胖的女孩子。

我再也不敢让她进行什么水果疗法了。

那天中午,我请她去吃麦当劳。看着她大口大口地吃着麦辣鸡腿,我笑了。她吃着吃着,说:"肖攻钧太不够意思,人家都饿晕了,他还说什么风凉话!"我说:"我不喜欢他那高傲的样子,他真以为他是什么白马王子呢! 别理他。"

罗丽接过话茬:"对,再也不理他了。"

但我看到她的眼中还是有一点慌乱。

罗丽又说:"伟楠,我才不减肥呢,顺其自然吧,管它呢! 你说过,丰满也是一种美,对吗?"

我乐了:"对!"

6

我是女生。别看我会武术,在足球场上像男生那样奔跑,可我还是女生。

我也有哭的时候。比如那次肖攻钧用蛇吓我，我就哭了。那天晚上，我想着妈妈，把枕巾都哭湿了，但我不能让老爸知道我内心的脆弱，怕给他增加心理上的负担。

我真的好怕蛇。可恶的肖攻钧，他是一只该死的小公鸡！

慢慢开放的花儿

1

我喜欢运动，运动让我的身体充满了力量。

我喜欢拉小提琴，喜欢唱歌，正如我深爱着老爸和已逝的妈妈。音乐让我知道什么是爱，也让我可以感觉到在天堂里的妈妈对我投来的慈爱的目光。

我还喜欢养花，花儿赋予我们女孩子特有的灵气。说起来好像没有人会相信，我这样一个大大咧咧、活泼开朗的女生会有耐心去养花。可我真的养了好多花呢。

我家的阳台上摆满了花盆：有月季，有兰花，有海棠……一年四季，我家的阳台上都有花儿次第开放。我最喜欢的花儿是玛瑙花。每年5月，玛瑙花开的季节，也就成了我的节日。那些蓝色的花瓣，是初夏的精灵，在我的琴声和歌声中舞动着，轻轻地舞动着，好像在为我庆祝什么。

我曾经写过一首题为《我喜欢》的小诗。我特别喜欢这首小诗，并把它抄在日记本的扉页上。我相信，这是像蓝色的玛瑙花一样自由自在地绽放的小诗，如果妈妈还活着，她也一定会喜欢的。

我喜欢
喜欢躺在一片草地上
没有任何人

身旁只有野花和小草陪伴着我
小鸟在歌唱
我陶醉了
谁知道
那时太阳还没升起来
我喜欢
喜欢平静的大海
海风向我吹来
海鸥在飞翔
远处
一片白帆
满载希望
谁知道
这并不存在
我喜欢
喜欢蔚蓝的天空
白云在悠悠飘浮
有一朵白荷花朝我飘来
带着我的理想

这梦幻般的小诗是我上初一的时候写的。后来,我悄悄地给我的对头肖攻钧看了。他看完这首小诗,看着我,他的眼神让我的脸儿发烫。我说:“你可别笑话我呀。”

肖攻钧认真地说:“我哪敢笑话你呀?你的诗写得这么好,怎么不寄出去发表呢?”

肖攻钧是我们学校公认的才子,他说我的诗写得好,我还真不敢相信:“真的?”

他点点头,很认真的样子。

不过,我还是没有将这首小诗投寄出去,尽管肖攻钧一直要我把它投寄出去。它一直珍藏于我日记本的扉页上，玛瑙花儿一样绽放着，在我的心灵深处绽放着。

2

肖攻钧趾高气扬、自以为是的样子的确让我接受不了。我们高一(2)班的许多同学都看不惯他，尤其是他动不动就炫耀他家的财富，这和那些炫耀自己父母当多大多大官的同学一样令人讨厌。

如果不是因为这一点，或许我早就成为他的好朋友了。我们班从乡村里考上来的不止他一个人，我怎么就偏偏讨厌他？他还看不起那几个和他一样从乡村考上来读书的同学呢，这不是很气人吗？

自从他拿蛇吓我之后，我更加讨厌他了。我对他简直是毫不留情。我就是要当着全班同学的面，说他是"小公鸡"。从那以后，我就一直叫他小公鸡。我在课桌上划了一条线，警告他："小公鸡，不许你超过这条线，否则我对你不客气！"他嘴里轻轻地吐出了两个字："三八！"我说："小公鸡，你胡说什么！"他怕我生气，赶紧说："我是说三八线嘛。"我只好悻悻地盯着他。

我知道，我老爸在外面谈了一个女人。一次，我帮我老爸洗衣服，从口袋里掏东西的时候，从他的皮夹子里掉下来一张照片。照片上的女人有一张纯朴的脸，不像以前人家带上门来介绍的那个女人那样妖冶，但也没有我在天堂里的老妈那样美丽大方。我心里抽搐了一下，本能地拒绝着这个女人。老爸一直没有和我提起这事，也许是怕我知道后破坏他们的事情吧。我也不是小孩子了，我知道老爸的苦处，可我不能接受这个女人。我内心很矛盾，也很痛苦。

我把那女人的照片偷偷地藏了起来。老爸只要不天天看那女人的照片，不天天想她，或许她离我会越来越远。多年来，我一直害怕有陌生的女人在某一天突然踏进我的家门。

晚上，老爸走进了我的房间，我正在做作业，他一副欲言又止的样子。我心里很紧张，我知道，他是来向我要那张照片的。我装作什么也不知道，埋头做着作业。这时，我听到对面肖攻钧家里的猫在叫，我的心里就像被猫抓了一把一样难受。

老爸坐在我旁边，一句话也没有说。他越不说话，我心里就越难受。我停下笔，不敢正视老爸，并把目光投向窗外，我看到肖攻钧家的窗帘今天没有拉上，他也正在做作业呢。我想，肖攻钧多幸福呀，有妈妈照顾和陪伴。

我听到老爸长叹一声，然后站起来，朝外面走去，他的脚步很沉重。他出门时，把门带上了。我扑过去，把门反锁上，还拉起窗帘。看着妈妈的遗照，我的眼泪不由自主地流了下来。我把那女人的照片拿出来，一点一点地撕碎，我也在把老爸的心一点一点地撕碎。

我又听到了猫的叫声。我拉开窗帘，对肖攻钧说："小公鸡，你有点道德好不好？不要老欺负你们家的猫了！不要老让它哭了！"

肖攻钧说："它要叫，我管得了吗？"他把窗帘"哗"地拉上了。

我气得要死，心里说："小公鸡！你有什么好神气的！"我不是那种心眼小得像针尖的女孩，但我想惩罚他，打击他的锐气，不能让他那么嚣张。

有一段时间，肖攻钧发疯一样地唱歌，唱的都是谢霆锋的歌。早晨，我在阳台上拉琴，就可以看到肖攻钧在他家小洋楼的阳台上扯着嗓子唱歌。我大声说："小公鸡，你是在报晓吧！"小公鸡看我说他，马上就溜走了。说心里话，肖攻钧的歌唱得蛮好听的，可我还是要说他唱歌唱得跑调了，像驴叫。我这样刺激他，他经常气得脸色发青，但一点办法也没有。

肖攻钧练歌的目的后来真相大白：他是为了去参加东南卫视"开心100"节目中的"开心明星脸"的比赛。他灰溜溜地落选回来之后的那几天晚上，我一直听到他家那只白猫的哭声。猫的叫声凄凉极了，我为那只受肖攻钧欺负的白猫而难过。我几次想说他，可看到他失败后沮丧的样子，我倒高兴不起来，反而不忍心说他的风凉话了。幸灾乐祸不是我的性格。我心里很明白，独自一人去参加那样的比赛，需要多大的勇气和信心，我也知道失败的滋味。在成长的过程中，谁都会做出一些让自己惊讶而又失望的事情。想象和现实的差距是多么的遥远。

3

记得上初中二年级的时候，我和罗丽两人经历过一次刻骨铭心的事情。那是秋天，我看着阳台上的海棠花开了，特别想妈妈，决定独自出去散散心。罗丽知道我的想法后，要陪我一块去。我们决定周末到离市区 20 多公里的海边去度过一个晚上。可以说，我们学校没有同学敢两个人在远离市区的海滩上过夜。

我们要去的地方叫黑浪滩。据说，黑浪滩很少有人光顾，原因是那里经常会发现随着潮水漂过来的尸体。当地渔民的船在海上翻了或者沉了，他们的家人就会到黑浪滩去寻找亲人的尸体，因为潮水会把死者的尸体送到黑浪滩。那是个神秘的地方。

刚开始，罗丽听说要去黑浪滩，准备打退堂鼓。我骂了声："胆小鬼！有我，你怕什么呀？"罗丽这才说："那好吧。"听得出来，她答应得很勉强。我清楚她心里还是很害怕。我想，没什么，我能保护她的，况且，我的胆子也是大得出了名的，我不相信黑浪滩有什么让我恐惧的东西。我长那么大，第一次作出这么一个冒险的决定，像肖攻钧去参加"开心明星脸"比赛一样的大胆决定。这次行动也是保密的，除了我和罗丽知道外，没有任何人知道，就连我老爸和罗丽的老爸老妈也不知道。现在的大人们说我们这一代人是小皇帝、小公主，是在蜜罐里泡大的，经不起考验，吃不了苦头，我才不信，非要去尝试一下不可。我还要告诉我天堂里的妈妈，我不是个胆小的女孩子。

我们精心准备了一些野营必备的东西，比如手电、打火机、食物等等。我原来想去弄一顶小帐篷的，可找遍了这个城市的大小商店也没有找到。这让我更加坚定了接受挑战的决心。

星期六一大早，我就悄悄地出了门，骑着心爱的山地车来到罗丽家门口。我在罗丽家的楼底下学了几声鸟叫，罗丽就把头探出窗户，朝我打了个“OK”的手势。不一会儿，她就骑车出来了。她和我一样，穿着一件长袖T恤和一条牛仔裤，脚蹬一双运动鞋。

我们迎着朝阳往黑浪滩进发，一路上有说有笑的。我们就像两只飞出笼子的小鸟，在田野的气息中感觉到了宽广和自由。

从市区到黑浪滩，我们骑了近两个小时，主要原因是罗丽太胖了，骑一会要停下来休息一会，这样就耗去很多时间。在路上，我们还选了一些比较美丽的地方停下来照相。我们都喜欢照相，都有几大本厚厚的相集。还有一个原因，我们都没有去过黑浪滩，在去的途中，还要不断地停下来问路，这样也耗去一些时间。当我们出现在黑浪滩的时候，已经是上午10点多了。

我看着黑浪滩，大声喊：“哇噻——”

罗丽也跟着喊：“哇噻——”

黑浪滩大片大片的洁白沙滩出现在我们眼前。这是一片宁静的海湾，海水蓝得让我们少女的心颤动，海水轻吻着洁白的沙滩，这种情景很容易让我想起在电视中、图片上见到过的夏威夷海滩。这和传说中的神秘的黑浪滩相差甚远。这哪有什么黑浪呀？这哪有什么死尸呀？我和罗丽欢呼着扑向了黑浪滩的怀抱。

我们在那洁白的沙滩上扎下了营。我把一块布铺在沙滩上，把东西放在了上面。虽说是秋天，可在阳光下，我们的身上还是出了汗。我躺在沙滩上，抹了一下额头上细细的汗珠，问罗丽：“罗丽，你害怕吗？”罗丽也躺在沙滩上，大声地反问我：“伟楠，害怕什么呀？”我骂了声：“罗丽，你好三八呀！”罗丽笑了：“伟楠，你才三八呢！”我们便纵情地大笑起来，笑得平静的海面波光闪闪。我说：“海水像无数打碎了的玻璃片。”罗丽说：“是许多许多从天上掉落的星星。”

我们从沙滩上爬起来，脱掉了鞋，走到浅水里。我们白皙的脚丫子在洁净的海水中如纯洁的白鱼。我们在浅水里打闹着，这种无拘无束的感觉在家里和学校里是怎么也找不到的。我看到了浅水中的许多小鱼儿。我们停下来一动不动，不一会儿，我们的脚丫子就痒起来，原来是那些小鱼儿在吻我们的脚丫子。你可以想象,两个花朵般的女孩子在阳光下的黑浪滩嬉戏的样子,是多么令人神往啊。

我很后悔没有把小提琴带来。

我要是站在海水中,拉琴的样子一定美丽极了。虽说没有小提琴,但我们还是对着蔚蓝的大海放声歌唱,我们恨不得把所有会唱的歌一股脑儿地全唱出来。接着,我们相互拍了好多好多的照片,我准备好的两卷胶卷全“咔嚓”完了。反正,在这美妙的大自然里,我们陶醉了,尽情地陶醉了。

“呀,那是什么?”罗丽在不远处大惊小怪。

我踩着浅水“噼里啪啦”地跑了过去。

我一看,笑了,捡起一半埋在沙中一半浸在水里的东西说:“罗丽,你真是四体不勤五谷不分呀,这是牡蛎!”

“牡蛎?”罗丽还是有点不相信。

我跑到沙滩上面的一个小山坡上捡了两块石头,回来敲开了牡蛎坚硬的壳,牡蛎鲜嫩的肉呈现在我们面前。罗丽的双眼发亮了:“哇噻,真是牡蛎呀。这牡蛎能吃吗?”我说:“能!”我把牡蛎肉放在海水里洗了洗,塞进了嘴巴里。哇,好鲜美呀! 于是我们开始在海边上寻找牡蛎。没想到这里的牡蛎那么多,不一会儿,我们就捡了一大堆。我们坐在阳光照射的沙滩上,边敲牡蛎边吃着,乐不可支。罗丽笑得有些离谱:“伟楠,我可从来没吃过这么多生的牡蛎呀。”我也开怀大笑:“是呀,我也是。”罗丽说:“我们都成野孩子了!”我说:“嘻嘻,我们就当一回野孩子吧。”中午,我们吃了一些面包和香肠,喝了一瓶矿泉水之后,就累得躺在洒满阳光的沙滩上睡觉。

我们又疯玩了一个下午,似乎把家庭和学校的紧张忘得一干二净。我们到山坡上捡了好几捆干树枝,放在沙滩上,准备入夜后生起篝火。

夜色降临了。天上的星星一颗颗地冒出来,海水变得黑了,沙滩变得更白了。我们点燃了篝火,篝火越烧越旺,映红了我们的脸。

罗丽望着火苗,突然说:“宋伟楠,你爸会找你吗? 他会着急吗?”

被罗丽一问，我有点后悔没有给老爸留一点信息，他说不定正焦急地四处寻找我呢。我心里开始着急起来。妈妈去世后，老爸无微不至地照顾我，他总怕伤害我，不敢大胆地去寻找自己的幸福。

罗丽说："我爸我妈一定急死了。"

我不能让罗丽看出我内心的不安，现在我必须是罗丽的主心骨。我佯装笑脸说："罗丽，没事的，我们明天一大早就回去，我会到你家去和你爸妈解释的。我就说，你在我家过了一夜，没事的。我老爸从小就信任我，他肯定相信我不会出什么事的。"

罗丽听了我的话，就不再说什么了。但我知道，她心里还是有顾虑。

我说："我们唱歌吧。"

罗丽点了点头。

我们放开喉咙唱了起来。

歌声在黑浪滩上自由自在地飘动着，好像还有回响。

罗丽突然说："伟楠，我怕。"

我说："怕什么呀？"

罗丽用手指了指远处的山坡："你看——"

我看见了一点火光。那点火光好像在向我们慢慢地游过来。火光老是到不了我们的面前。我的心抖了一下，这偏僻的地方哪里有火光呀？难道是……我现在才感觉到，我们真实地置身于传说中的可怕的、神秘的黑浪滩。

罗丽全身颤抖着说："那是不是鬼火呀？"

我强作镇定："罗丽，没有鬼的，别怕。"

罗丽靠近了我，她抓住我的手，我感觉到了她内心的惊惧，她的手好凉。

海面上起风了。

风一阵一阵地吹过来，却总是吹不散那点火光。风越刮越猛，慢慢地变得疯狂起来。风呜咽着，好像有许多鬼魂在风中哭泣。紧接着，我们听到了海浪的吼声。

大海起浪了。

大风大浪让我的心提到了嗓子眼。

罗丽说："伟楠，我听到脚步声了。"

她怎么能听到脚步声？我听到的是风和浪的怒号。我虽说胆子大，但听罗丽这么一说，也有些顶不住了："罗丽，你说什么？"

罗丽的声音充满了恐惧："我，我听到脚步声了。"

我"啊——"了一声。

一阵巨大的狂风夹带着狂浪中的水珠盖过来，把篝火扑灭了。

罗丽惊惧地说："伟楠，我好怕。"

火灭了，狂风变得更猛烈了，像在撕扯着什么。暴怒的海已经没有了白天的宁静，变成另外一个恐怖的世界，仿佛那些恶魔在白天里沉睡够了在夜里苏醒过来，要把整个海搅个天翻地覆。我们感到了寒冷，全身发抖起来。风像刀子一般刺骨。罗丽的一阵阵尖叫被海浪和狂风吞噬了、淹没了。

我们只得紧紧地抱在一起，用自己的体温温暖着对方。白天宁静而美丽的黑浪滩变成了一个魔鬼世界，它让我们陷入巨大的恐惧和彻骨的寒冷之中。这是我们在欢乐的白天始料不及的，我们原以为夜晚的黑浪滩会比白天更浪漫、更充满夏威夷的情调。

罗丽呜咽着，接着就大声号啕起来，她的哭声和风浪声夹杂在一起。

我无法制止她哭。她越哭，我也越害怕。我们的身子在战栗，好像有许多魔鬼张着吃人的大口正在向我们逼近，我们连逃的勇气和想法都没有了。

我也大哭起来。

没有人听到两个女孩在夜晚的黑浪滩的哭声，也没有人理会我们。哭声后来便成了我们成长途中的一次记忆，苦涩中夹带着甘甜的记忆，惊恐中夹带着自豪的记忆。这是一次洗礼，让我们明白了这个黑夜里的真相。我们相互紧紧地抱着，在寒冷中挨到天亮，直到朝阳把我们冻得苍白的脸蛋映红，直到黑浪滩的大海重新宁静如初。

4

后来，我把和罗丽在黑浪滩的经历讲给肖攻钧听。肖攻钧说:“宋伟楠，你们真厉害。要是我，肯定给吓死了。”我觉得好笑，这个自以为是的家伙胆子还没我们大呢。

经历过那一次的事件后，我才明白了什么叫作“勇敢”，体验了什么叫作“磨炼”，尽管它在我们漫长的人生历程中或许不值一提，尽管我从黑浪滩回来后挨了老爸一顿臭骂，并且向老爸保证再也不做那样不辞而别的事情。

所以，当肖攻钧从泉州失败而归之后，我第一次没有嘲弄他，还给他讲了我们在黑浪滩那晚的经历。但我并没有完全与肖攻钧和好，只要他身上那种炫耀他家财富的毛病没改掉，我是不会正儿八经地理睬他的。我不喜欢他那仗着父母的财富摆阔的臭毛病。

但肖攻钧从泉州回来之后，似乎老实多了。

5

老爸终于把那女人领回家来了。

那女人看上去挺善良纯朴的样子。她一进家门，老爸就笑着对我说:“楠楠，这是你王阿姨。”我低着头，匆匆走进房里。老爸无奈地对脸红的王阿姨说:“你不要见怪，她妈去得早，我没管教好，瞧她一点礼貌都没有。”王阿姨笑了笑说:“大概是因为陌生吧，以后熟了就好了。”

老爸把她带到家里来，无非是要告诉我，他和她的关系已进入了某个阶段。那女人让我心里难受，整个周末的上午，我都把自己关在房间里，不理他们。我一直看着妈妈的遗照，心里不是滋味儿。

老爸昨天晚上就和我说过，她今天要来，我装作没听见。老爸是个武术教练，在外面走起路来也挺威风的，可在我面前他显得特别慈祥。长时间以来，对我来说，他是又当爸又当妈。他告诉了我关于那个女人的一些情况。那女人是他体校的校医，她经常和老爸一起出差，每次老爸带学生出去比赛,她都是随队医生。她没有结过婚,一直恋着老爸,老爸能不动心吗?老爸没有说他非要娶她,可我听出了老爸的弦外之音,要我接受她。我听完老爸的话,什么也说不出来。

那姓王的女人和老爸在客厅里说话,我坐在房间里看着老妈的遗照发呆。我听到肖攻钧在对面吹口哨,吹的是《对面的女孩看过来》,口哨声很嘹亮,我朝他那里看去。

那是一张青春的男孩的脸,那张脸上布满了灿烂的阳光。瞧他那舒心的样子,我又想起了妈妈在世时的美好时光。肖攻钧看到我后,停止了吹口哨,他有点害羞,不敢和我对视。这时,我看到肖攻钧的妈妈端着一碗什么汤走进了他的房间,肖攻钧好像不肯吃,他妈妈就在那不停地说他。肖攻钧赌气地一口喝掉了那碗汤,没好气地把碗递给了他妈妈。他妈妈笑了,拍了拍肖攻钧的头就走了。肖攻钧往我这边瞥了一眼,然后埋头写着什么。他没再好意思吹《对面的女孩看过来》。肖攻钧是多么幸福呀!我妈妈要是还在,我也是个幸福的孩子。可是,我妈妈在天堂里,不知道她能不能看到女儿望着窗外大片大片的阳光在思念她,不知道她有没有听见肖攻钧吹的口哨声。

老爸在客厅里唤我:“楠楠,出来帮阿姨洗菜做饭。”

要是往常,到了这个时候,我早就主动去洗菜做饭了。可是今天我不高兴,本小姐的脾气上来了,谁说也没用。我大声说:“我在做作业呢!”老爸说:“楠楠,别那么没规矩,快出来!”我说:“我的作业没做完呢!”老爸有些生气:“楠楠,你怎么那么不听话?吃完饭不能做作业吗?”我急了:“我不吃饭不行吗?”我听到王阿姨对老爸说:“老宋,别为难孩子了,不用她帮忙的,让她好好学习嘛。”老爸叹了口气:“这孩子,都被我惯坏了!”我心里气恼地说:“假惺惺!”我说的是王阿姨,她那口气好像自己真的是我妈妈似的。

我突然有种想离开家的感觉,觉得家里的气氛异常的沉闷。可我不能走,我要是走了,老爸会气坏的。我在房间里无所适从,真想和肖攻钧说说话,可我还没有找到和他说话的理由。

我在窗边，看着自家阳台上的花儿想入非非。不经意间，我往楼下看了一眼，发现肖攻钧家的白猫在小洋楼边的小巷里舔自己的尾巴。太阳照在它身上，白得刺眼。猫的眼睛眯成了一条线。

我喜欢这只猫。有时，我会兴奋地跑过去，轻轻地抚摸它那温暖的皮毛，我心里也温暖极了。我轻轻地唤它："小公鸡。"白猫好像和我有缘，它在我的抚摸下可乖了。我想不出肖攻钧为什么总是喜欢拿它出气。我家要是有这么一只猫多好呀，可老爸不会同意我养猫的。一次，我偷偷地把那只白猫抱回家，猫在我的怀里温顺极了。我对它说："小公鸡，你别害怕，我会好好对待你的，会把你送回家的。"我把猫抱进我的房间，赶紧反锁上门。我怕老爸回家发现猫儿之后骂我，就把猫藏在我房间里待了一个晚上。奇怪的是，那个晚上，猫儿没有叫，一个晚上都没有叫。我在清晨醒来之后，看见猫儿伏在那里，温柔地看着我，我感到温馨极了，马上又把它抱在怀里。我把白猫送回肖攻钧家的时候，肖攻钧的妈妈急坏了。肖攻钧妈妈看到那只猫，像心里的一块石头落了地，长长地吁了一口气。她抱过猫，眼中闪烁着光芒。她和白猫亲热的样子让我感动。我心想，肖攻钧家要不是他妈对猫好呀，那猫早就跑了。我相信任何一种动物像人一样，都是有感情的。只要你对它好，它也会对你好，你对它不好，它会躲着你。

我想着想着，突然一个孩子走到猫的面前踢了它一脚，猫受了惊，起身就往家跑去。我大声喊："小羊，你再敢欺负猫，我就揍你！"那个叫小羊的小孩抬头看到我愤怒的脸，吓得拔腿就跑。

老爸叫我出去吃饭，我没有去。我的房门反锁着，老爸十分无奈。老爸把王阿姨送走之后，第一次对我发火，他脸色铁青，大声地骂我不懂事，白养了我那么多年。当我把妈妈的照片捂在胸口大哭时，他长叹一声走了，他的背影一下子变得那么苍老，还不停地抽搐着。

那个晚上，我做了一晚上的噩梦。我梦见老爸和那女人走了，我一个人孤苦伶仃地待在家里。老爸在清晨里的叫唤声让我从噩梦中醒来，我还听到了亲切的一声："喵呜——"

我走出阳台,看到白猫在肖攻钧家的阳台上望着我,还望着我家阳台上的花。

我惊讶地发现,我养的兰花开出了细嫩的花朵,兰花的香味弥漫了我家的阳台。

我对白猫说:“小公鸡,你是看着兰花慢慢开放的吗?”

白猫凝视着我:“喵呜——”

我一阵惊喜。

自卑的理由

1

肖攻钧一来到学校,就不吹口哨,也不哼哼什么歌儿了。他参加“开心明星脸”败北的沮丧还没有完全消失。看他这个样子,我真想和他说些什么。这个自以为是的家伙会不会因此而一蹶不振呢?我倒不愿意看到他消沉下去,他那沮丧的样子,一点儿不帅。

肖攻钧的作文《老家门前的海》获得了“新芽杯全国中学生作文大奖赛”二等奖之后,我对他有了新的认识。班主任郑跃老师把这个消息告诉同学们之后,教室里响起了热烈的掌声。我也使劲地鼓掌,手都拍痛了。我对肖攻钧说:“小公鸡,你太厉害了!”肖攻钧脸红了,平常高傲的他脸上显现出难得的羞涩。紧接着,他就笑得一脸灿烂,好像阴天里突然出现了太阳,把他因为参加“开心明星脸”败北的沮丧一扫而光。他又找到了高傲的理由、自信的理由。这种高傲和自信我喜欢,因为与金钱、与他平时摆阔无关。

肖攻钧递给我一张纸条:“宋伟楠,我中午请你吃麦当劳好吗?”我把纸条收了起来,我的耳根有点烫,我没有回答他什么。放学后,肖攻钧与潘晓和杜中他们在校门外等我。我在肖攻钧面前停了下来,郑重其事地对他说："小公鸡，谢谢你的邀请，但我十分遗憾地告诉你，中午我有事，不能为你庆祝了。"

我骑着车扬长而去。

我相信肖攻钧一定很失望。

我是女生，我有女生的尊严和面子，我那么快就和肖攻钧和解，岂不太没面子？关键的时候，我也是挺自以为是的。

2

肖攻钧的作文获奖之后，他又恢复了摆阔的坏毛病，经常在学校里用钱物收买人心。我最看不惯他这一点了。我经常想，钱多了反而会使一个人失去原本的纯真，肖攻钧用钱物来达到让人尊重的目的，就显得很俗气。我有时也会提醒他，但语气比以前温和得多："小公鸡，你以为钱能买到一切吗？"他会在我面前红着脸说："不能。"我以为他已领会我的意思，就没再说什么。可他一转身就对一个同学说："你不是要那个什么《哈利·波特》吗？明天我送给你。"那同学说："那书很贵的呀！"肖攻钧拍拍胸脯，一副大老板的模样："小意思！"我也喜欢看《哈利·波特》，也希望拥有这一套书，可我不要肖攻钧送我。我讨厌他那个派头，好像有两个臭钱就可以横行天下。

尽管如此，我还是借故往肖攻钧家里跑。我每次到他家里，他脸上都有种红晕，就像罗丽看他时脸上会出现的那种红晕一样。他妈妈见到我，也很高兴，拿出水果呀瓜子呀什么的给我吃。还有他家的那只白猫，看到我就"喵呜——喵呜——"地叫，显得与我十分亲热。我抱起那只白猫，抚摸着它的皮毛。他妈妈见状说："楠楠，你要喜欢，就常抱回家玩吧。"我答应道："谢谢伯母。"我可不敢把它经常抱回家，要是被我老爸知道了，他非骂我不可。我不想让老爸为此而生气，我让他生气的地方已经够多的了。自从上次老爸把王阿姨领回家之后，老爸又把她领回来几次，我没有不吃饭，但我用不说话来抵触他们。

我和猫亲热了一会，说："肖攻钧，你在干什么？"在他家里，我给了他天大的面子，没有叫他小公鸡。肖攻钧一听我叫他名字，像个害羞的小姑娘，脸红红地站在我面前："宋伟楠，你找我什么事？"我说："别那么紧张嘛。我想请你给我看一篇作文，行吗？"他说："行，行呀！"我从口袋里掏出那篇刚写好的作文草稿递给他。虽说我喜欢写一些小诗，但命题作文却怎么也写不好。肖攻钧说："宋伟楠，到我房间去好吗？"我大方地说："好的。"

哇噻，肖攻钧的房间里贴满了谢霆锋的相片！我看了看肖攻钧，说："小公鸡，你还真像谢霆锋。"他小声说："宋伟楠，我求求你，以后可别再叫我小公鸡了，好吗？"我笑道："在你爸爸妈妈面前我可以不叫，但是，他们不在场的时候我还是要叫的！"

接着，肖攻钧就认真地看起我的作文来。他看作文时专注的神情让我心里有一丝儿感动，我发现他的嘴唇上面长了一层淡黑的绒毛，那些细细的绒毛让我心里痒痒的。他看完作文之后，就给我讲了起来，他的眼中闪烁着清澈的光芒。我没想到他的口才那么好、思维那么敏捷。他讲得深入浅出，头头是道。

他刚刚讲完，我就听到了一声叫唤："楠楠，你给我回家！"我大吃一惊。从肖攻钧房间的窗口望去，我看到老爸站在我家的阳台上，很生气的样子。我吐了吐舌头，对肖攻钧说："小公鸡，我要回家了，谢谢你。"肖攻钧也吐了吐舌头说："哇，你老爸好凶呀！"我逃也似的离开了肖攻钧家。

我一进我们大院，就看到有两个女人在一边窃窃私语。从她们投向我的目光和神情来看，好像是在说着和我有关的事情。那两个女人在我们这个住宅小区里是出了名的长舌妇，成天东家长西家短的，唯恐天下不乱。有一对小夫妻在他们的风言风语下，还差一点离婚呢。我才不管她们说什么，昂首挺胸地从她们身边走过，看都没看她们一眼。一个女人说："啧啧，现在的女孩子，不得了哇。"另一个女人说："可不是嘛！"她们凭什么说我！我真想回转身大声地质问她们，但我没有那么做。

回到家里，老爸阴沉着脸。我不知道老爸为什么这么生气，我没有做错什么呀。我说："老爸，你怎么啦？"老爸没好气地说："你还知道回来呀！"我不解："老爸，我究竟怎么啦？"老爸气呼呼地说："你知道吗？有人说你小小年纪就贪慕虚荣，老往小洋楼里跑，说你看上人家家里的财富了！"

天哪！怎么会有这样的事呢？

我委屈极了，说："爸，你相信她们说的话吗？"老爸倔强地说："无论怎样，以后少往他们家跑！"我争辩道："肖攻钧是我同班同学呀，难道找他给我指导一下作文也有错？你知道吗？他的作文写得很好，在全国的作文比赛中还获了奖呢！"老爸不容置辩地说："我让你今后少往他们家里跑你就少跑，别那么多废话！"我大声说："爸，你怎么这么不讲道理呀！"老爸从来没有这样愤怒过："你知道那些话多难听吗？我的脸往哪里搁呀！"我也生气了，说："爸，我是你女儿呀，你怎么不相信我，却相信别人的闲言碎语呢？"我气得眼泪在眼眶里打转转。我不明白，为什么以前不管我做错了什么事，亲爱的老爸都可以谅解我，可今天他听了那么几句闲言碎语就变得不可理喻了。

难道老爸的心全在那个姓王的女人身上了？难道老爸不再爱我了？

我哭出了声："妈妈——"

3

我今年的生日有些特别，就像肖攻钧的生日也很特别一样。肖攻钧提前就把他生日那天怎么过盘算好了，并且还要请全班同学吃饭，那得意的样子让我难受。我接到了他的生日请柬，我什么也没说，我想，我是不会去的。至于别人会不会去，我不得而知。很巧的是，我的生日比肖攻钧早一个星期。我不像肖攻钧那样张扬，好像办什么大喜事一样。每年，我都记不起自己的生日，在这一点上，我绝对是粗心的女孩儿。但我老爸能够记起来，每年我生日那天晚上，老爸都要给我买一件礼物，并且在蛋糕上插上五颜六色的小蜡烛，让我吹灭。其实，生日并没有给我带来快乐，相反，还让我忧伤。每次吹完蜡烛，我的泪水就会流出来，我在怀念我天堂里的妈妈。妈妈要是活着多好，我会让她和我一起快乐地吹灭蜡烛的。老爸看我流泪，心里一定也不好受。

今年我生日的前几天老爸就对我说："楠楠呀，你马上就要满15岁了呀。"老爸一说，我才知道我又要过生日了。我多么想像同学们那样，过生日的时候可以收到各种各样的小礼物呀，可是我对谁都没说，包括罗丽。老爸说，我15岁的生日一定要好好过，而且要在那天宣布一件重要的事情。我不知道老爸要怎样给我过生日，这好像不太重要。让我心里产生强烈悬念的是他要宣布的那件重要的事情。我多次试探，想从他口中套出点内容，好让自己生日那天不会觉得太突然，可是他始终守口如瓶。

我焦急地等待着我生日的来临，就像肖攻钧焦急地等待他生日的来临一样，不过，我们的焦急等待有各自不同的内容。

生日那天傍晚，我早早地回到家里。本来有一场球赛的，我没有去参加，我们班的人都很失望。肖攻钧还说："没有宋伟楠参加的足球赛，多没意思呀，不如不看。"

回到家里，我发现老爸收拾得整整齐齐的，脸上的胡子刮得干干净净，头发也梳得纹丝不乱，还抹了摩丝。老爸可从来没有这么精神过呀。自从妈妈去世以后，他为我日渐苍老，又当爸又当妈的，够难为他的了。我惊喜地说："老爸，你今天好酷呀！"老爸舒展着笑脸："楠楠，今天是你的生日，我当然要收拾得干净一点啰。楠楠，今天我们到酒店去为你过生日，好吗？"我高兴地说："好呀，好呀！"老爸说："快去换衣服！"我说："老爸，不急嘛，今天给我买什么生日礼物了？"老爸笑着说："暂时保密。"我说："臭老爸，也学会卖关子了。"老爸轻轻地刮了一下我的鼻子："傻丫头，还不是跟你学的？"嘿嘿，我本来就有些淘气嘛。我换好衣服出来，突然有点不想去了，就对老爸说："老爸，还是在家里过吧，太花钱了，我们家又不富裕。"老爸说："我都决定了，不要和我争。这么多年来,我都没有好好为你过一个生日,老爸惭愧呀!只要你开心,你妈妈在天堂里也会高兴的。"一提起妈妈,我的心抽搐了一下。我拗不过老爸,还是和他去了酒店。

那是个中档的酒店,老爸已经订好了包厢。

我们一进去,我就看到了那个姓王的女人。她也许早就在那里等着了,她手中抱着一个用彩纸包着的很大的盒子。她一看我们来了,马上站起来对我说:"祝你生日快乐。"我脸上高兴的表情顿时消失。我赌气地对老爸说:"爸,这个生日我不过了,我要回家。"老爸说:"楠楠,你怎么老是耍小孩子脾气呢?王阿姨好心好意来给你过生日,你快坐下吧。"我只好坐下来,低着头,看着白色的桌布。当时,我心乱如麻,一点心情都没有了。王阿姨虽然有点尴尬,但她还是靠近了我,把那个盒子递给我:"这是我和你爸商量着买的礼物,送给你,祝你生日快乐!"我极不情愿地接过礼物。那顿饭吃得很沉闷,我是含着泪吹灭生日蛋糕上的蜡烛的。在整个吃饭的过程中,我们几乎没有说什么话。饭快吃完的时候,老爸说:"楠楠,趁这个机会,我想和你说件事。"我没好气地说:"说吧,我洗耳恭听。"老爸终于说出了我最不愿意听到的话:"我和你王阿姨决定了,她和我们一起生活。"我的脑袋"嗡"的一声。我在整顿饭的时间里,都在想着妈妈,老爸的话让我受到了极大的刺激,我马上站起来,朝外面奔去。老爸追了出来,大声叫道:"楠楠,回来。"我才不管呢,我在街上奔跑起来。老爸没有追上我。或许老爸根本就不想追我,还有那个想当我后妈的女人在那里呢。我突然觉得我的生日成了老爸利用的工具,我一点也不快乐。

我沿着大街的人行道漫无目的地走着。我不知道我要走到哪里去,风很凉,可我感觉不到冷。我来到一个电话亭旁,看着那大蘑菇一样的电话亭,真想给我的好朋友罗丽打个电话,我有好多话要对她说。可是我没打。我不想把自己的不快乐告诉她,不想让她也变得不快乐。

我独自走上了海滨大道,内心难过极了。我坐在海滨长廊的石椅上,看着海上的渔火,想着从前那个温暖的家,想着妈妈叫我小名时亲切的样子，还想着老爸……海风让我清醒了许多，我突然觉得对不起老爸，他有什么错呀？我有些后悔。

我不能就这样回家，那样太没面子了。可我又担心老爸着急，他不知道我在哪里，一定气红了眼。不知不觉中，夜就深了，风越来越大。我越来越冷，全身颤抖着。我想此时肖攻钧一定正在温暖的灯光下欣赏一支歌曲或者和他妈妈一起看电视，他是多么幸福呀。我的心情郁闷到了极点。

这时，我看到两个男人鬼魂一样朝我游移过来。我一看就知道那两个男人不是什么好东西。在昏黄的街灯下，我发现他们鬼鬼祟祟的，而且边朝我走过来边嘀咕着什么。我心里有了提防。果然，他们真不是什么好东西。那两个男人走到我面前，一左一右地站着，左边的是个胖子，右边的是个瘦猴。

胖子涎皮赖脸地说："小姑娘长得不错嘛，怎么半夜了还不回家？在这里等人吧？"

瘦子在一旁"嘿嘿"冷笑。

我听到瘦子的冷笑声，全身起了鸡皮疙瘩，恼怒地说："滚开！"

胖子说："小姑娘，别那么凶嘛。要是寂寞了，让我们兄弟俩好好陪你玩玩，你喜欢玩什么就玩什么。"这下流的王八蛋把我宋伟楠当成什么了，我气得直咬牙。

瘦子还在阴险地"嘿嘿"冷笑。

我"嚯"地站起来，一字一顿、正色地对他们说："你们给我滚开！否则，我喊人了！"

胖子说："喊吧，没有关系。"他说着，突然伸出手，在我脸上摸了一下。

说时迟，那时快，我愤怒地飞起一脚，踢在了他的裆下。这一招又快又狠，胖子"哎哟"一声蹲了下去。

乘他俩慌乱之际，我赶紧跑了。这时，我只有一个念头，无论怎样，我都要赶紧回家。我想起了可怜的老爸，又一次在内心说：我是不是太过分了？我想老爸今天也一定很沮丧、很没面子。可我还是没有办法接受那个姓王的女人。我飞快地穿越一条小巷的时候，看到两辆自行车朝我迎面而来。我惊喜地发现，那是老爸和肖攻钧。他们显然也发现了我。老爸关切地叫道："楠楠——"肖攻钧也关切地叫道："宋伟楠——"我知道，无论我怎样对待老爸，老爸始终是关心我爱我的，这一点永远不会改变。至于肖攻钧，自从他的作文获奖之后，他和我也走近了许多，不和我针锋相对了。

我呆呆地立在风中，泪水无声无息地流淌下来。我哽咽道："老爸——"

肖攻钧高兴了："哇噻，可找到你了，我和你老爸找了你一晚上，每一条大街每一条小巷几乎都找遍了。"

原来，老爸看我气冲冲走了之后，就和王阿姨分手了。他原以为我先回家了，但回到家里发现我不在，就着急起来。他想到了肖攻钧，马上跑到肖攻钧家里来找我，结果我不在。肖攻钧听说我不见了，主动和我老爸一起出来找我。

我坐在老爸的自行车后座上，觉得特别温暖。

肖攻钧说："宋伟楠，你可把我们吓坏了。"

我有点不好意思地说："小公鸡，别说了嘛。"

老爸没有吭声。我想，他心里一定很难受，或者，他在考虑着什么问题，他考虑的问题说不定很复杂。我猜，他考虑的那个问题肯定是关于王阿姨的。因为我，那个问题才复杂起来。

我发现肖攻钧骑在自行车上的样子也很帅，我突然有种自卑感，从未有过的自卑感，可我一时找不到自卑的缘由。

回到家里，老爸让我洗澡睡觉。我洗完澡走进自己的房间。这时，我听到了电话的铃声。老爸在客厅里接的电话，他说："放心，她回来了。你睡吧，不要想太多，这事慢慢再来，急也急不了……"

这一定是那个王阿姨打来的电话。

我看到那个彩色玻璃纸包着的生日礼物放在我的床上，打开一看，是一把崭新的小提琴。

我心里一片茫然。

这是我梦寐以求的小提琴呀。可它是王阿姨送的。那个晚上，我把妈妈的照片放在胸口，一夜没合眼。我知道老爸也一夜没睡，他一直坐在客厅里吸烟，我听到他长吁短叹了一个晚上。

4

肖攻钧对我友好地说："宋伟楠，我生日那天你一定要来呀。"我朝他友好地笑了笑，没有回答他。他看到我的笑脸，以为我默许了，哼起了歌儿。看他那得意的样子，我实在不想扫他的兴。我记得我生日的晚上，他和老爸来找我的情景。

罗丽接到肖攻钧的生日请柬时很激动，她一直把那张漂亮的生日请柬放在衣服的口袋里。她几次欲言又止，似乎想和我说什么，结果还是什么也没有说。就在肖攻钧过生日的前两天，罗丽把我拉到了一棵桉树下，此时就我们两个人。罗丽红着脸把生日请柬掏出来递给我看："肖攻钧要请我去参加他的生日派对，你说我去不去？"我笑了笑，把请柬还给了她，这傻丫头还以为肖攻钧就请她一个人呢！她不知道，我们全班同学都收到了他的请柬。我说："罗丽，我也收到了他的请柬，我们全班同学都收到了他的请柬。"罗丽的眼睛睁得老大，脸色通红："啊——"我拉住她的手："罗丽，别这样，我又没有笑话你。"罗丽知道我不会笑话她的，不一会儿，就恢复了正常，问我："楠楠，你去吗？"我笑着反问她："你呢？"罗丽说："你去我也去，你不去我也不去。"我说："为什么呀？这事情应该由你自己决定。"罗丽说："你要不去，我去多没意思呀。"我说："你真想知道我的想法？"罗丽点了点头。我考虑了一下，说："我不去。"罗丽露出失望的神色："为什么呀？"我说："我看不惯小公鸡那种挥金如土的样子。即使是用他自己攒来的钱摆那么大的排场，我也不会去的。况且，我们还是学生，父母辛辛苦苦培养我们本来就不容易，他小公鸡凭什么那么不珍惜他父亲的劳动果实。如果我去了，无疑是助长了他这种不健康的心态,你说对吗?”罗丽说:“对呀,我怎么没想到这一点呢?”我又说:“不过,你如果想去,还是去吧,我只代表个人的观点。”罗丽说:“楠楠,我不去了。”其实,我还是希望同学们都去,否则,肖攻钧的生日会过得很不开心的。从本意上而言,我真不希望肖攻钧不开心、不快乐,因为我尝过不快乐的滋味。

肖攻钧过生日那天是个晴天。我很早就起床,站在阳台上拉了一首《生日快乐》的曲子,不知道肖攻钧听到没有。我拉得很认真,很投入,我真诚地祝福肖攻钧生日快乐。我知道,肖攻钧一定会叫我和他一起去饭店的,所以,那天上午我告诉老爸我要去逛书店。

我在阳光下的城市里骑着自行车逛来逛去。我想给肖攻钧买个生日礼物。

但我不知道买什么好,贵重的东西我肯定是买不起的,也不用那么夸张,过个生日嘛,只要表达一下自己的心意就可以了。这一点上,我和肖攻钧不一样,我不认为多花钱就能表示什么,我也不认为用钱可以买来什么真正的友情。

我挨个逛着礼品店,准备给肖攻钧挑选合适的生日礼物。但是,那些礼品店都没有我认为合适的礼物。

最后,我来到了中山路上最大的一个礼品店。哇,这里的礼品真多呀,早知道我一开始就来这里。突然,我眼睛一亮,看到一个水晶玻璃的小公鸡高傲地仰着头,好像在清晨的阳光下报晓呢。那小公鸡的神态我特别喜欢,真令人爱不释手。我问礼品店的小姐这小公鸡要多少钱,小姐微笑着说:“40 元。”天哪,怎么那么贵?买不买呢?我可不像肖攻钧,只要喜欢什么再贵也会买,听说他上街买东西从不砍价。对了,问问小姐能不能便宜些。小姐还是微笑着说:“这已经很便宜了,已经打过折了,原来要 50 元呢。”我吐了吐舌头,只好往外走。我还没走到门口,小姐叫住我:“小妹妹,回来。”我转过身,她说:“30 元卖给你吧。”我一想,嘿嘿,我还要砍:“20 元我就买了。”小姐说:“25 元吧。”我装作不在乎的样子说:“这么一块水晶玻璃,其实 20 元已经挺贵的了,25 元,我不要。”我装出要走的样子。小姐只得让步：“唉，给你吧。”我为自己的机灵得意。我把礼物给了肖攻钧的妈妈，让她在肖攻钧回来后给他。

肖攻钧那天很失落，除了潘晓和杜中去参加他的生日派对外，其他人都没有去。他沮丧极了，又经受了一次挫败。但是，他收到我的礼物后，很感动。第二天上课时，他写了一张纸条递给我。他在纸条上这样写道：“宋伟楠，谢谢你给我的生日礼物。我昨天一个晚上没睡觉，感觉特别自卑，原以为用金钱能给我带来自尊，用金钱能满足我的虚荣，可我错了。我现在才真正明白，真正的友情是建立在纯真的交往和尊重上的。”

我开心地笑了，肖攻钧能意识到这一点，真不容易呀。

一只爱哭的猫

1

我听到了对面小洋楼里传来的哭声，猫的哭声，肖攻钧的哭声，还有肖攻钧妈妈的哭声。整个夜里，那哭声不断。凄凉的哭声水一样漫过了黑夜。我心里难过极了，也想哭，可是哭不出来。肖攻钧家里的变故突如其来，就像春天里的一场大雷雨，说来就来了。

2

我们学校里的人都知道肖攻钧的父亲出事了，那几天，肖攻钧没来上学。我看着旁边空落落的座位，心里也空落落的。别看以前我看不惯肖攻钧，可现在我真的在为肖攻钧而感伤。许多时候，人的感情是那么的微妙。

肖攻钧的爸爸因为走私被抓起来了。同学里面有人幸灾乐祸，说肖攻钧再也神气不起来了，原来他摆阔的钱是他爸爸干非法勾当搞来的，怪不得不把钱当钱，现在有肖攻钧好瞧的。他们的风言风语让我心里像被芒刺扎了一样不舒服。有人保持沉默，这部分人从来不认为肖攻钧怎么样，他们保持平淡和中立的态度，既不去说肖攻钧什么坏话，也不为肖攻钧抱什么不平。也有人为肖攻钧惋惜，为他爸爸惋惜，这些人都是平常和肖攻钧要好的或者对肖攻钧比较欣赏的。

潘晓和杜中很难过，从他们的神色中可以看出来他俩整天提不起精神。肖攻钧家里的变故，对他们是沉重的打击。

我也很难过，我的难过是有理由的。肖攻钧虽然有缺点，但他是个相当不错的同学。我真的喜欢他从前高傲和白信的样子，我喜欢他作文获奖之后给我讲解作文时那种自信的神情。我怕这次变故会使他一蹶不振，失掉原先的那种朝气。我不希望他是脆弱的男生，希望他能勇敢地面对现实。

他是无辜的，他爸爸犯罪和他没有关系。

在学校里，我只要听到有同学说他的风言风语，就会挺身而出去制止他们。我容忍不了这种不负责任的怪话。要是肖攻钧听到这些话，他会怎么样呢？这不是在他的伤口上撒盐吗？

我们班主任郑跃老师是个可以信赖的老师，平常我们有什么话都愿意和他说。他也是细心的老师，只要发现哪个同学的脸色不对，就会找他谈心。那天中午，我来到了郑老师的办公室。郑老师正在伏案批改作业。

郑老师看我来了，热情地让我坐，微笑着对我说："宋伟楠同学，你找我有什么事吗？"

平常，我们和郑老师都很随便。他说过，上课的时候，他和我们是师生关系，但是下课的时候，他和我们就是朋友关系，应该随便一点。我喜欢这样的老师，平常我们还会和他开各种各样的玩笑。可今天，我的心情沉重，我反而变得拘谨了。

郑老师又微笑着说："宋伟楠同学，你历来都是很爽朗的，今天怎么啦？没有关系的，有什么就说出来吧。"

我终于说："郑老师，肖攻钧病了。"

其实，肖攻钧的父亲出事后，郑老师已经去看过肖攻钧几次。郑老师沉默了一会说："肖攻钧现在一定很痛苦。我们应该让他回到学校里来，回到我们中间来。他爸爸的过错并不是他的过错，我们每一个人都应该向他伸出温暖的手。"

我点了点头。

郑老师说："下午最后一节自习课我们开一个班会，开完班会就去医院看望他，等他病一好，就让他回来上课。宋伟楠同学，你是他的邻居，你要常去看他，安慰他，开导他。"

我说："我每天都去看他的，可不管我说什么，他都不说话。我知道，他爸爸的事情对他打击太大了。"

郑老师说："你做得对，我们应该帮助他走出困境。"

下午的最后一节课，郑老师走上讲台，用粉笔在黑板上"唰唰"地写下了这几个大字：伸出温暖的手。

郑老师严肃地说："同学们，你们都知道，我们班的肖攻钧同学家里发生了一件重大的事情，他的父亲因为走私被抓起来了。这对于肖攻钧而言，是十分痛苦的。此时，他正躺在医院的病床上。我不知道你们的心情怎么样，我的心情很沉重，因为肖攻钧同学正面对着一道也许是他有生以来最大的难关。他要是跨过这道难关，就意味着他会勇敢地面对现实；反之，他就会消沉下去，不能自拔。我想请同学们各抒己见，发表自己的看法。"

我没想到这次班会的主题是这样的，心里很感动。

我第一个站起来说："肖攻钧碰到了这么大的难题，他一定很迷惘。我想，作为他的同班同学，我们不应该在背后风言风语，说一些不负责任的话；也不应该袖手旁观，事不关己，高高挂起。无论怎样，我们应该关心他、鼓励他，帮助他度过这段难过的日子。"

我说完坐下来时，坐在我前排的王阳回头望了我一眼，他的脸涨得红红的，我知道他也说了不少肖攻钧的风凉话，他历来不买肖攻钧的账。我朝他使了个眼色,他赶紧把头扭过去。

有的同学说:“肖攻钧平时财大气粗的,现在应该让他吸取教训了。”

有的同学说:“肖攻钧总是自以为了不起,没想到也有今天,应该让他反省反省了。”

但大部分同学还是赞同我的观点。

最后,郑老师总结道:“听了同学们的发言,作为你们的班主任,我很感动,很受教育。我认为,无论肖攻钧同学以前有什么样的问题或者毛病,我们都应该原谅他。谁没有缺点呢?金无足赤,人无完人,就拿我自己来说吧,也有不少缺点和毛病。”

说到这里,有些同学笑了。我没有笑,我觉得郑老师说的是严肃的问题,不是在和大家开玩笑。

郑老师接着说:“肖攻钧同学的优点很多,大家应该看得到的。比如,他学习好,有上进心,乐于助人,等等。今天,我想,我们不应该讨论肖攻钧同学的优缺点,而是应该——”

郑老师指了指黑板上的字:“伸出温暖的手,帮助肖攻钧同学走出困境!”

同学们热烈地鼓起了掌。

一放学,郑老师就带我们去医院看望肖攻钧。走之前,王阳不好意思地叫住我:“宋伟楠,我也去,行吗?”

我笑着说:“行!肖攻钧一直希望和你交朋友呢,他和我说过好几次,可你总是拒人于千里之外。他总是说,在你面前,他有点自卑。你去,他一定会很高兴的。”

王阳说:“真的?”

我使劲地点了点头。

王阳对我说:“宋伟楠,你好酷!”

我不知道他在说什么。

3

肖攻钧是个乐于助人的人，说起来好像有人不相信。在这里，我要讲一件事情。这是发生在肖攻钧的爸爸出事前不久的事情。

那是个星期六，王阿姨又来到我家，为了不让我的逆反情绪影响老爸的心情，我从家里溜了出来。我看到肖攻钧带着一个又黑又瘦的和我们年龄相仿的男孩走出了他的家门。我上前和肖攻钧打招呼。肖攻钧笑着给我介绍那男孩："宋伟楠，这是我乡下的同学黑仔。"他又把我介绍给黑仔："黑仔，这就是我常和你提起的我的同桌宋伟楠，她武功可厉害了。"我对黑仔说："黑仔，你好。"我伸出手要和他握手，但他低着头，一副害羞的样子，我不知道他为什么这样拘束。我笑着问肖攻钧："小公鸡，你们要去哪里呀？"

肖攻钧叹了口气，说："黑仔是来城里找工作的。"

我很吃惊："小公鸡，你说什么呀？黑仔这么小就出来找工作，不用上学呀？"

肖攻钧无奈地说："他家原本就很穷，他妈妈瘫痪之后他就辍学了，他想出来找个工作，攒点钱，帮他妈妈治病。"

可怜的黑仔。我想，家家有本难念的经。我问："肖攻钧，你现在要去帮黑仔找工作？"肖攻钧点了点头。我说："我和你们一起去好吗？"肖攻钧说："行！"我本来就不知道要到哪里瞎逛，这下可有事情做了。

我们漫无目的地走过一条又一条街，不知该找什么地方，也不知什么地方需要可怜的黑仔，更不知黑仔究竟能干些什么。我们到职介所问了一下，他们说黑仔才 15 岁，还没成年呢，根本就不可能找到工作，招收童工是犯法的事情。可是，黑仔要工作，要生活，要挣钱给妈妈治病。现实把黑仔逼上了一条困难的道路。

我们走累了，到一家冷饮店，一人要了一杯橙汁喝起来。黑仔的脸阴沉得可怕，他一声不吭地喝着橙汁，心里一定十分的痛苦和无奈。肖攻钧安慰着黑仔："黑仔，你放心，一定能找到工作的，不要愁眉苦脸了，开心一点。"我也安慰他:"黑仔,你别难过,小公鸡说得对,不要这样子嘛,我看你这样子,心里也不好受。"黑仔突然抬起头,眼睛晶亮晶亮的:"我不难过,我不难过,和你们在一起,就是找不到工作,我也很高兴,真的。"喝完橙汁,我们又开始为黑仔的工作奔忙起来。

我们来到一家麦当劳门口,看到门口放着一块牌子,上面写着招工启事。我赶紧说:"进去试试。"

我们直接来到二楼经理室门口。门是关着的。肖攻钧敲着门,一副高傲的样子。黑仔在他身后局促不安,脸上露出惶惑的神色。肖攻钧和黑仔形成了鲜明的对比。

"请进。"里面传来一个男人的声音。

我们推开了经理室的门。经理长着一张马脸。但他的脸很白,还戴着一副金边眼镜,看得出那眼镜很贵重。他看我们进来,推了推眼镜,拉下了马脸:"你们找我干什么?"我们站在他办公桌面前。他的办公桌很大,是红木的。肖攻钧说:"我们是来应聘的。""应聘?"他好像很吃惊,"你们来应聘?"马脸经理一个一个地审视着我们。特别是在审视灰头土脸的黑仔时,把黑仔从头看到脚,又从脚看到头,好像在审视什么奇怪的东西。黑仔显然受不了他刀子般的目光,头低得更低了。我也受不了他那种目光,说:"经理,您说怎么样呀? 别老盯着我们看。"

经理没理我:"我们已经招满了。"

肖攻钧不信:"门口牌子上不是写得很清楚,你们还需要人嘛!"

经理装作不知道:"有这事?"

我没好气地说:"就是嘛!"

我们沮丧地走出麦当劳,茫然地站在街旁,望着川流不息的人群、繁华的大街,不知道往哪里走,不知道哪个地方能够收留可怜的黑仔。我们想了想,决定"打的"到市郊的工业区为黑仔找工作。我们来到了市郊的工业区,一家工厂接着一家工厂地询问,可是,没有一家工厂愿意接受黑仔,不是因为他太小,就是因为他没有学历。

一天很快就过去了,我们仍一无所获。已经是傍晚了,我们还徘徊在街头。黑仔无奈地说:“肖攻钧,我还是回家吧,坐最后一班车回去。”我问:“为什么呀,黑仔?明天继续找呀!”黑仔说:“我不想连累你们了。”肖攻钧说:“我们是好朋友嘛,好朋友之间不存在什么连累不连累的。”但黑仔还是执意要回去,我们只好把他送到了车站。

肖攻钧去给黑仔买好车票后,突然说:“你们在这里等我,我回家一趟。”我急了:“小公鸡,你干吗呀?车还有30分钟就开了。”肖攻钧说:“来得及。”说完他就“打的”走了。我们不知道肖攻钧要干什么。

车快要开时,肖攻钧才急急忙忙地赶回来,他把一个信封递给黑仔:“黑仔,这是我的一点心意。你拿着,以后有什么事要我帮忙,就打电话给我,我一定会想办法的。”黑仔推开那个信封,说:“我不要。”肖攻钧一本正经地说:“黑仔,你要是不拿着,以后我们就绝交,永远不做朋友了!”我也说:“黑仔,拿着吧!”我也把身上的20元钱放进了那个信封。黑仔接过信封,擦了擦眼泪,上车了。

车开动了,黑仔把头伸出车窗,拼命地向我们挥手,他的泪水在飞扬:“肖攻钧,宋伟楠,我永远不会忘记你们的——”

车渐渐远去,我和肖攻钧都很伤感,眼眶里也盈满了泪水。

此时,我们都是哭泣的猫。

4

肖攻钧终于回到学校来上学了。他和往昔彻底不一样了,往昔的高傲和自以为是的劲头荡然无存。看他这个样子,我心里很不是滋味。在夜里,我还能经常听见肖攻钧的哭声,还有那只白猫的哭声。我不愿意听到他和猫的哭声,哭声让我难以入眠。肖攻钧正在经历着一场雨季,那只白猫也在经历着一场雨季,他们家也在经历着一场雨季,不知道什么时候才会雨过天晴,可是我真诚地希望他们一家走出雨季,进入阳光灿烂的季节。潘晓和杜中也这样希望着,郑老师也这样希望着,王阳和罗丽他们也这样希望着,许多关爱肖攻钧的人都是这么希望着。我们都伸出温暖的手,想方设法地帮助肖攻钧走出雨季,恢复自信。

肖攻钧有一台电脑,我很羡慕他家里有电脑,这样就可以不用去网吧直接在家上网了。我也希望家里有电脑,可老爸一个人的工资供我生活和读书已经不容易,根本就没有闲钱给我买。肖攻钧那台电脑是8000元钱买来的,这笔钱对我家而言,可是一笔很大的数目呀。肖攻钧想把电脑卖掉,可2000元钱也没有人要。我说:“小公鸡,你就别卖了。”他沮丧地说:“宋伟楠,卖了电脑,也可以为老妈减轻一点负担呀,我看她早出晚归到阳光大酒店干活,心里刀割一样难过。”无疑,肖攻钧的想法是对的。

私下里,我成了肖攻钧那台电脑的推销员。我想帮助自卑的肖攻钧把他心爱的电脑卖出去,卖个好一点的价钱。可是,我找了好多同学,他们都不要,不是因为本身有了电脑,就是因为家长不让买,或者一下子拿不出那么多钱来买。这可怎么办?我都烦死了。

那天晚上,我在家里做作业,又听到对面小洋楼阳台上的猫的哭声,心里怪不好受的,好像压着一块沉重的石头。我来到客厅里,老爸正独自看电视,他一个人坐在那里有些凄凉。没有妈妈的家,是残缺的,我觉得自己对不起老爸。我想,此刻肖攻钧家里一定很冷清,他已经没有一个温暖的家了,没有父亲的家也是残缺的。

老爸看到我,慈祥地笑着说:“楠楠,作业做完了?”我点了点头。我想,有这么一个老爸是我的幸运。老爸说:“来,坐着看会儿电视吧。”我突然郑重其事地对老爸说:“老爸,我有件重要的事情想和你说。”老爸说:“楠楠呀,你有什么事就说呗,搞得那么严肃干什么呀?”可当我看着老爸日渐苍老的脸时,又不忍心说出来。老爸看我欲言又止,鼓励我:“楠楠,有什么事就痛快地说出来吧,我不会怪你的,你难道不信任爸爸吗?”我终于鼓起勇气说:“老爸,我想把肖攻钧家的电脑买过来。”老爸问:“为什么?”我把我想帮助肖攻钧的想法说出来,并强调说:“老爸,请你也为我的同学肖攻钧伸出温暖的手吧!”

老爸注视着我,眼中闪烁着父爱的光芒:“让我考虑考虑,好吗?”

我点了点头。

第二天的傍晚，我一放学回家，就发现王阿姨和老爸在家里。不知怎么的，我对王阿姨不那么敌对了，还朝她勉强地笑了笑。这一笑让她高兴极了。老爸对我说："楠楠，我们决定把肖攻钧家的电脑买过来。"我睁大眼睛："真的？"原来，老爸把我要买电脑的事和王阿姨说了，她把准备和老爸结婚的钱拿了8000元出来给我买电脑。这一次我没有拒绝她，爱心不是那么容易拒绝的。

5

我千方百计地让肖攻钧坚强自信起来，还帮他报名参加了"成长的足迹"演讲比赛。他很心虚，对我说："宋伟楠，我不想去，我讲不好的。"我拉下了脸："小公鸡，你知道我为什么一直叫你小公鸡吗？"他迷茫地摇了摇头。我说："我一直希望你自信，像高傲的小公鸡一样，神气活现的。你要是个男子汉，就鼓起勇气参加比赛，证明你是优秀的。能被现实中的困难打垮的人，不配做男子汉！"他怔怔地看着我，眼中燃烧起一股火苗。

我相信肖攻钧，他应该是一个男子汉，而不是一个意志消沉的自卑男孩，不是一只老是爱哭的猫。

人总要慢慢长大

1

这个暑假相当漫长和闷热。肖攻钧独自踏上了打工之路。我不知道他去了哪一个城市的哪一个地方，我没有办法联络到他，尽管我十分担心他。结束了15天的"海岛夏令营"，船刚到码头，我就看见了老爸和王阿姨，我没想到王阿姨会和老爸一起来接我。老爸接过我手中的行李，看着我说："楠楠，你瘦了。"我笑着说："瘦了好呀，不用减肥。"王阿姨说："楠楠黑了。"我笑着说："黑表明健康嘛。"老爸看我和王阿姨说话，显得特别高兴，夸我出息了。我朝他扮了个鬼脸："我才不出息呢！"

我回家后，待了一会儿就坐不住了。老爸没让我干什么，他和王阿姨今天买了很多菜，在厨房忙活着。我对老爸说："老爸，我先出去一下。"老爸说："别跑远了，赶快回来吃饭。"我"哎"了一声就出了家门。我往肖攻钧家里跑去，到了他家门口，发现铁将军把门。我听到紧锁的门里传来了两声猫叫。是不是白猫嗅出了我的味道？我趴在门口，对里面的白猫说："小公鸡，我回来了，你好吗？你还在晚上哭泣吗？"

猫又叫了两声，好像是在回答我什么。我心里酸溜溜的，其实我也是个多愁善感的女孩，在海岛上，我想念肖攻钧，同样也想念可爱的白猫。我想把白猫抱回家里去，可我进不了肖攻钧的家门。

我郁闷地回到了家里。老爸和王阿姨正在收拾饭桌，把一盘盘香气扑鼻的菜端上来。王阿姨在开一瓶白酒，那肯定是给老爸喝的。老爸在老妈去世之后很少喝酒，以前老妈也常给老爸开酒瓶，她知道老爸爱喝两杯。王阿姨开完酒瓶，又把可乐打开了，倒在杯子里，这是给我喝的。她没有给自己倒什么东西。我不知道她是喝酒还是喝可乐，我老妈在世的时候，她会陪我老爸喝两杯。老爸这下可高兴了，幸福得脸上开了花。

老爸问我："楠楠，干什么去了呀？"我懒洋洋地说："没干什么。"老爸说："看你魂不守舍的，身体不舒服吗？"我说："没有。"老爸又说："没有就好，快洗手吃饭吧。"我说："好吧。"我刚从卫生间洗手出来，老爸就说："对了，有你一封信，在你房间的桌上。"我一听，飞快地扑进房间。老爸说："楠楠，吃完饭再看嘛，急什么呀？"我说："老爸，你们先吃吧，我看完信就出来。"老爸叹了口气，对王阿姨说："我们先吃吧。"王阿姨笑着说："还是等楠楠一块吃吧。"

我有老爸的关心，可不知此时肖攻钧过得好不好。我想起肖攻钧，有种想流泪的冲动。不知怎么的，在海岛的 15 天里，同学们玩得都很快乐，只有我老愁眉苦脸的，在为肖攻钧的处境担心，我怕他在陌生的地方碰到什么意外。

我看到了那封信。

信封上熟悉的字迹映入我的眼帘,我的泪水差一点就流出来了。这是肖攻钧的字迹。我一看邮戳,是从东莞发来的。我小心翼翼地拆开信,心不由自主地狂跳着。

宋伟楠:

你好!

我其实很想和你们一起去海岛,那该多么浪漫和刺激呀!虽然说我在海边出生,在海边长大,可是真正去海岛还是很少的。我想了很久很久,还是不能去。真的,我不能去,不能让母亲一个人为我下学期的学费和生活而辛劳。你的话有道理,男孩不哭,我要勇敢地面对现实。

我选择到外地打工有我自己的想法,我要考验我自己是不是具备生存的能力。我从小就是在蜜罐里泡大的,以前不知道珍惜父亲辛苦赚来的钱,总以为钞票是从天上掉下来的,现在才明白获得是要付出代价的。

我本来想去深圳的,可我进不了深圳,因为我没有边防证。那时的我,茫然不知去向。我在一个荒废的屋子里待了一个晚上。那个晚上,蚊虫几乎要把我的血吸干,老鼠们肆无忌惮地上蹿下跳,我想家了,想得心都碎了。不过,我想到你,就擦掉了泪水,对自己说,我是男子汉,我要学会坚强。想想,我从前真不如你一个女孩子。

第二天,我就搭车去了东莞。来到东莞,我还是茫然极了,一切是那么陌生。但是,我想我一定会找到工作的。你相信我吗?

今天就写到这里吧,我还会给你写信的。请告诉我妈,让她放心,让她在我不在的日子里多多保重,我十分想念她,也想念你和老师、同学们,真的。

祝

夏安!

肖攻钧

×月×日

看完肖攻钧的信，我又欣喜又伤感。欣喜的是我知道了肖攻钧的消息，伤感的是肖攻钧此时正经历着他从未经历过的苦难。我怔怔地呆在那里，直到老爸叫我赶快出去吃饭。他们已经等我很久了。

老爸对王阿姨说："你也喝一杯酒吧。"

王阿姨看了我一眼，我对她微笑了一下，她朝老爸点了点头。老爸看了我一眼，他不知道是什么原因改变了我。我也不知道是什么原因改变了自己对王阿姨的看法。老爸给王阿姨斟了一杯酒，一杯浓浓的酒。

晚上，我看肖攻钧家的灯亮了，知道他妈妈回家了，就拿着那封信来到肖攻钧的家里。我抱起白猫，发现白猫瘦多了，可怜的白猫没人照顾能不瘦吗？我好心疼呀。

我边抚摸着白猫，边把信的内容告诉了肖攻钧的妈妈。

肖攻钧的妈妈边听边抹眼泪，她说："苦了这孩子呀。"

我安慰她："伯母，你不用担心，肖攻钧会好好地回来的。"说实话，我也很担心他呀。

我临走时，肖攻钧的妈妈看我和白猫依依不舍，就说："楠楠，你喜欢这只猫，就送给你吧，我也没时间顾及它了，阿钧又不在家，我怕哪天它会饿死。"我把白猫抱回了家。这次老爸没有反对我，还对那只白猫很好。王阿姨也对那只白猫很好，还帮我给白猫洗澡。她在给白猫洗澡时，眼中充满了怜爱。

2

我想告诉肖攻钧，白猫真是一只好猫哩。那天，罗丽打电话告诉我，她整个晚上没有睡觉。我问她为什么，她说她们家不知从哪里跑进来一只老鼠，那只老鼠一会儿窜到房里，一会儿窜到房外，她老爸老妈和她一起起来打老鼠，把家都快翻过来了，也没有消灭那只该死的老鼠。这老鼠鬼精鬼精的，怎么也打不到它。她还以为老鼠被他们赶走了呢。可她一关灯躺下来，该死的老鼠竟然钻到她的被窝里来，把她吓得半死。她一个晚上没有关灯，睁着眼睛，不敢入眠。

听完罗丽惊恐的叙述，我安慰罗丽："罗丽，你放心，晚上我和你一起睡，明天你就不用害怕老鼠了。"罗丽说："真的？你有什么驱鼠的好办法呀？"我自信地说："晚上你就知道了。"罗丽说："嘿嘿，和我卖什么关子嘛！"到了晚上，我就抱着白猫来到罗丽家里。罗丽一看白猫就明白了一切。罗丽看着白猫在我怀里乖乖的样子，她不太相信这么乖的猫能够捉到那狡猾的老鼠。她说："它能行吗？现在的猫都被人宠坏了，说不定这只猫会被老鼠收拾了呢。"

我心里也七上八下的，担心白猫丧失了捕鼠的能力。可我还是说："没问题，这绝对是一只优秀的猫。"罗丽突然反诘我："你不是常说它是一只爱哭的猫吗？"我说："是呀，因为它有情有义，和人一样有感情呀。"

白猫在夜晚的出色表现证明我和罗丽的担心是多余的。第二天早上，我们惊喜地发现白猫威风凛凛地守在一具老鼠的尸体旁边。怪不得这一晚上罗丽家里没什么动静，我们都睡得很安稳。

罗丽高兴极了，抱起白猫："哇噻，这猫太神奇了！"

哼哼！这当然是一只神奇的猫了！还用你罗丽说呀！

紧接着，麻烦事来了。这都怪罗丽。她是个快嘴巴，把白猫抓鼠的事情大肆渲染，使这件事在同学们中传得沸沸扬扬。

这导致了家里有老鼠作祟的同学们纷纷来借猫去抓老鼠。这可把白猫忙坏了、累坏了，我还真心疼呢。

我看着白猫琥珀般的眼睛，轻声说："小公鸡，怎么还没来信呀？"

我等待着肖攻钧的来信。

3

邮递员在我焦急的等待中送来了肖攻钧的第二封信。我迫不及待地拆开了信。窗外的阳光倾泻进来，我感受到了夏日阳光的热烈，手心都沁出了汗。

宋伟楠：

你好！

我在东莞的大街小巷游荡，我悲哀地发现我像只野狗。我带的那点钱已经用完，还没找到工作。有一家工厂本来想要我，可一听说我只能干一个月左右，他们就放弃了。他们需要能长期给他们干活的工人。我饥饿极了，还找不到睡觉的地方。我不知如何是好。我在饭店里偷偷地吃人家吃剩的饭菜，和乞丐没什么两样。我想起以前在饭店里大吃大喝、任意挥霍时的情景，心里好后悔，那时是多么天真和无知。夜晚睡觉是一个很大的问题，我想了一个办法，翻过公园的围墙到里面游人休息的长椅上睡觉。那天晚上，我忐忑不安地翻过围墙进了公园，睡在一个偏僻处的长椅上。夜露打湿了我的头发和衣服，我沉沉地睡着了，做了一个飞翔的梦。梦里，我飞得很高，可以看见我家的小楼，看见妈妈，看见你和同学们，还有郑老师。可有种力量把我从高空中推了下去，我的屁股痛得要命。我听到一个凶恶的声音："起来！"我睁开眼，看到手电光在我眼前晃动，本能地用手挡住了手电的强光。我站起来，一个保安站在我面前，神气活现地说："谁让你在这里睡觉的！"我吓坏了，站在那里不知所措。保安说："你有钱吗？"我回答："没有。"保安又说："有身份证吗？"我又回答："没有。"保安说："那我就送你到收容所去。"我连连求饶："保安哥哥，你千万别送我去收容所呀！"保安看我可怜兮兮的样子，就放我走了。我独自走在大街上，一直走到两腿发酸发胀，走到天渐渐地亮起来。天光把黑暗撕开的一刹那，我仿佛又看到了希望。因为新的一天又鲜活地呈现在我面前。这种希望支撑着我度过一个个流浪的日子。只要希望还在，我就什么都能忍受。没想到我现在学会了忍受。

今天就写到这里吧。代我常去看我妈，告诉她我很好。

祝

夏安！

肖攻钧

×月×日

不知不觉中，我的泪水滴在信笺上。我真想去东莞找肖攻钧，找到他之后就劝他回家，让他不要在外面自找苦吃了，可我不知道他的具体地址。肖攻钧一定受了许多委屈。生活真的会改变一个人，一次挫折，就会改变一个人的一生。这本来不是我们这个年龄的人思考的问题，但肖攻钧学会思考了，我也从肖攻钧身上学会思考了。

4

罗丽来找我，让我陪她去游泳。我不太想去。罗丽问我为什么，我说没心情。罗丽嘟起嘴说，这么热的天，也不去水里泡泡。一会儿，罗丽抱着我的白猫说："伟楠，这猫好像胖了呀。"我说："是吗？"我想到了肖攻钧，不知他是胖了还是瘦了？是不是还那么帅气？是不是还经常唱谢霆锋的歌？是不是还像谢霆锋那样打扮？我对罗丽说，咱们不去游泳，带猫到野外去玩吧，让它散散心。其实，我是想让自己散散心。昨天晚上，我去看肖攻钧的妈妈，她憔悴多了。她叹息着说："要是阿钧他爸爸不那样，该多好呀！一个家里缺了谁也不行呀！"是呀，我妈妈去世之后，老爸一个人多辛苦呀！我突然想起了王阿姨，老爸要是娶了王阿姨，或许他会活得轻松一点、快活一点。可是，我真的能接受她吗？那天晚上，我想了很多很多。自从我过完生日以后，老爸就再也没在我面前提过娶王阿姨的事情，尽管王阿姨老上我们家里来。我知道，老爸在等待，在等待我开口，就像肖攻钧的妈妈在等待肖攻钧的爸爸出狱一样。许多时候，我希望老爸幸福，我告诉自己不能再阻挠他了。可我一想起去世的妈妈，就难以接受这个现实。

罗丽看我不开心，就说："好吧，今天我陪你去野外散心，明天你陪我去游泳，好不好？"我说："行！"

我和罗丽带着白猫，骑车来到一片野地里。野芒花开着，一片一片的，风吹过之后，闪着白色的亮光。阳光和野芒花的亮光混杂在一起，煞是美丽。那是捕捉不住的光芒。我用我的傻瓜相机给罗丽拍照。罗丽摆出各种姿势让我给她拍。虽说罗丽长得胖，可她是那种胖得好看的女孩，而且照片里的她要比现实中的她漂亮许多。我给罗丽拍照的时候想，要是肖攻钧在多好。拍完照，我们才发现白猫不见了。

罗丽说:“我刚才看到一个人从那边走过来。”我说:“我怎么没看见呀?”罗丽说:“你在给我拍照,当然看不见了。”我说:“白猫会不会被刚才那人抓走了呢?”罗丽摇了摇头说:“应该不会吧,我们还是再找找吧!”可是,我们找到太阳落山,也没有找到白猫。我和罗丽都心灰意冷地骑车往回走,并不时地回头张望。

回到家里,我愁眉苦脸的。老爸问我:“楠楠,你怎么啦?”我说:“爸,白猫丢了。”老爸急切地问:“丢哪了?”我说:“西郊外的那片野芒地里。”老爸说:“楠楠,不着急,等你王阿姨来了,我们一起去找。”吃完晚饭,王阿姨来了。本来她晚上还有事的,但一听老爸说猫丢了,就马上赶来了,我看她比老爸还着急。他们拿起手电就准备去找。我说:“我也要去。”老爸说:“你就不要去了。”我只好一个人待在家里发愣,王阿姨焦急的模样一直在我眼前晃来晃去。

我在等待老爸他们回来的过程中,想起了妈妈,妈妈的笑脸总是和王阿姨的焦急的脸重叠在一起。我的心被许多事情折磨着。

这时突然起风了,天空响起了惊雷,闪电不时地把夜空划开一个口子。夏天的天气,说变就变。一场大雷雨就这样突如其来地降临了。

我担心着老爸,也担心着王阿姨,更担心着白猫。它会不会被惊雷闪电吓坏?老爸和王阿姨有没有找到它?它会不会被大雨淋湿,然后被雨水冲进江里……

大雷雨狂猛地下着,我的心一阵一阵地抽紧。我真害怕这一场大雷雨会让白猫消失得无影无踪。

我担惊受怕地等待着老爸和王阿姨回家。

直到晚上10点多,那场大雷雨停止许久了,老爸才拖着沉重的步子回家。他全身湿漉漉的,显然被大雨浇透了。他没有把白猫带回来,没有找到白猫。王阿姨没有跟老爸一起回来。老爸说:“她被雨淋了,我先把她送回体校宿舍去了。”老爸看我一副难过的样子,安慰着我:“楠楠,白猫不会丢的,它一定会回来的。”我不相信,我的泪水涌了出来。

肖攻钧，我把白猫弄丢了，你知道吗？我好难过。妈妈呀，你在天堂里看到那只猫了吗？如果你看到了，就指引它回家吧，我在等待着。如果它死了，请你把它带到天堂，让它和你一样，在到处都是鲜花的天堂里活着。

那天晚上，我做了一个奇怪的梦，梦见妈妈牵着我的手对我说："楠楠，如果你想让妈妈在天堂里快乐，你就让你爸爸得到他应该得到的幸福，不要让他在夜深人静的时候感到孤独。你知道，我爱你们，希望你们都幸福。还有，白猫还在人间，我已经让你王阿姨带回去了。"说着，妈妈就消失了。我惊讶地看到浑身被雨水浇透了的王阿姨怀里抱着白猫微笑着对我说："楠楠，我替你把白猫找回来了。"我惊喜地叫起来。

"喵呜——"我听到阳台上传来一声温柔而熟悉的叫声。

我醒了。我真的听到猫的叫声了。我赶紧下床，朝阳台上走去。天已经大亮，雨后的天空，特别蔚蓝，妈妈也许就在那蔚蓝的天空里；雨后的阳光，特别明亮，妈妈也许就在那金子般的阳光里。白猫看着我，眼中闪烁着迷人的光泽。多么神奇呀，我抱起了白猫，它身上还湿湿的。白猫是自己回来的，我只听说过老马识途，没听说过猫也识途，大概是天堂里的妈妈把它指引回来的吧？一看到白猫，我心里又阳光灿烂。我抱着它，说："嗨，你跑哪里去了呀？吓死我了。"

那天上午，老爸说王阿姨发高烧，他要去看她。王阿姨是昨天晚上找猫的时候淋了雨而发烧的。我第一次主动地对老爸说："我也去。"我还把白猫带去了。

我和老爸来到了王阿姨住的体校宿舍。她躺在床上，脸色很苍白。看到我和白猫，她笑了。她要起来，被老爸制止了："好好躺着。"她说："没事的，我已打过退烧针了，唉，这身体越来越差了。"我听了一阵心酸，心里突然有一句话要说出来。

王阿姨伸出一只手，抚摸着白猫的皮毛："回来就好，楠楠就不着急了。"我把白猫放在她的身旁，鼓足勇气说出了那句话："老爸、王阿姨，你们结婚吧。"

我说完这句话，感觉心里一块积压许久的大石头终于搬开了，顿时舒坦了许多。我相信，此时妈妈一定在天堂里朝我微笑；我相信，世上的所有花朵都会遍地开放。

5

邮递员又给我送来了一封信。这是在这个漫长闷热的暑假将要结束的时候，肖攻钧来的第三封信，也是最后一封信。

宋伟楠：

你好！

我很高兴地告诉你，我找到活干了。

我在东莞差一点就待不下去了。我好怕晚上被查夜的巡警抓住，把我送到收容所。那样我这个暑假所有的希望就落空了。我真的好想回家，可没有回家的路费。

我偷偷地溜上火车，可我被发现了，列车员毫不留情地把我赶下火车。我沿着铁路走，走着走着，走到了一个货场。我硬着头皮走了进去。

这货场好大呀，好多人在装卸货物。

我走到一个管理人员模样的阿姨面前，对她说："阿姨，你们还需要搬运工人吗？"

她看了我一眼："你能行吗？搬运很辛苦的。"

我说："我能行，我什么苦都能吃！"

她笑了："我看你不行！"

我坚持说："我能行，我真的什么苦都能吃的！"

她又审视了我一番，然后问我："你多大了？"

我说："18 岁。"

她又笑了："孩子，你顶多 15 岁。"

我惊奇极了，她的眼光怎么那么厉害，一下子就看出了我的年龄。

她又问我："你不是本地人？"

我回答:“不是。”

她说:“为什么来这里找工作?”

我说:“为了上学!”

她很吃惊,把我拉到一边,仔细地端详着我:“你说说看。”

我就如实地把我的事情告诉了她。她听到我在流浪中吃苦的事情时,不由得抹了一下眼睛。她说:“孩子,你就在这里干吧,快开学的时候,你就回去上学。”她很关照我,总是安排一些轻活给我干,不让我和大人一样干重活,说闪了腰对成长不利。我很感激这个好心的阿姨,我相信这个世界上还是好人多。她让我住在她家里,她说她儿子和我一样的年龄,去年和一帮不学好的坏孩子出走了,至今还没有找回来。她让我一定要做个好孩子,她相信我是个好孩子,她说她能看出来。可是,我在干活的时候,觉得自己不是孩子了,我长大了。伟楠,我很快就能够攒到学费回家上学了,你放心,让我妈也放心。

祝

安康!

肖攻钧

×月×日

红鱼

1

20 世纪 70 年代的樟树镇叫樟树公社。

黄春秀记得那个年代，樟树镇外的河滩上、山坡上长满了无边无际的野芒。春天的时候，到处闪烁着绿油油的光。秋天的时候，则是一片白色。秋风把干枯的野芒吹得瑟瑟作响，野芒花在秋天的阳光下发出白莹莹的光亮，仿佛有数不清的白蝴蝶在飞舞。黄春秀想捉住那白蝴蝶般的光芒，却怎么也捉不住。

黄春秀还记得双胞胎大狗和小狗，还有郑文革、蒲卫红、赵波、刘捍东、杨小云等同学。黄春秀清晰地记得他们从小学到高中各个阶段的样子。

黄春秀自然也不会忘记那条红鱼。

红鱼就在百丈潭边的水草丛中呼吸，它看着飞鸟从水面上空掠过时自由自在的样子，耐心地等待樟树镇女孩儿黄春秀的发现。

2

双胞胎大狗和小狗的真名叫李金旺和李银旺,他们的父亲李文化给他们取这样的名字是渴望他们长大后有钱。有钱后就可以摆脱贫苦的日子,过上幸福的生活,这是他们的父亲李文化最淳朴的渴望。

在樟树镇,除了学校里的老师之外,平常是没有人叫他们的真实名字的,就连他们的父亲李文化和他们的姐姐李一蛾也叫他们大狗和小狗。

他们从小就喜欢自相残杀,经常为了一点鸡毛蒜皮的事情大打出手,弄得双方伤痕累累。他们从小就睡在一张床上,有时半夜三更就打起来了。他们把被子掀到地上,在床上进行肉搏战。大狗、小狗的嘶叫声传到了李文化和李一蛾的耳朵里。李文化干脆不管他们,他知道两个混蛋儿子打累了没有力气了自然会各自睡去。李一蛾披衣起床,来到弟弟的房间里,点亮了煤油灯。他们打得难解难分,大狗扯住小狗的耳朵,小狗咬住大狗的胳膊,他们吱哇乱叫。李一蛾看此情景,泪珠儿在眼中滚动,但她一点办法也没有,只能站在那里干着急。李一蛾后来也不管他们了,由他们去打,反正他们打累了会放手的。李一蛾担心的是,两个弟弟长久这样打下去,总有一天,有一个人会死在另一个人手上。

他们在家里打,在学校里同样打。上小学一年级的时候,两个人为了争一小块橡皮头,打得难解难分。小狗在操场上捡了块鹅卵石,砸在了大狗的头上。大狗被打破了头,鲜血流了好几碗。数学老师郑文秀被气得差点就不上课了。郑文秀大声叫道:"你们简直就是两条争屎吃的野狗!"从那以后,大家就叫他们大狗和小狗。开始的时候,谁要是当他们的面叫他们大狗、小狗,他们就会一起扑上来拼命。但久而久之,他们就承认了他们是大狗和小狗。他们要是在路上碰到郑文秀,会把头低下去;如果来得及,他们就会远远地躲开她。大狗、小狗经常手里拿个鹅卵石,看见路上的狗就追赶着打,弄得樟树镇鸡飞狗跳。

大狗、小狗的自相残杀并不影响他们的团结。

大狗、小狗干什么都在一起,一起起床,一起吃饭,一起上学,一起放学回家,一起劳动,一起睡觉……他们俩就像一个人似的。谁要是欺负他们中的一个,他们就会一起上,和对方拼个你死我活。他们长得一般高、一般瘦,有一样深的眼睛、一样挺的鼻子,完全是一个模子里打出、一个炉子里烧出的两块砖。

他们自相残杀起来十分凶狠,连老师都拿他们没有办法,只有一个人可以使他们在酣战时分开。

那个人就是黄春秀。

郑文秀经常歪着嘴巴说:“大狗、小狗是黄春秀养的两条狗。”

黄春秀是大狗、小狗的邻居,大狗、小狗从小就和她一起玩,后来又一起上学。只要大狗、小狗打得难解难分了,大家就希望黄春秀出现。黄春秀走到他们面前,“哼”的一声,他们就自然分开,各自低着头该干什么干什么去了。黄春秀身上有种魔力,能管住大狗、小狗,这让所有人很惊讶。

也只有黄春秀能够分辨出谁是大狗、谁是小狗。

有一天,数学老师郑文秀把黄春秀叫到了她的宿舍,她颇感兴趣地问黄春秀:“黄春秀同学,你是怎样分辨大狗和小狗的?”郑文秀说话的时候,把双手抱在胸前,脸上露出一种奇怪的笑容。

黄春秀有些不舒服,郑文秀明明是她表姐,还装模作样地叫她同学,她表现出来的样子真让人受不了。尽管如此,黄春秀还是告诉了她:“他们是有记号可以辨认的。大狗的左耳垂上多了一点肉,小狗没有。”黄春秀说完就走了,快步地走了,好像怕被人追赶上。郑文秀看着她的背影,脸上的笑容消失了。

郑文秀仔细观察了一下,果然如此,大狗的左耳垂下吊着一颗米粒大的肉粒。她惊喜地把这个秘密告诉了所有的老师。可是,不久,在大狗和小狗的一次疯狂的“狗咬狗”中，小狗把大狗左耳垂上的那颗米粒大的肉粒给扯掉了。郑文秀十分懊恼，她又很难辨认出他们谁是谁了。

可是，无论在什么时候，黄春秀总能一眼分辨出大狗和小狗。这让郑文秀觉得有些不可思议。

3

上小学二年级的这年秋天，黄春秀好像得了一种什么病，成天懒洋洋的，上课时经常打瞌睡。

黄春秀的父亲在县城的粮食仓库上班，很少回樟树镇来。碰上过节，他才回来住上一夜，但第二天一大早就坐班车走了。黄春秀的母亲郑杨梅在公社的粮站当搬运工。她长得又高又壮实，像个男人，力气也很大，是樟树镇闻名的铁女人。人们很奇怪这样的铁女人会生出黄春秀这样的漂亮女儿，而且，黄春秀的弟弟黄春洪也长得眉清目秀、惹人喜欢。

樟树镇中心小学最漂亮的女孩儿黄春秀在这个秋天像霜打的茄子般蔫巴了。她晶亮的眼睛蒙上了一层糨糊，怎么也擦不掉。她平常那红扑扑的脸蛋也变得苍白了。

黄春秀的样子引起了大狗、小狗的注意。大狗、小狗躲在一棵巨大的桉树后面谈论黄春秀。桉树的叶子在秋风中飘落，发出细碎的响声。“秀怎么啦？”小狗问大狗。他们习惯称黄春秀为“秀”。大狗眨巴着眼睛，想着这个重要的问题。小狗看大狗不回答，也学着大狗的样子眨巴着眼睛思考起来。过了一会儿，大狗说：“秀肯定得病了。会不会得了脑膜炎呢？去年阿牛得脑膜炎就是这样的，老打瞌睡。”小狗说：“不会吧，只有在春天人才会得脑膜炎的，现在是秋天，春天还没有到呢！”大狗说：“那不一定。”小狗说：“我们还是告诉秀她妈妈吧！”大狗说：“对，告诉她妈妈，让她带秀去看病，不然秀很快就会死掉的。”小狗满脸迷惘:“秀会死掉吗?”大狗肯定地点了点头。不一会儿,小狗笑了一下。大狗说:“你还笑得出来!”小狗指了指大狗的头。大狗摸了一下头,摸了一手的鸟粪。大狗火了:“为什么不早告诉我?”小狗说:“我也才发现。”大狗说:“我还以为是树叶子落在我头上了呢。你是故意不告诉我的。”说着说着就踢了小狗一脚。“你敢踢我!”小狗叫了一声扑了上去,他们又打了起来。要不是上课的钟声响了,他们会一直打下去的,直到打累为止。

打归打,放学后,他们还是商量好,要把秀得脑膜炎的事情告诉郑杨梅。

回家的路上,大狗、小狗本想和黄春秀一起走的,但他们看到黄春秀和她表哥郑文革在一起走,就躲在了后面。大狗、小狗不喜欢郑文革,他是学校里不怕大狗、小狗的人之一,他还喜欢嘲笑大狗、小狗。大狗、小狗当然不喜欢和嘲笑他们的人在一起。郑文革也不喜欢和他们在一起,更不喜欢他们和表妹在一起。郑文革是个小胖子,小胖子不停地和黄春秀说着什么。大狗对小狗说:“郑文革是个王八蛋,秀病了还和她说那么多话,她会很累的!”郑文革没有听见他们说话,他回头看了看大狗、小狗,那神气的样子仿佛是在暗示他是个胜利者。大狗、小狗气坏了,真想扑上去揍他一顿。可是他们不敢打他,因为他有一个杀猪的哥哥郑文杰和一个当老师的姐姐郑文秀。郑文杰是樟树镇的一霸,他曾经用明晃晃的杀猪刀威胁过大狗和小狗:“你们这两个小兔崽子,要是敢欺负我弟弟,我就把你们的眼珠子挖出来当气球踩,踩爆!”郑文秀是他们的数学老师,也很神气,但她的神气和郑文杰不一样。很多时候,郑文秀瞧不起郑文杰的神气,她会很莫名其妙地问郑文杰:“你有什么好神气的?”弄得郑文杰很无奈。郑文革一家人都很神气,在镇上谁也不怕。看郑文革和黄春秀在一起,大狗、小狗只有生气的份儿。

那时正好是秋收时节,交公粮的人多,郑杨梅在粮站搬运稻谷,很晚才能回家。大狗、小狗就坐在小镇的碎石街道旁边的石凳上等她回来。秋天的晚风在小镇的街道上鼓荡来鼓荡去,他们分辨不清楚风的方向。他们不知道坐了多久,整条街道一个人都没有了,他们还在坐着。大狗坐着坐着就困了,他的上眼皮和下眼皮在打架。小狗用拳头捅了大狗一下:“哥,别睡着了。”大狗懒懒地说:“你也别睡着了,注意看,看到杨梅阿姨就唤住她。”小狗也困了,一个哈欠接着一个哈欠地打着。不一会儿,他们靠在一起睡着了。郑杨梅到了下半夜才下班,她没有发现黑暗中在街边沉睡的大狗和小狗,她开门的声音很轻,没有把他们吵醒。李一蛾起来上茅厕,提着马灯,开门就发现了他们。她一个一个把他们抱进了房里,她不知道这俩孩子中了什么邪,半夜三更在外面睡觉。

那个晚上,大狗、小狗没有堵到郑杨梅,懊恼得要死。他们相互责怪着,又差点打起来,最后达成了一个协议,中午放学后到粮站去找郑杨梅。整个上午,他们上课都没有精神,不是东张西望就是歪头歪脑,每一堂课都被老师点名批评。

一放学,大狗、小狗的肚子就饿得咕咕叫了。小狗哀求大狗说:“哥,吃完饭再去吧?”大狗坚决地说:“不行!”他们就朝粮站走去。粮站和公社在一起,在樟树镇东边的山坡上。他们走着走着就和赵波走到了一起。赵波住在公社里,他父亲是公社的武装部长。平常,大狗、小狗很少到公社来。公社的楼房不同于樟树镇的民居,住在公社的人都很神气。他们的神气和郑文杰不一样,也和郑文秀不一样。他们是主宰樟树镇的有身份的人,他们吃商品粮,不用下地劳动,和小镇上的农民不一样。

赵波趾高气扬,他根本就瞧不起大狗和小狗。他和郑文革一样,也不怕大狗和小狗。他也瞧不起郑文革,尽管郑文革经常巴结他。

走着走着,赵波踢了一块土坷垃,那块土坷垃飞了起来,不偏不斜地砸在了大狗的头上,赵波哈哈大笑。大狗转过身,停住脚步,怒视赵波。小狗问大狗:“怎么啦?”大狗气恼地说:“赵波用泥块扔我!”小狗听了大狗的话,也怒视着赵波。

赵波不敢往前走了。

赵波没想到百无聊赖的一脚会把土坷垃踢到大狗的头上。他有些心虚。这时路上没有别人，赵波虽然看不起大狗和小狗，但他知道他们打架很厉害，要是他们一起扑上来揍他，他非吃大亏不可。赵波说："你们想干什么！"他的声音明显在发抖。

小狗盯着赵波。他突然想起赵波的父亲是武装部长，有真枪。有人看到过他在河滩的野芒地里打野兔，只要进入他视野的野兔没有能逃脱的。樟树镇的人都说赵波的父亲是神枪手。

小狗拉了大狗一把："算了，走吧！"

大狗瞪了赵波一眼，气呼呼地和小狗朝粮站走去。

赵波远远地跟在他们后面。

在粮站里，大狗和小狗找到了满身白尘的搬运女工郑杨梅。郑杨梅和那些赤膊的男人一起扛着麻包。大狗、小狗把她拉到一边说："姨，你知道吗？秀病了。"他们你一句我一句地跟郑杨梅说起最近黄春秀的情况。郑杨梅听完后，擦了擦汗，脸上一点表情都没有。她大声对他们说："你们快回家吧，不然你姐姐又要到处找你们了。"大狗说："她才不会找我们呢。"

他们往家走时，大狗对小狗说："她怎么不吃惊呢？"

小狗也很纳闷："是呀，杨梅姨怎么不吃惊呢？"

4

过了两天，黄春秀的父亲黄苗子回来了。黄苗子看上去是个温和的人，他脸上漾着笑意。他穿着干净的中山装，中山装左上口袋上插着一支钢笔，显得很有文化。他是被郑杨梅叫回来的。郑杨梅捎了个口信给他，他就马上赶回了家。郑杨梅凶巴巴地对黄苗子说："你倒逍遥自在，家里什么事情都不管。和你说了多少回了，让你调回公社的粮站工作，你就嫌麻烦！"黄苗子是不会发火的，郑杨梅就是拿烧火棍子打他，他脸上还会漾着笑意。那笑意深深地刻在了大狗、小狗的心里。

黄苗子把黄春秀带走了。

黄苗子把黄春秀带走的前一个晚上，大狗、小狗很晚才从黄春秀的家里回家。这个晚上，他们没有和黄春秀说什么话。大部分时间，他们和黄春秀都是默默地注视着对方。他们的眼睛里有种如水似雾的东西，让黄春秀心里酸酸地难受。

一连好几天，大狗、小狗看不到黄春秀，心里空落落的。奇怪的是，黄春秀离开樟树镇的几天里，大狗、小狗没有打架。郑文秀对他们的平静感到奇怪，她对同事说："太阳从西边出来了。"

大狗、小狗坐在大桉树的树根上，看着很远的山和很远的天，什么话都不说。他们的眼睛里还是有那种如水似雾的东西在浮动。他们在沉默中看到了赵波。

赵波把一个大男孩领到了他们面前。

大男孩额头上有块疤。疤闪着亮光。

那应该是块刀疤。

大男孩跟在赵波后面，像只狗熊。赵波还是趾高气扬，他的嘴角微微往上翘，一副不屑的神情。大狗、小狗漠然地看着他们走过来。赵波大声说："大狗、小狗，我朋友王小山是从县城里来的，他听说你们打架很厉害，想和你们比试比试。"

王小山叉着腿站在他们面前，头抬得很高，阳光照在他额头的疤上。小狗心想，王小山的额头上怎么有一块长条玻璃？

大狗、小狗理都没理他们。

赵波笑了笑说："你们两个打他一个怎么样？比试比试吧？"

大狗、小狗还是不理他们。大狗低着头，看到一只黑蚂蚁爬上了他光着的右脚掌。大狗感觉痒痒的，他想捏死黑蚂蚁，可是没有理由。为什么要捏死它呢？毫无理由呀！他用食指弹掉了黑蚂蚁，黑蚂蚁落在一片枯叶上。

赵波觉得没有面子。

他挠了挠头又说："大狗、小狗，只要你们和王小山打一架，我就把橡皮枪送给你们。”

赵波的橡皮枪全学校只有一支，是他当武装部长的父亲从省城里买回来的，那是支左轮手枪，还能射水。郑文革曾经为了玩一下赵波的橡皮枪，趴在地上学了三声狗叫。大狗、小狗也曾经幻想有这么一支枪。

小狗看着赵波手上的枪，好像动了心，他的目光很黏。

大狗还是低着头，他在找那只黑蚂蚁，黑蚂蚁一会儿工夫就不知道爬到哪里去了。大狗叹了口气，突然站起来，拍了拍手。赵波一阵惊喜，人狗可能要答应了，他想：如果大狗、小狗把王小山打败了，他就把枪送给他们；如果王小山胜利了，就灭了大狗、小狗的威风，他将不再提送枪的事。大狗站起来之后，小狗也站起来了。王小山退后了一步。

大狗拉起小狗的手，朝教室走去。

大狗回过头说：“老子不稀罕你的枪，老子今天没有心情打架！”

赵波和王小山愣在那里。阳光十分耀眼。

在黄春秀没来上学的几天里，学校里有种传闻，说黄春秀得了绝症，不会再回来上学了。大狗、小狗也听到了那传闻。他们心神不定，逮住人就问：“你听谁说黄春秀要死了？”问了好多同学，都说不知道。他们就去问经常和黄春秀一起玩跳绳的女同学杨小云。杨小云不喜欢他们，她不搭理他们。大狗急了：“杨小云，你哑巴了！”小狗也火了：“你要是不说，我把你的作业本撕了！”杨小云吓坏了，她知道他们什么事情都干得出来，就告诉他们：“是郑文革说的。”大狗、小狗就放过了杨小云。

他们准备找郑文革问个清楚。

他们知道郑文革有个爱好，他经常和蒲卫红一起到茶果场的果园里去捉蛐蛐。蒲卫红是个文静的孩子，他对谁都没有意见，尽管他父亲是茶果场的农艺师。他们家是樟树镇为数不多的吃商品粮的人家之一，可他和镇上的孩子都很友好，不像赵波，总是一副居高临下的姿态。

星期天的上午，郑文革独自朝镇西的茶果场走去。大狗、小狗跟在他后面。到了一片小树林，他们突然加快速度狂奔过去，拦住了郑文革。郑文革有些害怕："你们想干什么？"

大狗轻声说："文革，我们想问你一件事情。"

郑文革的声音有些抖："什么事情？"

大狗焦急地问："秀是不是真的会死？"

郑文革嘴巴还是很硬："为什么要告诉你们？"

这时，小狗从地上捡起一块石头，他把石头从左手扔到右手，又从右手扔到左手。小狗脸上下了一层霜，他不像大狗那么和气，眼睛里透着杀气！

郑文革心里害怕，他担心小狗手上的石头会在自己的头上开花。他哥哥经常和他说，好汉不吃眼前亏，碰到麻烦的事情，打得过就打，打不过就跑，跑不了就求饶，君子报仇十年不晚。

郑文革对他们点了点头。

大狗又焦急地问："你听谁说的？秀为什么会死？"

郑文革的眼睛中闪过一丝慌乱："当然是听我姑说的。"

大狗、小狗知道，他的姑就是郑杨梅。大狗听完他的话，脑袋无力地垂了下来，他拉起小狗的手，默默地走了。在路上，他们难过得要死，他们就走向了河滩。他们坐在河滩上，看茫茫的野芦在风中起伏。他们听到了大河的呜咽。他们感觉到了末日的来临。他们不相信秀会死，可这又是真的，消息来自秀的母亲，难道会假吗？大狗的眼中流出了泪水。小狗的眼睛里也积满了泪水："哥，你别哭，秀不会死的，不会死的。"

5

郑文革没有心思捉蛐蛐了，他心里堵着一块石头。蒲卫红看他气鼓鼓的样子，不知道发生了什么事情。这口气郑文革怎么也消不下去的，大狗、小狗也太狂了，他把大狗、小狗在路上逼他的事说给了蒲卫红听。

蒲卫红劝慰他说："算了，他们又没有打你。"

郑文革气愤地说："比打我还难受。"

蒲卫红笑了笑说："别难受了，我们捉蛐蛐去。"

郑文革不想捉蛐蛐了，他说要去食品站找他哥哥郑文杰。郑文杰在公社的食品站杀猪卖肉，食品站就在樟树镇的小街上。郑文革要蒲卫红和他一起去，他说，他哥哥那里有猪油渣吃。那个时候，供应猪肉都凭票，猪肉是稀罕的东西，猪油渣也是高级的食物。听说有猪油渣吃，蒲卫红的眼睛亮了，他答应和郑文革一起去找郑文杰。

"你要给我做证，就说你亲眼看到他们打了我。"走到半路，郑文革交代蒲卫红。蒲卫红迟疑了一下："这——"郑文革说："你不要怕，他们是不会知道你给我做证的。"蒲卫红从来没有做过伪证，他觉得这样不好，不诚实。做人是不能不诚实的，他那当农艺师的父亲经常这样教育他。蒲卫红走着走着就停下来："文革，我不想吃猪油渣了。"郑文革的脸拉了下来："蒲卫红，你是不是想得罪我？"蒲卫红看他要翻脸，只好继续跟着他。郑文革快到食品站时，用一把泥巴糊在了自己的头上、脸上，还把衣服撕了个小口。

郑文杰正和他的师傅郑燕生吃猪油渣，郑燕生还喝着老酒。他们早就卖完了猪肉。郑文杰看到弟弟头不是头脸不是脸地走进来，就知道这小子又有什么麻烦事。

果然不出郑文杰所料，郑文革马上用手背抹了一下眼睛，哭了，哭得热泪飞扬。蒲卫红站在一边，他闻到了猪油渣的香味。郑燕生最讨厌小孩子哭，他皱了皱眉头，抓起一把猪油渣端着那碗老酒到里面去了。郑文杰吞下了一口猪油渣。他拍了一下卖肉的案板，大声说："哭个鸟！"

郑文革不哭了，脸上还有泪。

郑文杰又拍了一下案板："说，怎么啦？"

蒲卫红发现郑文杰的手掌很大很有力，这手掌要是拍在大狗、小狗的头上，非把他们拍扁不可，他害怕了。他听到郑文革在向他哥哥告状：“大狗、小狗打我，他们把我按在地上，把泥巴往我嘴巴里塞，还把我的衣服撕破了。”

郑文杰听了并没有马上作出反应，他冷笑一声，他太了解自己的弟弟了。他把一把猪油渣塞进嘴巴里。蒲卫红吞了口口水。

郑文革的眼珠子滑动了一下：“哥，你要不相信，你可以问卫红。”

郑文杰瞪了蒲卫红一眼，蒲卫红哆嗦了一下，说：“是，是，是真的，是大狗、小狗把文革按在地上打，还往他嘴巴里塞泥巴。”

郑文杰拍了下案板：“走，到他们家去！”

郑文杰带着弟弟朝大狗、小狗家走去。走时，郑文革伸出脏脏的手要去抓猪油渣，被郑文杰发现了，他打了弟弟一下：“吃什么吃，走！”蒲卫红跟在他们后面，不停地回头看那香喷喷的猪油渣，不停地吞着口水。他们走得飞快，蒲卫红跟不上了，他站在那里看他们飞奔而去。郑文革回头看了他一眼，朝他招了招手：“快来，去给我做证明。”蒲卫红发现小镇街道上的人都奇怪地看着自己，他身上痒痒地难受，他一转身，朝茶果场的方向飞奔而去。

6

大狗、小狗一回家就挨了打。

不是郑文革的哥哥打的他们。好在郑文杰没有打他们，要是郑文杰对他们下了毒手，他们就有大苦头吃了。不过，他们还是吃了苦头。

李文化脸色铁青地把他们的裤子脱了。

他们乖乖地趴在板凳上屁股朝天。李文化拿起一根竹条，来回地在他们黑不溜秋的屁股上使劲抽着。李文化边抽打边骂：“叫你们不好好读书，叫你们老在外面惹事！”

姐姐李一蛾心痛极了，父亲每抽打一下弟弟，她的心就颤抖一下。她的哭声都出来了："快向咱爹求饶，你们这两个小傻瓜。"大狗、小狗趴在那里咬着牙挺着，眼泪在他们的眼眶里滚动着，就是不落下来，他们死活也不求饶。他们心里坚定地认为，他们没有打郑文革，他们没有错，为什么要认错求饶呢！

李一蛾知道这两个弟弟不会求饶，就哀求父亲："爹，你饶了他们这回吧！爹，你要打就打我好了。"李文化气喘吁吁地说："不关你的事，你给我闪开！"李一蛾站在那里不知道如何是好。

大狗、小狗连哼都没有哼一声，他们的屁股被打得又红又肿。李文化有哮喘病，打得差不多了，他又气又急又累，就不停地咳了起来，呼哧哧地喘着粗气。他扔掉手中的竹条，坐在那里捂着胸口，快背过气去了。

李一蛾手忙脚乱，她一边给父亲顺气，一边让大狗、小狗把裤子穿起来。大狗、小狗穿好裤子，站在一边沉默，他们俩的牙咬得嘎嘎乱响。

"小子，你，你，你们不要不服气。我，我还没死！我要两腿一蹬走了，你们就有好日子过了，不进取不学好的狗东西！"李文化说着，全身发抖。大狗、小狗让父亲生够了气。李文化常常想，大狗、小狗是讨债鬼转世，他上一辈子欠了他们的债，今生今世，他要在苦海里还他们的债。每次有人上门来投诉，说大狗、小狗打了人或者干了什么坏事，他都气得要吐血。更让李文化生气的是，这两个孩子不怕打，而且越打越坚韧。这油盐不进的一对小冤家，让李文化无奈又伤心。

夜深了。

大狗、小狗还没有入睡。

他们屁股朝天地趴在床上，谁也没有说话。他们的屁股火辣辣地痛。

他们都在想着一个问题：秀会不会真的死去？

想到秀，他们的疼痛就被另一种疼痛代替。他们想着秀的时候，李一蛾进来了。李一蛾端了一盆水放在床边。她心里酸酸的，自从母亲去世后,她就承担起了母亲的义务。李一蛾用手轻轻地揉着弟弟们的屁股,柔声问:“很痛吗?”他们说:“不痛。”

李一蛾把湿毛巾敷在他们的屁股上。

她静静地坐在床头,轻轻地叹着气。

“姐,你去睡吧,不要管我们,你明天还要下地干活呢。”大狗说。

李一蛾没走。她久久地坐着,凝视着两个弟弟。她很伤感,要是母亲还活着,他们家的日子会好过得多。

“姐,你说,一个人要是死了会怎么样?”小狗幽幽地问。

李一蛾吃了一惊。这小家伙不会因为被父亲打了一顿就去寻死吧?她不知道怎么回答小狗。

大狗又说:“姐,人死了是不是就什么都没有了?眼睛没有了,鼻子没有了,嘴巴没有了,手没有了,脚没有了。不会说话,不会走路,什么也看不到,什么也不会想了。”

李一蛾的心在往下沉,怎么他们都想到了死?她说:“你们今天晚上怎么回事呀,说些没头没脑的话。你们是不是恨爹?”

大狗、小狗说:“我们不恨爹,我们恨自己没用,救不了秀的命。”

“秀怎么啦?好几天没有看到她了。”李一蛾松了口气,原来他们不是要寻死,而是担心秀。

小狗说:“秀得了病,她快要死了。”

“别瞎说,秀不会死的,她很快就会回来的。你们好好睡觉,说不定秀明天就回来了。”李一蛾说着,打了个呵欠,她还真困了。

大狗、小狗当然不希望秀死。他们当然希望秀明天就能回来,和他们一起上学。他们就那样希望着,忘记了疼痛,忘记了白天里的事情,然后沉睡过去。小狗梦见秀坐在一只白色大鸟的背上,从远方飞来。小狗醒来后就告诉大狗他做了这个梦。大狗睁大眼睛看着小狗:“怎么,你也做了这样一个梦?我们怎么做一模一样的梦呢?”

7

放学了。

大狗、小狗经过食品站的时候,看到了坐在那里吸着纸烟卖猪肉的郑文杰。满脸大胡子的老头郑燕生靠着墙壁呼呼大睡,两只苍蝇在他油乎乎的脸上飞来飞去,有时落在他脸上,他脸上的肥肉颤动了一下,苍蝇又飞了起来。小狗很担心苍蝇会从他的鼻孔里穿进去。

大狗、小狗的屁股隐隐作痛。他们看到郑文杰心有余悸。

他们想从食品站对面的街旁溜过去,不想让郑文杰看到。因为在学校,郑文革说过,他哥说只要看到大狗、小狗,就要教训他们。大狗、小狗把郑文革的话记在了心里,他们真的害怕郑文杰揍他们。他们想,等他们长大了就不怕郑文杰了,所以,他们就盼望自己赶快长大。但是在他们没有长大前,他们就必须躲着郑文杰。此时,郑文杰在他们眼中就是恶魔。

"喂,大狗、小狗。"郑文杰还是看到了他们。

郑文杰的一声吆喝,让大狗、小狗吓得腿肚子转筋。他们装作没有听见。这时,他们旁边的一个女人对他们说:"郑文杰叫你们呢!赶快过去,要不然郑文杰发火了就不好办了。"他们只好硬着头皮走了过去。好多看热闹的人认为有好戏看了。小镇上的人好奇心特别强,他们不会放过任何一场好戏,特别是小镇上一些特殊的人物上演的戏。郑文杰和大狗、小狗都算是特殊的人物。看热闹的人中,有许多是大狗、小狗的同学。

郑文杰对围观的人嚎道:"看什么看,回家看你妈的屁股吧!"

有人低声说:"郑文杰经常在家里看他妈妈的屁股。"

有人笑了。笑得暧昧。

郑文杰没有听到这话,他要听到的话,那说话的人就死定了。

郑文杰拿着刀在案板上拍了一下，恶狠狠地对大狗、小狗说："你们耳朵聋了吗？我叫你们，你们还想跑！"

大狗、小狗呆呆地站在案板前，战战兢兢。他们想，这下完了。

他们是逃不掉的。要是黄春秀在就好了，她只要和她表哥说一下，他就会放过他们的。郑文杰很疼爱黄春秀。

问题是黄春秀不在。黄春秀怎么样了，他们还不知道，他们不知道黄春秀会不会真的像梦中一样被一只白鸟驮回来。

他们心一横，那就挨一顿打吧，只要他郑文杰打不死他们，他们长大了就一定能报仇！报仇！报仇！他们横下心后就什么也不怕了。他们低垂的头一起抬了起来，无所谓地看着凶恶的郑文杰。

郑文杰哈哈大笑。

他的笑声把看热闹的人搞糊涂了。大狗、小狗也不知道他想干什么。郑文革不知道什么时候钻进了人群，他大声地说："哥，揍他们！"

郑文杰对弟弟嚎道："你滚开！"

郑文革被哥哥呵斥了一声，很没面子，他挤出人群，没意思地走了。

郑文杰拿出一条猪大肠，用稻草捆扎了一下，递给了大狗："大狗，这是我送给你们吃的，我知道你们挨了打，这算是我给你们赔的礼吧！文革他胡说八道，我会好好教训他的。"

大狗、小狗没想到会有这种结局。

他们更没想到死不认错的樟树镇的硬汉子郑文杰向他们道歉是为了他们漂亮的姐姐李一蛾。

看热闹的人"轰"地散开了。这还有什么可看的。

大狗、小狗不敢拿猪大肠。郑文杰绕过案板，走到他们面前："傻瓜，拿着吧！你们要不拿着，我就发火了！"他们只好拿着猪大肠回了家。这戏剧般的变化让他们有些措手不及。

郑文杰的师傅郑燕生还在沉睡。

大狗、小狗走出老远，还能听到郑燕生的呼噜声。

8

大狗、小狗心情郁闷地等待黄春秀回来,他们家厅堂房梁上燕窝里的燕子不见了。发现燕子不见了的是小狗。吃晚饭的时候,小狗端着饭碗,喝了一口稀溜溜的米汤。他抬头望了望房梁上的燕子窝,接着,他的目光就黏在了燕子窝上。

李一蛾看了看小狗,又看了看燕子窝,她对小狗说:“你怎么啦?燕子窝上有干饭吗?”

李一蛾这么一说,李文化也看了看小狗,又看了看燕子窝,他没有说话,他懒得说话。

大狗也看了看小狗,他也看了看燕子窝。

大狗对小狗说:“你真的在燕子窝上发现干饭了吗?”

李一蛾“扑哧”一声笑了:“他真的是在燕子窝上发现干饭了,他看也可以把自己的肚子看饱了。”

小狗把目光从燕子窝上收回来,白了大狗一眼,低下头,喝起了米汤。

突然,小狗抬起头,大声地对喝着稀粥的亲人们说:“难道你们没有发现我们家的燕子没有了吗?”

他们的目光又落在了燕子窝的上面。

是没有燕子了,燕子窝空空荡荡的,一点动静也没有。他们怎么就没有发现呢?偏偏就让小狗发现了。每年开春,燕子都会飞回来,还会生出几只小燕子来。小狗喜欢看嗷嗷待哺的小燕子抢着燕子妈妈衔回来的食物的样子,那时,小狗就会想,自己和大狗就是那小燕子,但是他们远远没有小燕子幸福。今年也不例外,燕子一开春就飞回来了。可现在燕子怎么就不见了?他们谁也没有注意燕子是在什么时候飞走的。

他们也不知道燕子什么时候能够飞回来。

小狗在那个春天里等待燕子的回归就像等待黄春秀的回归一样焦虑。

大狗、小狗在上学的途中听到郑文革在他们的前面和一个同学在说话,郑文革和那个同学走得很慢,他们说话的声音也很大,好像是故意说给大狗、小狗他们听的。大狗、小狗纳闷的是,郑文革怎么知道他们家的燕子莫名其妙地飞走了?也许是大狗、小狗的父亲李文化在街上说了这事吧,李一蛾是不会去说的。樟树镇的人们把燕子当作吉祥物,他们家的燕子飞走了,李文化说说也是正常的事情。但是,大狗、小狗就是不明白,这事情怎么就传到了郑文革的耳朵里了。

郑文革生怕大狗、小狗听不到一样,和那同学大声地说:“你知道吧,谁家的燕子要是飞走了,不再回来了,那么这家人就要遭难了,不是人生病就是畜生发瘟,严重的还会死人和死畜生呢!”他说这话的时候还故意回头看了看大狗、小狗,那眼睛里有种让小狗不能忍耐的东西。

小狗听了十分气恼,他想冲过去和郑文革干一场,大狗拉住了他。

因为郑文革毕竟是郑文杰的弟弟。

听了郑文革的话,大狗、小狗心里就有了不快和在这个春天里更深层次的担忧。他们不希望有什么不幸的事情降临到他们这个缺少母亲的穷家里来,也不希望不幸降临到黄春秀的身上。小狗有时会傻傻地对父亲李文化和姐姐李一蛾说:“你们要小心呀!”李一蛾觉得弟弟十分奇怪,她满脸迷雾地问小狗:“小心什么呢?”小狗也说不上来。李文化奇怪地看着儿子,心里不知道是什么滋味,他不知道儿子心里想的是什么。

9

那是个有晚霞的傍晚。

大狗、小狗坐在河滩上,他们不停地往车站那边张望。车站在公社那边。最后一班车就是在这个时候到达车站的。从车上走下来许多人。大狗、小狗仔细辨认着，看被那辆老汽车吐下的人中有没有黄春秀。

他们怎么也辨认不出来，远远地，人都像蚂蚁一样小。尽管分辨不出谁是谁，可他们还是使劲地往那边张望着。

最好黄春秀穿的是那件红色的灯芯绒衣服，这样他们一眼就能看出来。

秋风瑟瑟。

野芒地里发出奇怪的声音。好像有许多人在野芒地里穿来穿去。

大狗、小狗看着汽车上下来的人分散消失在各条道路上。他们没有发现黄春秀。都快10天了，她怎么还不回来，她难道真的没救了？

他们在晚霞消失后，在大河的呜咽声中回到了家里。姐姐李一蛾正在厨房里烧饭，那时候没有煤气，甚至连煤都没有，樟树镇人家烧的是松枝木柴。厨房里松枝燃烧的声音噼啪作响，松香的味儿从厨房里飘散出来。

日头落山夜凄凉，
手提灯笼送郎归，
送得远来有人晓哎——
送得近来难舍你。

李一蛾细声细气地唱着山歌。大狗、小狗走进厨房，他们看到了姐姐高兴的样子，她那双晶莹的眼睛里流动着畅快的水。

“姐，你捡到宝了？这么高兴。”大狗问。

“哦，你们回来了。”李一蛾的脸蛋被灶火映得通红。

“姐，你怎么这么高兴？还唱山歌。”小狗摸了一下姐乌黑发亮的辫子。李一蛾骂了一声：“臭小狗，别动手动脚的！”小狗反而抓住了姐姐的辫子不放。李一蛾装出一副生气的样子：“臭小狗，再不放手，晚上不让你吃饭！”小狗这才放了手，傻傻一笑。

“你们猜我要告诉你们什么好消息。”李一蛾笑着说。

小狗眨了眨眼说:“是不是有什么好吃的?”

李一蛾用手指点了一下他的额头说:“你就知道吃!”

大狗突然说:“听说郑文杰在追你,难道你答应了?”

李一蛾揪住了大狗的耳朵:“你再瞎说,我就把你耳朵揪下来。”

大狗怪叫着求饶:“姐姐,我再不敢说了,再不敢说了。”

李一蛾松了手。

“我们实在猜不出来。”大狗、小狗一起垂头丧气地说。

李一蛾笑得很甜:“你们这俩小鬼头,我告诉你们吧,秀回来了。她刚才过来,你们也不知道野到哪里去了。”

没等李一蛾说完,大狗、小狗就冲出了家门。他们来到黄春秀的家门口,听到郑文革在大声说话:“我说没事的吧,对吧?真的没事,都是大狗、小狗胡说八道,说你有病,他们还在学校里散布谣言,说你要死了!”

他们听了郑文革的话,不敢进去了。他们在门外面,你看着我,我看着你。

小狗气呼呼地说:“郑文革不是人!”

“是他自己在学校里散布谣言,他怎么能嫁祸于人呢!”大狗觉得很委屈。他真想冲进去揭穿郑文革,但是这些天发生的事情让他想起来还屁股痛,还是不进去好。

他们尽管很委屈,心里还是有说不出的高兴,因为黄春秀安然无恙地回来了,黄春秀没查出有病。他们真想马上看到黄春秀鲜活的样子。

大狗、小狗等了一会儿,看郑文革没有要走的意思,还在那里胡说什么,他们的心情就沉重起来。看来,郑文革又要赖在秀家里吃饭了。他们有种担心,担心黄春秀听信了郑文革的话,从此不再理他们。

他们怀着一种复杂的心情垂头丧气地回到家。李一蛾笑着问:“见到秀啦?”

他们不说话,沉着脸,坐在饭桌边,端起一碗稀粥喝了起来。李一蛾又问:“你们怎么啦?刚才还那么高兴,怎么一转眼就变成了这个样子。”他们还是不说话，稀里哗啦地喝粥。李一蛾也不问了，这两个弟弟有时真让她捉摸不透。

他们飞快地喝着粥。

喝完粥，他们每人端了个小凳子坐在小院子里望着天空发呆。天已经完全黑了。天上的星星闪闪发亮。天空中没有白鸟的影子。

黄春秀轻轻地走了进来。她走近了大狗、小狗。

大狗、小狗呆呆地望着天空，他们的眼睛里闪烁着点点星光。

黄春秀的到来他们没有发现。

“大狗、小狗，你们怎么啦？别吓我好吗？”黄春秀的声音甜得像山泉水，还有一种香气从她的声音中浸润开来。

大狗、小狗一动不动，仿佛是两块石头。

黄春秀蹲在他们面前，小手在他们眼前晃动着，他们还是没有反应。黄春秀轻柔地说：“大狗、小狗，你们不认识我了吗？我是秀呀。你们是不是忘记我了。我知道，你们一定想我早点回来，是吗？我没问题了，医生说我只是贫血，不是脑膜炎。我妈说，你们都是好孩子，你们很关心我，我很感谢你们。大狗、小狗，你们听见我说话了吗？我们是好朋友呀！文革说，你们在学校里散布谣言，说我要死了，我不相信，他自己喜欢瞎说，你们不会那样做的，是吗？”

“秀，你别说了。”

大狗、小狗一人拉住黄春秀的一只手，哽咽着说。

黄春秀的手柔软又温暖。

黄春秀回来的第二天，大狗、小狗家的燕子也飞回来了。这让小狗高兴极了，他碰到谁都大声说：“我们家的燕子飞回来了！”有人问他：“你们家的燕子飞回来了和我有什么关系？”小狗回答不上来。

10

黄春秀在那个秋天，养了两只小白兔。

大狗、小狗经常去看黄春秀的那两只小白兔。他们和她一起做作业，做完作业，就一起给小白兔喂食。小白兔喜欢吃细嫩的野麦草。

大狗、小狗也希望自己有俩小白兔。他们老缠着姐姐李一蛾给他们买小白兔。李一蛾说，以后吧，以后有钱了再买。他们不敢去缠父亲李文化。李文化没有什么好心情，他成天咳着，一副病怏怏的样子，他连抓药的钱都没有，怎么会答应给他们买兔子。

黄春秀的那俩小白兔成了他们的宝贝。

他们会和黄春秀一起去河滩上拔兔草。河滩上的野麦草到处都是，大狗、小狗认为就是1000只兔子也吃不完这么多鲜嫩的野麦草。

11

黄春秀是在一个星期天的下午发现那条红鱼的。

黄春秀在这个下午和大狗、小狗一起到河滩上拔兔草。黄春秀出来的时候就觉得有一种奇妙的声音在召唤着她，她不知道那声音来自何方。她想问大狗、小狗有没有听到那声音，但她看他们兴高采烈的样子，就没有问他们。她知道，他们和她在一起从来都是快乐的，她也被他们的快乐感染了，所以，她对那神秘的声音并没有太在意。

红鱼在百丈潭边的水草丛中呼吸。

在拔草的过程中，黄春秀又听到了那奇妙和神秘的声音。那声音很细微，带着一种水的质感。黄春秀在那声音的引导下不知不觉就来到了百丈潭边，她第一眼看到那条红色的大鱼时，惊叫了一声：

“哎哟——”

不远处在帮她拔草的大狗、小狗听到她的叫声，赶紧过来：“秀，怎么啦？”

她看到那条大红鱼一下子就沉入了潭里，没了踪影。她对大狗、小狗说：“我看到了一条红色的大鱼。”

大狗疑惑地说：“秀，你没有眼花吧？”

小狗也表示怀疑：“秀，你真看到红色的大鱼了？”

黄春秀认真地点了点头，很肯定。

“不会吧，这哪有什么红色的大鱼。”大狗又说。他不相信百丈潭里有什么红色的大鱼。这对他来说像是《一千零一夜》里的故事。

“秀，大鱼好看吗？”小狗有些相信了，他眨着眼睛问。

“好看。”黄春秀回忆着，眼睛闪亮。

百丈潭的水是墨绿色的，据说它有一百丈深，但是谁也不知道它究竟有多深。百丈潭充满了神秘恐怖的色彩。樟树镇的人很少来这里的。夏天的时候，只有像郑文杰那样胆大包天的人才敢在这里游泳。大人们都对孩子说：“不要去百丈潭，那里有水鬼。”水鬼的模样谁也没有见过。传说百丈潭的水鬼叫水猴子，它长得像猴子，会变化。有时它会变成一个美丽的姑娘，在百丈潭边梳头发，头发又长又黑，哪个小伙子被它迷住了，就会在百丈潭淹死。水鬼在百丈潭也会变成小伙子，哪个姑娘被小伙子迷住了，也会在这里淹死。水鬼有时又会变成红色的大鲤鱼，哪个小孩子被它迷住了，同样会在百丈潭里淹死。每年都有死鬼在百丈潭找替身转世。大人们都会很严肃地警告孩子：“千万不要到百丈潭去！”

大狗、小狗和黄春秀望着墨绿色的深深的潭水，每个人的眼睛中都闪动着星星般的光芒。

“走吧。”大狗觉得有股从潭里吹来的冷风让他的牙关打战。

小狗有些期待地说：“等等，说不定那条红色的大鱼还会出现。”

黄春秀同意小狗的说法。她当然也期待红鱼再次出现。

于是他们就坐在百丈潭的岸边，等着那条红鱼的出现。风吹得河滩上的野芒瑟瑟作响。茫茫的野芒地里好像隐藏着许多许多眼睛，注视着这三个樟树镇的小学生。他们默默地等待红鱼的重现，就像等待一个梦幻的童话。

他们等了许久，也没有看到红鱼的影子。

他们就要离开。

黄春秀把双手放在胸口，闭着眼睛，喃喃地说着什么。大狗、小狗觉得她有些神秘。

突然，他们听到“哗啦”的水响。

黄春秀睁开了眼睛，她惊喜地叫道：“红鱼！”

果然，那“哗啦”的水响之后，一条红色的大鱼浮出了水面，在潭边的水草丛中呼吸。红鱼好像在向他们微笑。三个孩子在那里看着红鱼，他们笑得粲然，他们忘记了许多伤心的事儿，忘记了大人们对百丈潭令人恐惧的描述和渲染。

12

黄春秀从县城回来后，还是经常在上课时打瞌睡，赵波就给她取了个绰号“睡美妞”。这个绰号取得十分新潮，在那个年代能取出这样的绰号，证明赵波这小子的确有些与众不同。他其实不是本地人，他父亲带他来时，他才 2 岁。问他老家在哪里，他从来没有说过。有人说在上海，有人说在福州，反正是在樟树镇的小学生们向往的大城市里。大狗、小狗听到“睡美妞”时，觉得很新鲜，他们不知道赵波经常挂在嘴巴上的“睡美妞”就是黄春秀。

黄春秀自从知道同学们叫她“睡美妞”，心里既难过又羞愧。她常常一个人被那奇妙和神秘的声音引到百丈潭边。她坐在那里出神地望着墨绿色的潭水，想着许多困扰她的问题。因为打瞌睡，她的学习成绩越来越差了。她是个自尊心很强的女孩子,她怎么能让同学们笑话呢!

她只要往百丈潭边一坐,红鱼就会出现。看着红鱼的嘴巴在水面上一张一合的样子,她就感觉到有一个人在和她轻轻说话。她也会轻轻地和红鱼说话。红鱼好像能听懂黄春秀的话,有时摇摇尾巴,有时还微微地点点头。樟树镇的女孩儿黄春秀和红鱼在一起的时候,感觉到了快乐。

大狗、小狗知道“睡美妞”就是黄春秀之后,他们俩嘀咕了一声:“什么鬼名字!”他们的脸色阴沉下来,他们容不得别人说秀的坏话。

他们真是两条狗,这里嗅嗅,那里闻闻。谁要是说“睡美妞”这三个字,他们就会站出来制止。谁要是还敢再说,他们就会扑上去打人。大狗、小狗在学校里弄得同学们很不安,同学们说“睡美妞”时,要左顾右盼,证实大狗、小狗不在才敢说。大狗、小狗有时会躲在某个角落,偷听别人说话,别人不说黄春秀什么就算了,要是他们听到“睡美妞”这三个字,他们就像疯狗一样冲出去。

大狗、小狗拿郑文革和赵波没有办法。

大狗、小狗常常听见他们在大声说“睡美妞”。小狗握着拳头说:“哥,你看他们多神气!”大狗吐了口唾沫说:“郑文革不是人,他还是秀的表哥呢,还帮赵波说话。”他们的眼睛里就冒出了火,但那火苗最终还是无奈地在他们的眼睛里慢慢地熄灭。可是,总不能让郑文革和赵波这样长久地说下去呀,他们得想办法。

对一般的同学可以采取强硬的手段,而对赵波和郑文革,就要采取另外的手段。大狗、小狗在一个中午早早地来到了学校,郑文秀碰到了他们。在校门口,郑文秀问他们:“大狗、小狗,你们这么早来干什么?也不在家里帮你们的姐姐干点活。”他们红着脸低下头。等郑文秀挺着神气的胸脯走过去后,他们才抬起头,朝小学西头的树林子走去。小狗嘟哝了一声:“郑老师的屁股真大。”大狗看了他一眼问:“你说什么?”小狗的脸红了:“我什么也没说。”

大狗、小狗来到了小树林,他们看到赵波和另外一个同学在用弹弓打鸟。赵波的目法很差，一点准头都没有，他打不下鸟，老是怪那个同学没注意掩蔽，把鸟惊飞了。小树林子里鸟很多，鸟儿从这棵树飞到另外一棵树上，把赵波搞得团团转。那个同学像跟屁虫一样跟着赵波，惹得赵波很不高兴："让你猫在那里不动，你老晃来晃去干什么呀！"那个同学满脸不高兴，气呼呼地走了："生不出孩子怪卵子没用！"他看见大狗、小狗朝他笑，就对他们说："你们不要过去，要不然赵波打不到鸟会怪你们的。"大狗、小狗没理这个同学，他们轻手轻脚地朝赵波走过去。赵波问："你们来干什么？"大狗笑着说："来看你打鸟。"小狗也笑着说："来看你打鸟。"赵波因为没有打着鸟，没好气地说："有什么好看的！"小狗眨巴了一下眼睛，他指着树上的一只黄鹂说："赵波，我们打个赌，我要是把黄鹂打下来，你答应我一件事情。"赵波看了看那一丁点的黄鹂，心想，他能把它打下来才怪呢，比黄鹂大好多的麻雀我都打不下来，况且，黄鹂高高地站在树枝上，从距离上看，要把黄鹂射落是不可能的。赵波说："没问题，你们要打什么赌？"小狗满脸严肃地说："我要把黄鹂打下来，你以后就不要叫黄春秀'睡美妞'了，行吗？""要是打不下来呢？"赵波说。大狗想了想说："要是打不下来，我们今后就听你指挥，你叫我们干什么我们就干什么。"赵波乐了，能让这两条狗成天跟在自己的后面，让他们打谁他们就打谁，也够威风的了。赵波说："好吧。"他把弹弓给了小狗。只见小狗把一颗小石子装上去，他瞄了一下，手往后一拉，放松，白色的小石子如白色闪电朝黄鹂飞了过去。赵波"哇"了一声，那黄鹂就落到了地上。黄鹂竟然没有死，它在地上扑腾着。赵波抓起了它。小狗得意地说："赵波，看见了吧？"大狗也觉得自豪："我弟弟的目法就是准，他要打鸟的哪个位置就打哪个位置，现在，他打的是黄鹂的翅膀。"赵波服了，他表示以后再也不叫黄春秀"睡美妞"了。但是他还有一个条件，就是让他们每天中午陪他打鸟。他们痛快地答应了他。他还说要送个弹弓给他们。

13

后来，就没有人叫黄春秀“睡美妞”了。

秀还是常常独自去看红鱼，她对着红鱼喃喃地说着话。红鱼就静静地听她说话，看着女孩儿黄春秀在这个秋天里感伤的泪水无声地流下来。

大狗、小狗也去看过红鱼。

大狗、小狗最后一次看红鱼是在这个秋天行将过去的一个傍晚，大狗、小狗是和赵波、蒲卫红他们一起去的。

14

蒲卫红总是想找机会和大狗、小狗说话，他感到对不起大狗、小狗，因为那次他给郑文革做了伪证。那件事情后，郑文革说他是叛徒莆志高。他和郑文革就疏远了。郑文革说蒲卫红是叛徒莆志高的时候，蒲卫红的脸就涨得通红，他想辩解什么又说不出来。赵波听到郑文革说蒲卫红是叛徒莆志高，他来了兴趣，问郑文革为什么。郑文革说：“他姓蒲，所以就是莆志高！”赵波觉得很好玩。中午打鸟时，赵波把这事告诉了大狗、小狗，大狗就笑，小狗就学着黄春秀的语气说：“文革就喜欢胡说八道，我不相信他说的话。”

“莆志高！”赵波突然说。

他们朝赵波指的方向看过去。

蒲卫红在小树林子外面躲躲闪闪的，不知道想干什么。

“叛徒莆志高！”赵波大声说。

大狗阻止他：“不要说他。”

赵波满脸坏笑，他没有理会大狗，继续大声说：“叛徒莆志高！”

小狗叫道："蒲卫红，过来吧。"

蒲卫红扭扭捏捏地走了过来。

赵波没有理蒲卫红，他拿着弹弓这里比画一下那里比画一下，一只鸟都打不中。他射出去的石子也能击落一些东西，那就是树叶子。他老以为飘落的树叶子是被他击落的鸟，他在地上找来找去，什么也找不到。

"蒲卫红，你怎么一个人玩？"小狗友好地问他。

蒲卫红的脸红红的："我路过这里，看到你们打鸟，就想过来。"

"蒲卫红，郑文革为什么会说你是叛徒莆志高？"赵波打了一会儿鸟，鸟毛都没有打落一片，他过来坏笑着问蒲卫红。

蒲卫红不知道说什么好，他还是红着脸。

赵波不喜欢蒲卫红这个样子，他心里说，蒲卫红真像个大姑娘。

"赵波，你再说蒲卫红是叛徒莆志高，我就再不和你一起打鸟了。"大狗生气地说。

赵波摆了摆手说："好，好，我不说了。"

赵波又走到另外一边去了，左瞄瞄右看看。那些小鸟在树枝上跳来跳去，叽叽喳喳的，好像在嘲笑赵波的无能。

蒲卫红对大狗、小狗诚恳地说："我对不起你们。"

他们很奇怪，他怎么会说这样的话呀？

蒲卫红就一五一十地把那天郑文革叫他去做证的事情说了。大狗、小狗摸着屁股，屁股早就不痛了，但是他们还有记忆。蒲卫红怀着负疚的心情说："你们打我吧，我不会告诉老师的。"

大狗、小狗笑了，他们说："蒲卫红，不关你的事。"

蒲卫红很感动，在他以及很多同学的眼睛里，大狗、小狗是两条不讲道理眼睛一红就咬人的疯狗，其实事实根本就不是这样。可他搞不清楚他们为什么老是自相残杀，说话一不对劲就打起来。

蒲卫红从书包里拿出了两个西红柿给他们。这时，赵波又晃了过来，他说："蒲卫红，用西红柿拉拢大狗、小狗呀？"蒲卫红不好意思了，又从书包里拿出一个西红柿，递给赵波。赵波不要。赵波大大咧咧地说："我才不接受你的拉拢呢，西红柿有什么好吃的，酸不拉叽的。你们吃过苹果吗？苹果才好吃呢。咱们这地方怎么就种不出苹果来呢！"

大狗、小狗没有见过苹果，他们只是老听赵波说苹果如何的香，如何的清脆，如何的甜，说得他们流口水。他们一听他又说起苹果，口水又要流下来了。好在他们手里有西红柿，他们干脆把西红柿当苹果吃了。虽然西红柿酸，但是总比没有东西吃好吧！赵波和蒲卫红看到他们狼吞虎咽吃西红柿的样子，都忍不住笑了。他们当然不知道大狗、小狗饥饿的滋味。大狗、小狗很快吃完了西红柿。小狗的目光又落到了蒲卫红手上，他手上还拿着一个西红柿。蒲卫红把西红柿给了小狗。小狗又狼吞虎咽起来。大狗踢了小狗一脚："你饿死鬼投胎呀！"小狗说："别急，等我吃完后再打。"蒲卫红紧张地说："你们不要打架好不好，你们要打的话，我下次再不给你们东西吃了。"小狗挥了挥手说："不打，不打了。"大狗气呼呼地看着小狗。小狗把吃剩下的一点西红柿递给大狗："哥，你吃吧，我们今天不打了。"大狗抓过那点西红柿，气呼呼地塞进嘴巴里。他们今天总算没有打起来。

赵波才不管他们打不打呢，他喜欢看他们打。他们只要打起来，他就会给他们做裁判。他好像是个优秀的裁判，在他们面前跳来跳去，和他们一起吱哇乱叫。他们今天没打起来，他觉得不好玩。他无趣地说："你们吃完了，该打鸟了吧？"大狗、小狗和赵波、蒲卫红一起，开始寻找目标。他们没想到这个中午会惹下一场不大不小的祸。原因是大狗把弹弓借给蒲卫红打了一下。

蒲卫红挺高兴的。郑文革也有一个弹弓，他吹牛说他的弹弓是全学校最好的，因为是他哥哥郑文杰做的。郑文革经常到茶果场找蒲卫红玩，可是郑文革从来没把弹弓给他玩过。蒲卫红第一次打弹弓，特别的兴奋。可他拿着弹弓不知道往哪里瞄，大狗就教他怎样瞄准。赵波在一边说风凉话："真没劲，长那么大连弹弓都没有玩过。"

蒲卫红就拿着弹弓毫无目的地乱射了一下。

假如他朝空中射的话,事情就不会发生了,问题是他平端着弹弓,射出了那颗白色的小石子。

他们看到小石子"嗖嗖"地穿过小树林子的缝隙,一路无遮无拦地射向了小树林的外面。"噗"的一声,小石子击中了一个人的额头。那人"哎哟"了一声。大狗说:"完了!"小狗也跟着说:"完了,完了!"石子击中的正是数学老师郑文秀。她正准备去上厕所。厕所就在小树林的外面。他们发现闯了祸,马上都趴在草丛里掩蔽起来。他们的心狂跳着。尤其是蒲卫红的心跳得更猛烈,他的头"轰"地炸开了,眼睛热乎乎的,泪水快要落下来。他吓坏了。

郑文秀被石子打中了额头,她觉得眼前亮起了无数颗星星。她摸了摸额头,一个肉包悠悠地鼓了起来。她本来就长得一般,现在额头上又莫名其妙地鼓起来一个乌青的肉包,自然气不打一处来,她大嚎了一声:"谁?给我滚出来!"

她那一声怒吼蓄足了无穷的力量,蒲卫红吓得差点尿裤子。

大狗小声说:"别动,要是被她发现是我们,就完了。"

大家大气不敢出一口。

一只黑色的大蚂蚁爬上了赵波的脖子,他只好忍耐着蚂蚁带来的奇痒。他只要动一下,郑文秀老师就会发现他。他心里恶狠狠骂道:"臭蚂蚁,快滚蛋!再不滚,我要把你碎尸万段!"

郑文秀吼了几声,见树林子里没有动静,气得从地上捡起一根干树枝,挥舞着走进了树林子里。她边挥舞树枝边骂着让他们滚出来。

眼看郑文秀离他们越来越近,蒲卫红的泪水哗地流了下来。

大狗突然说:"跑!"

他站起来,朝反方向狂奔而去。小狗、蒲卫红、赵波也只好跟着大狗狂奔而去。他们冲出了小树林,跑出了学校。郑文秀在他们后面大叫:"回来,你们这帮混蛋,给我回来!"

郑文秀说什么,他们一句也没有听进去,他们就知道没头没脑地狂奔。

那个下午，他们怎么也不敢回学校里去。他们商量着到哪里去躲过这个下午。大狗就把他们带到百丈潭边看红鱼。

大狗担心看不到红鱼，可那条红鱼静静地在水草丛中呼吸。

"哇——"赵波呆了。

蒲卫红也呆了，他抹去了眼泪，眼睛中发出从没有过的光彩。

大狗、小狗没有激动，他们什么也没说。他们只是静静地看着。那条红鱼好像在和他们说着什么。大狗想：红鱼是不是在问自己，黄春秀怎么没有和他们一起来？他不知道黄春秀要是知道他们惹了祸旷课到百丈潭看红鱼，会怎样看待自己。

他们坐在那里看着红鱼，一直到太阳落山，一直到红鱼沉入墨绿色的潭底。

赵波和蒲卫红一路回家。大狗、小狗一路回家。分别之前，大狗说："蒲卫红，明天上学你不要承认是你打的，好吗？"

赵波不解地问："为什么？"

大狗很仗义地说："就说是我打的！"

蒲卫红感动得说不出话。

赵波说："大狗，这样太不公平了，又不是你打的。"

大狗发火了："我打的，就是我打的，和你们无关！"

赵波和蒲卫红走了。小狗纳闷地问："哥，你为什么要替蒲卫红背黑锅呢？"

大狗踹了小狗一脚："你懂个屁！"

大狗气呼呼地走在前面，小狗气呼呼地走在后面。

到了家门口，天快黑了。这时他们看到了黄春秀。

黄春秀的脸色不好看，她冷冷地问他们："你们到哪里去了？郑老师找了你们一下午。"

大狗着急地问："郑老师说什么没有？"

黄春秀摇了摇头："不过，她现在在你们家里。"

大狗、小狗知道麻烦了。

黄春秀说:“你们小心点呀!”

他们点点头。

黄春秀看着他们进了家门。她没有回家,她在他们家门口朝里面张望。

不一会,她就听到了李文化的怒吼和急促的咳声。

她想,大狗、小狗又要挨打了。

郑文秀出来了,她看到了黄春秀。黄春秀哀求说:“表姐,你不要让大狗、小狗的爹打他们好吗?”郑文秀轻描淡写地说:“他们承认错误就可以了,我没有让他打他们。”黄春秀急了:“他会打他们的!”郑文秀叹了口气。她没有再和黄春秀说话,就扭着大屁股,哼着小调走了。黄春秀喃喃地说:“她是我的表姐吗?怎么这样不近人情?”

15

百丈潭里有一条大红鱼的事情很快在小学校里传开了。这主要是通过赵波的嘴巴传出去的。经过渲染,很快,樟树镇的人们也知道了这件事。许多家长对孩子说:“那红鱼是鬼变的,千万不要去百丈潭边。”大狗、小狗的父亲李文化没有说不让大狗、小狗去看红鱼,他知道这两个儿子要做什么是没有办法制止的,况且他不相信有鬼。他只是对他们说:“到百丈潭边要小心,潭水很深,掉下去你们就爬不上来了。你们要是死了,枉我养了你们那么多年。”

郑杨梅问黄春秀:“听文革说,你老和大狗、小狗去百丈潭看红鱼?”

黄春秀说:“妈,你不要听文革瞎说,他的话有几句是真的!”

郑杨梅呵斥道:“不许你这样说你表哥。我告诉你,不许你去百丈潭,你听到没有?那红鱼是鬼变的,要是被它迷上了,你的小命就没了!”

黄春秀不说话了。

她不相信红鱼是鬼变的。她的确是被红鱼迷住了,要是几天看不到红鱼,她就魂不守舍的。她还是会听到那奇妙而神秘的声音,她还是会一个人在那声音的诱引下独自走向百丈潭,去看那条红鱼,和红鱼倾诉。红鱼像是她多年的密友,认真地听着她的心声,也和她吐露着自己的心声。黄春秀怎么也不相信红鱼是鬼变的,鬼没有这么美,这么善良和宁静。

16

黄春秀没想到她心爱的红鱼会在这个秋天结束时被人用一张大网网住,然后被抬着在樟树镇招摇过市。

网住红鱼的人正是她表哥郑文杰。

黄春秀最后一次去看红鱼的时候,她的身后跟了两个人,那两个人就是她的两个表哥郑文杰和郑文革。他们贼一样躲在野芒地里,看着黄春秀和红鱼说话,看着太阳落山,看着黄春秀娇小的身子消失在回家的路上。他们大气不敢出一口,他们怕黄春秀发现他们。他们记住了红鱼出没的地方。

红鱼被网住的那天晚上,大狗、小狗在黄春秀家里和她一起做作业。他们的作业还没有做完,郑文革溜进来了。“文革,你不在家里做作业,来干什么?”黄春秀冷淡地说。郑文革见大狗、小狗在场,心里不舒服,他对黄春秀说:“明天是星期天,还有那么多时间,急什么。我看你还是和我一起去玩捉迷藏吧!”黄春秀朝他吐了一下舌头:“谁要和你去玩!”

郑杨梅在补衣服,她停下来对郑文革说:“文革,你就知道玩,去把你的作业拿过来和他们一起做。”

郑文革吐了吐舌头:“姑,其实我做完了。”

“他又在骗人。”黄春秀说。她知道这个小表哥的品性。

“骗你是狗!”郑文革说。他用怨恨的目光瞪了大狗、小狗一眼。

大狗、小狗装作没有听见，认真写作业。

“文革，你哥在家吗？”郑杨梅问。

“不在，他去捕鱼了。”郑文革的声音很特别。“捕鱼”这两个字说得很重，好像是故意说给大狗、小狗和黄春秀听的。

郑杨梅说：“文杰就是喜欢干这些事情，不是捕鱼就是杀猪，不好好读书，也不好好种田，弄得自己人不像人、鬼不像鬼的。”

听到郑杨梅数落郑文杰，郑文革想溜，但是郑杨梅的话没有说完，他还不敢走。郑杨梅还在絮叨：“这个文杰，读书的时候斗老师，还当什么红卫兵，现在做了杀猪的营生，还经常和人斗狠打架，哎，他恐怕连老婆也找不到。”

郑文革知道，她说完郑文杰就要说郑文秀然后再说他。果然，她开始说郑文秀了：“还是文秀好，现在在学校里当老师，不用雨淋不用日晒的，多好呀，我就喜欢文秀。”

她说完郑文秀，郑文革就一溜烟跑了。

郑杨梅刚要说文革，发现他已经走了，叹了口气，也不说了。

黄春秀听说他表哥去捕鱼了，心里沉了一下。她本来想问文革文杰到哪里去捕鱼的，可是他已经溜了。她当然不知道郑文杰带了两个小伙去白丈潭捕鱼了。本来郑文革也要去，郑文杰没让他去。

那个晚上，黄春秀做了个梦。

红鱼从百丈潭中飞了起来。郑文杰和好多人挥舞着一张巨大的网在追红鱼。黄春秀和大狗、小狗在后面喊：“飞快点，飞快点！”红鱼一直朝太阳飞去，后来不见了。郑文杰他们很失望，一个个垂头丧气。黄春秀和大狗、小狗他们很高兴，还唱起了歌。

清晨，黄春秀醒了。

这是个露水味很浓的清晨，黄春秀感觉到了凉意。

她觉得这个清晨的第一缕阳光也是冰冷的。

黄春秀朝百丈潭走去。她还没有来到百丈潭边，就看到有人抬着一条大鱼兴高采烈地从河堤上走下来，他们的脸在冰冷的阳光下发出喜悦的光芒。她发现,郑文杰就在里面。他们抬着的竟然是那条红色的大鲤鱼。红鱼还没有死,它在网中挣扎,张着大嘴巴,那眼睛痛苦而又迷惘。郑文杰看到了黄春秀,他大声地对她说:“秀,我捉到百丈潭的大鱼了!”她最担心的事情发生了。

黄春秀呆呆地看着他们把鱼抬向樟树镇。红鱼经过她面前时,使劲蹦跶了一下,眼睛发出让她心碎的光亮。它的嘴巴艰难地张了张,好像在喊:“秀,救我!”

她愣愣地看着他们把红鱼抬走。

她觉得自己那么的无助,那么的藐小。她觉得自己那么的无用,那么的柔弱,连一片树叶都不如。

她多么希望红鱼飞起来,让他们捉不到、网不住,飞得远远的,一直飞到太阳里面去。可是,可是她心爱的红鱼被他们抬走了。

她的泪水涌了出来。她就那样让泪水涌了出来。

冰冷的阳光照耀着樟树镇凄凉的女孩儿黄春秀。

冰冷的阳光就那样照耀着女孩儿黄春秀滚烫滚烫的泪水。

17

郑文杰捕到了一条几十斤重的大鲤鱼,这在樟树镇引起了巨大的轰动。郑文杰和他的同伙抬着大鱼在碎石铺成的镇街上招摇过市,像抓住了一个隐藏很深的特务那样游着街。

郑文杰是个很能制造热闹的人。

他边抬着大红鱼边大声地得意洋洋地对看热闹的人说:“这是在百丈潭捕到的大鱼呀,我们折腾了整整一个晚上,都快冻死了。没想到天一亮这家伙就浮出来了,一网下去就结结实实把它网住了。这家伙劲大,我们花了很大工夫才把它拖上岸。累死我们了!”

小镇上的人都用羡慕和钦佩的目光看着郑文杰。

仿佛他是个英雄。

郑文革也跟在哥哥后面,大声说:“要没有我的话,我哥哥肯定捉不到这条大鱼的,是我告诉我哥哥大鱼在什么位置的,我也有功劳!”

仿佛郑文革也是英雄。

人们不明白,为什么郑家的这两个儿子,都那么喜欢当英雄,那么喜欢被人尊敬。

郑文杰把樟树镇弄得像过年一样热闹,人们纷纷涌到街上,看那条大鱼。一个白胡子老头说:“好多年没有见到这样的大鱼了,原先是在什么年头见到的都忘记了。当时也有人从百丈潭捕到过大鱼,不过好像没有这么大。”又有一个人说:“开批斗大会也没这么热闹呀。”

有人对郑文杰说:“抬到公社去,让公社书记看看。我们农民有力量,能把这么大的鱼打上来,这是毛泽东思想普照的结果呀。”

郑文杰没想到这点,他哈哈笑道:“这样可以吗?”

大家说:“这有什么不行的。”

又有人说:“郑文杰,先过一下秤吧,先称称有多重再抬到公社去,要不然,公社书记问你有多重,你回答不上来多没意思呀!”

“对,过秤!”大家说。

郑文杰像打了胜仗的人将军,他的大手 挥:“抬到食品站过秤!”

他们把鱼抬到了食品站。

“喂,多重?”围在外面的人纷纷踮起脚尖探头探脑地问。小家伙们在人群中挤来挤去,恨不得把大人的裤裆钻破。

过了一会儿,郑文杰大声说:“呵,好重好重,60 斤打不住,60 斤打不住!”

60 多斤的大鱼让樟树镇的人们感到了快活和自豪,原来樟树镇的深潭里也有这么大的鱼。

“郑文杰,抬到公社去吧!”有人叫着。

郑文杰的嗓子都叫哑了,他说:“好,好,马上抬到公社去,让公社书记看看,让他们也开开眼界,见见我们百丈潭的大鱼!”

他们就抬着大鱼朝公社走去。

有好事者拿来了红旗和锣鼓,红旗飘飘锣鼓喧天,为了一条红鱼,他们像搞运动一样。

公社里面出来好多人,他们看着人群热闹非凡地朝公社涌来。赵波也在公社的人群中,他听到当武装部长的父亲说:“搞什么名堂!”

郑文革看到了赵波,他一边挥手一边大声地对赵波说:“赵波,赵波,我哥把那条大鱼打上来了。”

郑文革的叫声让赵波朝他们奔跑过去。

到头来,他们空欢喜了一场。

公社书记没有出来接见他们。一个干部模样的人走到郑文杰面前,问他:“这条鱼是你捕上来的?”郑文杰拍了下胸脯:“对,是我捕上来的!”那个干部胸前戴着一个很大的毛主席像章。他冷冷地对郑文杰说:“你跟我走一趟。”郑文杰就和干部进去了。

郑文革问赵波:“唤我哥进去的人是谁?”

赵波说:“公社革委会付主任。”

郑文革又问:“他和你爸谁的官大?”

赵波说:“一样大。”

过了好大一会儿,郑文杰黑着脸出来了,他冲着看热闹的人大吼:“看什么看,看什么看,都给我滚!”大家不知道郑文杰怎么回事,有人说:“郑文杰,吃了枪药呀,干什么这么暴!”郑文杰气不打一处来,追上去要打那人,那人飞快跑了。

有人说:“公社把郑文杰打的鱼没收了。”

有人问:“为什么呀?”

那人说:“百丈潭是公社的,你在那里捕上来的鱼当然也是公社的了,当然要没收了。”

郑文杰气呼呼地把鱼抬进了公社。

他从里面出来时,人快散光了。郑文杰看弟弟还在,他走过去,拉起弟弟的手往镇子里走。他的眼睛被愤怒的火烧得通红。他自己被自己制造的热闹浇冷了。

那个晚上,黄春秀失踪了。

那天上午,镇上的大人孩子都去看热闹,大狗、小狗和黄春秀没有去。他们愣愣地坐在那里,他们一起难过。他们从那以后,就再也没有在百丈潭边看到过红鱼。

黄春秀的确在那个晚上失踪了。很晚很晚,她都没有回家。郑杨梅急坏了。她来到郑文革家里,她说:"秀不见了。"郑文革说:"会不会在大狗、小狗家里?"她说:"我刚刚去过了,没有。"郑文杰不在家,他今天气坏了,不知道跑到哪里喝酒去了。郑文秀也很着急,她问郑文革:"你知道秀平常喜欢到哪里去玩吗?"郑文革说:"我哪里知道。她不是喜欢和大狗、小狗在一起嘛。"郑文秀说:"姑,还是要去问大狗他们。"郑杨梅不知道如何是好,急得直跺脚。郑文秀对郑文革说:"快去把你哥找回来,让他带人去找。我和姑去大狗、小狗他们家问问情况。"

他们一出门,就看到李一蛾带着大狗、小狗走过来,他们手里举着火把。李一蛾对郑杨梅说:"杨梅姨,不要着急,我们一起去找。一定能找到的。"他们就朝镇子外面的河滩走去。

"秀——"

"秀——"

大狗、小狗喊着。他们越过河堤,走下了河滩。茫茫的野芒在深秋的风中瑟瑟作响。秀,你在哪里?

"秀——"

"秀——"

郑杨梅和李一蛾也在喊。那焦急的带着哭音的呼喊声在茫茫的河滩上回荡,凄凉而又动情。风鼓荡着他们的呼喊声。火把影影绰绰,在河滩上晃来晃去。

突然,大狗说:"我知道秀在哪里了。"

他举着火把朝百丈潭边奔跑过去,小狗也跟在后面。

他想,秀肯定在红鱼出没的地方。

果然,潭边坐着一个人。

那是秀!她的两条辫子让大狗、小狗一眼就认出来了,这是秀!秀在哭泣,她不知道哭了多久了。他们看着在水边哭泣的秀,心沉重极了。大狗、小狗也哭了。火把映红了他们的脸蛋和泪水。

这个秋天就这样在樟树镇的三个小学生为了一条逝去的红鱼的哭泣声中彻头彻尾地滑过去了,永远不再回来了。

野河滩

1

铁客子，

水里伏，

动一动，

满河乌。

水曲柳乡村的女孩儿秋草路过小学校门口时，看到一群小学生冲着一个穿黑粗布衣裳的中年男子齐声高叫。

那黑衣男子挑着两口破锅，手里拿着一根黑不溜秋的棍子，这棍子是在走村串巷时打狗用的。黑衣男子听到那带着侮辱性的童谣，很生气地放下担子，举着棍子追过来要打那群小学生。小学生们惊叫着逃进了小学校，这时上课的钟声也“当当”响了起来。黑衣男子骂了声：“没教养的！”黑衣男子满脸凶相，黑沉沉的脸上有一条长长的刀疤，挺吓人的。

秋草站在那里，愣愣地看着那被水曲柳乡村的人称为“铁客子”的补锅匠人。突然间，她的喉咙痒痒地叫出了声：

铁客子，

水里伏，

动一动，

满河乌。

铁客子没走几步，又听到了那骂他的童谣，气不打一处来，猛地转身朝秋草追过来。

秋草吓坏了，她拼命地跑着。

她听到身后那沉重的脚步声越来越近，便哭喊了出来："赤毛婆婆，救命呀！"

那根黑不溜秋的棍子仿佛就要在她扎着两根小辫的头上落下，她边哭喊边狂奔着，心想：自己怎么跑得这么慢呢？

那时，她是多么的恐惧，多么的无助，多么的哀伤。

"秋草，你跑什么哇？"一个村民迎面走来，惊讶地看着这个奔跑的小女孩。

她停了下来，眼泪汪汪的，上气不接下气。

有村里的大人在场，她才敢停下来。

她回头张望了一下，那凶神恶煞一般的铁客子无影无踪了，人家根本就没追上来。秋草心里还是害怕极了。

她知道自己为什么也要冲着铁客子唱那首专门用来侮辱铁客子的童谣，她心里恨这些来水曲柳乡村揽活儿的外乡手艺人。她爸爸在一次开山打石时被爆炸后滚落下的石头砸死之后，她年轻漂亮的妈妈就被一个弹棉花的外乡人拐跑了，留下了孤苦伶仃的她。所以，她只要看到那些外乡的手艺人来到水曲柳乡村，心中就充满了仇恨，也充满了恐惧。

那个晚上，秋草发烧了。她躺在赤毛婆婆的怀里做着噩梦，说着胡话。

她梦见自己被黑大汉抓住了，黑大汉把她放在锅里挑走了，黑大汉恶狠狠地说："让你骂我铁客子乌墨墨，我要把你卖到很远很远的地方去做童养媳。”她哭呀，叫呀，怎么就没有一个人来救她呢？赤毛婆婆呢？叔伯阿姨呢？水曲柳乡村的人都不知道跑哪里去了。她在那口黑乌乌的大锅里翻来滚去，全身滚得像铁客子那永远不干净的手掌一样乌墨墨的了。她幼小的心灵破碎了……

赤毛婆婆眼泪汪汪地看着可怜的秋草，轻轻地拍着她瘦弱的身子，说：“秋草呀，婆婆抱着你咧，婆婆亲你疼你咧。秋草呀，你睁眼看看，婆婆在朝你笑咧。”

……

那场病好了之后，水曲柳乡村的女孩儿秋草就对铁客子产生了恐惧感。

她再也不敢对着那从来没有笑过，满脸锅底灰一样乌黑的铁客子唱那首童谣了。让秋草更恐惧的是，那个铁客子来水曲柳乡村好像很久很久了，他怎么不走呢？

秋草一看到铁客子，就赶紧躲起来。

2

赤毛婆婆说，等这个夏天过去，那一窝小白兔长大了卖了钱之后，就送秋草去小学校里上学。

秋草就盼望这个夏天赶快过去。

和秋草一般大的孩子都上学了，像望月、水生他们，还有细柳、小红她们。秋草看着他们背着书包兴高采烈像模像样地走向村头小学校时，她的目光就被小学校吸引了。她的目光很黏很黏，像麦芽糖一般黏在了小学校里。但她不敢走近小学校，她怕小学校里的一个人。那个人就是文老师。

文老师是一个漂亮的城里姑娘。

秋草知道，水曲柳乡村里，没有一个人的脸有文老师的脸那么白，那么嫩;也没有一个人的牙有文老师的牙那么白,那么整齐;也没有一个人的头发有文老师的头发那么秀美黑亮;更没有一个人的声音有文老师的声音那么轻柔甜美。

文老师是那么的漂亮。

漂亮得让水曲柳乡村的后生哥们不敢在她面前抬头。

文老师身上总散发出一股淡淡的栀子花的香气,那栀子花的香气让秋草产生无边无际的美好想象。

可秋草就是怕文老师。

这种怕不是恐惧,是乡村女孩儿固有的羞涩和怕生,是一种渴望又不敢触摸的羞涩和怕生。

文老师身上带着乡村以外大世界的信息,那是让水曲柳乡村的女孩儿秋草迷醉又害怕的信息。

秋草只要看到文老师,心里就有一只小白兔儿在活蹦乱跳。

秋草去河堤外的河滩上拔兔草时,要经过小学校。每次,她经过小学校门口时,总要往里面张望,然后跑开。她不知道这个夏季过去之后会怎么样。有时,她碰到了文老师,就站在文老师面前羞涩地低下头,双眼瞅着文老师白色塑料底的浅口布鞋和那白得耀眼的袜子。这时候,光着脚的秋草就闻到了栀子花的芬芳。文老师的声音仿佛是从星空中传来的,轻柔极了,还有股清晨露珠儿的甜味:“秋草,你也来上学吧!”秋草远远地跑开。快上河堤了,秋草回头张望,发现文老师还站在校门外的阳光中,朝她凝视着。

秋草强忍着不让自己的泪水涌出来。

3

秋草坐在无边无际的河滩上,听着大河沉缓而巨大的流水声,她头上的那两条小辫在初夏温煦的阳光下快乐地舒展着。

秋草喜欢这无边无际的河滩。

这是汀江河千百年来冲积出来的无边无际的河滩。

这片河滩上堆积的不是贫瘠的沙粒和光溜溜的鹅卵石，而是有丰富养分的潮泥，是从那被砍光了绿树的光秃山岭上流下的泥土的精华的淤积。

所以，这无边无际的河滩上长满了各色各样的草儿，有成片成片的野芒，河岸边还有丛丛簇簇一年常绿的水柳。

那茫茫的草地上，总会盛开着一些不知名的花儿，红色的、粉红色的、蓝色的、浅蓝色的、紫色的、淡紫色的……花儿在风中摇曳，楚楚动人，多像水曲柳乡村的女孩儿呀！它们在大自然中快乐而苦难地飘着香，随风而逝，装点着这片茫茫的河滩。

这河滩常常无端地让秋草感动。

那么嫩绿的草儿，可以喂养多少小白兔哇，秋草天真地想着。

在春天一个晴朗的日子，秋草把一窝小白兔装进一个竹笼子提着，拿到了河滩上。阳光温存柔美地梳理着秋草的小辫，也梳理着小白兔美丽的皮毛。她打开了笼子，把小白兔放到草丛里。看着小白兔在草丛里跳来跳去，秋草的心儿活了，这样多好哇。秋草清纯的眸子里闪动着秋水一样的波光，她为自己的这个行动感到愉悦和光荣。可是，那种愉悦和光荣渐渐地消失了。她找不到那些可爱的小白兔了，那些可爱的小白兔跳进草丛里再也找不到了。这无边无际的河滩隐藏十几只小白兔就像鱼儿游进了大海。于是，秋草就坐在草丛中哭。哭声越来越大，最后，把嗓子都哭哑了，但是她仍然没有把小白兔哭出来。这群小白兔是水曲柳乡村女孩儿秋草的希望呀，她多么希望小白兔们快快长大，卖了钱之后她好去上学。秋草就那样伤心地哭着，没有人知道一个乡村女孩儿的失望和哀伤。赤毛婆婆没有责备她，而是轻轻地擦去了她脸上的泪："傻秋草，兔子怎么能放牧呢？"秋草为自己愚笨的举动难过了好长一阵子，直到赤毛婆婆重新用省吃俭用的钱从集市上买回了一窝小白兔。

后来,秋草每次到河滩上拔兔草,总会留意那草丛,希望突然蹦出一群大白兔来,跟她回家。有一次,她看到村里的猎手洪武伯在河滩上打到了一只很大的野兔。她跑了过去,看见是只白兔,马上就对洪武伯说:“洪武伯,这大白兔是我的,你怎么把它打死了呢?”洪武伯很纳闷,这明明是我在草丛里打来的,怎么会是秋草的呢?秋草固执地说:“这就是我的嘛。洪武伯,求你了,以后见到白兔不要打了。”洪武伯笑了:“好,依你,秋草,我以后再不打白兔了,专打灰兔。”秋草看到洪武伯把那只大白兔悠哉悠哉地提走了,心里酸酸的。她相信,那些白兔肯定还在这片河滩上自由自在地生活,她还相信,肯定有一天,那群大白兔会突然出现在她的面前,跟她回家。因为,秋草是那么爱它们。

4

傍晚,秋草挽着一竹箕嫩绿的兔草回到水曲柳乡村时,恰巧碰到小学校的学生放学。

她想躲起来,不想让望月、水生、细柳、小红他们看到她。在他们面前,秋草有种自卑感。他们是欢乐的,秋草是忧伤的。细柳、小红她们没上学之前,是秋草的好朋友,那时,秋草的爸爸没有死,漂亮的妈妈也没有被那个可恶又可恨的弹棉花的外乡人拐走。细柳、小红她们到秋草家玩,秋草的妈妈经常会炒豆子给她们吃。在秋草的印象中,妈妈炒的豆子最香最香了,那些豆子脆脆的酥酥的一点也不焦煳。细柳妈炒的豆子总是焦煳焦煳的,吃一把豆子总是把嘴巴弄得黑乎乎的。她们上学之后,就不找秋草玩了,她们要上学,放学之后要做功课。秋草也不会去打扰她们。她知道,自己和她们不一样。秋草是无爹无娘的孤儿,要不是赤毛婆婆收留她的话,她不知自己会怎么样。她的亲戚都推来推去不要她,嫌她拖累,嫌她也长着一张嘴,要吃饭。

秋草躲过了细柳和小红。

她哀伤地看着她们手牵着手快乐地一跳一跳地回家，还“咯咯”地笑，不知说了什么高兴的事儿。

她没有躲过望月。

望月是大队支书的小儿子，他可霸道呢，村里的孩子都要让他三分，明明是他不对的事，他也要蛮出三分的理。谁让他是大队支书的儿子呢！

望月看到了秋草。

秋草躲不掉了，低着头迎上去。

望月对秋草不怀好意地笑着。等秋草走近了，他伸手去抓秋草的辫子。秋草躲了一下没躲过去。望月抓住了秋草的辫子，他还往上一提，秋草“哎哟”叫了一声，那多痛呀！

秋草叫道：“望月，放手。”

望月不但没放手，反而抓得更紧了。

望月望着一群围观的孩子骄傲地笑着，好像他是一个打了胜仗的连长。

孩子们都没有笑，他们可怜秋草。

但孩子们也没人敢出来打抱不平，他们害怕望月。

望月多么威风呀，他不顾秋草的疼痛，不顾秋草的哭叫，还大声说：

两条小辫子，
扎着红绳子，
坐上破轿子，
嫁个烂瘸子。

秋草心里伤感到了极点，她使劲往前一冲，一头撞在望月的下巴上。望月痛得大叫一声向后仰去，“噗”地倒在地上。

“望月的头出血了。”有一个孩子叫道。

望月向后仰着倒下去时，头撞在一块石子上，头皮给磕破了。望月坐在地上捂着流血的头大哭起来，望月的眼泪飞溅着。

“秋草，快跑！”水生过来推了秋草一下。

秋草吓坏了,她知道自己闯下大祸了。

她挽着竹箕,跑回了家。

一回到家,秋草就呜呜地哭。

赤毛婆婆问她:“秋草,发生什么事了?”

秋草呜呜地哭。

赤毛婆婆一看可怜的秋草在哭,她也难过:“可怜的孩子,别哭,来,婆婆给你擦眼泪。秋草是乖孩子,是婆婆的心肝。”

秋草泪眼婆娑。

赤毛婆婆知道秋草有心事,知道秋草受了委屈,不然,秋草不会哭得这么伤心。

不一会儿,赤毛婆婆的家门口传来了一个妇人的声音:“那个没爹没娘没教养的死崽子跑哪去了!”

赤毛婆婆一听就知道是支书老婆的声音。

赤毛婆婆蹒跚地走出了家门。

她的家门口围了许多看热闹的村民。

支书老婆牵着望月的手,怒目圆睁。望月的头上包了一层纱布,包得很粗糙,肯定是大队医疗所那个叫火木的赤脚医生包扎的。

支书老婆一看赤毛婆婆出来,气就不打一处来:“赤毛婆婆,你看看,你看看。”

她把儿子推到赤毛婆婆面前。

支书老婆是个肥胖的女人,她说话时,全身的肉都在颤动。

“望月,是秋草欺负你啦?”赤毛婆婆细声地问。

望月还在抽搭着,眼睛哭得红红肿肿的,也是一副可怜相:“赤毛婆婆,秋草打我。”

赤毛婆婆又细声地说:“你比秋草壮,又比秋草高,你还是个男孩子,秋草怎么会打你呢?”

望月抽搭着:“她用石头扔我,我的头都被她打破了。”

赤毛婆婆没说话。

赤毛婆婆知道秋草不会用石头去扔人。秋草经常被水曲柳乡村里的大孩子小孩子欺侮,从来没有用石头扔过人,连还手都不会。秋草只会回到家里对着赤毛婆婆哭。秋草怎么会用石头扔小霸王一样的望月呢?

支书老婆大声说:"叫那没爹没娘的小贱货出来!"

赤毛婆婆说:"你怎么骂人呢?"

支书老婆大声说:"就骂就骂,这没人收、没人养的小贱货,叫她出来,我剥了她的皮,抽了她的筋。"

"你敢! 无法无天了!"一声雷鸣般的怒吼传来。身材高大、满脸胡楂的洪武伯从天而降似的站在了支书老婆面前,他孙儿水生也跟在他身后。

支书老婆一见洪武伯,马上就不说话了,但那样子,好像要吃人。

"水生,你说,把你看到的说出来,看谁有理谁没理!"洪武伯说。

水生大声地把事情的经过说了一遍。

大伙就议论开了。

支书老婆一看不妙,拉着儿子要溜。

洪武伯喝住了支书老婆:"别走,我有两句话要说。不要仗势欺人!秋草这么可怜的孩子,你家有权有势也不帮帮她的忙,还纵容儿子去欺负她,你有良心吗? 我警告你,我洪武一生就没有怕过谁,以后再敢欺负秋草,别怪我不客气!"

支书老婆知道耿直刚勇的洪武伯说得到做得到,拉着儿子灰溜溜地跑了。

洪武伯叹道:"唉,小孩子家吵吵闹闹过了之后就好了,大人来发什么威呢!"

秋草躲在屋里往外瞅,眼泪汪汪地往外瞅。

她瞅到了水生。

她瞅到了洪武伯。

她从心里感激他们。

秋草想，今天的事，是她的辫子闯的祸。到了晚上，秋草柔声地央求赤毛婆婆："婆婆，你把我的头发剪掉吧，我不要头发了，也不要辫子了。"

赤毛婆婆抚摸着她有些发黄的细细的头发，轻声说："傻孩子，男孩子才剪头发，你的头发是多么漂亮，扎两条小辫子是多么漂亮。秋草长得靓咧，长大了，你的头发就像小学校里的文老师的头发那样溜光水滑，有好多好多后生哥会喜欢秋草的。"

"会吗？"秋草明亮的眸子扑闪扑闪的，充满了无穷无尽的幻想。

5

秋草又看到了那脸上有刀疤的铁客子。

铁客子用怪异的目光看着秋草。

秋草想跑，铁客子拦住了她："你叫秋草？"

秋草眼看走不脱，只好心怀恐惧和戒备地站在那里。她毫无表情地朝铁客子点了点头。

铁客子咧嘴笑了。

他的笑十分难看，透出一股凶气。

秋草看到那笑，浑身哆嗦了一下。

"你为什么要怕我呢？"铁客子还是笑得很难看。

秋草摇摇头。

铁客子说："秋草，其实你是一个很好的女孩儿，可惜哇。秋草，你骂我吧，骂吧。"

秋草狐疑地看着这个怪人，这个浑身散发出锅底灰味儿的怪人。

"真的，秋草，我就喜欢你骂我。"铁客子又说，还朝秋草阴阳怪气地眨了一下眼睛。

秋草的胆子一下壮了起来，她大声说：

铁客子，
水里伏，
动一动，
满河乌。

铁客子笑出了声，他仿佛听到了一支优美的歌儿。

突然，秋草心中产生了一种怪怪的念头，她不怕铁客子了。

铁客子用那满是老茧的乌墨墨的手从黑衣服的口袋里抓出一把糖放在了秋草的手上，然后，挑起担子，拿着棍子，叫喊着："补锅哟——喂！"铁客子走了，秋草怔在那里。

她不知怎么接过那把糖的。

妈妈没有被人拐走时，从不让她在外面随便拿人家的东西吃。她不知怎么就接过了那把糖。

那是什么样的糖呢？那是水曲柳乡村极少见的用玻璃纸包着的大奶糖。秋草看着可爱的大奶糖，心想，望月恐怕也没吃过这种糖吧，水生、细柳他们更没有吃过了。

望月要是有这么好的糖，他会在小朋友面前到处炫耀的。

秋草把糖装进了衣兜里。

她躲到一个墙角，四顾无人，便拿出一块糖，小心翼翼地打开了玻璃纸。她用舌尖舔了一下奶糖，啊，好甜。她的心扑通乱跳，她又把糖块包起来，装回了口袋。

走了一会儿，秋草猛地觉得不对劲。

她想起了赤毛婆婆讲的关于人贩子的故事。人贩子拐骗孩子时，总会掏出一把糖，引诱孩子到一个无人的荒野，然后把他装进麻袋，连夜逃走。赤毛婆婆还说，那糖说不定放了迷魂药，因为有的孩子不听话，会大喊大叫，人贩子让他吃了糖昏倒之后再装进麻袋扛走。

秋草想得毛骨悚然。

她想，自己差点就上了那铁客子的当。

说不定，铁客子正在哪个阴暗角落注视着她，准备等她吃完糖之后把她放到锅里挑走咧。她把那把糖全扔进了路边的草丛里,然后逃也似的跑回了家。

她想,她以后再不会上类似的当了。

她还想,当初,妈妈是不是吃了那弹棉花的外乡人给的糖,昏倒之后被外乡人装进麻袋扛走的呢?

水曲柳乡村的女孩儿为妈妈伤心了。

6

这个夏天是多么的漫长,让水曲柳乡村的女孩儿秋草焦虑而又神伤。

小学校里传来的琅琅的读书声强烈地吸引着秋草。

秋草有时就躲到别人看不到的小学校围墙的一个拐角处,坐在墙根的草丛里,听那琅琅读书声。

她面前是一片勃勃生长的香芋。

香芋的叶子像荷叶一样向着太阳张开着。每一片香芋叶子的中间,都有一颗亮晶晶的水珠。在微风中,香芋的叶子摇曳着,那水珠儿在阳光下微微地滚动。

秋草听着琅琅的读书声。

她极力地想分辨出望月、水生、细柳、小红他们的声音,可怎么也分辨不出来。那声音汇成了一曲动人的歌,不停地震动着秋草企盼的心鼓。

在那无人注意的墙根下,秋草还听到了文老师甜甜的声音。

秋草惊喜极了。

她没想到在这个地方能真切地听到文老师那动人的声音。

那声音就像细微的露水一点一点地浸润着秋草的心灵。

水曲柳乡村的孩童多么有福气呀,能够在文老师甜美的声音中成长。秋草痴痴地想着,她就那样痴痴地想着。

爸爸妈妈还在的话,该有多好。

爸爸肯定会像细柳、小红的爸爸那样送她去上学的。上学是多么的重要。爸爸还在世的时候,妈妈就经常对爸爸说:"没文化是多么的吃亏,生产队分谷子也看不清账,不知分多了还是分少了。"爸爸就笑了:"又不是你一个人不识字,你这一茬女人,有几个识字的?"妈妈说:"可不能再重男轻女了,一定要送秋草去上学,我不想让秋草像我一样吃亏。"爸爸说:"我知道,一定送秋草去上学……"那时的秋草多幸福呀,她是在温暖的被窝里听到爸爸妈妈说话的,她温暖地进入了梦乡。

可现在,爸爸妈妈不在了。

一年时间都不到,她就变成了水曲柳乡村无爹无娘的苦孩子。

于是,她总希望那窝小白兔快快长大。

每天晚上,临睡觉前,她和赤毛婆婆都要给小白兔喂夜食。

赤毛婆婆点着一盏油灯。

油灯的光亮也很温暖,照亮了兔子琥珀般的眼睛。

秋草把洗得干干净净的兔草放进了兔窝。

兔子是善良的动物,你看它们的吃相就可以看出来。

它们轻轻地吃着草儿,总怕别人惊动了它们,总怕油灯会突然熄灭,看不清那翠嫩的青草叶子。兔子那温柔的耳朵在吃草时也一动一动的,动得秋草的心痒痒的。

"小兔小兔快长大。"秋草轻声地说。

那飘摇的油灯也照亮了水曲柳乡村女孩儿秋草的眼睛。

那眼睛分明透出一股大自然赋予的灵气,那眼睛清纯透亮,像月光下的河水。

这静夜里,一盏油灯,一个老人和一个女孩儿,还有一群纯洁的善良的小白兔。

他们都为一个希望而活着。

一个人类最美好的希望照亮了他们苦难的生活。

在那围墙根边，秋草听着文老师的声音，也想着她心爱的兔子。

她就那么想着，想着……

她的头靠在墙上，天真而浪漫地想着……

她听到了叫喊声。

也不知过了多久，她听到了叫喊声，一激灵从梦中醒了过来。天上已经繁星点点了。香芋地在她面前迷蒙一片，她分辨不出香芋叶子的形状了。

她听到了喊声。

“秋草，你在哪里——”

这是赤毛婆婆的声音。

“秋草，你在哪里——”

这是水生的声音。

“秋草，你在哪里——”

这是洪武伯的声音。

“秋草，你在哪里——”

这分明就是文老师的声音呀！她一阵激动，站起来大声说：“婆婆，水生，洪武伯，我在这里。文老师，我在这里。”

可他们分明没有听到她的声音。

他们还在焦虑地喊着。

但是秋草看到了火把，好几个火把。

火把温暖了水曲柳乡村初夏的夜色，也温暖了水曲柳乡村女孩儿秋草的心。

秋草深一脚浅一脚地朝那温暖的火把跑了过去。那一刻，秋草感到从未有过的幸福把她幼小的生命笼罩了。

7

水生说:“秋草,我教你认字吧!”

秋草的眼睛一亮:“真的?”

水生认真地说:“秋草,我教你认字。”

秋草的眼睛闪亮着:“太好了,水生。”

可是,秋草的眼睛又黯淡下去:“我没有铅笔,也没有簿子呀。”

这的确是个难题。

水生根本就不可能解决这个难题呀。要从家里拿出一分钱都是要老命的事,怎么可能解决这个难题呢?

现在看来,这好像有点荒唐,可在那个年月里,这的确是个难题呀!

水生沉默了,他用食指的指尖挖着鼻孔。

秋草也沉默了,她的手儿捏着衣角。

水生停住了挖鼻孔的动作,高兴地说:“有了,我们到河滩上,我在河边的沙子地里教你认字。”

秋草幽幽地眨了一下重新闪亮的眼睛说:“我真笨,我怎么没想到哇?”

这是个挺美的星期天的早晨。

河堤上长满了各种各样的树。

各种各样的鸟儿在树上欢唱跳跃,一群一群地从这棵树上飞到另外一棵树上去。水生看到了一只大鸟,很美丽的大鸟。水生认识那大鸟,他知道它叫锦鸡,锦鸡在那浓密的樟树叶子间“咕咕”地叫着。锦鸡!水生的头一下子热了,他忙倒转身,朝村里跑去。

秋草说:“水生,你不教我识字了?”

水生边跑边回头应她:“教,你站在那里别动,我去去就来。”

秋草没有看到那美丽的有着五颜六色羽毛的锦鸡。她只听到有“咕咕”的大鸟的叫声,这对每天都到野河滩上拔兔草的秋草来说,是很正常的事儿。

水生让秋草感到纳闷。

过了好大一会儿,水生领着爷爷洪武伯气喘吁吁地跑上了河堤。

洪武伯手里拿着那杆威震水曲柳乡村的老铳。秋草知道那杆老铳是很厉害的,就连望月的爸爸大队支书也怕这杆老铳。她经常想,要是洪武伯没有那杆能“轰”一声巨响迸射出许多铁砂的老铳的话,不知道大队支书是否还会怕他。

洪武伯问水生:“水生,锦鸡呢?”那声音很小,怕惊动了什么。

秋草问:“什么锦鸡呀?”

“嘘——”水生鬼鬼地说,“秋草,你不要说话。”

他伸出食指,朝那棵枝叶浓密的老樟树指去。

洪武伯炯炯有神的目光向水生指的地方望了过去。

已经没有“咕咕”的叫声了。

“哪有呀?”洪武伯轻声地说,并蹑手蹑脚地往前靠。

“刚才还在的呀,怎么一会儿就不见了?”

水生也像洪武伯一样蹑手蹑脚地往前靠,小声地嘟哝着。

他们没有找到那只锦鸡。

“水生,你不会看花眼了吧?”洪武伯说。

水生眨巴着眼,伸长了脖子:“怎么会呢?秋草,你是不是也听到了锦鸡‘咕咕’的叫声?”

秋草点了点头:“是听到了‘咕咕’的叫声。”

洪武伯说:“出鬼了。”

这时,远处又传来了“咕咕”的叫声。

洪武伯说:“水生,你带秋草去识字吧。”

水生就和秋草走下了河滩。

洪武伯朝河堤那边循声而去。

在通向河边细沙子地的路上,水生和秋草的裤脚都让河滩小路边草叶上的露水打湿了。河边有一缕一缕淡青色的轻雾。只有太阳出来了,那如诗如画的淡青色的轻雾才会渐渐地散去。

他们走出了河滩,看到了那条沉缓流动的发出巨大呜咽声的大河。

河沿上,有一片洁白的沙滩。

乡村的孩子们经常在这里游玩。

那沙滩上的沙子又细又柔,美丽极了,像秋天瓦楞上的晨霜。

他们正要下去,却看到有两个人也坐在沙滩上看那沉缓流动的发出巨大呜咽声的大河。他们背对着水生和秋草。

"等等。"

水生猫下了身子。

秋草也学着他的样子猫下了身子。

他们猫到江边的水柳丛中,看那沙滩上的人儿。水就在水柳丛的边上流着。走到了河边,才知道大河的水是这样的湍急。他们藏身的水柳丛沿河往下百十米的地方就是那片白沙滩。其实,这片沙滩很小。这沿岸,也就只有那一小片的沙滩。

"是谁?"秋草问。

"是文老师和丘炳老师。"水生轻声说。

"他们在干什么?"秋草又问。

"他们在说话吧。"水生轻声说。

"为什么要在这里说?"秋草又问。

"你自己猜吧。"秋草老是问,水生有点不耐烦。

"我猜不出来。"秋草又说。

水生不说话了,女孩子的问题就是多。

细柳、小红她们也一样,动不动就问好多问题。水生又不是大学生,是大学生也回答不了那么多问题。

"他们拉手了。"水生说。

秋草躲在水生后面,看不到,就问:"拉手干什么呀?"

水生又不说话了,他也说不明白。

水生不管他们拉不拉手,他希望的是,他们快点走,他好在沙滩上教秋草识字。可是,太阳出来了,河上面漂浮着的淡淡的轻雾散掉了,文老师和丘老师也没有走。

8

自从水生教秋草识字之后,秋草像变了一个人一样有说有笑了,那原本秀丽但因营养不良而瘦削苍白的脸上也常浮现出两朵红花。

在初夏行将过去的时候,秋草发现那窝小白兔也渐渐地长大了。

盛夏来临的时候,生产队要收割稻子了。

小学校按例放了一个星期的农忙假,让学生支援生产队割稻子。

其实,这一周的农忙假给了孩子们玩耍的机会,他们又能帮大人干什么活呢?老师们却真的去帮生产队割稻子了,文老师也去了。谁也不相信文老师会割稻子,但文老师却割得很好。

文老师割稻子时,丘老师也在她旁边。

其实,丘老师只是小学校里的民办教师,不是正式的。他的家也在水曲柳乡村里。丘老师对文老师说:“文老师,小心点,稻田里有蛇。”

文老师笑笑,仰起好看的满是汗水的脸:“你别吓唬我。”

丘老师笑笑:“我没有吓唬你,你要是看到蛇了,就叫我一声。”

“好吧。”文老师的声音好听极了。在稻田里帮忙拾稻穗的秋草、细柳、水生他们也听见了,不知是哪个小调皮蛋,学着文老师的声调说了声:“好吧。”弄得大人们都笑了起来。

文老师割稻子没有割到蛇,却割出了一窝鸟蛋。

这让她高兴极了。

她马上招呼大家过去看。

孩子们都围了上去,水生说:“文老师运气真好,割到了鸟蛋,鸟蛋用盐水一煮可好吃呢。”水生一边说,一边愣愣地看着那窝鸟蛋。

文老师说:“水生,那就送给你吧!”

水生“嗷——”了一声，兴奋极了。

他把那些鸟蛋一个一个地装进衣兜里之后，就疯了似的往家跑。

小家伙们心里嫉妒极了。

秋草没有嫉妒。

秋草也很高兴。她想，要是自己发现了鸟蛋也会给水生的，因为水生教她识了很多字，她会写自己的名字了。

细柳撅着小嘴儿:“文老师真偏心!”

小红和她一个鼻孔出气:“就是嘛。”

突然，秋草看到往家里奔跑的水生在刚收割完的稻田里摔了一跤。他爬起来后，脸色灰灰的，站在那里不走了。

秋草走过去，关切地问:“水生，摔痛没有?”

水生懊恼地说:“没有摔痛，只是，鸟蛋都碎了。”

秋草看到他的口袋湿了，渗出鸟蛋黏稠的蛋清。

一阵风吹过来，凉凉爽爽的。

风中有稻子成熟后的芳香，还有泥土的气息。

文老师问:“怎么没看见望月呢?”

“望月?”孩子们你看我我看你，不知道他跑哪里去了。

9

秋草在农忙过后，又孤独了。水生并不是每天都来教她识字的。她盼望小学校早日放暑假。那样，水生就会经常和她在一起了。

小白兔在成长着。

秋草还是每天到野河滩上去拔兔草，她知道她心爱的兔子最爱吃什么草，是那像麦苗一样的野麦草。野河滩上到处都有野麦草，它们茁壮地从潮泥地里长出来，翠翠嫩嫩的，在风中轻轻摇曳，等待着水曲柳乡村女孩儿秋草的光临。这里的草特别好拔，因为土质松软。秋草拔起草，轻轻地抖一抖，草根部的泥巴就脱落了，挺干净的。就是这样，她也要把拔好的草洗得干干净净的拿去喂白兔。

秋草挽着一竹箕的野麦草朝那片河滩走去，那片沙滩上的水浅，最适合洗草了。平常，她都在那里洗草，那样的浅滩在这段河道上并不多。只要是有水柳的河岸，一下水就很深，而且岸边的泥巴特别滑，一不小心滑到河里去，湍急的河水便把人冲走了。水流到沙滩那一段，河面就宽广多了，从浅滩上可以看到鱼儿在沙石间嬉水。

让秋草吃惊的是，今天铁客子在那浅滩上洗锅底，他在用沙子擦漆黑的锅底。水曲柳乡村的人家烧的都是干柴，所以，锅底灰特别厚、特别黑。

铁客子把那片浅滩上的河水都洗黑了，像墨汁一般。

秋草皱起了眉头。

她虽然不像从前那么害怕铁客子了，但心里对他这个孤独的外乡人还是心存戒心的。该死的铁客子，竟然把河水弄乌了一片。

她不能到河的浅滩上去洗野麦草了。

她只好在浅滩的上游，找了一处离水面很近的河岸，洗她的野麦草。

她一棵草一棵草地洗着。

她蹲在有松软草覆盖的河岸上，一棵一棵地揉洗她的野麦草。

阳光把大河照得很亮，耀眼极了。

她身旁的水柳叶子在风中飒飒作响，有一只很小的有美丽羽毛的小黄鹂在柳枝上叫着。秋草边洗草边转头看着那小黄鹂。女孩儿的心是鲜活的，秋草很容易为一些鲜活的事物而感动，比如说小鸟、小草，还有小鱼儿。

她会产生一种想法，那小黄鹂的爸爸妈妈呢？是不是也死了，也远走高飞了，留下它自己孤零零地在水柳的枝头凄清地唱？

她把一棵洗好的野麦草往箕上放去，然后对那小黄鹂说："小黄鹂呀小黄鹂，你爸爸妈妈呢？"

小黄鹂叽叽喳喳地叫了几声后就飞走了。

秋草莫名地伤感起来。

在她伤感时,她看到了一条蛇。

那条蛇滑溜溜地吐着骇人的芯子从草丛里朝她游了过来。

秋草心里一惊,脚一滑就掉到了河水里。

她想叫,可什么也叫不出来。

她在水中沉浮。

这时,河上游渡口的艄公看到了她在河里一沉一浮,急速地被河水冲下去。

那艄公大喊:“救人呀,救人呀——”

正在洗锅的铁客子听到这声音,朝河的深处扑了过去。他那一身黑衣服也没有脱掉,便奋力地朝那一沉一浮在水中挣扎的女孩儿扑了过去……

铁客子抱着秋草朝河滩上走过来。

他身上湿漉漉的,滴滴答答地往下掉落着鲜亮的水珠。他高大的身躯在阳光下晶亮晶亮的。

这孩子真轻哪,铁客子像抱着一根湿湿的水柳的枝条,枝条上的叶子也在滴滴答答地掉落鲜亮的水珠。

秋草,铁客子轻声唤道。

秋草紧闭着双眼,脸色苍白。铁客子把鼻尖凑近秋草的鼻孔,哦,还有鼻息。他心里一阵狂喜,这孩子还有救。

他把秋草头朝下脚朝上提起来,不停地抖动着。他用那粗大的永远洗不干净的黑乌乌的大手掌提着秋草,腾出了另一只手,不停地拍着秋草的肚子。

秋草的肚子鼓鼓的。

他拍一下,秋草就呕出一股清水。

他拍一下,秋草又呕出一股清水。

等那肚子干瘪下去了,铁客子就把浑身冰凉的秋草放在被阳光烘烤得灼热的细沙上，用热乎乎的细沙把她光溜溜的身子埋起来。铁客子把秋草打满补丁的衣服拿到江水里漂洗干净，铺在沙滩上面，这样，秋草的衣服很快就会干的。

铁客子就守在秋草的身边。

秋草长长地出了口闷气，悠悠地醒转过来。

她努力地睁开了双眼，她看到了耀眼的阳光和阳光下那张凶恶而丑陋的脸……

10

听水生说，望月好几天没有去上课了。

秋草奇怪地问："为什么呢？他爸爸那么厉害他也不去上学？"

水生说："他病了，他爸爸带他去城里医病了。"

秋草心里一惊："望月得的是什么病？"

水生说："不知道，反正是很厉害的病，不然，为什么要到城里去医呢？找赤脚医生就行了。"

秋草的心里在隐隐地痛，她总觉得望月的病和她有关。她觉得那次把望月撞倒在地，望月的头破了流了那么多血和他的病有关。不会是破伤风吧？水曲柳乡村的孩子们对破伤风是恐惧的，破伤风像一个挥不去的噩梦留在水曲柳乡村孩子的心灵上。因为，破伤风曾夺去过水曲柳乡村孩子的生命。

秋草在这个夏天里充满了心事，这是一个多么让她难忘的夏天哪！

在这个夏天里，发生了另外一件事。

那就是文老师的父亲来了。

文老师的父亲长得很高、很瘦，戴着一副漂亮的眼镜，满头的白发在夏日的阳光中耀眼极了。文老师的父亲是个下放干部，在镇上的农技站工作。文老师的父亲和文老师在她的宿舍里谈了两个多钟头，谈完之后,文老师的父亲就回镇上去了。

文老师送父亲走上河堤,穿越那片野河滩,来到渡口上。直到父亲在对岸下了渡船,文老师才往回走。

文老师往回走时,看到了秋草。

秋草站在那一片芳草之中。

秋草瘦弱的身子在那片芳草之中蠕动。

文老师的眸子里闪动着波光,她喊了一声:“秋草——”

秋草站了起来。

她看见文老师婷婷袅袅地朝自己走过来。

秋草说:“文老师,你小心点,别踩到了草丛里的蛇。”

文老师说:“秋草,我不怕。”

秋草说:“文老师,我早就看到你了。”

文老师走上前,抚摸着那小辫儿:“是吗?”

秋草仰起清秀的小脸:“嗯,我看你和一个老伯伯朝渡口那边走去,我以为你要走了呢?”

文老师的胸脯起伏着,她问秋草:“文老师走了,你会想文老师吗?”

秋草说:“文老师,你不会走的。”

文老师蹲下来,把秋草搂住:“文老师舍不得你们。”

秋草说:“文老师,你怎么哭了?”

文老师说:“文老师没哭。”

秋草说:“文老师,你知道望月得的是什么病吗?”

文老师说:“望月不能来上学了。”

秋草问:“为什么?”

文老师说:“以后你会知道的。”

秋草真的哭了:“文老师,是我害了望月,是我害他得了破伤风。”

文老师紧紧搂住了秋草。

11

就在放暑假的前几天,望月回家来了。

望月成天就待在家里,躺在床上,目光已没有一点儿神采,脸上也没有一点儿血色,那么壮实的一个孩子,一下子变得瘦弱不堪了。

他不能站起来,一站起来头就晕。他只能躺着。

文老师带着秋草、水生、细柳、小红他们去看望了望月一次。

秋草一人站在望月家的门口,她不敢进去,她怕支书的老婆。其实,支书的老婆已经看到她了,支书的老婆语调很苍凉:"望月让你进来咧,秋草。"

她站在那里扭扭捏捏的。

文老师唤她:"秋草,进来吧。"

水生也唤她:"秋草,进来吧。"

细柳也唤她:"秋草,进来吧。"

小红也唤她:"秋草,进来吧。"

秋草低着头走了进去。

望月用微弱的声音说:"秋草,你过来,行吗?"

文老师就把秋草牵到了他的床头。秋草看到眼窝深陷进去的望月,可怜兮兮的望月。他的身体被被子裹着,这么炎热的夏天,他居然会那么冷。秋草眼泪汪汪的。文老师也眼泪汪汪的。水生也眼汪汪的。细柳也眼泪汪汪的。小红也眼泪汪汪的。

其实,望月一直是孤独的,没有孩子和他玩,孩子们都怕他——其实是怕他当支书的爸爸。孩子们的父母都教育孩子:"不要和望月玩,他惹不起,玩好玩不好都会吃亏的。"孩子们在内心排斥了望月,望月是孤独的。

望月又用微弱的声音说:"秋草,能让我摸一摸你的辫子吗?"

望月的眼睛里也有泪，晶莹剔透的泪。水生说："秋草，你就让他摸一摸吧。"

秋草把头伸了过去。

望月伸出瘦得只剩骨头了的手，轻轻地握住了秋草的辫子："秋草，疼吗？"

秋草说："不疼。"

望月又说："秋草，我对不起你，我欺负你。"

秋草说："望月，真的不疼，你就使劲地抓吧，我不疼。"

望月笑了一下，那么灿烂地笑了一下。

他的手松了，他已经没有力气了。

他闭上眼，两行泪刷地淌下来。

望月说："秋草，你不要记恨我，等我病好了，我帮你去拔兔草。"

望月的声音微弱极了。

秋草哭出了声。

秋草大声地哭了。

秋草边哭边说："望月，是我不好，是我害了你——"

没过几天，小学校放暑假的时候，望月死了。望月被装进一口小棺材里，趁着天还没有亮，被无声无息地抬到山上埋了。许多年以后，秋草才从文老师的口中获知，望月得的是白血病，是白血病扑灭了望月鲜活的幼小的生命。但秋草一直认为，是自己把望月撞倒在地，让他磕破了头他才得了破伤风而死的。望月的小坟包不久就长满了萋萋的野草。

12

铁客子，

水里伏，

动一动，

满河乌。

放了假的孩子们像出了笼的小鸟儿，在水曲柳乡村飞来飞去。孩子们一看到铁客子，就唱那首童谣。

铁客子就凶神恶煞一般提着棍子追他们。

他们吓得疯了一样乱跑，只有秋草不跑，她站在那里朝铁客子甜甜地笑。

等铁客子走了之后，孩子们问秋草："你为什么不怕铁客子呢？"

秋草笑而不语。

13

文老师在这暑假里，没有到镇上他父亲那里去过，而是留在小学校里护校。文老师常到秋草家里，看秋草喂兔子。

文老师也挺喜欢这些兔子的。

兔子被秋草喂得毛茸茸、胖乎乎的，很可爱。

秋草每天都要给兔窝换上干净的稻草，每天都要把兔子弄得干干净净的。

这些兔子多么有福气呀。

它们在温暖干净的窝里甜蜜地生活着，无忧无虑的。

文老师看那兔子时，神态也美极了。

文老师的眸子闪亮着。

"秋草,你真能干,秋草长大了。"文老师扑闪着明亮的眸子夸秋草。

秋草的脸儿红了。

看完兔子,秋草和文老师就到厅堂里坐着,听赤毛婆婆讲过去的事情。赤毛婆婆早就沏好了香茶,等文老师来喝。赤毛婆婆像喜欢秋草那样喜欢文老师。

她觉得文老师人好心肠也好。

文老师在赤毛婆婆凌乱的讲述中,知道了赤毛婆婆孤身一人的原因。

原来,赤毛婆婆的丈夫是个红军战士。

赤毛婆婆刚结婚,丈夫就随着长征的红军队伍走了。

丈夫一走就走了几十年。

几十年呀,赤毛婆婆一直在水曲柳乡村里等待着。丈夫没有给她留下儿女,她孤身一人在等待的过程中度过了一个又一个春秋,一个又一个凄清寒冷的夜晚。

丈夫却一直没有音讯。

她想,丈夫总有一天会回来找她的。

丈夫走了之后,赤毛婆婆受了不少苦,国民党抓住红军家属就杀,赤毛婆婆躲在山林里生活了不知道多少年。新中国成立以后,她才回到水曲柳乡村。

有人曾在她年轻时劝她:"赤毛,找个人嫁了吧,他不会回来了。"

赤毛婆婆没有答应,就那么一直等着,一直等到现在。从一个青春年少的姑娘,变成了白发苍苍的老婆婆。

有人说,赤毛婆婆的丈夫早就死在长征路上了。

又有人说,新中国成立后,赤毛婆婆的丈夫在大城市里当了官,娶了城里女人,忘了赤毛婆婆了。

还有人说……

赤毛婆婆都不信。

她坚信丈夫一定会回来的,就像秋草坚信总有一天野河滩上的那群兔子会出现在她面前跟着她回家一样。

每次听完赤毛婆婆的讲述,文老师的眸子总会波光闪闪。

14

夏日的天空像孩儿的脸,说变就变了。

刚刚还艳阳高照的天空,顿时就乌云翻滚了。

正在河滩上拔兔草的秋草马上就感觉到了不妙,她挽起竹箕,往村里奔跑。

秋草的脚步是没雨那么快的,那阵大雨把秋草赶得无处躲藏。

她下了河堤就往田野上的一个稻草寮跑过去,她必须在这里躲过这场大雨之后再回家里去。

这是一座荒废了的稻草寮,孤零零地耸立在村子外面的田野上。

水曲柳乡村的女孩儿秋草钻进了那个稻草寮。

秋草听到了呻吟声。

那是沉重的呻吟声。

原来草寮里还有人。她一看,那草寮里面的地上铺了一层稻草,稻草上面躺着一个穿黑衣服的人。

这不是铁客子吗?

他怎么会躺在这里呢?

秋草走了过去,蹲在了铁客子的旁边。

铁客子黑黑的脸上有一层酡红。

他的额头上冒着豆大的汗珠。

“铁客子,你怎么啦?”秋草关切地问。

铁客子看见是秋草,咧开大嘴笑了。秋草发现铁客子的牙竟是那么的白。铁客子示意她坐在稻草上。

铁客子肯定是病了。

草寮外面刮着很大的风，下着很大的雨。

风似乎要把草寮刮倒，雨似乎要把草寮泡垮。

秋草坐在铁客子的身边。

铁客子好像来了精神，他艰难地喘着粗气说："秋草，你真像我女儿。"

秋草问："铁客子，你病了吗？"

铁客子说："秋草，我没事的。"

秋草就难过起来。

秋草在哗哗的雨声中难过起来。她知道了，铁客子并不是她想象中的人贩子。他是个好人。从那次他救了她以后，秋草就知道这个相貌凶恶的人其实也是个善良的人。

像洪武伯那样善良的人。

像文老师那样善良的人。

像赤毛婆婆那样善良的人。

这时，铁客子说："秋草，我想听你骂我。"

秋草说："铁客子，我再不骂你了。"

铁客子笑笑，又露出了洁白的牙："傻秋草，我就是喜欢你骂我呀，你骂呀，你骂我，我就高兴。"

秋草含着泪儿唱着：

铁客子，
水里伏，
动一动，
满河乌。

铁客子的泪水溢了出来："多像我女儿呀。"

于是，秋草就一遍一遍地唱着，一直唱到那场夏雨停止。

雨一停，秋草就踩着路上的泥浆和积水，飞快地跑回了家。

过了好大一会儿，她又来到了草寮里。

她发现铁客子已经不在了。

她手上拿着两个鸡蛋。

15

水生在一个夜晚把在院子里乘凉的秋草叫了出来。

秋草问他:“水生,什么事?”

水生说:“你知道吗?文老师在小学校里哭咧。”

“真的?”秋草着急了。

水生发誓道:“骗你是小狗!”

秋草朝在院子里乘凉的赤毛婆婆说:“婆婆,我和水生去玩捉迷藏。”

赤毛婆婆说:“去吧,早点回来。”

水生拉起秋草的手就往小学校里跑去。

月光下,村里的许多小孩子都在土场上、小巷里捉迷藏,可谁也不知道他们敬爱的文老师在小学校里哭了。

小学校的大门没有关,留了一条缝,秋草和水生悄悄地潜了进去。走过那铺满月光的操场,他们就看到亮着灯的文老师的宿舍了。

他们蹑手蹑脚地走过去,一点声响都没有。

水生是个爱学习的孩子,他碰到了一个难题,想到小学校里问文老师,没想到,他听到了文老师的哭声。

文老师为什么哭呢?

他们躲在文老师的窗户底下。

文老师的窗户是开着的,但挡着花布窗帘儿。

文老师的哭声是轻柔的,和她说话的声音一样好听,不过,这哭声中有无限的伤感。感情细腻的水曲柳乡村的女孩儿听得出来。

“阿玉,我——”里面传来一个男人的声音,这不是丘老师的声音吗?

文老师原来叫阿玉。

村里的乡亲们恐怕没几个人知道文老师叫阿玉,大家就知道叫她文老师,不知道叫她阿玉。

文老师还是嘤嘤地哭。

丘老师就再没说话。

不一会儿,文老师说话了:“炳,对不起,我们是不可能的。真的,炳,不过,我会记住你的,炳。”

丘老师长叹了一口气。

不一会儿,丘老师就出来了。一听到门响,秋草和水生就躲到一边去了。

丘老师低着头,匆匆地走出了校门。

文老师的哭声就真正凄凉起来了。

在这有皎洁月光的夜晚,文老师哭得多么伤心呀。

水生和秋草心里酸酸的。

过了一会儿,水生和秋草这两个水曲柳乡村纯朴、善良的孩子从文老师的窗户底下站了起来。

哭声越来越大了。

16

夏天行将过去的时候,铁客子对在野河滩上拔兔草的秋草说,他要走了,因为他想念他的像秋草一样的女儿了。他告诉了秋草他要走的时间。

秋草想,妈妈要是想我了,会回来看我吗?妈妈常说,我是她的心肝宝贝。其实,秋草是挺喜欢弹棉花的声音的。那弹棉花的声音像音乐一样留在了她的心里。

这就是秋草,在野河滩上渐渐长大的秋草。

野河滩上青草的气息让她变得聪颖起来。

那是个大清早。

秋草悄悄地出了大门,往野河滩上奔跑而去。那个清晨,有浓浓的雾。

雾不一会就把秋草的头发打湿了,也打湿了铁客子的头发。

铁客子就站在雾中的青草地上等着秋草,他今天没有挑担子,也没有拿那根打狗用的棍子,这些,他都用不着了。他只是背着一个褡裢。

他终于看到了秋草。

秋草穿的打满补丁的碎花衣裳让他心里酸楚极了。

"秋草——"

他喊道,喉咙有些哽咽。

"铁客子。"

秋草气喘吁吁地站在他面前。他是那么的高大壮实,而秋草是那么的弱小,她真像一棵苦苦草,在雾中透出凄凉。

"秋草,你真的来送我了。"铁客子很感动。

这时,铁客子看到不远处的雾中有个人影晃了一下就不见了。他没在意,乡村里的人起得早,这是常事。

秋草说:"铁客子,你以后还回来吗?"

铁客子摇了摇头:"我兴许永远不会来了。"

秋草问:"为什么?"

铁客子说:"因为我要和我的女儿在一起。"

好大的雾。

秋草不说话了。

铁客子说:"秋草,你知道我是干什么的吗?秋草,你说说。"

秋草说:"你是补锅的铁客子呗。"

铁客子摇摇头,脸上流露出酸楚的笑:"我不是补锅的铁客子,我是从班房里逃出来的犯人!"

秋草怎么也不会相信,站在她面前的是个坐班房的犯人。秋草知道,只有干了坏事的人才会被抓去坐班房的,就像水曲柳乡村的蛮牛那样，偷了生产队的牛去卖，就被抓去坐了班房。可她面前的铁客子不是做坏事的那种人呀！秋草摇了摇头，怎么也不信。

"秋草，你知道吗？是你呀秋草，是你救了我。我不能让女儿长期没有父亲，我该回去自首了。刑期是有限的，而逃亡是无期的。秋草，和你说这些，你不会懂。我该走了。"铁客子说，他的眼睛明亮着，"我多想做一个真正的铁客子呀！"

秋草心里忧伤着："铁客子，我送你去渡口吧。"

"别急，我有件东西给你。"铁客子蹲下来，把一个小布袋子塞进了秋草的衣袋里，"先别看，回家以后再看。"

他们俩就走向了渡口。

他们快要到渡口的时候，突然传来了纷杂的脚步声和叫喊声："铁客子，你别走，再走我就一铳打死你！"那是洪武伯的声音。原来，有人发现秋草一大早就和铁客子在一起，以为铁客子要把秋草拐带走，就赶紧回水曲柳乡村报了信。

洪武伯手持那杆威震八方的老铳，领着一群水曲柳乡村的后生仔来了。他们把秋草和铁客子团团围住了。

洪武伯把秋草拉了过来，喝令后生们上去打铁客子。

那群后生们冲上去就是 顿拳打脚踢。

秋草大声叫道："你们干什么打人呀！你们干什么打人呀！"

谁也没有听到秋草的叫声。

好大的雾哇。

秋草哭了，她哭得那么的伤心。

她哭着跪在了洪武伯面前："洪武伯，别打他了。我是来送他走的呀，洪武伯。铁客子是好人哇，他救过秋草的命，秋草是来送他的呀！"

洪武伯无动于衷。

雾中走来了那个撑船的艄公。他听了秋草的话，马上对洪武伯说："洪武老哥，再打就出人命了，秋草说得对，这个铁客子救过秋草的命。那次秋草掉到汀江河里，是铁客子把她救起来的，你们就让他走吧。"

洪武伯这才喝住了那群后生。

铁客子被打倒在地上，他一声没吭，也没有还一下手。他的眼睛被打肿了，他的嘴角流着血，他的黑衣裳也被撕破了。他艰难地站起来，捡起了褡裢，背在肩上，趔趔趄趄地和艄公上了船。艄公对他说："你是何苦呢？"

铁客子站在船头，笑了笑，对着秋草大声说："秋草，你一定要去读书哇——"

船就撑走了。

秋草哭得像个泪人儿。

她站在岸边，大声地唱着：

铁客子，
水里伏，
动一动，
满江乌。

那带着哭腔的童谣在清晨的浓雾中飘荡。

哭着的秋草从口袋里拿出那个小布袋打开一看，里面是钱，是一角两角一块两块的折得皱巴巴的钱。

因为雾大，很快就看不到船，也看不清河水了，只能听到大河的呜咽声，还有水柳丛中黄鹂的鸣叫声。

17

夏天彻头彻尾地过去了，暑假也结束了，孩子们又准备上学了。赤毛婆婆准备卖掉兔子让秋草上学了。

这段时间里，水曲柳乡村的人们经常听到丘老师的口琴声。那口琴声如泣如诉，在水曲柳乡村的上空飘荡着。这是多么伤感的口琴声呀。人们都知道了一件事，就是天仙一般漂亮、善良的文老师不久也要离开水曲柳乡村了,她要和下放的父亲一起回省城里去了。省城离水曲柳乡村十万八千里吧?水曲柳乡村的孩子们痴痴地想着。

这真是伤感的一段时光呀。

18

卖兔子的头一天晚上。

秋草痴痴地搬了个小板凳,坐在兔窝旁,看着那美丽的兔儿,心中充满了无边无际的愁绪。

兔子在吃秋草从野河滩上拔来的草,兔子吃草的样子可爱极了。

它们是那么的柔弱,那琥珀般的眼睛充满了哀怜,那肉红的耳朵颤动着,牵动了水曲柳乡村 8 岁女孩儿秋草的无穷无尽的心事。

"兔儿兔儿,多吃点,明天,你们就吃不到秋草拔的兔草了。"秋草喃喃地说。

秋草在对兔子说话的时候,那如泣如诉的口琴声又响了起来。

怎么大人有大人的心事,孩子也有孩子的心事呢?

为什么总是有那么多的烦恼、那么多的忧伤笼罩在大人和孩子的心头呢?

为什么铁客子走了,文老师也要走呢?

文老师走了,水曲柳乡村再也没有那样美丽的黑亮的秀发了,再也没有那样明亮的眼睛了,再也没有那样洁白如玉的牙齿了,再也没有那样轻柔甜美的声音了——水曲柳乡村的损失该有多大呀,水曲柳乡村的孩子们多么没有福气呀。

"兔儿兔儿,你们多吃点吧,明天你们也要离开我了,我不知道会不会伤心。"秋草喃喃自语着,仿佛生离死别。

她怎么舍得呢?

这是整个夏天,她倾注了多少心血、忍受了多少哀伤喂养大的兔子呀!

明天,它们就要被拿到镇上的集市上卖掉了,就要成为别人的盘中餐了,秋草能不难过吗?秋草默默地添着草,她今天去了两趟野河滩,她打了比平常多一倍的兔草。

她要守着这群兔子到天亮。

她要喂兔子到天亮。

结果,她没有坚持到天亮就打盹了。

赤毛婆婆把她扶到床上,给她脱了衣服,让她睡下了。

她在那个晚上做了一个梦。

她梦见自己站在无边无际的野河滩上,好多好多白色的云朵朝她涌来,她看到那些白色的云朵都是兔子。无边无际的野河滩上遍地是白兔哇,野河滩成了兔子的天堂了,而那些白兔就是天使了。那么多天使围拢着她,她笑呀,乐呀,她笑掉了牙,笑弯了腰。

等她从梦中醒来,赤毛婆婆已经把兔子装到竹笼子里去了。赤毛婆婆在院子里等着洪武伯的到来。洪武伯要到镇上去卖猎物,赤毛婆婆让他把兔子带到镇上去卖,卖个好价钱。

秋草站在那里。

她想哭。

她为什么不想哭呢?

她看着那笼子里的兔子,止不住的眼泪吧嗒吧嗒地往下落。

赤毛婆婆乐了:“傻孩子,你哭什么呀?你应该高兴才是,卖了兔子,你就可以去上学了。”

秋草的心赤毛婆婆不晓得。

秋草的心是那么软弱呀,软弱的心是那么不堪重负。

秋草舍不得兔儿们。

如果让她选择,兔儿和上学让她任意选择一样,她会毫不含糊地选择到小学校里念书,听文老师呢喃的话语。但在洪武伯要把兔儿拿走时,秋草突然说出了她实在不想说的话:“赤毛婆婆,你们不要卖兔子,我不去上学了!”

洪武伯怔在了那里。

赤毛婆婆说:“洪武,拿走吧,别理会她,她一会儿就好了。”

秋草叫道:“别走!”

她上来捏住了竹笼子。

那竹笼子里的兔儿惊恐地竖起耳朵,琥珀一般的眼睛怪怪地看着主人秋草。秋草真的不忍心看它们被拿到镇上的集市上卖掉。

洪武伯看着秋草,他感觉到了秋草的与众不同,这女孩儿好像不是水曲柳乡村的女孩儿,她好像来自很远的地方或是天上,水曲柳乡村没有这么多愁善感的女孩儿。洪武伯还隐隐地感觉到,秋草不是属于水曲柳乡村的,她总有一天会远远地离开水曲柳乡村。

洪武伯叹了口气,放下装有兔子的竹笼子,独自提着猎物到镇上去卖了。

赤毛婆婆叹了口气,没有理秋草,而是一个人独自进屋了。

秋草把兔子一只一只地抱回兔窝里,破涕而笑了。

这时,秋草又听见了那如泣如诉的口琴声。

初秋的风把丘老师的口琴声传得很远很远,不知小学校里的文老师听到没有。

19

赤毛婆婆没有等到她的丈夫回来就撒手西归了。让水曲柳乡村的人们惊讶的是,赤毛婆婆竟是无疾而终。

水曲柳乡村的人生老病死是常事儿,不应有什么大惊小怪的,但谁也没想到身体还硬朗的赤毛婆婆会这么快地离去。

那是个凉爽的午后,水曲柳乡村的女孩儿秋草喂完了兔子,来到厅堂上。她看到赤毛婆婆在竹椅上朝自己笑,笑得和往常一样,慈祥怜爱。

秋草就蹲在赤毛婆婆面前，说："婆婆，我给你捶捶背吧？"

赤毛婆婆摇了摇头。她那时已经说不出话儿了。

秋草很奇怪，赤毛婆婆竟穿了一身簇新的衣裳，这衣裳秋草没有见过，她还坚信，水曲柳乡村的大部分人也没有见过。那身簇新的蓝粗布衣裳散发出一股樟脑的味儿，这肯定是在樟木箱里放了许多年许多年了。

秋草有种奇怪的感觉，那种奇怪的感觉像一只毛毛虫儿在她的心上爬着，奇痒无比地爬着。

秋草轻声地说："婆婆，我给你梳头好吗？"

赤毛婆婆笑着点了点头。

于是，在那个凉爽的午后，秋草用那个大木梳给赤毛婆婆梳着银亮的头发。

梳呀梳呀，秋草觉得赤毛婆婆有些不对劲了。

梳着梳着，赤毛婆婆就瘫在了竹椅上。

她微笑着看着秋草，可怜的秋草哇。她缓缓地伸出干枯的手，摸了摸秋草的脸。她终于眼睛明亮起来，就像即将燃尽的柴火，焕发出最后的光亮："秋草，婆婆先走了。婆婆看不到你上学了。"

秋草痴痴地看着赤毛婆婆，她是那么亲切又是那么陌生。

赤毛婆婆又说："秋草，婆婆唱首山歌给你听，就唱给你一个人听，别告诉别人，好吗？"

秋草点了点头，她觉得有种不祥的云正在飘来。

赤毛婆婆竭尽了全力，唱出了她心腑的歌，可声音是那么的微弱：

上洋洋来闹洋洋，
亲郎想妹妹想郎，
亲郎想妹三两日，
老妹想郎路头长哟——

赤毛婆婆唱完这首埋在她心中几十年的山歌之后，就彻底地瘫在了竹椅上，闭上了她那饱经风霜的双眼。

她去了。

秋草呆立在那里，她不知所措了。

她听到屋檐上有喜鹊在叫，是喜鹊在引导赤毛婆婆的灵魂飘向很远很远没有愁绪没有烦恼的天堂吧？

秋草没有哭，真的。

秋草真的没有哭。

她怎么也哭不出来。

后来就来了很多人，村里的男男女女都来了。他们嘈嘈杂杂地给赤毛婆婆张罗后事。文老师也来了，她没有像乡亲们那样忙碌，她只是搂着秋草。

秋草的脑海里混沌一片，她就是哭不出来，但文老师知道她内心的无助和哀伤，文老师知道她的眸子里闪亮的是对赤毛婆婆的痛悼和依恋。

秋草就那样失去了赤毛婆婆，失去了她在水曲柳乡村唯一收养她的人。

出殡的那天，阳光灿烂。

因为赤毛婆婆没有后人，就由秋草披麻戴孝。

那口薄棺由 6 个水曲柳乡村的汉子抬着。

洪武伯走在最前面，他的头上扎着白布条，边走边说着什么。

洪武伯大声地说："赤毛老嫂，你慢慢走哇——"说一句，他就朝阳光灿烂的空中抛撒一把纸钱。

棺材后面的第一个人就是秋草。

秋草的目光痴痴的。

一切都好像在梦幻之中。

她多么希望自己是在做一个噩梦呀！她希望自己在一个露水味儿挺浓的清晨醒来时，发现世上最疼爱她的赤毛婆婆没有死，而是把她搂在温暖的怀里，轻声对她说："别怕。"

这不是梦。

送葬的队伍没有哭声。

这时，一个年长的女人走到秋草的面前，狠狠地打了她一巴掌，说："赤毛婆婆生前对你那么好，她去了你竟然一声都不哭，你的眼泪就那么金贵吗？"

挨了一巴掌的秋草这才真切地看到了那黑色的棺木，她真切地感受到，她再也见不到赤毛婆婆了，赤毛婆婆再也不会疼爱她了。

她的泪水扑簌而下，她号啕大哭起来。

跟在她后面送葬的人群中的文老师走上来，牵住了秋草的手。

秋草在一刹那间觉得自己长大了。

她号啕大哭着。

她突然唱出了一首歌，她心里鼓荡着的那首歌儿：

上洋洋来闹洋洋，
亲郎想妹妹想郎，
亲郎想妹三两日，
老妹想郎路头长哟——

这带着童稚的哭音的凄婉的歌让所有送葬的人们流下了辛酸苦涩的泪水。

文老师也哭了，她哭得那么伤心。

20

文老师真真切切地要走了，要离开美丽又贫困的水曲柳乡村了。

这是1975年初秋的一个清晨。

文老师带着水曲柳乡村的女孩儿秋草离开了水曲柳乡村。

文老师带走秋草，谁也没有阻拦。

可事先，谁也不知道文老师会带走秋草。

秋草是多么有福气哟。

那个清晨没有浓雾，清清凉凉、干干净净的一个清晨。

乡亲们把她们送出了村口。

孩子们却送了一程又一程。孩子们就那样跟着文老师和秋草上了河堤,又跟着她们穿过了那无边无际的野河滩,一直到渡口。

到河堤上时,水生和孩子们都听到了锦鸡"咕咕"的叫声,水生没有回去唤爷爷来打锦鸡。他和其他孩子们一样,一路无声地跟着文老师她们走。

文老师身上散发出栀子花的香味儿。

孩子们惊讶地发现,秋草身上也散发出了栀子花的香味儿。

栀子花的香味就那样一路飘过去,一路留下来。

穿过那片芳草萋萋的野河滩时,秋草站立了一会儿。

晨风无拘无束地拂起了她额前的几绺秀发,她看着这片无边无际的野河滩。

秋草的鼻子酸酸的。

一首悠远的歌儿就那样凄迷地穿透了秋草的心灵。

秋草是在和这片野河滩告别。

她闻到了青草清甜的气息,这是滋养人的气息呀。

她还在期待奇迹的出现,她知道,她心爱的兔儿就出没在那芳草中,无忧无虑自由自在地在那青草的气息中生活着,这是它们的天堂。

奇迹没有出现,只有风拂过草地时飒飒的声响传来。

文老师说:"秋草,别看了,走吧。"

于是,秋草就告别了这茫茫的野河滩,告别了她在野河滩上的许多孤独,许多甜酸苦辣,许多纯真的幻想。

洪武伯早在渡口等她们了,洪武伯要一直送她们到镇上去,洪武伯要帮她们挑行李担子,因为摆了渡,还要走 30 多里地的山路,才能到达镇上。

洪武伯看她们来了,把行李装上了船。

"上船吧,时候不早了。"洪武伯面无表情地说。

文老师和孩子们挨个告别。

秋草也和小伙伴们挨个告别。

文老师对每个孩子都说一句话，一句鼓励的话。当她走到水生面前时，她摸了摸水生的头。水生哽咽着。其实，水生一直哽咽着。“水生，你是好孩子，你聪明，你学习好，你以后一定会考上大学的，老师和秋草在省城里等着你。”

水生的泪水扑簌而下，泪水模糊了他的双眼。

秋草也流着泪。

其实，细柳、小红以及所有来送行的孩子们都流着泪，他们为什么不流泪呢？他们就那样任凭纯真的泪水流淌着，流淌着。

水生送给了秋草一支铅笔和一本簿子。

秋草不要。

水生哭出了声。

文老师就说：“秋草，收下吧，那是水生的一片心意。”

秋草于是收下了那支崭新的铅笔和那本崭新的簿子。

她们上了船。

孩子们不停地挥着手，秋草也不停地挥着手，文老师也不停地挥着手。洪武伯木然地坐在船上抽着闷烟。

直到看不清了，他们还在挥着手。

突然，文老师和秋草听到了那如泣如诉的口琴声，那是一个伤心的人儿吹的。

文老师终于落下了晶莹的泪。

在阳光下飞翔

1

在市一中，余戈是个出了名的胆小鬼。如果你刚到市一中上学，你要打听余戈是谁，在哪个班级，简直不费吹灰之力。倘若你问到调皮的女生杜小珊，她红扑扑的脸上会露出一丝轻蔑的笑意，然后她会把嘴角轻轻往旁边一撇："余戈，谁不知道哇，不就是那个胆小鬼余戈嘛!"紧接着，杜小珊会告诉你，余戈在初二(3)班，该往哪里走。当杜小珊告诉完一切，你得赶紧溜，否则，杜小珊准把你也当成胆小鬼，那可就糟了，你在市一中就没得混了。其实，杜小珊也在初二(3)班，还是余戈的同桌咧。和余戈相比，女生杜小珊可是一个胆大包天的女孩。正因为杜小珊胆大包天，她当然打心里瞧不起胆小如鼠的男生余戈了。

2

杜小珊最瞧不起胆子小的男生，这或许和她父亲是空军飞行团长有关。她从小就在军营里长大，军营里的孩子们都很野，成天和那些当兵的叔叔们混在一起，胆子都大得出奇。杜小珊的愿望就是长大成人之后当一名女飞行员，像父亲一样驾着战机在天空中翱翔。杜小珊经常对同学们说她父亲的英雄事迹，而且边说边用眼角瞟坐在旁边低着头的胆小鬼余戈，好像是想通过她父亲的英雄事迹来激发余戈的斗志。

杜小珊眉飞色舞："战机在天空中以超音速穿行，我爸想做一个空翻的特技动作，突然听到飞机左侧传来砰砰两声巨响，飞机剧烈地抖动起来，像中了邪，不听使唤了。我爸吃了一惊，不好，飞机出事了。想想，飞机在空中出事是多么危险呀。可我爸是空军的特级飞行员呀，他马上冷静下来，改变飞行坡度，检查飞机的发动机。我爸发现发动机转速摆动而且下降，喷气温度升高。他断定是左边的发动机出了故障，于是迅速收回油门，关掉左边的发动机，减少推力。可只有一台发动机工作的飞机失去了平衡，随时都有危险发生。"

说到这里，杜小珊打住了。

她看了余戈一眼，余戈还是低着头坐在那里一副蔫巴巴的样子。同学们都在催杜小珊继续讲下去。

杜小珊清了清嗓子，继续往下说："你们知道吧，那天我爸他们部队正在进行空靶训练。什么叫空靶训练？就是飞机后面拖着一个靶标，其他飞机实弹往靶标射击。我爸的飞机，当时就拖着一个靶标。要不然，一个发动机停车是影响不了我爸正常降落的。可问题就在那拖靶上。如果不投掉拖靶，飞机迫降就有很大的危险。我爸必须投掉拖靶。我爸正想投掉拖靶，可他看到天空下面是一片村庄，这可不妙，拖靶要是扔到村庄里，村里的人就有生命危险，也会砸坏村里的建筑。我爸想，不能让人民的生命财产受到损失，他毅然向山区飞去，并向塔台作了报告。在塔台指挥员的指挥下，我爸慢慢地修正，平稳地下滑，轻轻地牵杆。'哧——'的一声巨响，这是飞机轮子摩擦机场跑道的声音，飞机带着粗重的喘息声落地了。我爸走下飞机，擦了擦脑门上豆大的汗珠，他脸上浮现出一种安详的勇敢者特有的临危不惧的微笑。好悬哪，如果晚几秒钟关掉左边的发动机，飞机就会着火。那么，我就再也见不到我亲爱的老爸了。”

杜小珊说完，发现余戈站起来，低着头走出了教室。

3

说实话，余戈并不喜欢杜小珊，不是因为杜小珊老在同学们面前炫耀她那个英雄爸爸，也不是因为杜小珊老说他没出息，而是因为杜小珊有点，有点太男孩子气了。瞧她那模样，剪一头短发，成天疯疯癫癫，说话也大大咧咧粗声粗气的，还和男孩子一起踢足球，一点女孩子的温柔也没有。

余戈在杜小珊面前自卑极了。

他也弄不清自己为什么那么胆小。记得刚考上一中时，他第一天来上学就闹了一个大笑话。刚开学，同学们在一起打扫卫生。打扫完教室的卫生，同学们就开始打扫室外的卫生。忽然，在一棵桉树下，余戈大叫了一声。大家的目光都投向了他，只见他扔掉扫帚，远远地跑开了，他站在远处，惊魂未定地喘着粗气。

同学们惊讶极了，跑到那桉树下一看，什么也没有哇。杜小珊刚开始对余戈没什么好印象也没什么坏印象，她走到余戈跟前，关切地问他：“你怎么啦?”余戈上气不接下气地指了指那棵桉树，说：“毛，毛，毛毛虫。”他这一说，把杜小珊给逗乐了，一个男孩子家，还有怕毛毛虫的。她和同学们一说，同学们也都被逗乐了。杜小珊说了一句：“胆小鬼!”从那以后，余戈就落下了“胆小鬼”这么一个并不光彩的称号。

是的，余戈很羡慕杜小珊有那样一个英雄的爸爸。

一想起爸爸，余戈就很忧伤。他要是有爸爸，或许胆子就不会那么小。他不知道爸爸在何方。他从小就是在妈妈的呵护下长大的，从他懂事的那天起，他就不知道爸爸去了哪里。他问过妈妈，妈妈总是说，你爸爸出远门了，他会回来看你的。后来，他渐渐地长大，才知道妈妈的话是那么的无奈和忧伤，那是一个永远都无法实现的梦想。他不再问慈爱的妈妈了。爸爸对余戈而言，同样的，也是个梦想。他曾经在梦中想象自己的爸爸，梦中的爸爸高大而威猛，而且是个宇航员，比杜小珊的爸爸神气多了。宇宙飞船和飞机相比，一个天上，一个地下，飞机算得了什么。可当余戈从梦中醒来，发现一切都是空空的，泪水无声无息地淌了下来。

虽然说没有爸爸会给余戈带来忧伤，但余戈是幸福的，无论怎样，他有一位疼爱他的妈妈。他妈妈是个开服装店的女老板，有一辆红色的本田轿车。每天，都是妈妈开车送他去上学，放学后又开车来接他回家。这一点让余戈挺难为情的，他想，自己不是小孩了。他和妈妈说过很多次不要用车接送他了，但妈妈一直坚持着，他也没有法子。

如果要深究余戈胆小的根源，那余戈的妈妈要负全部的责任。

余戈的妈妈余丽娜是个漂亮的女人。谁也不知道余戈漂亮的妈妈为什么带着余戈不再言嫁。她把一切的爱都倾注到了余戈的身上。从小，余丽娜对余戈就娇惯得不得了，含在嘴里怕化了，捧在手上又怕摔了。余戈是在妈妈无微不至的呵护下长大的，他从小就没有经过什么风雨。由于在女人的蜜罐里长大，加上没有父亲雄性的熏陶，这孩子就比女孩更胆小了。况且，余丽娜怕毛毛虫。在余戈童年的时候，余丽娜就常常用毛毛虫来吓唬余戈，只要余戈一哭，余丽娜就会说："毛毛虫来喽。"余戈马上就噤若寒蝉，睁着一双秀气的眼睛看着妈妈。妈妈就把他一把搂过去，又是抚摸又是亲的。余戈就是这样在漂亮妈妈浓郁而芳香的脂粉味中长大的。可能是因为余戈从小就长得秀气，像漂亮的妈妈，余丽娜有时候也把他当成女孩儿一样看待，小时候，经常给他穿漂亮的女孩儿穿的衣裳。这无疑也给余戈的心灵上打下了柔弱的印记。等余戈渐渐长大，他想挣脱妈妈给他带来的那些东西时，已经很不容易了。

同学们越是嘲笑他胆小，他就越自闭。

他很爱他的漂亮妈妈，但又有一丝怨恨藏在他的内心深处。

4

从内心深处讲，少年余戈还是渴望自己变成一个顶天立地的男子汉的。他有这种强烈的愿望和一次参加海岛夏令营的经历有很大关系。

其实，在学校里，并不是谁都嘲笑余戈的。比如说，班主任邱国强就对他很好。邱国强是语文老师，他喜欢余戈，是因为余戈这孩子学习好，又很乖，从不给班级惹什么事。邱老师早就发现了余戈性格上的缺陷，所以也从各方面引导他。另外，还有一个叫宋飞杨的女同学对他也很好，经常请教他作文怎样才能写得好，因为宋飞杨的作文是全班最差的。宋飞杨和杜小珊不一样，宋飞杨总是一副软绵绵的样子，她身材高而瘦，一双眼睛大得出奇，却也蛮中看的。余戈也喜欢和宋飞杨在一起。据说，宋飞杨经常在星期天的时候到余戈家和余戈一起做作业，做完作业后，余戈的妈妈会带他们去麦当劳或肯德基吃快餐。

所以，学校里搞夏令营，余戈当然就和宋飞杨走得最近。

余戈的妈妈起初极力反对余戈参加夏令营。余戈急得在自己的小房间里抹眼泪。要不是宋飞杨及时报告班主任邱国强，余戈就失去了这次接受锻炼的机会。邱国强来到了余戈的家里，做了工作，余丽娜终于答应余戈参加夏令营了。可余丽娜还是不放心，给余戈买了好多好吃的东西和日常用品。在送余戈上通往海岛的船时，余丽娜还特地把邱国强叫到一边，对他说："这孩子从小到大从没有离开过我，要是他坚持不下去，你就给我打电话，我去接他回来。"邱国强说："你放心吧，不会有事的。"给班主任邱国强交代完，余丽娜又把余戈叫到一旁，一遍遍地叮咛着，生怕儿子受不了海岛上的艰苦生活，好像余戈要去参加什么危险的战争，有种生离死别的味道。大家都上船了，她还在和余戈絮絮叨叨的。

性格爽直的杜小珊按捺不住了，大声地说："余戈，快上船，别磨蹭啦！"

这样，余丽娜才让余戈上了船。直到船开出老远了，看不清船上人的面目了，余丽娜才从码头上开着那辆红色的小车忧心忡忡地回去。

余戈在船开了不久之后就晕船了。

并不是余戈一个人晕船，许多同学都晕船。但余戈是最厉害的一个，他呕吐得天翻地覆，几乎连肠子都要吐出来了。那些没有晕船的老师和同学们忙着照顾晕船的同学。杜小珊不晕船，她从小就和部队的孩子们在部队飞行员的训练场上玩儿，她可以在活动的舷梯上翻滚几十次也不觉得晕，坐船肯定不会晕的了。同学们都止住了呕吐，可余戈还在不停地吐，他吐出来的都是一些清水儿。宋飞杨也没晕，没什么事儿的样子，她一会儿给余戈递矿泉水，一会儿给余戈捶背。这让余戈特别感动，他的泪水都快掉下来了，他强忍着不让泪水落下来。在那一刹那间，他想做一个顶天立地的男子汉。

晕船只是个前奏，真正让余戈发誓要做个男子汉的，还是在岛上夏令营开始之后的事。

5

那个夏令营改变了余戈。

每一个男孩，内心都有刚强的那部分潜质。余戈同样也有，只不过，他的刚强被他妈妈的爱软化成糖稀了。海岛上的军事生活改变了余戈，最起码，他内心起了变化。话说回来，要让一个胆小鬼一下子变成英雄，那是不现实的，就像一棵小树苗不可能一下子就变成参天大树一样。况且，这是个物质的时代，不是英雄的年代，少年们对英雄的向往并不都像杜小珊那样，所以，杜小珊对她爸爸的描述，在同学们脑海里总有些天方夜谭的味儿。无论怎样，这个夏令营唤起了余戈内心刚强的潜质，这相当的重要。

海岛上驻扎着解放军的一个边防团。

夏令营就是在边防团里开始的。部队派了许多优秀的官兵当同学们的班排长。同学们住在一排平房里，因为没有那么多床，都打地铺睡。许多同学从小娇生惯养，禁不住叫苦连天，说，早知如此，就不来了。

余戈、宋飞杨、杜小珊被分在了一个班里。他们的班长是位不苟言笑的黑大个，叫张辉，同学们都叫他张班长。

宋飞杨对余戈说："张班长的样子凶巴巴的，看来这半个月是很难过的了。"

余戈心里也打怵，是呀，这半个月非蜕一层皮不可。当初，他以为同学们是来海岛上观光旅游度假的，阳光、海浪、沙滩，一定会给他们带来永久的回忆，没想到是来部队接受训练来了。

杜小珊倒是欢乐极了，一到兵营就又唱又跳的，好像到了一片乐土。这也许是她对军营太熟悉的缘故吧。她用不屑的目光瞟着余戈，那小嘴一撇，似乎在说："有你好瞧的，胆小鬼！"

余戈没敢看杜小珊的眼睛，他的心七上八下的，他不知道怎样度过这半个月的海岛军营生活。

宋飞杨发现了杜小珊蔑视余戈的目光，她对余戈说："杜小珊太神气了，不就是有个开飞机的爸爸嘛！"宋飞杨话是这么说，她只是为余戈打抱不平，其实她内心深处还是很羡慕杜小珊的，她要有那么一个父亲就好了，最起码不会下岗，最起码不会天天同母亲因为油盐柴米的生活吵架，拿她出气。

余戈担心的事儿终于发生了。

上岛的第二天，同学们就以班为单位，在部队的操场上开始了军训。烈日下，余戈像霜打过的茄子，蔫蔫的，浑身是汗，落汤鸡一般。那班长的确厉害，一遍一遍地让同学们齐步走。谁要走得不好，就单独走，直到走好为止。余戈就是那个被叫出队列一遍遍独自操练的人。

余戈看到班主任邱国强老师在不远处凝视他，他咬了咬牙，委屈极了，早知道这样，还不如不来。他心里不停地说："黑脸班长，我恨死你啦！"奇怪的是，杜小珊走得很标准，黑脸班长就让她给全班做示范。杜小珊做完示范就站在一旁不用走了，微笑着看着班里的同学受苦受难。

休息的时候，余戈一个人坐在一棵相思树下想妈妈了。他强忍着不让自己的泪水流出来。他觉得自己很弱小，像一只绵羊，他不知道自己长大后是否能独立生活，经受风雨。余戈沮丧极了。他没想到，更难熬的日子还在后头咧。

果然，后面几天里的正步训练、军姿训练比齐步走更加困难。每天下来，腰酸背痛的，手脚都抬不起来。因为是夏天，许多同学都中暑了。部队的那个女军医可是忙坏了。她老说："现在孩子的体质怎么会这么弱？不可能的呀！现在孩子营养好，不可能体质这么弱的呀！"

余戈那天在白生生的阳光下倒在了地上。他不是第一个倒下的人。他眼前一黑就倒在了地上。他没有听见宋飞杨的那声惊叫，就被黑脸班长抱起来，往边防团的卫生队走去。余戈像是飘在云端里，他在云端里轻飘飘的，他看到大海中的浪也是轻飘飘的，像云，没有声音。他还看到母亲在海浪中若隐若现，好像是在冲他焦虑地呼喊，可他听不见。

他一醒来，看到了班主任邱国强老师，还有黑脸班长，还有那位女军医。邱老师朝他笑了笑，说："余戈，没事的，休息休息就好了，男子汉，刚强些。"黑脸班长也朝他笑，他第一次看到黑脸班长笑，黑脸班长笑得竟那么慈祥和蔼，平时训练场上的凶巴巴的样子一扫而光。余戈挣扎着想起来，他手一动，差一点把打点滴的吊瓶弄掉了。黑脸班长按住了他，示意他好好养病，然后走出了病房。余戈发现黑脸班长的军衣湿透了，紧紧地贴在后背上。

男子汉？我是男子汉吗？

余戈闭上了眼睛，他一遍遍地这样问自己。他的泪水流了下来，不，我不是男子汉，我要回家。他实在太想妈妈了，他知道，妈妈同样也在海那边想念着他，他心底情不自禁地喊了一声："妈——"

6

夏令营的同学们谁也没想到余戈会当一名逃兵，连杜小珊都没有想到。杜小珊只是想看他的笑话，但当余戈病倒之后，她内心的那种蔑视变成了同情。宋飞杨也没想到余戈会当逃兵。这让她很伤心，逃兵无疑是最让人羞耻的，胆子小点不要紧，可不能当逃兵哇！

无论怎样，余戈还是当了逃兵。

也就是这次逃跑，决定了他往后性格的转变。

杜小珊在余戈病好重返训练场之后，曾对他有过很友好的举动，那就是，她轻快地走到余戈面前，敬了个军礼，说："余戈同学，欢迎你回到我们队伍中来。"接着，同学们都鼓起了掌。对于杜小珊的友好举动，余戈一副受宠若惊的样子。但就在那一刹那，他产生了逃跑的念头，他不想再接受训练了，他害怕再次倒下，害怕打针，害怕，害怕……他简直成了"小生怕怕"了。

但逃跑也是需要勇气的。余戈没有意识到自己也有"勇气"逃跑。当然，他下决心逃跑是因为他认为自己听到了妈妈的召唤。

天蒙蒙亮，余戈就悄悄地起了床，从军营围墙的一个豁口上跳了出去。他不敢走大门，因为那里有站岗的战士。他不敢顺着那条水泥路下山，只好穿过那片山地到港口去坐渡船。他相信母亲就在海对面的港口等着他。

虽说是在盛夏，但海岛上的清晨是凉爽的，冷飕飕的风让皮肤起鸡皮疙瘩。他在树林中穿行，深一脚浅一脚地朝山下走去。

这岛并不大，从军营坐车到港口也就是 20 多分钟，但山里的树林茂密，走起来就费劲了，而且分辨不清方向。这样，余戈自然就要迷路了。就在余戈在林子里转圈的时候，军营里开始上早操了。

最先发现余戈不见了的是初二(3)班的班长罗锐。罗锐就睡在余戈的旁边。他一醒来就发现余戈不见了。当时,他想,也许余戈是上厕所去了。可是当急促的起床哨吹过之后,余戈还没有回来,这就引起了罗锐的注意。他马上找到了班主任邱国强老师。邱国强老师一听完罗锐的汇报,马上就皱起了眉头。走之前,他答应过余丽娜,会让余戈安全回家的,可现在,人不见了,他能不着急嘛!军营里的任何一个角落都找遍了,也没有余戈的踪影。边防团的首长也惊动了,于是,战士们和同学们以班为单位在岛上开始寻找余戈。

余戈觉得身上开始流汗了,也没走出这片山林。他很疲惫,便找了一块大石头,坐在上面,迷惘地看着天空。天空中传来飞机的轰鸣声。要是杜小珊在场的话,她抬头一看就可以分辨出那是民航机还是战斗机,好像她还能分辨出哪架战斗机是她爸爸开的。余戈看着天空,飞机的轰鸣声渐渐远去,他试图分辨一下这是什么飞机的声音,但他无能为力。他突然想到了宇宙飞船,突然想到了自己的爸爸,那幻想中的爸爸是否在宇宙飞船上?想起爸爸,余戈有一丝忧伤,忧伤时,他就更想念妈妈了。他又有些恨自己,恨自己还像 3 岁的孩童那样眷恋着妈妈。

他疲惫极了,汗水从额头上滑落,流到眼睛里,热辣辣地痛。泪水也随着汗水滚落到脸颊上。

他擦掉了眼中的水(不知是汗水还是泪水,或者是两者相混合的水),然后站起来,继续赶路。这时,两声清脆的鸟鸣唤醒了余戈的思绪。他有点后悔当了逃兵。本来,同学们就戴着有色眼镜瞧他,这样,同学们不是更瞧不起他了吗?他心里哀伤极了。他愣愣地站在那里,不知是进还是退。

突然,他听到草丛里传来索索的声音。

他来不及判断那是什么,索索的声音在离他两步之遥的地方停住了。

他定眼望去,心一下抽紧了。

余戈倒吸了一口凉气,心想:糟了。接着,余戈的心便“咚咚”地狂跳起来。

他看到了一条蛇，一条眼镜王蛇。

眼镜王蛇的头高高地仰起来，吐着可怕的芯子，一股股凉气朝余戈逼过来。那绿莹莹的蛇眼让他感到万分的恐怖。

一个连毛毛虫都害怕的少年，难道会不怕这可以致人死命的眼镜王蛇？

余戈忽略了一点，就是这海岛是蛇的天堂。军训前，部队的女军医给同学们上过一堂课，谈到了蛇。女军医说，蛇一般是不轻易攻击人的，碰到蛇，要冷静，以静制动，千万不要跑，蛇是会跟风的。余戈想起了女医生的话，他心惊胆战两腿发软地怔在那里一动不动。眼镜王蛇没有攻击他，而是立着蛇头和他对峙着。

余戈就那样和蛇对峙着。

他不知道怎样摆脱这条眼镜王蛇，如果他动一下，说不定那蛇就会飞过来，在他身上来一口，让毒液侵入他的身体……他绝望极了，简直是叫天天不应，喊地地不灵。孬种！谁让你逃跑呢，这或许就是对逃兵的惩罚吧。余戈后悔死了，在训练场上，再苦再累，也不会有生命危险的呀。可如今，怎么办呢？

就在余戈害怕到了极点，不知如何是好的时候，山林里传来了呼喊他的声音。

“余戈，你在哪里——”

是宋飞杨在呼喊，可他不敢答应。

“余戈，你在哪里——”

是杜小珊在呼喊，可他还是不敢答应。

“余戈，你在哪里——”

是罗锐在呼喊，可他更不敢答应。

“余戈，你在哪里——”

是黑脸班长的呼喊，余戈想答应，想大声说：“我在这里——”可他看到那吐着芯子的高昂的蛇头，他的喉头像堵了一块铁。

寻找余戈的人走过来了。

黑脸班长看到余戈了，余戈朝他拼命地摆着手，又用手指了指蛇。黑脸班长看到了那条眼镜王蛇，宋飞杨他们也看到了那条蛇，他们怔在那里，大气都不敢出一口。

余戈看到救援的人来了，眼中闪烁着希望的光泽，但他还是害怕极了，生怕那蛇飞掠过来，置他于死地。

黑脸班长朝余戈打了个手势，给他使了个眼色，示意他不用害怕。他轻轻地从地上拾起一截树枝，可那截树枝太短了，他想扔掉，重新寻找一根，但没有。黑脸班长只好握着那截树枝慢慢地朝眼镜王蛇移动过去，他沉着冷静，脸上一点儿表情也没有。余戈他们都为黑脸班长捏着一把汗，他们凝神敛气，注视着黑脸班长，希望他把眼镜王蛇打死或者赶走。他们压根儿就不知道黑脸班长是北方人，根本就没有对付毒蛇的实际经验，只是在脑海里有一点听别人讲的知识而已。

但为了解救余戈，黑脸班长豁出去了。

黑脸班长突然发起攻击，用那截树枝狠狠地朝眼镜王蛇的蛇头敲去。只见那蛇头极机灵地躲闪了一下，在黑脸班长的手腕上咬了一口。同时，树枝击中了蛇身，蛇被抛了出去，落在草丛里，一会儿就溜得无影无踪。

黑脸班长的脸上露出了少有的笑容，就像在阴天里突然看到了阳光。余戈他们舒了一口气，心中的一块石头落了地。但不一会儿，他们心中又压上了一块沉重的石头，因为，黑脸班长被蛇咬了。

黑脸班长把军衣脱了，撕出一绺布条，把胳膊使劲地扎起来，防止蛇毒扩散到全身。然后，他把手腕放在嘴上，使劲地吮吸被蛇咬过的伤口。他的手腕很快红肿起来，像发面馒头一样，那肿起的皮肤有一层亮光。

余戈心都要碎了。

他为自己的懦弱感到无地自容。

同学们簇拥着黑脸班长往部队奔跑而去。

余戈跟在他们后面，谁也没有理他。余戈心里难过极了，要是黑脸班长有个三长两短，那么，他心里永远也不会安宁的。

回到部队，黑脸班长被送到卫生队去抢救了。事后，那个女军医说，好在医治得及时，要不然，黑脸班长就没救了。

余戈感动了。

感动之余，他心中萌生了一种对他而言算是惊天动地的想法，他要做个男子汉，像黑脸班长那样的男子汉。

逃跑需要勇气，承认自己是个逃兵更需要勇气。余戈鼓起勇气在同学们面前承认了自己的错误。宋飞杨一听余戈是准备逃跑的，那瘦削的脸上像是蒙上了一层阴霾，她为余戈感到害羞。好长一段时间，宋飞杨都没有理会余戈，直到夏令营结束。

7

反正，无论怎样，从那海岛回来之后，脸蛋儿黑了许多的余戈有了变化。首先表现在他回家的那一天。他没有打电话告诉妈妈，让她到码头来接他。他一回到家里，他妈妈余丽娜惊呆了。

好半天，余丽娜才叫了声："我的儿——"

她把余戈拉到面前，左瞧瞧右瞧瞧，瞧着瞧着，泪水就情不自禁地涌了出来："儿呀，你黑了，瘦了，肯定吃了不少苦头吧。晚上妈妈带你去海霸王鱼翅酒楼，给你好好补一补。"

余戈帮妈妈擦去了泪水，对妈妈说："妈，您没发现我健康多了吗？妈，您干吗这样，我不是小孩子，我长大了。"

余丽娜听完儿子的话，睁大了眼睛。

她不相信儿子真的长大了，不相信在她的蜜罐里长大的儿子竟能说出这样的话来，她又喜又悲。

让余丽娜又喜又悲的事儿还在不断地发生。

余丽娜没想到儿子会拒绝让她开车送他去上学。

那个早晨，余戈吃完早餐，背起书包就出了门，他要骑着妈妈买给他玩的自行车去上学。一般情况下，余丽娜是不让儿子骑车上街的。只有在周末，余丽娜才会把自行车放在轿车的后面，开车载着儿子来到郊外，在没有车辆和人流的旷野上，才让儿子骑自行车玩。看着儿子骑着自行车在旷野上无拘无束的样子，她心里甜美极了。她想，要是他爸在的话，这个家庭应该是多么美满幸福呀！可是，就在她怀上余戈那年，余戈他爸出走美国，一去多年杳无音信，不知是死是活。她不愿意告诉儿子关于他父亲的一切，她不愿意。

儿子第一次骑自行车去上学，让余丽娜十分震惊。儿子怎么啦？放着舒适的轿车不坐，非要去骑自行车。

她冲出门，喊住了儿子。

余戈停下来，对妈妈说："妈，我不想再坐您的小车去学校了，我长大了，应该独立了，我有我自己的想法。"

余丽娜鼻子一酸，这孩子多像他的父亲啊，他父亲也有股子倔脾气，可这孩子从前像她，怎么转眼变得像他父亲了呢？想到这里，余丽娜冲过去，抢过了自行车："不行，不能骑车上学！"余戈说："妈，您就让我骑吧，同学们大都是骑车上学的。"余丽娜坚定地说："别人怎么样我管不着，你要骑车上学就是不行，街上车那么多，太危险了。"余戈眼中闪烁着一种迷离的光泽，他央求道："妈，我求您了，您就让我骑车上学吧，好吗？"余丽娜看着儿子的模样，心里又怜又爱，她总是把儿子保护在自己的羽翼下，生怕他出问题，她没意识到儿子在渐渐长大。"妈，您就让我骑吧！"余戈继续央求。余丽娜无奈，只好顺着他了。儿子快活地骑上自行车上学去了。儿子好像从来没这么快活过。可余丽娜还是不放心，她驾着车跟在儿子的后面，直到儿子骑着自行车进了学校的大门，她才放心地驾车返回。

余戈骑自行车上学，在初二(3)班是头号特大新闻，按杜小珊的话说，这简直是太阳从西边出来了。宋飞杨朝余戈微笑，那微笑中包含着鼓励。虽说余戈敢自己骑自行车上学了，但他内心的怯懦还是没有被刚强击败。在上语文课时，邱国强老师让他站起来念一段课文，他的脸一下子就红了。他低着头，声音像蚊虫一样，只有他自己才能听得见。同学们在底下窃窃私语。杜小珊坐在他旁边，为他着急。他念完那段课文，还是低着头。邱国强笑着对余戈说："余戈同学，再念一遍，大声一点念，不要紧的，没有人会笑话你的。"余戈心里一股暖流流过，他捧起了课本，压住那颗就要跳出来的心，心想，豁出去了！他大声地朗读起来。他朗读完之后，同学们鼓起了掌，掌声让余戈第一次感到了自信，男子汉特有的自信。当老师表扬他朗读得好，让他坐下时，他笑了。他抬起头，信心十足地听老师讲课。杜小珊用手捅了他一下，余戈，好样的！

可是，让余戈害怕的事儿又发生了。

放学了，余戈到自行车棚取自行车时，发现自行车的车座上有一条毛毛虫在蠕动。他心里一惊，站在那里呆了。

许多取自行车的同学都看着他，好像是专门看他的笑话；连杜小珊也站在同学们中间。她们这些部队上的子女，专门有班车来校门口接她们回军营，她不去赶班车，好像也是专门来看余戈的笑话的。

这肯定是个恶作剧，为什么别人的车座上没有毛毛虫，偏偏他的车座上有毛毛虫呢？余戈不是笨蛋，他知道有人在搞鬼，出他的洋相，这可怎么办？一看到毛毛虫，他心里就有种莫名的恐惧感。他想把那毛毛虫弄掉，但又战战兢兢的，不知所措。同学们都在看着他，每位同学的眼中都闪着一种怪异的光芒，好像在说："胆小鬼，你永远是个胆小鬼。"

这时，班长罗锐过来了。罗锐是个正直的人，他从来没有瞧不起余戈，他认为，胆小并不是过错，为什么要羞辱一个胆小的同学呢？他对围观的同学们大声说："去去去，有什么好看的，耍猴哪！"同学们有的走了，有的还笑嘻嘻地站在那里看热闹。

罗锐看到了那条毛毛虫。他也挺讨厌毛毛虫的，但他不怕。他从地上捡了一块石子，走过去，想弄掉毛毛虫。

突然,余戈大声说:“班长,你别动。”

罗锐停住了手,他看着脸涨得通红的余戈,不知道他想干什么。

余戈走到自己的自行车旁边,红着脸,把那毛毛虫用手抓起来,扔到地上,然后,用脚使劲地踩,直到毛毛虫变成了肉泥。

同学们都惊呆了:余戈哪来的胆?

杜小珊悄悄地溜了,原来是她捣的鬼,她是想吓唬一下余戈,她不相信余戈有什么改变,她不相信一个人的胆子是可以变大的。现在她知道了自己的想法是个错误,只好溜之大吉。

8

余戈觉得毛毛虫都不可怕了,那么,还有什么东西是可怕的呢?没有,什么也不可怕了,为什么要怕呢?一个“怕”字,让余戈在校园里抬不起头,让他不敢去面对纷纭复杂的社会。假如毛毛虫是他母亲出于溺爱强加在他心灵上的枷锁的话,那么,他把这个枷锁给砸碎了。

余戈新的形象出现了。

同学们可以看到余戈有了动人的笑脸,可以看到他常低着的头抬起来了,可以看到他在课堂上大声地朗读课文,可以看到他与同学们争论某一个问题,可以看到他和同学们一起踢足球……杜小珊也用哥伦布发现新大陆的眼光审视余戈了:这是胆小鬼余戈吗?

但这一切并不能证明余戈的胆子就大得可以了。

余戈还是拒绝妈妈余丽娜用小车送他上学和放学后接他回家。但余丽娜还是不放心。她每天还是偷偷地开着车跟在余戈的后面,等他的自行车骑进了学校的大门,才离开;放学了,余丽娜也是悄悄地躲在校门外,跟在余戈后面,一直到家。余戈觉得奇怪,为什么每天自己一回家,妈妈的车也到了,这真是巧极了。

一天,余戈放学之后,照常骑着自行车往家走。当他骑到一个街角拐弯处的时候，和一辆三轮车撞在了一起。余戈摔倒在地上，两只手掌和膝盖都擦破了皮，火辣辣地痛。他从地上爬起来，看到骑三轮车的人走过来问他："受伤了没有？"骑三轮车的人是一个老头，一听口音就不是本地人，那老头儿一副诚惶诚恐的样子。余戈是个心地善良的少年，他一看老头吓坏了的样子，连忙说："大爷，不要紧。"他扶起自行车，正想走，他妈妈余丽娜的车停在了他们的旁边。

余丽娜怒气冲冲地下了车。

余戈一看到妈妈，连忙对那老头儿说："大爷您快走。"

老头儿迟疑了一下，正要走，没想到余丽娜过来拦住了他："怎么，撞了人就想走啦！"

老头儿可能没经历过这样的阵势，一看余丽娜凶巴巴的样子，吓得全身发抖，那双浑浊的眼中惊恐万状："我，我不是故意的。"

余丽娜厉声说："你瞎眼了，不是故意的，撞人了还狡辩！"

这时，围上了一圈看热闹的人。

余戈没有想到妈妈会对这么一个可怜的老头儿那么凶。他对妈妈说："妈，不能怪老爷爷，是我自己骑得太快了。"余丽娜把儿子往边上一拉："你不用说话。"

看热闹的人都在笑，怪异地笑，那种莫名的笑让余戈受不了。但他能怎么样。余丽娜越来越凶，那老头儿吓得快瘫了。余戈的心也在颤抖，他理解不了妈妈的行为。

最后，那老头儿从口袋里掏出一把皱巴巴的碎钱给了余丽娜，余丽娜才让那老头儿离开。

余戈不明白。为什么妈妈那么有钱，还要老头儿那不足20元的一把碎钱。他忘不了老头儿求饶的话语："大姐，您行行好，饶了我吧！我真的是没办法才来这里打工的，是我错了，撞了您的孩子，这点钱您就收下吧！饶了我吧，我实在拿不出更多的钱了。"

老头儿走了，看热闹的人散了。

剩下了余戈和妈妈。

余丽娜把余戈的自行车放在了车的后备厢里。

余戈愣愣地看着妈妈,他觉得妈妈是如此的陌生。

余丽娜关切地对余戈说:“儿子,快上车,妈妈带你上医院检查检查。”

余戈咬着牙,紧捏着双手,不让妈妈看到擦破的手掌。他的泪珠在眼眶里打转,他在心里说:“妈妈,您不能那样对待老大爷的! 不能!”

他没有上车。

他不理妈妈了。他只想回家,一个人独自地走回家。

无论妈妈怎么叫他,他都不回头。他甚至有点恨妈妈了。他没想到妈妈会这样,连一个老大爷也不放过。

看着儿子的背影,余丽娜的泪水夺眶而出。她想起当初余戈他爸就是这样一去不回头的,她伤心极了。儿子要是和他爸一样,那么,她这么多年费尽心血把儿子养大也就毫无意义了。

9

宋飞杨近来一上课就打瞌睡。

宋飞杨的瞌睡成了初二(3)班同学们的又一笑料。如今,胆小鬼余戈的胆子变大了些,同学们就不再拿余戈开涮了,因为再拿余戈开涮没有什么意思了,连英雄的女儿杜小珊也不拿余戈开涮了,还向他伸出了友好之手。她还在某个星期天,带余戈去她爸的那个军用机场里看飞机咧。余戈在军用机场里,受到了很高的礼遇。杜小珊的爸爸不但请余戈吃了饭,而且还亲手帮余戈照了一张相。余戈站在飞机的座舱上,十分英俊的样子,根本就看不出来他是一个胆小鬼了。

宋飞杨却疏远了余戈。

不知怎么回事,宋飞杨再也不上余戈家了,不和余戈一起做作业了。就连余戈的妈妈余丽娜也常常问余戈:“那个女孩怎么不来啦? 是不是和你吵架闹别扭啦？”余戈说：“不是啦，我也不知道是为什么。”

反正，宋飞杨一到学校就昏昏欲睡的样子。一放学，她就匆匆地走了。

余戈在看课外读物的时候了解到，非洲有一种苍蝇，人只要被它叮一口，就会得上嗜睡症。余戈想，宋飞杨是不是被非洲的苍蝇叮了一口？可这里哪有非洲苍蝇哪，那么老远的，非洲苍蝇还没有飞到印度就死了。那是怎么回事呢？这是一个谜。对于这个谜，余戈显示出了非凡的好奇心。

宋飞杨的学习成绩原来在班里应该说是中上的，除了作文差一点，其他科目的成绩都还不错。但自从得了嗜睡症之后，她的成绩明显地下降了。近来的几次测验，宋飞杨考得都很不理想。经常，上课不久，宋飞杨就趴在课桌上睡着了，还打着轻轻的鼾声。有一次，老师叫她，她一激灵抬起头，嘴角还流着一线口水咧，弄得哄堂大笑。老师也很恼怒，罚她站了一堂课。但第二节课一开始，她又打瞌睡了。余戈心里很不是滋味儿。特别是有的同学在背后说宋飞杨的怪话被他听见之后，他心里就更不是滋味儿了。

他想帮助宋飞杨。

他把宋飞杨叫到一棵桉树后面。桉树上有一群麻雀在喳喳地叫唤。

余戈问：“飞杨，你怎么啦，老是上课时打瞌睡？”

宋飞杨瘦削的脸上飞起两朵红云，她低着头不说话。

余戈又问：“飞杨，是不是碰到什么困难了？你说出来，看我能不能帮你。”

宋飞杨咬着嘴唇儿，还是不回答余戈，她的眼中闪过一丝阴霾。

树上的鸟儿还在喳喳叫唤。

余戈不再问了。他知道，一个人如果不想把心里的秘密告诉你，你怎么追问都是没有用的。但他还是对宋飞杨说：“飞杨，同学们笑话你打瞌睡，就像当初笑话我是胆小鬼一样，你要注意点了。你的学习成绩在直线下降，大家都在为你担心，为你惋惜，有什么比学习更重要呢？千万别误了学习。”

宋飞杨低下了头。

这时，上课铃响了。

尽管宋飞杨没有告诉余戈她心中的秘密，但余戈下定了决心，要搞个水落石出。

10

余丽娜越来越觉得儿子不像从前，甚至有些出格了。

那是余戈从杜小珊家回来的那个晚上。也许是杜小珊的爸爸让余戈感到了父亲的某种力量和不可言传的感觉吧，余戈突然对妈妈余丽娜发难了。

那顿晚饭对于余丽娜而言是痛苦的。

余戈看着妈妈给自己盛的那碗白米饭和饭桌上的菜，难以下咽。

他抬起头，直愣愣地看着依旧美丽的妈妈，眼中闪烁着一种特殊的光芒。

余丽娜觉得儿子有情况。自从余戈从海岛上回来之后，情况是经常发生的，她有点读不懂儿子了。

余丽娜说：“孩子，吃饭吧，有什么话，吃完饭再说，好吗？”

妈妈的话很好听，轻柔之中包含着母爱。余戈摇了摇头：“不，我要问您一个问题，妈妈。其实，从我上学的那一天起，我就想问您这个问题，可我一直不敢。”

余丽娜叹了口气，她放下了筷子，她不知道儿子要问她什么，她心里怦怦地跳着，她甚至不知道自己能否回答儿子的问题。但她还是装作很平静的样子说：“孩子，你问吧，妈妈听着呢。”

余戈的声音有些颤抖：“妈妈，我爸爸是谁？”

余丽娜呆了。

她真的不知该怎么回答儿子。

这么多年来，她最担心的事情终于发生了。她能告诉儿子他爸是一个自私的油画家，为了他自己的前程抛弃了妻儿独自去了美国吗？她能告诉儿子这么多年来，那狠心的父亲连一封片言只语的信也没来过，连一个电话也没来过吗？她能告诉儿子这么多年来，无论那个狠心的人怎样，她还深爱着他等待他的回归吗？不，不能。

余丽娜心乱如麻。

余戈似乎从妈妈的表情中看出了妈妈复杂的心理，他突然很平静地用大人的口吻说："妈妈，如果实在难于启齿的话，您可以不说。您有您的隐私权，您可以保持沉默。"

儿子的话像一把刀子，割着余丽娜的心。余丽娜的心在流血。

沉默了良久。

母子俩都沉默了良久。

对于他们母子而言，这样难堪的局面是很少见的。就是上次余丽娜那样对待那个老大爷，他们也很快地达成了谅解。每天，余戈骑车经过那个街道拐角时，都在留心那个老大爷，他要把他的血汗钱还给他。可是，余戈一直没有等到那个老大爷。他在心中原谅了母亲，那是 种亲情的流露，余戈明白。

余戈看着妈妈难过的样子，也起了恻隐之心，他轻轻地说："妈妈，您不用回答我了，我知道，我不该问您，让您痛心了，是我不好。妈妈，您吃饭吧，我永远不会提这个问题了。相信我，妈妈。"

余丽娜的泪水滚落下来。

她抬起了头，泪眼凝视着儿子："孩子，妈妈告诉你。"

余戈看着母亲，竟不知如何是好。

余丽娜说："孩子，你爸爸叫黄梁，他是个出色的油画家。在你出生那年，他去了美国。他很爱你的，你别恨他。真的，孩子，他很爱你的。"

余戈问："他长得高大吗？"

余丽娜说:“很高大,很帅气。他很有气质,我相信,你爸爸是这个世界上最优秀的男人,孩子。”

余戈的泪水流了出来。

“妈,您别说了,我懂了。”余戈站起来,走到妈妈身边,帮妈妈擦掉了泪水。

妈妈把他领到了她的卧室,从一个锁着的抽屉里,拿出一沓照片。那叠照片都是精心塑封过的,用红绸带扎着。那照片都是妈妈和爸爸的合影。按时下流行的说法,照片中的爸爸妈妈简直是一对金童玉女。

余戈搂着妈妈的肩膀,在她身边说:“妈妈,我想爸爸。”

11

深秋的风透着凉意。这个海滨城市还是温暖的,只是那些常绿的树叶变成深色了,不像夏天那样闪烁着迷人的光泽。

余戈近来一直在注意着宋飞杨。

他觉得宋飞杨的瞌睡像一个阴谋一样可怕。心地善良的宋飞杨怎么会变成一个爱瞌睡的女孩呢?同样心地善良的余戈百思不得其解。

有一天,杜小珊神秘兮兮地对余戈说:“余戈,你是不是爱上宋飞杨了?”

余戈脸一红,不知怎么回答杜小珊。杜小珊确实是个胆大的女孩,她曾经对余戈说过,她喜欢班长罗锐,但罗锐不喜欢她。她说这话时,一副天真活泼、无拘无束的样子。余戈从来没想过“爱”这个字。他无法回答杜小珊。

杜小珊看他不说话,就嘻嘻笑起来了:“余戈,你默认了。”

余戈没有再理她,杜小珊总是这样神秘兮兮的。杜小珊做过一件众所周知的事情。在一次上语文课的时候,杜小珊写了一张纸条递给了班长罗锐。罗锐一看那纸条,想都没想就把纸条揉碎了,然后他也写了一张纸条递给杜小珊。杜小珊一看,气得眼珠子都快鼓出来了。这时,班主任邱国强老师走到了她的面前。杜小珊来不及把纸条收起来,纸条就落到了班主任邱国强老师的手上。

邱老师笑了笑,停止了讲课。接下来的半节课上得生动而有趣。邱老师把那纸条上的字写在了黑板上:"生命诚可贵,爱情价更高。若为学习故,两者皆可抛。"邱老师写完这首诗,同学们一片哗然。

邱老师说:"大家别笑,咱们接下来研究一下这首诗的含义。"

同学们静了下来。

邱老师微笑着说:"这本来是匈牙利诗人裴多菲写的一首著名的诗,意思是,为了自由,他可以把生命和爱情舍弃。现在,我们的一位同学把这首诗改了一下,只改了两个字,把'自由'改成了'学习',我觉得这个同学改得很好。是的,少男少女在一起,不免会产生感情,但我们应当正确地看待这种感情,这是纯洁的同学情,这种友爱是有益的,它让我们知道怎样去理解人,也可以调节同学之间的关系。但如果说这种友爱变成了恋情,那么就无益了,因为你们现在的首要任务是学习,还不到恋爱的季节。许多道理,其实你们都很懂,是不是?"

同学们都默默地看着邱老师。

接着,教室里爆发出了一阵掌声。

杜小珊的脸红得像块红布。

罗锐的脸也红了。

事后,杜小珊说,高二(1)班的陶红和王翔还在一起接吻呢!但她心里还是放弃了对罗锐的追求。

12

余戈真的没有"爱"上宋飞杨。

他压根儿就没有想过"恋爱"这个词,但他的确想帮助宋飞杨。也许,这就是邱老师说的同学之间的纯洁的友情吧,至少余戈是这么认为的。

在一个深夜,余戈做了一个梦,他梦见宋飞杨在一个黑暗的地方挣扎。宋飞杨说:“余戈,我什么也看不见,你能给我一盏灯吗?我讨厌黑暗。”余戈朝宋飞杨声音传出的地方寻找过去,他手中举着熊熊燃烧的火炬。宋飞杨又说:“余戈,你快来吧,我什么也看不见。”余戈走进了那团黑暗,但火炬熄灭了,他摸到了一个人的身体,冰冷的身体,那是宋飞杨的身体,他顿时大声地喊:“救人哪——”他醒过来之后,浑身大汗。他觉得,宋飞杨就生活在黑暗之中。

第二天,他找了个时间,来到了邱国强老师的办公室。

邱老师一看是他,连忙说:“余戈,你找我有事?”

余戈点了点头。

“坐吧,坐着慢慢说。”邱老师笑容满面。

余戈坐在了邱老师的对面。

邱老师端详着他,问:“看你满脸冰霜的样子,谁又欺负你了?说来听听,不用怕,有老师为你做主咧!”

余戈看着邱老师真诚的脸,他觉得邱老师的脸很苍白。他知道,邱老师身体不好。

邱老师鼓励他:“余戈,说吧,有什么事说出来好受些。”

余戈说:“老师,我觉得宋飞杨遇到什么难题了。”

邱老师笑着问:“你发现什么啦?”

余戈摇摇头:“没有。但很明显的嘛,她从前可不是这样的。现在,她每天都打瞌睡,而且学习成绩又直线下降,她真让人担心。”

邱老师说:“余戈,你这种关心同学的精神是十分可嘉的,但许多问题你是解决不了的,她能来上学就已经很不错了。”

余戈睁大了双眼:“怎么,你知道宋飞杨的事?”

邱老师点了点头:“她父亲下岗了,而且有重病在身,靠她母亲一个人在外面打零工养家糊口显然是不行的。对了,这一切,你不能告诉任何人,宋飞杨是个自尊心极强的同学。”

余戈点了点头,他又问道:“宋飞杨要帮她妈妈?”

邱老师点了点头:“或许,她家的困难会很快过去的,那时,她就可以全身心地扑在学习上了。”

那么,宋飞杨的困难何时才能过去呢?

余戈想不出来。

13

余戈看妈妈进了洗澡间,他听到“哗哗”的水声之后就悄悄地溜出家门,骑着自行车上街了。城市的夜色是五光十色的。特别是酒店、超市和娱乐城,都被一种迷幻的色彩笼罩着。他很少在夜晚单独上街,她妈妈看得很紧,只要他一出门就会被妈妈堵回来。这回,他怀着一颗活蹦乱跳的心溜出了家门。当他骑着自行车飞驰在大街上的时候,有一种小鸟飞出笼子的感觉,刺激而又快活。他常常羡慕那些能在任何时候走出家门的同学,那无拘无束的生活是他向往的。

不一会,他那种刺激而又快活的感觉跑得无影无踪。他要在这夜色中寻找宋飞杨。再则,他还担心妈妈洗完澡发现他不见了会急疯。他的担心是有道理的,妈妈太爱他了,他要是在这个夜里出点什么事儿,他妈妈肯定是活不下去的。

他试图让自己在公共电话亭给妈妈打个电话,但他又下不了决心。因为,只要一拨通妈妈的电话,妈妈肯定要让他回家,那样,他的计划就落空了。

很巧合的是,在一个酒店门口,余戈碰到了罗锐。

“余戈,是你!”罗锐有些兴奋。

“班长,是你!”余戈别提多高兴了。

罗锐问:“余戈,你出来干吗?”

余戈说:“随便走走。”

余戈不想让罗锐知道自己心中的秘密。余戈反问罗锐:“班长,你出来干吗?”

罗锐轻描淡写地说:“随便走走。”

余戈不相信,就像罗锐也不相信余戈的话一样。余戈不知道,罗锐也是来寻找宋飞杨的;他不知道,罗锐心中的感觉和他一样,只不过,罗锐早就开始行动了,他也要弄个水落石出。罗锐也知道了宋飞杨的家庭状况,不过,不是邱国强老师告诉他的,而是他自己通过调查得出的结论。

他们谁也没说破心中的秘密。

那个晚上,他们一无所获。

余戈回到家里后,发现妈妈不在家,车库里的车也不见了。余戈知道,妈妈肯定开着车满大街去找自己了。余戈猜得没错。余丽娜洗完澡,一出来就发现余戈不见了。她心想,不好!她就四处打电话,所有亲朋好友家的电话都打过了,仍然没有找到余戈。她呆了,她突然想起了出走美国的丈夫,心里悲伤极了。儿子会不会也突然出走,再也不回来了呢?她吓坏了,于是就开着车,四处寻找儿子余戈。

余戈心里“怦怦”跳着,他有一种莫名的感觉,就像一个诚实的孩子突然说了谎,心里怪难受的。晚上,他和罗锐一起借着“随便走走”的理由去寻找宋飞杨,但他们找了很多地方都没有见到宋飞杨的踪影。他们都很懊丧,看时间实在太晚了,才打道回府。他们俩临分别时,都心照不宣地问:“明天晚上还随便走走吗?”回答是肯定的。

但现在,余戈有些害怕,妈妈明天晚上是绝对不会再让他出去“随便走走”的。

等了许久,妈妈还没有回来。

他坐在沙发上,两眼的上眼皮和下眼皮就打起了架,他想放一个打斗的碟片来看,也没有精神了。不一会儿,他就躺在沙发上睡着了,他实在太累了。

余戈是在嘤嘤的哭声中醒来的。

他看见妈妈坐在他的面前哭泣。他不知如何是好。

妈妈擦了擦眼泪,说:“孩子,你吓死妈妈了,你究竟到哪里去了?”

余戈心里难过极了。

他想,自己应该给妈妈打一个电话的,不应该让妈妈担惊受怕。

他帮妈妈擦去了泪水。

他原来想,妈妈肯定会大发脾气的,但妈妈没有,而是在哭泣,这比发脾气更让余戈害怕和伤心。

他不知怎样安慰妈妈。

他只是说:“妈妈,假如您的一个顶要好顶要好的朋友有了困难,需要帮助,您会不会去无条件地帮助他呢?”

余丽娜看着儿子,不知如何回答。她知道,儿子真的长大了。

14

初二(3)班的同学们都用一种异样的眼光看着背着书包无精打采走进教室的宋飞杨。余戈不明白为什么同学们会用那种目光看着宋飞杨。而且,这天宋飞杨打瞌睡也没有同学笑话她了,坐在她前面位置的杜小珊还用身体不停地挡住老师的视线,不让老师发现宋飞杨打瞌睡。自习课的时候,罗锐、杜小珊他们还主动为宋飞杨补课,这让余戈丈二和尚摸不着头脑了。

但余戈还是知道了事情的真相。

原来,罗锐泄露了邱老师不让余戈告诉别人的那个秘密,同学们都是富有同情心的。

罗锐不知道余戈早就知道了一切,他找到余戈,表情严肃而且认真地告诉了余戈关于宋飞杨的情况,然后对余戈说:“我们准备在班里发起一次秘密的爱心行动,给宋飞杨捐款,有多少捐多少。余戈,你加入我们的行动吗?”

余戈心想,自己怎么那么笨呢?怎么就没有想到这个问题呢?他马上说:“我愿意。”

“好!”罗锐在余戈的肩膀上拍了一下。

那天中午,余戈回到家里,把平常积攒起来的500多元零花钱全拿了出来。妈妈看他在数钱,觉得很奇怪,走过去问他:“孩子,你在干什么?”余戈赶紧把钱藏了起来。妈妈笑了:“孩子,妈妈又不抢你的钱,如果你需要,妈妈并不是小气鬼。”是的,虽然妈妈可以在那可怜的老大爷面前接过那一把皱巴巴的碎钱,但只要余戈喜欢什么,她会毫不犹豫地掏腰包的,这一点,余戈相信。

余戈涨红了脸,他有他的秘密,不愿意告诉妈妈的秘密,那就是当下很流行的“隐私”吧。据说,21世纪是个充分尊重个人隐私的世纪。他对妈妈说:“我不想告诉您,行吗?”

妈妈点了点头。

她很尊重余戈。尽管她越来越感觉到儿子的变化,但她还是了解自己的儿子的。她就没有再追问。

15

宋飞杨咬着嘴唇儿,那瘦削的脸上红红的,像两朵被朝霞染红的云。爱打瞌睡的宋飞杨已经很久没有这样的脸色了。在余戈他们的想象中,他们在“爱心行动”中捐出的钱可以使宋飞杨不再打瞌睡了,但这只是他们美好的愿望。

罗锐把钱收好之后,一数,有5000多元呢!在这个海滨城市里,有钱人家还是比较多的。所以呢,同学们的零花钱也相比之下要多些。罗锐把那5000多元钱装进了一个大信封,乘宋飞杨不注意的时候,悄悄地放进了她的书包。

宋飞杨发现了信封中的钱之后,脸上才飞起两朵红云的。

她拿起那装有钱的信封,跑出了教室,朝邱国强老师的办公室跑去。

罗锐不明白她为什么要去找邱老师。

余戈也不明白。

杜小珊也不明白。

同学们都不明白。

不一会,脸上依旧有两朵红云的宋飞杨回来了,她手中的信封不见了。

奇怪的是,这个上午宋飞杨竟没有打瞌睡。从此以后,她再也没有打瞌睡,只是越来越瘦了。

邱老师来了。

邱老师还是像往常一样夹着讲义,很平静地走上讲台。与往常不同的是,他的手里拿着一个信封,信封鼓鼓的。罗锐一眼就瞧出来了,那就是装钱的那个信封,一点都没错。

余戈的心同样也悬着。

他弄不懂宋飞杨为什么要把信封交给邱老师。

直到这节课快上完了,还剩 10 分钟左右时,邱老师才结束了讲课。他看着同学们,脸上还是微笑着,不过,他眼中闪烁着金属般的光泽,让人着迷,让人觉得可以信赖。余戈很喜欢邱老师的这种目光,他被这种目光深深地吸引着,吸引着。那目光有种征服余戈的力量,强大而且容易接近。

邱老师微笑着拿起了放在一旁的那个装有 5000 多元钱的信封,举起来,说:"同学们也许都明白这是什么。是的,我忽略了一个问题,那就是同学们的爱心,我没有想到同学们会对一位困难的同学伸出援助之手。我以为社会上那种嫌贫爱富的风气会流传到学校里来,所以,我犯了个错误,我承认,我太不了解我的可爱的学生们了。我原以为,把一位困难同学的秘密包藏起来是正确的,可以让这位同学免受心灵上的伤害，看来，我错了。这信封里装着5000多元钱，这对家庭富裕的同学来说的确算不了什么，但对于贫困的家庭，这无疑是久旱的甘霖，是一笔不小的财富。有些人挥金如土，不把钱当钱，但有的人，却把1分钱当作100元钱用，这是一种差异。如今，这凝聚着同学们爱心的5000多元钱就在我的手中。当那位有困难的同学把它交到我手上的时候，我吃了一惊。这些日子以来，我一直在寻求帮助这位同学的方法，比如说服学校免去这位同学的一切费用，找有关部门给她的家庭发放救济金……但这是多么的不易。现在，同学们自发地把自己的钱捐献出来，我很感动。在此，我代表这位同学向同学们表示感谢。我也加入同学们的行列，为这位同学捐献500元钱。”说完，他从口袋里掏出500元钱放进了信封。

这时，宋飞杨已泪流满面。

她站起来，激动地说：“老师，我不能收这些钱，不能。我相信困难会过去的，真的。我不要这些钱，我有一双手，我想我会帮助家庭渡过难关的！我发誓，我以后再不打瞌睡了。”

邱老师走下讲台，来到宋飞杨面前：“飞杨，收下吧，这是同学们的一片爱心。”

宋飞杨接过那钱，不知如何是好，只是泪流满面。

邱老师走回讲台，继续说：“不过，以后，同学们不要再搞捐钱的事了，因为你们还没有到自食其力的时候，我不主张这样，只要大家爱护关心自己的同学就足够了。”

余戈的心沉浸在一种美好的氛围之中，这种美好的氛围让他心中平添了几分勇气，他第一次领略了“爱心”的含义。

只要心中有爱，无私而纯洁的爱，有什么是不能战胜的呢？

这时，下课铃响了。

16

这天,下着小雨。

余戈一回到家,妈妈就让余戈去冲个澡换一身衣服。余戈没来得及去洗澡,就发现家里多了一个人,是一个眼睛大大的比他年龄大不了多少的乡下女孩。余戈看着她,很陌生的感觉,因为在这海滨城市四周的乡村里,见不到这样纯朴的女孩了。乡村城市化是这个开放地区的特点,城市、乡村的孩子们穿着一样鲜亮的衣服。这女孩很显然是从很远的内地山区来这里打工的。

妈妈看儿子不解的样子,连忙介绍道:"小戈,这是杏花。杏花,这就是我儿子小戈。"

余戈用疑惑的目光看着妈妈,那目光在问:这是为什么?

妈妈似乎明白了儿子的疑问,马上笑着说:"小戈,妈妈以后会很忙,我想让杏花来咱家,帮忙烧饭、打扫卫生什么的。你也长大了,妈妈也不能在家一直陪着你了,妈妈有妈妈的事要做,你说行吗?"

余戈不置可否。

妈妈也变了?

是因为自己变了,妈妈才变的吗?

余戈有许多问题一股脑儿地涌上脑海。

反正,他觉得自己在渐渐长大,心就像一只鸟儿,在高远的天空飞呀飞。

果然,在杏花来到家里的第三天,妈妈就出远门去了,她说,她要到一个地方去谈生意,要过几天才能回来。临走前,妈妈把一张存折交到儿子手中,让他支配家里的开支。妈妈似乎是放心走的。余戈觉得妈妈的情绪有些异样。

妈妈走了之后,余戈觉得自己是个真正的大人了,他的心变得自由自在了。

让余戈心里有一丝不快的，就是杏花。

他并不讨厌杏花，也不因为杏花是大山里出来的女孩歧视她。那他为什么不快呢？因为他不忍心让杏花在他家里做牛做马。他想，她应该回去念书才对。

在一个晚上，他和杏花面对面坐着。他问了杏花许多问题。杏花低着头，用手捏着自己的衣角，余戈问一个问题，她就回答一个问题。余戈觉得自己像是在审问人家。从她的回答中，余戈了解到杏花初中毕业后，就和村里的人一起到这个城市打工了，她去过工厂，干过酒店的服务员。她本想挣点钱后再回去上学的，但她家里很穷，靠她在外面挣钱接济，所以，她的上学梦一直没能实现。

余戈沉思了良久，然后对她说："杏花，你明天就走吧，我给你 2000 元钱，你回去上学，以后，我每年让妈妈寄 2000 元给你上学用，行吗？"

杏花还是低着头，她说："你瞧不起我。"

余戈说："我没有瞧不起你，我真的想帮你。你还是回去吧，家里的一切我会干的。"

杏花说："你在赶我走？"

余戈说："我没有赶你走，真的。"

杏花说："你是在赶我走，你嫌我烧的菜不好吃！"

余戈什么话也说不出来了，他不知自己哪里伤害了杏花。

杏花突然站起来，走进了她的卧室。不一会儿，她拎着一个包，气呼呼地走了出来，打开门，走了。

余戈追出去。

杏花头也不回地走了。

余戈心里莫名地升起了一种悲哀。他不知自己做错了什么。

杏花走后，就再也没回来。

余戈什么事情都要自己干了。

17

学校里组织演讲比赛，余戈参加了比赛。演讲之前，他心里紧张极了。他不知道自己能不能行，但邱老师和同学们一直鼓励他。最终，他的以“青春的梦想”为题的演讲一举夺得了全校第一名。

他在学校里又声名鹊起了。

但这一回是好名声，不是“胆小鬼”的坏名声。

余戈挺高兴的，于是他准备在家里搞个聚会。

那是个周末，初二(3)班的同学们聚在余戈家里，又唱又跳的，闹了个天翻地覆，余戈从来没有这么高兴过。让余戈觉得美中不足的是宋飞杨没有来。

同学们走了之后，余戈心里惦记着宋飞杨。罗锐没有走，他似乎有话要跟余戈说。果然，罗锐对余戈说了一件事。他说，他发现了宋飞杨的一个秘密，那就是，宋飞杨每天晚上都到一家酒店打工，在那里洗盘子。余戈睁大了眼睛。

“你说， 个女孩每天深夜回家不安全吧？”罗锐说。

余戈点了点头。

其实，罗锐自从那天发现了宋飞杨的秘密之后，每天晚上都悄悄地护送宋飞杨回家。余戈一听，马上表态，要和罗锐一起护送宋飞杨回家。

晚上11点钟，他俩就骑车来到了“侨兴酒店”的门口，在一个阴暗处等待宋飞杨出来。11点30分左右，果然，宋飞杨出来了，她单薄的身子在秋风中显得那么的瘦弱。她骑着自行车往回赶，他们就跟在她的后面。等宋飞杨进了家门，他们才各自回家。

在从前，这么晚了，余戈怎么也不敢一个人骑车回家。当然，现在他也有些怕，特别是在一些偏僻的街区。因为这个城市的许多案件都发生在这些偏僻的街区，比如抢劫什么的。余戈不知是怎么穿过那些街区的，但有了第一次，第二次他就不害怕了。

他和罗锐便一直守着那个秘密。

18

余戈怎么也没想到自己会成为英雄，一个少年英雄。他的名声超出了学校的范畴，在社会上广为传扬。起初，杜小珊并不相信余戈会成为少年英雄，她会撇撇嘴对你说："余戈从前可是个胆小鬼！"不过，那只是从前而已，从前的故事可多咧，可那毕竟是从前。杜小珊不得不服，余戈真的成了一名少年英雄。那么，他是怎样成为英雄的呢？

19

妈妈离开好几天了，余戈还真想念妈妈。

他站在客厅的一幅大照片底下，痴痴地看着妈妈。他曾建议妈妈把她和爸爸的合影放大一张挂在墙上，妈妈答应了他，但到现在也没有落实。

他突然想给妈妈打个电话，告诉她自己很想她，告诉她杏花走了，告诉她自己老把饭烧糊，炒的菜不是咸就是淡，一点味儿都没有，告诉她最近心里有点烦，尽管获了全校演讲比赛的第一名。

可当他一拨通妈妈的手机，想好的话儿一股脑儿地都忘了。他只有听的份儿，是的，只要妈妈给他打电话，或者他给妈妈打电话，都是妈妈在说话，没完没了的叮咛，没完没了的呵护，没完没了的亲昵，他根本就插不上嘴，最后妈妈那头挂电话了，他还拿着电话痴痴地想，妈妈怎么越来越唠叨了。

妈妈这次外出，说是去谈生意，但余戈总是觉得妈妈在搞什么地下活动，因为她在电话中的口气和往常是不同的，而且，每次打电话，她旁边总有一个男人在说话。

余戈是个懂事的孩子。

他心里其实一直希望妈妈给他找一个父亲，一个家庭，没有父亲是不完整的。他希望有一个年长的男人关怀他，教他怎样去见世面，去经风雨。他曾经想，要是邱国强老师能成为自己的爸爸，那该有多好，可邱老师是有家室的人。

自从余戈听妈妈讲了他的亲生父亲的事情之后，他在梦中都盼望爸爸能够在某一天突然出现在他的面前，和他们一起生活。如果那样，他该多幸福啊。可他的梦想迟迟不能变为现实。

这个晚上，又是周末。

在罗锐没有来之前，他想做一件事情。这也是他心底的秘密，或者叫作“隐私”吧。在妈妈告诉他爸爸的事的那个晚上，他就写了一篇充满感情的短文，那篇短文的题目是《寻找爸爸》。

这篇短文被余戈挂在了他的个人网页上，他希望爸爸能看到这篇短文。余戈喜欢玩电脑，妈妈就给他买了电脑，还联上了网。这一点，他很感激妈妈。

他在那篇短文中说：“爸爸，我知道您在美国，也许您现在成了声名卓著的画家，也许您一事无成、穷困潦倒。无论怎样，我都不会怪您，不会恨您。我要告诉您的是，我和妈妈余丽娜都很想念您，希望您能回家，因为，这才是您真正的家。如果您看到这篇短文，无论如何，也要来个信。好吗？爸爸！”

他每天晚上，都要打开电脑，看看有没有从远方发来的电子邮件。今夜，还是没有，他很失望。还真有点烦。不过，再烦，也得把作业做完哪。于是，他关了机，开始做作业。他知道到了11点，罗锐会准时在他家门外等他的。

果然，到了11点，罗锐按响了门铃。

余戈兴冲冲地出了家门,骑上自行车,往“侨兴酒店”而去。

“余戈,明天是星期天,我想把宋飞杨叫到你家来。”罗锐说。夜里的风凉,罗锐的话音有些颤抖。

“干什么?”余戈反问道。

“我们一起帮她复习功课。”罗锐大声说。

“这太好啦,就这样说定了。明天中午,我请客,请你们吃麦当劳。”余戈也大声说,那声音里透出一股子豪气。

罗锐觉得,余戈真的变了。

他们来到“侨兴酒店”门口,像往日一样躲在一个阴暗的地方,等着宋飞杨出来。不一会儿,宋飞杨瘦弱的身影便出现在他们的眼帘之中。宋飞杨没有到酒店外面的车棚里取自行车,而是朝他们藏身的地方走过来。罗锐和余戈赶紧躲到一个角落里。宋飞杨不一会儿就出现在他们面前。他们听到了宋飞杨柔软的声音:“你们出来吧,别躲了。”

罗锐和余戈像俘虏一样乖乖地走出来,站在明亮的街灯下。

宋飞杨微微地笑了。

罗锐和余戈也笑了,不过,笑得有点儿别扭,因为跟踪一个女同学,无论出于什么动机,总是有些说不过去的。罗锐说:“我们——”

宋飞杨打断了罗锐的话:“你们别解释了,其实,我知道你们这些天,一直在送我回家。我很感激你们,真的,我很感激你们。今天,我要郑重地向你们宣布一件事:明天晚上起,你们不用再陪我熬夜了。”

“为什么?”罗锐和余戈异口同声地问。

宋飞杨瘦削的脸蛋儿在街灯下如一朵花儿自然美丽地绽放:“我也不用再来洗盘子了,我要好好读书了。”

“为什么?”他们又异口同声地问。

“因为,我家的困难解决了。我妈重新找到了工作,政府还给了我爸生活和医疗补助。”宋飞杨轻轻地说。

“太好啦!”

“太好啦!”

罗锐和余戈兴奋得跳了起来！

这当然是让人兴奋的好消息。他们不知道这全是他们的班主任邱国强老师四处奔走的结果。

一路的欢歌笑语。

他们一路欢歌笑语送宋飞杨回了家。

按理说，故事到了这里就可以圆满结束了，但余戈还没有成为英雄呀。

余戈和罗锐分手之后，余戈就独自骑车回家。在那个偏僻的地方，事情发生了变化。

余戈正兴冲冲地往家里赶。骑车骑到这偏僻无人的地方时，余戈总是骑得飞快。他正加速前进，突然听到了一声呼救："救人啊——"那声音如梦如幻，接着便归于寂静。余戈心里涌起一股恐惧，他不能不恐惧，他想飞快地回家。但骑出一段后，他又鬼使神差地折了回来。他停好自行车，心里"扑通""扑通"地跳着。他朝呼救声发出的地方寻找过去。那是一处废弃的工厂。工厂里乱七八糟地堆放着一些破车和工具，野草丛生。每次经过这里时，余戈就会觉得这里会有什么事发生。他大声喊："有人吗？"

没有回音。

他恐惧极了，他想悄悄地溜走，但内心的一种东西在鼓荡着他少年的心，让他战胜恐惧。他捡起了一根木棍，往杂草丛生的地方摸过去。这里面没有灯，好在有月亮，月亮朦胧的光华让余戈能隐隐约约地看清一些东西。

他又大声喊："有人吗？"

还是没有回音。

他扔掉了木棍，想跑出这阴森可怕的城市的死角。就在这时，他听到"当"的一声。他又捡起木棍，朝声音发出的地方寻找过去。在一辆破车后面的杂草丛中，他看到了一个人。那是个女人，她的双手被反绑着，嘴巴里塞着丝袜，她身上的衣服被撕破了，那"当"的一声就是她用双脚踢那破车发出的声音。

“是你!”余戈借着月色,发现那女人原来就是从他家里愤然离去的杏花,他一把扯掉了她口中的丝袜。

杏花也发现了他:“余戈。”

余戈把杏花扶起来,正想给她松绑,杏花说:“余戈,你快走! 有色狼,他有刀。”

余戈心中一惊,他着实害怕极了,但他还是继续给她松绑。

“余戈,小心背后。”杏花大声喊。

余戈本能地一回头,发现一个高大的黑影正朝他移动过来。他操起那条木棍,和那高大的黑影对峙着。那黑影似乎发现了余戈双手紧握着的那条木棍,便停住了脚步。那家伙手上果然有一把寒光闪闪的匕首。

“杏花,你快走,快去报警!”

余戈不知从哪里来的力气,大声喊道。其实,他的心在颤抖,他只是在电影电视中见过这样的场面,没想到,他成了电影电视中那种恐怖场面的主角了。杏花站起来,跌跌撞撞地跑了。

那黑影怪叫一声,朝余戈扑过来,口里骂道:“哪里冒出来的小兔崽子,敢坏老子的好事!”

余戈大叫一声,使尽吃奶的力气,抡起木棍,朝那家伙头上狠狠地劈了下去。只听见“咔嚓”一声,木棍断了。那家伙晃了晃,好像丝毫也没有受伤,他狂笑起来。余戈知道杏花跑出去了,便转身逃跑。

他没跑出几步,就被那家伙抓住了。

那家伙凶残地举起了匕首,朝余戈身上猛刺……

20

余戈做了个飞翔的梦。

他发现自己的身体在飞升,往蔚蓝的天空中疾速地飞升。他看到身体底下的陆地上站着许多人，有妈妈，有邱老师，有杜小珊，有宋飞杨，有罗锐，有杏花……对了，还有一个身材高大，眼中闪烁着火一样光芒的男人，那该是爸爸吧。他们目送着他往蔚蓝的天空中无拘无束地飞升，他们好像在哭。他们为什么哭？为什么流泪？余戈弄不明白。他朝他们喊，可无论他怎么喊，他们就是听不见。他还看到了杜小珊的爸爸，是的，杜小珊的爸爸驾着银色的战机在他身下的天空像一艘游弋的橡皮艇。杜小珊的爸爸想追上他，可怎么也追不上……余戈在飞翔，好宽广的天空，他都摸到那丝丝缕缕的云彩了……

余戈醒过来时，闻到了一股浓烈的来苏水的气味。他看到了白色的天花板。他听到有人说："小英雄醒了。"

英雄？谁是英雄？余戈想。他想挣扎，可怎么也动不了。

接着，他看到了妈妈焦灼的脸，还有邱老师、杜小珊、宋飞杨、罗锐、杏花等好多好多人的脸，他笑了。

他想伸出手，和妈妈相握。

可他的手僵着。

接着，他在那些脸中找爸爸那张脸，他没有找到，两行泪淌了下来。妈妈伏在他的耳边，对他说："孩子，我知道你心里此刻在想谁，是想爸爸吧？他，他给你发来电子邮件了，他说，他爱你，也爱妈妈……"

余戈含着泪笑了。

所有的人都含着泪笑了。

世界其实挺美好的，真的！

普罗阿修和黑骏马

这是一个发生在公元2060年的故事……

戈剑没有死

1

戈剑感觉到亚热带森林里有某种东西在游动，夹带着一股凉飕飕的风。他在草丛里和衣而卧，凝神敛气，等待着那种东西的到来。

黑骏马卧在戈剑身旁。

黑骏马低语："这是一条蛇，被当地人称为乌梢的蛇，它的进攻性和致人死命的毒性在这片森林里首屈一指。"

戈剑没有吭气，他知道黑骏马说的是实话，聪明的黑骏马从没有骗过他。他十分清楚自己置身于危险之中了，只要稍有疏忽，他就会被乌梢蛇咬中，走不到七步就会丧命。

这是月色如银的夏夜。

影影绰绰的大树和小树。

各种昆虫的叫唤和鸣唱。

夜鸟惊飞的扑棱声。

空气中流动着夜来香的味道儿。

黑骏马又说："戈剑，你要小心，乌梢蛇离你只有 10 米远了，如果你对付不了，我就消灭它。"

黑骏马眼中发出两道红光。

戈剑伸手摸了摸黑骏马的头，示意黑骏马不要冲动。他很了解神奇的黑骏马，只要黑骏马眼中的红光喷射而出，顽石也会焚化成灰，何况肉身的乌梢蛇。

黑骏马很听话，眼中的红光熄灭了。但黑骏马的心顿时紧张起来，戈剑清晰地听到黑骏马"咚咚"的心跳。

侧身望去，戈剑看到两点绿莹莹的光朝自己飞快地掠过来。

乌梢蛇终于临近。

乌梢蛇离戈剑只有 1 公尺的时候，戈剑一跃而起，他伸出快如闪电的手，抓住了蛇的七寸。说时迟、那时快，蛇一扭头，狠狠地在戈剑的手腕上咬了一口。一阵剧痛，戈剑的手一松，乌梢蛇落在草地上，急速游走。

黑骏马一跃而起。

可是晚了，黑骏马没能让主人戈剑躲过乌梢蛇那致命的一口。

黑骏马急切地对戈剑说："你不能动，按当地人的说法，你只要走七步，就会命归黄泉。"

说完，黑骏马呜呜地哭了。

戈剑呆立在草地上，一动不动。天上那轮明月对戈剑熟视无睹。

黑骏马对蛇毒束手无策。它要能治蛇毒，狗也会上树。

戈剑对心爱的黑骏马说："黑色闪电，别哭，你快去附近的村里找人来救我。"戈剑早已把自己的胳膊用布条绑起来了，以免蛇毒扩散。但他的半截胳膊已经肿了起来。他疼痛无比，额头冒出了豆大的汗珠。

黑骏马深情地注视了戈剑一眼，交代他站着千万别动，然后如黑色的闪电飞掠而去，转眼消失在森林的夜色之中。戈剑坚信黑骏马一定会找人来救他。

2

戈剑不会倒下。

他不会死，因为他是个勇敢的少年。

戈剑从13岁起就开始独自一人利用寒假和暑假去造访名山、大川、江河、湖泊、荒漠、森林了。他唯一的伙伴就是那匹被他称为黑色闪电的黑骏马。他发誓要在成年之前走遍天涯搜集地球上生态和地貌的第一手资料。戈剑是个有抱负的中学生，他不喜欢躺在安乐窝里幻想，不喜欢让父母为他织好一个梦，不喜欢沿着别人安排好的道路顺利前进。他有自己向上的台阶。他学习成绩优异。他不但想当一名当代的徐霞客，而且还想做一个环境保护的专家。

戈剑讨厌现代都市的污染和喧嚣。

他向往自然的天空、明丽的阳光、雨水充足的森林、清澈的河流、自由自在飞翔的鸟儿以及自然界一切原来的状态。

所以，在这个暑假，他和他的黑骏马，来到了这片亚热带森林。

这片亚热带森林已经成为地球上为数不多的森林之一了。人类在发展进程中的无度砍伐，把地球母亲的皮肤弄得伤痕累累。

戈剑不敢想象未来世界会变成什么样。他想，他是地球的一分子，他有权利保护地球，保护人类赖以生存的自然环境。

3

戈剑，你不能倒下。

戈剑对自己说。

他被蛇咬伤的手已经麻木了。黑骏马怎么还没回来？它不会迷路了吧？

在这月光如银的森林之夜，戈剑希望自己活下来。生命是宝贵的。戈剑并不怕死，对死亡的认识他很早就有过。

那是在他穿越罗布泊的时候。

神秘的罗布泊让他心动。

他知道一百多年前的科学家彭加木等在罗布泊神秘失踪,当代的科学家鲁贝特也在罗布泊不知去向。据说,罗布泊有个神秘的极点,这个极点没有一点可以考证的痕迹,但是人一旦在某个时候踏入这个极点,可怕的事情就发生了——人不翼而飞,留下的只是千古的沉寂。

那时戈剑只有 15 岁,15 岁的戈剑决定独自走向罗布泊是下了决心的。他没有告诉父母他要去罗布泊。当他看到《新科学报》上鲁贝特失踪的消息之后,他的心响过一阵激越的鼓声,他要去探寻罗布泊的奥秘。虽然困难重重,但是早熟的他是不畏艰难的,他觉得自己早就成为一个地道的男子汉了。他 15 岁就有 1.75 米高的身材,壮实而富有朝气,他略带稚气的眉宇间充满一股阳刚之气。

戈剑,你无所不能,你应该把自己锻炼成地球的超人,精神的超人。戈剑带着这种思想在他 15 岁的那个暑假,独自走向那个高原湖泊——罗布泊。

他从阿拉干进入了阿拉干大沙漠。

他骑着从阿拉干租来的大骆驼穿越了阿拉干沙漠,抵达楼兰遗址。在古楼兰的废墟上,戈剑的目光凝重而灿烂,他发现如火的阳光在那泥墙上照出了历史的皱纹,他看到人类生存和毁灭的区别。

在古楼兰遗址,还可以看到疲惫而热情的游人。一进入罗布泊湖区的沼泽,戈剑就孤身一人了。他看不到飞鸟和有生命的东西。他在寻找他要找到的那个极点。

黑夜降临了。

罗布泊湖边的一块沙地上,戈剑正准备休息。他躺在简易帐篷里,回想着一路的饥渴和劳顿。他已经顺利进入了罗布泊,但能不能安全地走出去,能不能带着解开的疑窦安全地回到大上海的家中,还需要时间证实。

其实,罗布泊的夜晚是迷人的。

偌大的盐湖在皎洁的月光下像一面巨大的镜子,白白的,亮亮的。

戈剑躺了一会,便来到湖边散步。

无论怎样,戈剑还是个15岁的少年。

在这寂静的夜晚,空荡荡的湖面吹来阴冷的风,他觉得有些冷,尽管他穿上了御寒的衣服。

他孤独极了。

他也会想家。可慈爱的父母离他很遥远,温暖的家离他很遥远。

静得可怕。

或许有许多鬼魂或神秘的陷阱正在慢慢地向戈剑逼近。戈剑心里在打鼓,他在莫名的战栗中鼓励自己:戈剑,你是地球的超人,你无所畏惧。

戈剑无处躲藏。

他想躲进简易帐篷里睡觉,他知道睡眠更容易接近天亮,更容易躲避恐惧,但他无法安宁。

在过去的漫长岁月里,人类一直在探寻着自然的奥秘。虽然说人类对一些神秘现象有了初步的认识,但远远解答不了诸多问题。比如说关于"火星人"的问题。人类只是用幻想来解答这个问题。直到2030年,美国人登上了火星,才揭开火星的谜。

火星是地球轨道之外的第一颗荧荧如火的行星,我国古代称之为"荧惑"。这位地球的近邻和地球有许多相似之处。

其一,火星和地球一样有大气,只是非常稀薄,大气压只及地球的1/200。大气里的主要成分是二氧化碳,另外有少量氮、氩、氢、氧等。

其二,火星是一个固态的行星,比地球稍小,自转一周是24小时37分钟。它的一天比地球上的一天只长41分钟,它的平均直径为地球平均直径的一半。

其三,火星和地球一样有四季变化,有极冠。

地球赤道与公转轨道的夹角是23°26′,此角度决定了地球从南到北分成五大带:南寒带、南温带、热带、北温带、北寒带。而火星的这个相应角度是24°,所以,火星上也有类似于地球上的"带"和相应的季节变换。只不过地球上的季节比火星上的季节短。

火星的两极覆盖着皑皑的白色物——极冠。这是由冰块组成的。它冬天增大,夏季消融缩小,这说明火星上有大量的水。地球的南北极也有大量的冰块,站在地球外看,也是两顶大极冠。冰块也是随季节的转换而增大或缩小。只不过火星离太阳比地球离太阳远,它的永冻层比地球上的更大、更厚罢了。

正因为火星与地球有许多相似之处,在历史上,有许多关于"火星人"的传说:火星上有着极聪明的人类,他们具有高超的技术;他们制造了大炮,开凿了运河,建造了巨大的引水工程,开垦了广大的农田。

甚至有人认为,火星上的卫星是火星上的高级文明人制造的"人造卫星"。这些传说使火星更加神秘了。

2030 年,美国人终于登上了火星。

美国人带回来的资料表明:火星上遍地荒凉,全是赤红色的不毛之地。火星上没有任何生命迹象,没有运河,更没有"火星人"。

那么人们传说中的运河、"火星人"是怎么回事呢?

1877 年,意大利米兰的天文学家斯基亚巴雷里通过望远镜观测火星时,发现火星的表面有一些网状条纹,他称之为"水道"。后来,人们将之误传为运河,并认为那是火星"人类"的劳动成果。另外,1976 年,"海盗"号宇宙飞船拜访火星时,虽没有找到"火星人",但意外地带回了"火星人的脸"的照片。照片上的"人"有着高高的额头、大大的眼睛、不算太高的鼻子、小巧的嘴巴、尖尖的下巴,立体感颇强,看上去好像在俯瞰什么。这就有了"运河"和"火星人"之说。

不过,登上火星的美国人说,所谓的火星运河只不过是一些峡谷裂缝。

就拿火星上的水手谷来说吧。水手谷由一系列天然峡谷所组成,峡谷绵延达 5000 公里,深约 6 公里,厚约 500 公里。峡谷十分陡峭,它比我们所熟知的长江三峡长 24 倍多。从地球上看去,它就像一条雄伟壮观的运河。火星上没有运河是事实,但它曾经有过大量的水也是事实。因为火星上有许多干涸了的河床,河床弯弯曲曲,纵横交错。假如水注满了这些河床,火星上是不是也有著名的大河,有白茫茫的水域?可惜的是,今天的火星上没有水。大地一片红褐色,大部分是沙漠。粉红色和橘黄色的天空笼罩着大地。当老天爷发脾气时,大风暴就会连刮半年,席卷整个火星表面。

登上火星的美国人还证实:火星上根本没有"人"的痕迹,更找不到"火星人"的"脸"。

……

戈剑想起火星,心里就一阵悸痛。

他想火星上原本是有人的,但因为自然环境被破坏,什么都消亡了,留下的只是现在的火星。他想到了地球,我们赖以生存的地球。面对罗布泊,戈剑沉默了。

罗布泊的水越来越浅。

孔雀河总有一天会干涸。

如果人类不保护自然,那么地球人会自取灭亡,地球总有一天会变成火星。这不是危言耸听,地球上许多有良知的人在呐喊。

戈剑的眼有点潮湿,他应该是个硬汉,但他的心地是善良的,他每时每刻都在为地球母亲担忧。

就在这时,他听到了一种响声,像来自远天的沉雷。

那雷声越来越近,变成机器般的轰鸣。

罗布泊的天空像是被一个巨大的黑锅盖住了,空气变得稀薄。戈剑在艰难的喘息中找不到天空中那轮皓月了。

他的双眼什么也看不到了,一片漆黑。

他是不是站在极点上了?

他又惊恐又惊喜。惊恐的是,他害怕自己被这令人窒息的黑暗扼杀;惊喜的是,他的大脑已经开始准确地记录这种神秘现象的产生过程了。只要他能回到上海,他会向世人揭开一个千古之谜。

可他对眼前的境地束手无策。

紧接着，机器的轰鸣声停止了。

他突然看到天空中出现一点亮光，橘红色的亮光。那亮光在一股灼热的气流中慢慢地扩大，随即，偌大的一片天空变成了橘红色。橘红色的光罩住了罗布泊。

盐湖罗布泊的水顿时翻滚起来，如一锅烧开的水，越滚越烈。水的响声充满了罗布泊的四周。

戈剑惊呆了。

这奇异的景象不能不让他吃惊。他无法按捺住激动的心情，顿时手舞足蹈起来。他跑回简易帐篷拿出微型摄像机和照相机，拼命地拍摄。

戈剑突然感到全身不适，伴随着一种触电式的感觉。随即，他的身体垂直上升。他顿时吓坏了。

他大声叫道："是谁，赶快现身。放我落地。"

除了罗布泊滚烫的水声，没有人回答戈剑。

天和地之间的距离在渐渐地缩小，戈剑的身体越升越快，眼看将要接近天空中最亮的光源了。这时，天和地剧烈地颤抖了两下，红光渐渐减弱，水声也渐渐减弱。机器的轰鸣声又出现了，由近而远。戈剑上升的身体停了片刻之后，急速下降，从半空中摔了下来。

他大喊了一声什么，然后就失去了知觉。

他醒来时，发现自己被什么东西驮着往一个方向飞行。

他惊讶极了，驮着他的是一匹黑色的马。

这黑色的马会飞，而且有两个黑色的翅膀，他像是进入了一个童话的世界。

他被黑色的飞马驮着离开了罗布泊的天空。他怎么也不敢相信，但这的确是个事实。

4

戈剑没有死。

他怎么会死呢？在罗布泊的神奇之夜，他不但没有失踪，而且还获得了一匹会飞的马。他注定是死不了的,在这亚热带的森林里。

拂晓的时候,他站立不住,倒在了清新的带着露水的草地里。森林里的百鸟已经开始歌唱,但是,戈剑听不清森林之歌了,他昏迷过去。

他在一个离奇古怪的梦中醒来。他听到黑骏马一声欣喜的长嘶,那声音亲切而熟悉。虽然黑骏马从罗布泊之夜到现在和他相识不到两年,但他觉得黑骏马已经和他在一起十多年了,十多年的老朋友的那份相知、那份情感是可想而知的。

他一激灵,从草地上一跃而起,叫了声:“你好,黑色闪电。”

他想抱住黑骏马的脖子亲昵一番,可是他看到黑骏马的旁边站着一个奇怪的女孩。他好像在某个梦中见过这个奇怪的女孩,但他怎么也记不起来了。

这是一个年龄和戈剑相仿的女孩。

这实在是个奇怪的女孩。

这么热的天,女孩穿的竟是密不透风的银白色的皮衣皮裤,还有一双银白色的皮靴子,头上还戴着银白色的皮帽子。她胸前的皮衣上画着一个毫无规则的橘红色的几何图案,像是三角形,又像是矩形。

女孩两腿修长,身材高挑而健美,像一棵挺拔的小桉树。

女孩的双眸是幽蓝的,深海的那种颜色;她的肤色是橘红色的,鲜嫩可人;她的鼻梁挺拔而秀美;她的那张略圆的脸蛋让戈剑想到上海玩具商场的洋娃娃。

这难道是个外国女孩?

在这中国南方的亚热带森林里怎会冒出个小洋妞?这让戈剑感到意外。

戈剑看着这个奇怪的女孩,有些不好意思。

黑骏马看出了戈剑内心的局促,对戈剑说:“是公主救了你。”

“什么,是她救了我?她是公主?哪国的公主?”戈剑心中充满了疑虑。他想起了那条叫作乌梢的毒蛇。他抬起手,手上的肿已经消了,什么痕迹都没有留下。他手上应该留下蛇的牙印的,可没有,好像什么事儿都没有发生。

朝阳在森林里洒下金色的光,树木被阳光照得绿光闪烁。

“你是谁?”戈剑开了口。他的脸红了。

女孩笑了,笑得极甜。她的笑靥像盛开的海棠花。她笑着说:“我叫普罗阿修。”

普罗阿修,一个奇怪的名字。

戈剑坠入了云雾之中。

“你从哪里来?”戈剑又问。

“很远很远的地方。”女孩抬头望了望远天。

戈剑也望了望远天,难道她是来自天堂的仙女? 这不可能,绝对不可能,戈剑是个无神论者。

“你能治蛇毒?”戈剑惊讶极了,他的双眼跃动着火苗。好奇心让戈剑一次一次地用灼热的目光巡视这个奇异的叫普罗阿修的女孩。

“是的,蛇毒难不倒我。”普罗阿修的话语十分好听,有种磁性的穿透力。

普罗阿修说完,眼中透出一股蓝色的光芒。

“我不信。”戈剑说,“或许那蛇根本就没毒。”

黑骏马说:“主人,是公主救了你,要不是公主,你早就没命了。”

普罗阿修打了个手势,制止了黑骏马说话。她吹起了口哨,口哨声是一支戈剑从没听过的音乐,仿佛来自天国的梵音。

普罗阿修的口哨声在森林里曲折迂回。

伴着普罗阿修的口哨声,戈剑听见了乌梢蛇滑过草丛的声音。

乌梢蛇闻声而来。

戈剑看到了那条蛇,那条能置人于死地的乌梢蛇朝普罗阿修掠过去。三角形的蛇头呈攻击姿态,整个蛇身张扬着一种柔中带刚的力量。

普罗阿修停止吹口哨,快速地伸出手,抓住了乌梢蛇。

戈剑扑过去,也想抓住乌梢蛇,但他扑了个空。

“你不能杀死它。”戈剑叫了声。他是个动物保护主义者,他不喜欢杀害动物,特别是野生动物。只要是破坏生态平衡的事,他是绝对不会做的。

普罗阿修说:“我比你更不忍心杀害这大自然的小精灵。不过,我要做个实验,让你明白是我救了你。”

普罗阿修是个高傲的盛气凌人的女孩,她的笑容里表现出一种优越感。

戈剑看着她。

黑骏马在一旁袖手旁观,它一点也不紧张了,仿佛普罗阿修手中拿的是一条橡皮筋。

普罗阿修的手指修长而细嫩。她伸出了一只手,另一只手抓住蛇。她把蛇头放在细嫩的手指上,蛇一下咬住了她的手。

“放手。”戈剑叫道。

普罗阿修不慌不忙地把蛇放在草地上,乌梢蛇咬完人之后落荒而逃。

“你没事吧?”戈剑关切地问。

普罗阿修伸出被蛇咬过的手,让戈剑看。

戈剑看到她的手指渗出殷红的血,然后迅速肿起来。

戈剑简直不敢相信自己的眼睛了。

只见普罗阿修在阳光下举起被蛇咬伤的手,幽蓝的眸子里突然迸射出两道橘红色的光。那橘红色的光射在伤口上,伤口冒起一股蓝烟。渐渐地,红肿消失,伤口痊愈,完好如初。真是神了。

戈剑呆呆地看着普罗阿修,半天没说出话来。

普罗阿修究竟是何许人?

她为什么会出现在少年探险家戈剑的面前呢?

这些疑问和那匹会说话的黑骏马有关。

会说话的黑骏马

1

神秘的普罗阿修在她的实验做完之后告诉戈剑:“我们无所不能!”

她指的“我们”肯定不包括戈剑,她是和戈剑不同的人类。

戈剑从呆立中清醒过来之后,看到森林里的所有鸟类从四面八方朝普罗阿修聚拢过来。

鸟群在普罗阿修的头顶欢呼着。

普罗阿修被鸟群围拢着,她刚才的那种高傲的盛气凌人的神情消失了。她虔诚地举起双手,喃喃地说着什么。她说的那些像祷词一样的东西,戈剑一句也没听懂。

让戈剑更为不解的是,黑骏马也像普罗阿修那样喃喃地说着像祷词一样的话。

普罗阿修在草地里跳起了舞。

她在群鸟之中跳一种古怪的舞蹈。舞蹈美妙绝伦,变幻莫测,充满了飞翔的欲望和对美好生活的向往。戈剑感觉自己仿佛活在梦幻之中,他用手捏了一下自己的大腿,还有疼痛感。

戈剑一下子想起了罗布泊,想起了昏迷之后被黑骏马驮着飞翔的情景。

2

黑骏马驮着戈剑飞越了阿拉干沙漠,在一个叫墩吕克的地方降落下来。墩吕克是阿拉干沙漠边缘地带的一个小城。从昏迷中醒来的戈剑被这匹会飞的马驮着,一直处于兴奋状态。戈剑的脚一接触到坚实的地面,他就跳起来高声喊道:“神啦!”

黑骏马站在他的身旁,看他发狂的样子,眼中流露出莫名的悲凉。

戈剑抚摸着黑骏马光滑的皮毛,心里感慨万千。是黑骏马把他救出了魔鬼地域,他拍下的那些宝贵的资料将有助于科学家们解开罗布泊之谜。

戈剑看到黑骏马眼中流下了泪水。

他心里一动,忙问:“你怎么啦?”

“戈剑,你可以回家,可我回不了家了。”黑骏马说。

这是一匹会说话的黑骏马!

接连不断的怪事让戈剑无法相信自己仍活在现实中。但他看到城里依旧人来人往,城里的人都在说着中国话,不可能到外星球了呀!

“你的家在哪里?”戈剑问黑骏马。

黑骏马没有回答他。

“我该离开你了。”黑骏马忧郁地说。

“为什么?”戈剑不解。

“我不可能和你一起走。”黑骏马说。

“我不会伤害你的,黑色闪电。”戈剑动情了。

“不,我还是要走的。”说完,黑骏马张开翅膀飞向天空。

戈剑大声说:“黑色闪电,我怎么和你联系?”

黑骏马回头说:“你如果有困难,在心里默念几声普罗神兽,我就会出现在你的面前。”

“普罗神兽。”戈剑喃喃地说。他目送黑骏马远去。这是一匹神奇的马,绝对不是出自人间。橘红色的光,机器的轰鸣声,翻滚的罗布泊,触电的感觉,昏迷,会飞、会说话的马……这一切让戈剑难以置信,仿佛梦幻一般。

黑骏马飞走之后,戈剑发现自己身边围了一群人。人们惊讶地看着他,对他指指点点。“你们干什么?”戈剑有点愤怒。

“喂,你刚才在跟谁说话?”一个人笑着说。

“和马呀!”戈剑说。

"神经病,哪来的马呀!"又一个人笑着说。

"和马说话,他疯了。"另外一个人又说。

难道他们看不到黑骏马?

又一个疑问。

他带着这个疑问挤出了哄笑的人群。

3

从墩吕克回到上海家中,戈剑把自己在罗布泊的神秘经历讲给了父母听。戈剑的父亲戈克是个摄影家,母亲杨兰是一家画报社的编辑。他们都是很开明的人,对戈剑的行动一向没有多大的反对意见,反而支持儿子去经历风浪。他们认为这样对儿子的成长有好处,他们不希望儿子是温室里成长的幼苗,长大后得软骨病,没有意志。戈剑独闯罗布泊,杨兰挺后怕,她不希望儿子出意外,但她没有责怪儿子,她觉得儿子在渐渐长大成人。父亲戈克为儿子感到欣慰,他觉得勇敢的儿子才是父亲的骄傲。

戈剑对罗布泊神秘经历的叙述让父母陷入了短暂的沉思,他们的心也被罗布泊抓住了。"赶快放录像。"杨兰突然对戈剑说。

戈剑应了声,把录下了罗布泊神秘现象的录像带放进了录像机。

杨兰睁大了双眼。

戈克也睁大了双眼。

最后睁大双眼的是做儿子的戈剑,因为录像带放出来的是一片空白。这绝对不可能,他在归途中还在摄像机上倒回来看过的呀,他根本就不可能洗掉这宝贵的录像资料。

"爸,这不可能。"戈剑辩解道。

戈克笑了笑,拍了拍儿子结实的肩膀。

杨兰也笑了笑:"也许你把它洗掉了,不要紧的,你不是还照了相吗,让你爸冲出来就好了。我们画报一定要发,这是我儿子最杰出的作品。"

“对呀，赶快把胶卷给我，我马上去给你冲出来。”戈克催促儿子。

戈剑把胶卷递给了父亲。

这个三口之家沉浸在一种氛围之中，这种氛围充满了神秘的色彩。

他们一家三口都钻进了暗室，忘记了吃饭。原先每次戈剑回家，杨兰都要弄许多好吃的菜，犒劳这位小探险家，戈克高兴了还会让戈剑喝上两杯啤酒呢。可今天没有，因为戈剑给父母带回了奇迹，人类历史上罕见的奇迹。

照片终于冲洗出来了。

可照片也是一片空白。

戈剑的心像刀割一样难受，他像是陷入了一个困境。

父亲戈克默默无语。

母亲杨兰也默默无语。

暗室里一片沉寂。

许久，戈克才对儿子说：“剑，我相信你，这的确是一次不平凡的经历。”

杨兰也开口了：“儿子，我也相信你。这不能怪你，试想，在那种紧要关头，你不可能全身心投入拍摄的，这不过是个意外。儿子，你不是在做梦，那是一次真实的经历，你可以用笔记录下这次经历。当你坐在电脑旁，把一切记录下来的时候，你就释然了。”

“对，写下来，像往常一样写下来。《新科学探索报》的叔叔阿姨们会喜欢你这篇文章的，相信自己。”

戈剑喊了一声：“爸，妈——”

他感激父母。有这样的父母，同样是儿子的骄傲。

一篇署名戈剑的题为《罗布泊之夜》的揭秘文章在《新科学探索报》上发表之后，引起了轩然大波。

人们对这篇文章有三种看法。第一种看法认为这是真实的现象，有助于科学研究，为探索自然界的神秘现象提供了某种依据。第二种看法认为这纯属子虚乌有，因为在罗布泊这个魔鬼地域碰到这样的事情生还的至今尚无一人。许多探险者进入该区域后,一直都没有发现这怪异的现象,像彭加木、鲁贝特等的失踪是另有说法。况且作者是位未成年的少年,他独身一人进入罗布泊本身就是个谎言。第三种看法是可信也不可信,基本上是在前两种说法之间徘徊。

戈剑一时间接到了大量的来信。

面对社会上的各种说法,戈剑只是保持沉默。他十分遗憾的是录像和照片的报废,哪怕有其中一种存在,都是他有力的证据和说明。

戈剑并不是为了发表文章而写《罗布泊之夜》,所以,对文章发表后的各种议论,他只是淡淡一笑而已。

他心里想的是那橘红色的光。

还有机器的轰鸣声以及触电的感觉。

他强烈想念的是那匹会飞会说话的黑骏马。黑色闪电,你此刻在何方?

这个暑假终于过去了。

新学期开始,同学们一见面可亲热了。

开学第一天,戈剑的好友铁蛋和马佩佩就缠上了戈剑,要戈剑讲他的经历。尽管铁蛋和马佩佩都在《新科学探索报》上看到了戈剑的文章,但他们还是想亲耳听听戈剑的叙述。也许是因为录像带和照片的原因吧,戈剑心里不太愿意提起这件事。他想,有机会,他还要去罗布泊,一定要揭开罗布泊之谜,或许他一生都会沉浸在此事之中的。但有一点他很明确,他要好好学习,用更多的知识武装自己的头脑,这样他才能更好地实现自己的追求。

戈剑轻描淡写地对铁蛋和马佩佩说:“我都写得清清楚楚了,还要讲什么,都一样的。”

铁蛋嬉皮笑脸地说:“戈老弟,就满足一下我们的耳朵吧,我们的耳朵很久没尝到新鲜的话题了,它很饿呀!”

马佩佩也死乞白赖地说:“剑哥哥,你可是小妹我心中的大英雄,你的英雄事迹我百听不厌,你就可怜可怜我,讲来听听嘛。剑哥哥!”

戈剑只能叹口气,然后向他们如实汇报喽。

戈剑一开讲,就吸引了更多的同学。

当他讲到那匹神奇的马时,听他叙述的同学中传来了声音:“吹牛,简直成神话故事了,一匹破马还会飞、会说话!”

戈剑知道是王翔在说他。王翔是戈剑的死对头。只要戈剑赞同的,他都反对。在高二(1)班里,王翔和戈剑的成绩最好,而且王翔是班长,戈剑是学习委员。王翔和戈剑不和是众所周知的。

戈剑听了王翔带刺的话之后,心里很难受,他讲不下去了。他不高兴地对大家说:“算了,算了,不讲了。”弄得大家很扫兴。

铁蛋瞪了王翔一眼,他真想揍王翔。铁蛋在学校里是出名的打架大王,要不是戈剑说他打架就和他绝交的话,他今天非揍王翔不可。

马佩佩气得直皱眉头,嘴巴嘟嘟的。她轻声说:“什么东西,胆小鬼,说不定在家还尿床呢,看人家什么都不好,也不找找自己的毛病!”

看戈剑不讲了,王翔却来劲了:“不敢讲了吧,根本就没去过罗布泊,净吹牛,瞎编,还好意思拿去发表。”

“你再说一遍?”戈剑火了,他的脸憋得通红。

“说你又怎么啦,我就是不信!”王翔不依不饶。

戈剑冲上前。

王翔也不示弱。

两个人四目相对,像两只斗架的小公鸡。

“戈剑,揍他!”铁蛋瞎起哄。

马佩佩胆小,扯了扯铁蛋的衣角:“你别闹嘛,快去劝劝戈剑,打架要受处分的。”

铁蛋拨开马佩佩的手,又说:“戈剑,他欺人太甚了,揍他!”

“你敢?”王翔摆出一副对戈剑很轻蔑的样子,“你只会瞎编你的英雄事迹!”

戈剑忍不住了,一拳打在王翔的脸上。

王翔“哇”地叫了一声,扭身便跑。他不会打架,他没想到戈剑真的会动手。他朝班主任的办公室跑去。

“嗷——”

大伙起哄开了。

其实,班里的同学没有一个喜欢王翔的,他不但爱打小报告,而且还特别自私,谁都知道他当班长是因为班主任怕他爹,他爹是区教育局的副局长。

铁蛋冲上去抱住戈剑:“好样的,不愧是我们心目中的英雄。”

王佩佩也乐了,她咯咯地笑了起来。

戈剑很后悔打了王翔。他知道,班主任张坤老师肯定饶不了他的。

果不其然,他被叫进了班主任的办公室。

张坤老师用眼镜片后的小眼睛审视着戈剑。王翔坐在一旁,不停地揉着被戈剑打肿的脸,眼睛红红的,显然刚哭过。

“你为什么动手打人,而且是打自己的同学,你下得了这个手?”张坤老师说。

戈剑无语。他不是那种做错了事还强词夺理的人。

“你不说话,你不说话就是抵抗我。”张坤老师真有点恼火,他的小眼睛似乎要迸火。“我问你,你为什么打王翔?”

“他侮辱我。”戈剑开口了。

“你说王翔侮辱你?”张坤老师笑了,笑得怪怪的。

“是的,王翔侮辱我,他说我吹牛。”戈剑说道。

“那么你吹牛没有?”

“没有。”

“哦,那你在说什么呢?”

“我在说罗布泊之夜。”

“罗布泊之夜?”

“是的,那是暑假里我的一段经历。”

“原来是这样。”张坤老师站了起来,他个子没有戈剑高,也没有戈剑壮实。他围着戈剑走了一圈,用手指推了推高度近视的眼镜,“我告诉你,戈剑,你是我的学生,我要忠告你两点。第一,你的名利思想太重了,别忘了脚踏实地,你写文章我要表扬你,但是要实事求是,不要哗众取宠;第二,要诚实,不要搞一些莫名其妙不切实际的东西骗人。你的《罗布泊之夜》我看过了。我认为,你是在说谎。"

戈剑一股热血冲上头顶,他大声说:"我没说谎。"

"好了。"张坤老师又坐回了原来的地方,"你说谎的事,我不追究你,但你动手打人是违反校规的,你要在全班同学面前公开向王翔同学赔礼道歉。现在,你回去写一份检查来,听候校方的处理。"

戈剑扭头走出了张坤老师的办公室。

他听到身后张坤老师对王翔说:"我一定要报告学校领导,好好处理他,简直太狂了!"

戈剑心里一阵刺痛,平常张老师对他还算不错的呀。他没想到会弄成这样。现在,只有黑骏马才能证实他所说的一切,可黑骏马在何方?

戈剑坐在学校一角的一个石凳上,默默地沉思着。学校不远处传来沉闷的打桩机的响声,又有一片楼群要被拆掉建更高的楼群了,他讨厌城市的喧嚣和灰尘。上海这个大都市已经不堪重负了。污染已经开始危害人类了。这些,他都在为之而忧虑。可眼前,他忧虑的是怎样证实自己没有说谎的问题。

他心里一个劲地默念着:"普罗神兽,普罗神兽……"

突然,他全身有了触电的感觉。

紧接着,他听到了黑骏马的声音:"戈剑,请把你所在地的方位告诉我,我立即赶来。"

戈剑告诉了黑骏马上海市的经纬度之后,愁云顿时驱散了。他要让全社会领略黑骏马的风采,证实自己并没有说谎。

他在等待黑骏马的到来。

4

黑骏马飞掠而至。

黑骏马从空中落地的姿态美极了。那黑油油的皮毛在阳光下闪动着迷人的光泽;那长长的鬃毛飘逸极了,像风一样柔美;那幽蓝的眼睛里,深藏着许多不可知的秘密。

戈剑热烈地迎接黑骏马的到来。

“戈剑,你有何事需要我的帮助?”黑骏马关切地说。

戈剑说:“为什么我能看见你,而别人不能?”

黑骏马说:“因为罗布泊之夜,在橘红色激光中,你身上的静电和我产生了感应。”

“假如要让别人看见你,能行吗?”戈剑问道。

“行,只要我释放出感应电流和对方碰撞,对方就能看到我。”黑骏马说。

“太好了,我想让世人都见到你。”戈剑兴奋地说。

“不行,我不能现身。”黑骏马说。

“为什么?”戈剑焦急地问。

“在没有得到指令之前,我不能现身。”黑骏马又说。

“得到谁的指令?”

“国王或者公主。”

“他们在哪里?”

“很远的地方。”

“你有没有办法得到指令?”

“没有,我现在无法和他们联络,但他们一定会联络我。”

“在什么时候?”

“不知道。”

“这——”

“戈剑,你别急,你是我在地球上唯一接触过的人,你有什么困难,我一定会帮你。”

“你来自另外一个星球?”

“戈剑,你别再问了,我说的已太多,我们是有纪律的。”

“哦——”

戈剑把自己的处境告诉了黑骏马。

黑骏马叹了口气:“你本来就不应该把你在罗布泊之夜所见到的事情告诉任何人的,我们不希望如此。”

戈剑很失望。

“不过,我还是可以帮你,比如你放假之后,要去旅行,我可以带着你飞到任何一个地方,我飞行的速度你们地球人是想不到的。”黑骏马说。

“你能和我在一起吗?”戈剑说,“在一起住,一直到你离去?”

“不行,上海的空气已经污浊不堪,我们对生存地空气的要求是很严格的。”黑骏马显得有些忧伤,“你们地球的问题太多了。”

戈剑真舍不得黑骏马离开。

可黑骏马还是要走了。

它要到空气清新的地方去了。黑骏马告别戈剑飞掠而去,转眼就没了踪影。

戈剑黯然神伤。

过了几日,虽然戈剑公开向王翔道了歉,但学校还是要开除戈剑,戈剑的父母出面说情也无济于事,原因是王翔的父亲坚持要这样做。这在学校里激起了许多老师和学生的愤怒。许多老师和学生写了联名信状告王翔的父亲,那个玩弄权术的副局长。

又过了几日,王翔的父亲东窗事发,因为受贿被抓了起来。行贿的就是张坤老师,他行贿的目的是想当学校的副校长。可谁也不知道是谁把这事给抖搂出来的,听说上面收到了一盘张坤行贿的录像带。

开除戈剑的事不了了之。

张坤老师不当班主任了,做了一名普普通通的老师。不当班主任了的张坤老师教学特别卖劲,得到了学生和老师们的刮目相看。

戈剑当了班长。

王翔的父亲被抓以后,王翔一直郁郁寡欢,似乎成熟多了。

一天,戈剑主动找到王翔,和他握手言和。王翔很感动。戈剑还让同学们都向王翔伸出了友谊之手。王翔感动得落了泪。他很后悔,后悔自己当初的趾高气扬。

戈剑记住了黑骏马的话,再没有提那个罗布泊之夜,但他坚信,有一天,他会解开那个谜。

他猜想,揭发王翔爸爸的事,肯定是黑骏马干的。

5

我们还是回到这个亚热带森林吧。

目睹普罗阿修与鸟共舞的迷人情景,戈剑想到黑骏马和普罗阿修应该是来自同一个星球的。普罗阿修就是黑骏马的公主。

她终于出现了。

普罗阿修神采飞扬地跳完舞,手里捧着一只白色小鸟,动情地看着。她的眼中闪烁着幽蓝的光泽,那是深海的颜色。或许普罗阿修的双眼就是两片深不可测的海洋。

许多小鸟在黑骏马的身上嬉闹啁啾,黑骏马眼中闪烁着快乐的蓝光。

戈剑不明白,为什么森林里的鸟类会向他们聚拢,这种梦幻般的景象让戈剑无法相信自己的眼睛。

一只凶狠的巨鹰落在普罗阿修面前的草地上,显得异常和顺。普罗阿修半跪下来,抚摸着巨鹰的羽毛,充满了怜爱。

戈剑走了过去。

巨鹰看到戈剑走过来,警觉地抬起头,锐利的眼中射出一道寒光。

普罗阿修看了看戈剑,笑了。

她冲巨鹰说了句什么之后,巨鹰的眼中顿时温柔一片,失去了对戈剑的防范。

戈剑看着普罗阿修。

普罗阿修也看着戈剑。

戈剑觉得普罗阿修与众不同,她的神采是地球上任何一个女孩子都不可比拟的,她高贵而锋芒毕露,她神秘而又不可抗拒,她幽蓝的眼中迸发出的光芒让人心醉神迷。戈剑突然对她产生了好感,这种感觉怪怪的,是少年心底隐藏着的一股清澈的流泉。

为什么她早不出现,而偏偏在这亚热带森林温馨的早晨出现?

是为了救他?

倘若她不出现,戈剑现在是什么情景,他是否能获救,就是个无法解答的问题了。

6

鸟儿一只一只飞走了。

普罗阿修眼中充满了无限的眷恋。

黑骏马也充满了无限的眷恋。

戈剑被感染了,他突然觉得鸟类是地球上最圣洁的动物。鸟在天空飞翔,鸟是善良的,鸟传递着和平的信息,鸟从不侵犯人类,鸟给人类带来飞天的幻想。无论是飞机、航天器,还是飞船,都是由鸟给予人类的启示而发明创造的。

鸟也有一个人类未知的神秘世界吗?

戈剑心旌摇动。

鸟都飞走了,分布在森林的各处。

普罗阿修要到哪里去?

黑骏马会不会和普罗阿修一起走?

戈剑和黑骏马已有了感情,他没有把它当成马,而是把它当成了朋友,他心里有种说不出来的滋味。

普罗阿修没有走,黑骏马也没有走。

鸟飞走之后，普罗阿修开始收集鸟粪。

黑骏马也许饿了，它走到一片茂盛的草丛中，正要吃草，却被普罗阿修喝住："普罗神兽，别吃！"

黑骏马停止了吃草。

黑骏马对普罗阿修说："没毒。"

普罗阿修走过去，抓了一把草叶握在手中，揉呀揉，揉出满手青绿色的汁水。她怪异地朝手中的汁水吐了一口口水，不一会，青绿色的汁水变成了橘红色。她顿时笑了："没有被污染。"

黑骏马就开始吃草了。

黑骏马吃草的过程中，普罗阿修在拾鸟粪。

看到黑骏马吃草，戈剑的肚子也"咕咕"叫了起来。

他从行囊中拿出饼干和水。

他朝普罗阿修走过去，把饼干和水递给普罗阿修："吃吧！"

"这是什么？"普罗阿修不解地问。

"这是饼干。"戈剑笑着说。他想普罗阿修所在的那个星球肯定没有饼干这种食品，他拿起一块饼干放进嘴里，边嚼边说："可以食用的，尝尝吧！"

普罗阿修惊讶极了。

她拿起一块饼干，仔细端详着。

戈剑感到很好笑，她竟连饼干都不知道。那么普罗阿修所在的那个星球上的人吃的都是什么呢？

普罗阿修用舌尖舔舔饼干之后，细细品味了一下，便摇了摇头把饼干递还给戈剑。

戈剑十分遗憾。

"你难道不饿？"戈剑问。普罗阿修笑着回答："我们需要增加能量，如果身上没有能量了，我们会死去。"

普罗阿修把拾来的鸟粪放在手里揉着。

揉着揉着，鸟粪像被炒过一样冒出腾腾的热气，而且变成了橘黄色。热气飘到戈剑鼻子里，一种奇怪的香味沁人心脾。

普罗阿修伸出舌头，把橘黄色的细末舔进嘴里。

残酷的地球人

1

普罗阿修吃完橘黄色的鸟粪末之后，精神陡然一振。戈剑知道那橘黄色的粉末就是普罗阿修那个星球上的人最好的食物之一。或许她吃这种东西就像地球人吃大米饭一样。

普罗阿修看到戈剑一副不解的神色，觉得挺有趣。

她朝黑骏马打了个怪异的手势，黑骏马就对戈剑说："戈剑，公主问，你愿意和我们一起走吗？"

"到哪里去？"戈剑问。

"到地球上有飞鸟的地方去。"黑骏马说。

"可以，但是公主必须回答我一些问题。"戈剑脸上浮现出执拗的神色。他必须弄清楚黑骏马和普罗阿修最基本的来龙去脉。

他现在是和一个外星人站在一起，世人都不知道这回事。他心里一点也不恐惧，反而有些惊喜。没有人能有他这样的好运气，他能和外星人在一起，而且是一个绝顶漂亮的女孩。

普罗阿修笑着伸出手，在空气中画了个十字和圆圈。

黑骏马说："公主答应了你的请求。"

戈剑眨了眨眼，他心中有太多的疑团需要解答。

"你从哪里来？请不要回答'从很远的地方'，我对'很远'的概念十分模糊，就像你们对我们地球人不了解一样。"戈剑沉着地说。

"我们从宇宙的另一个太阳系来。"普罗阿修微笑着说。不知为什么，她有点喜欢这个地球上的男孩了。

“宇宙中还有另外一个太阳系?”

“是的。”

“你们那个太阳系也有一个类似我们地球的星球,你们就居住在那个星球上?”

“是的。我们的星球叫普罗星。普罗就是飞鸟的意思。”

“为什么要以飞鸟来命名你们的星球呢?”

“因为我们的祖先是鸟,一种洁白的大鸟,那种洁白的大鸟是普罗星万物的主宰。飞鸟是我们的神灵,是不可侵犯的。我们以飞鸟为生,飞鸟赐给我们食物,赐给我们力量和智慧。”

“哦。”

“我们离你们地球有1亿光年,你们的太阳系和我们的太阳系相隔一个黑洞,我们穿过黑洞才能到达你们的太阳系。”

“是我们太阳系白鸟星旁边的那个黑洞吗?”

“正是。”

“我们地球上的天文学家称之为宇宙中的‘黑色陷阱’。他们认为黑洞是一种奇特而可怕的天体,它不发光,黑洞洞的,是由能量衰竭的星形成的。当衰老的恒星不发光时,它的内部就发生变化,能像恶魔一样把周围的一切物质‘吞’进黑洞,连速度最快的光也逃脱不了它的吞噬。而且,它很吝啬,‘吞’进去的东西,从不吐出来。”

“黑洞只是连接两个太阳系的黑色通道。”

“黑色通道?没听说过。地球上的科学家们有这样的设想:质量较大的恒星经过多年的演变和发展,所有的能量消耗完了,便开始收缩。收缩时,它的引力变得很大,能将周围的物质(包括光)吸进去,这颗星便变成了令人们谈虎色变的黑色陷阱。”

“不,黑洞只是连接两个太阳系的黑色通道。通道里面的吸引力很强大,而且变幻莫测。我们普罗星人经过几百年的前赴后继,才研制出了能穿越黑洞的飞碟,抵达你们的太阳系。”

普罗阿修的眼中闪烁着迷人的光泽。

或许人们不会忘记，在美国人“证实”太阳系各星球里没有人类的同时，飞碟再次造访地球，并在地球上引起了骚动。2029 年入秋后的一天，一架中国东方航空公司的波音客机，载着 400 名乘客从上海起飞，飞往厦门，途中被不明飞行物追逐了近 300 公里。飞碟是在浙江嘉兴上空出现的，当时飞机的高度是 2000 米。机长罗明在飞机右侧发现了一个发光体，虽然它离客机有几公里之遥，可它强烈的光芒仍然使乘客看清那是一个倒置钵体模样的飞行器，它的速度、方向、高度与客机相同，与飞机并列飞行。不久，那物体显示出卓越的杂技技能，它翻着跟斗，做着奇怪的动作，一会儿垂直上升，一会儿飘然下降，一会儿又突然朝客机冲来，使飞机无法躲避。机上的乘客都吓得面无人色，有的号啕大哭起来。可是它略一抬头，又从飞机上匆匆掠过。它的底部像个滑斗，上面的直径约有 70 米。更加令人不安和恐惧的是，飞机上的无线电全部失灵，无法和嘉兴机场或其他机场取得联系。飞行物跟踪了一个小时后，便离去了。400 名大难不死的乘客证实了这一事实。无独有偶，在澳大利亚、美国等地都发现了不明飞行物。美国少将布卡受命负责搜索这些物体，地球上又一次大规模的对不明飞行物的搜索在美国有组织、有计划地展开。美军 20 次出动 F-22 战斗机，有几十架战斗机处于一级战斗戒备状态，预防不明飞行物的入侵。至今，搜索工作还未结束。

普罗阿修笑了。

她说，只有普罗星的飞碟才能在宇宙的任何一个地方出现，但它不会伤害地球人，也不会伤害任何生物，因为普罗星上的人是友善的。一个世纪以来，普罗星人多次造访地球，但从未和地球人接触过，他们认为地球人是残酷的，经常挑起战争、残杀动物、污染大气层。

戈剑无语。

就在这时，普罗阿修的眼中发出一道橘红色的光芒。

她对戈剑说：“有人在屠杀动物。”

黑骏马驮着普罗阿修和戈剑朝森林的西方奔去。

戈剑和普罗阿修坐在马背上，两人靠得很近，贴在一起。

戈剑闻到一股奇异的芬芳，那种芬芳来自于普罗阿修。普罗阿修是个芬芳的外星女孩。

2

一个满脸横肉、胡子拉碴的粗壮汉子和一个瘦小的男人伏在森林的矮树丛中。瘦小男人拿着望远镜朝森林深处窥视。粗壮汉子手中托着一支高强力带红外线瞄准镜的猎枪，猎枪枪口装了消音器。粗壮汉子焦躁地说："妈的，怎么还没出现，都等了一个晚上了。"

"别急，老兄，心急吃不了热豆腐，它很快就会出现的。"瘦小男人显得很平静。

"再不下手，被森林巡逻队发现就完了。"粗壮汉子有些不耐烦。

"怕啥，成功了就是我们走运，不成功算咱们倒霉。"瘦小男人一副满不在乎的样子。

"废话！"粗壮汉子嘟哝了一声。

瘦小男人窃笑。

"来啦，别吭声。"粗壮汉子一阵狂喜。

他们都屏住呼吸。

森林里一只金钱豹出现了。

豹子四处张望了张望，像个绅士一样踱步走过来。

豹子的神态让粗壮汉子的眼睛直了。

"一定要瞄准，子弹要从豹子的眼睛穿过去。"瘦小男人低声说。

"别废话，看我的枪法。"粗壮汉子似乎胸有成竹。

豹子根本就不知道自己正慢慢地走向一个陷阱——死亡的陷阱。对悄悄临近的死亡豹子是没有知觉的，像许多同类死在罪恶的枪口之下，被人偷运出森林，拿到肮脏的交易市场上换取大把的钞票一样，等待豹子的只是万劫不复的黑暗。

粗壮汉子在豹子进入了他的有效射程之后，准备扣动扳机了。他用血红的舌头舔了舔干涩的嘴唇，两眼发出贪婪的光。这只豹子全身都是宝哇！在许多动物已经灭绝或濒临绝境的今天，豹子的皮毛、骨头等等都能卖上好价钱。尽管政府三令五申动用法律来保护各种动物，但总是有些不法之徒利欲熏心，铤而走险，凶残地猎杀它们。这是人类的悲剧、地球的悲剧。

不能让悲剧上演。

森林里突然刮来一阵风，树叶被吹得“哗哗”直响。

豹子好像觉得情况异常，它停住了脚步，四处张望。

粗壮汉子心里骂了一声：“妈的，再走近点。”

“快开枪！”瘦小男人急了。

粗壮汉子正欲开枪，奇迹出现了。

粗壮汉子和瘦小男人看到一线幽蓝的光射向豹子的眼睛，豹子低吼了一声，扭头狂奔，直窜进森林的深处。

一只山鸡扑棱棱地飞起，垂直地落到另一片林子里。

粗壮汉子勾动了扳机，子弹射出去，没有击中目标。他气急败坏地站起来，吼了一声粗话。瘦小男人踢了他一脚，骂道：“没出息的东西，让你开枪你不开枪，简直是只猪！”

粗壮汉子盯着瘦小男人：“你他妈的有完没完！”

正当他们狗咬狗打来踢去、争执不休的时候，普罗阿修、黑骏马和戈剑出现在他们面前。他们停止了争斗，目光转向戈剑他们。戈剑对他们怒目而视，他们也恶狠狠地盯着戈剑他们。

“是你们坏了老子的好事？”粗壮汉子质问道。

戈剑的眼中几乎要喷出火，面对这两个败类，他没好气地说：“你们黑了心肠！”

“好小子，敢在太岁头上动土，让你尝尝老子的冲天炮。”

粗壮汉子把猎枪交给瘦小男人，上前朝戈剑就是一拳。

戈剑躲过了粗壮汉子的一击，开始了还击！

戈剑心里想，一定要教训一下这个混蛋。他不能在普罗阿修面前丢脸,他是地球的超人。他凝聚了全身的力量,一个右勾拳打在粗壮汉子的下巴上。粗壮汉子“哎哟”了一声,下巴便脱了位。粗壮汉子疯狂了,他从腰间拔出一把尖刀扑向戈剑。黑骏马急叫了声:“小心!”眼看那尖刀要刺中戈剑的胸膛,只见戈剑飞起一脚踢掉了粗壮汉子手中的尖刀,又一脚踢在粗壮汉子的心窝上。粗壮汉子大叫一声,倒在地上直喘粗气,动弹不得了。

黑骏马大声说:“好!”

普罗阿修没有吭气,相反,她皱起了眉头。

就在这时,瘦小男人朝戈剑举起了枪。

瘦小男人举枪的手在颤抖,但嘴却挺硬:“臭小子,我杀了你!”

戈剑知道,他是害怕自己揍他,才用枪对着自己的,这样的男人最没有出息了。戈剑冷笑了一声,对瘦小男人说:“把枪放下!”

“你敢过来,我就开枪!”瘦小男人的声音在发抖。

黑骏马为戈剑捏了一把汗。

粗壮男人没想到自己会栽在这个乳臭未干的小子手上,他又气又羞,对瘦小男人说:“开枪打他,打他!”

瘦小男人心惊胆战,他下不了手。他从未杀过人,他知道杀人的后果,但他就不知道猎杀动物的后果吗?动物和人一样,都是生命,生命是不容杀戮的。

戈剑朝瘦小男人逼过去。

这时候,粗壮汉子忽然从地上一跃而起,夺过瘦小男人手中的枪,对戈剑勾动了扳机。弹在膛上,他一勾扳机,子弹就射了出来。

戈剑心里说了声:“完了。”

他不会完。

子弹似乎在他身边绕了个弯,飞得无影无踪。戈剑看到一道橘红色的光射到粗壮汉子手中的猎枪上。

猎枪像冰条一样慢慢地开始溶化,还冒着白色的烟。过了一会儿,粗壮汉子手中的枪变成了地上的一摊橘红色的黏稠的水。

那橘红色的光是从普罗阿修眼中迸射出来的。

瘦小男人呆了。

粗壮汉子呆了。

戈剑也呆了。

普罗阿修表情淡漠地收回了橘红色的光,她的眼还原成两片幽蓝的海水。

“鬼!”瘦小男人缓过神来,扭头狂奔。

粗壮汉子惊恐地睁大双眼,也扭头狂奔。

或许,他们再也不敢到森林里来猎杀动物了,他们一辈子都会记住那道橘红色的光束。

戈剑笑了,他感激地朝普罗阿修投去一眼温情。

普罗阿修看也没看他,扭头便走。

黑骏马说:“戈剑,公主生你的气了。”

戈剑问:“为什么?”

黑骏马没有回答戈剑。

戈剑一下子坠入云雾之中,他本来想在普罗阿修面前充当一次英雄,却惹普罗阿修生气了。这是为何?普罗阿修是个任性的公主。

3

整整一天,普罗阿修都没有理会戈剑。夜晚来临的时候,普罗阿修又施展了什么手段把百鸟聚拢到自己的周围,然后和它们一起跳起优美的舞蹈。和鸟儿在一起,普罗阿修是愉悦的,黑骏马也是愉悦的。

夜色降临之后,百鸟渐渐离去了。

满天的星星若隐若现,衬托出月亮的美丽。

普罗阿修站在那里看着天空出神。

黑骏马也看着天空出神。

戈剑躺在草地上,也望着天空出神。

戈剑陷入一种幻觉之中。

他觉得自己被一层轻雾托起,缓缓地上升。馨香的风儿拂着他的头发。他闻到了奇异的香气,那香气包裹着他。他全身有轻微的触电的感觉,麻酥酥痒丝丝的。他的身体在慢慢地上升,慢慢地超越森林,超越空气,超越月光……他到达了某个纯洁而温暖的地方,那个地方无忧无虑,那个地方自由舒展,那个地方飘扬着鸟的羽毛……

戈剑觉得自己轻飘飘地站在了一个神秘的高处,他俯视着整个的太阳系,他能看到太阳、地球、火星、月球……它们各自沿着自己的轨迹在运转。

他把目光投射到自己的故乡地球上。

和太阳、月球、火星等星球相比,地球黯淡了许多。

他闻到从地球上散发出的各种废气的焦臭味,那是汽车排出的废气、空调排出的有毒气体……他看到浓浓的灰尘包裹着地球,地球已经没有了光泽。

戈剑想喊,可喉咙被什么东西死死卡住了。有仙乐般的声音缥缈而来,召唤他往一个更神秘、更纯洁的空间飞升。他想回到地球,回到上海的家。虽然日益严重的污染威胁着地球人的生命,但他还是强烈地想回到地球故乡去,为改变地球故乡的面貌作毕生的努力。

他在飞升,他被一层幽蓝的轻雾托着,不停地飞升。他想抓住什么,可什么也抓不住。他呼吸顺畅,心却压了块石头。他知道在离他很远的地球,父母亲在盼望儿子的归来,还有铁蛋、马佩佩、王翔……都在等待他的回归。有一个声音从地球上飘来:“你是地球的儿子,你不能逃脱。”

他听到了母亲在暗夜里的哭声。

他看到父亲在暗室里冲出一张地球翠绿的发黄的旧照片。

他心里堵了一块石头。

他大喊一声:“把我送回地球——”

4

他醒过来,发现自己还是躺在森林的草地上,青草和露水的味儿让他感动。

原来是做了一个梦。

或者不是梦。

对了,黑骏马呢?

普罗阿修公主呢?

他们为什么来光临地球?

他们穿越可怕的黑洞来到地球究竟是为了什么?

他在想。

缓缓地,一股股橘红色的光进入了他的大脑,他有触电的感觉。他听到了普罗阿修缥缈的声音,那声音像雾,他怎么也抓不住的雾,又像一片片树叶,真实的树叶,树叶间还闪烁着晶莹的露珠。

为了飞鸟……为了飞鸟……为了飞鸟……为了飞鸟……为了飞鸟……为了飞鸟……为了飞鸟……

橘红色的光向他传递了这样一个信息。

为了飞鸟?

是的,为了飞鸟。

地球上的飞鸟面临险境,工业带来的污染让飞鸟陷入困境。飞鸟需要清新的空气和纯净的水,需要清洁的环境,需要人类的爱。因为飞鸟创造了我们普罗人,飞鸟是我们的祖先,我们要抢救飞鸟……

戈剑的眼睛湿了。

他一激灵坐起来,所有进入他大脑的橘红色的光顿时消失。

他看到一个他从未见过的情景。

普罗阿修和黑骏马还站在原地一动不动。戈剑听到了一种声音,那种声音像是电击钢铁的声音。满天的星星和皎洁的月亮织出了一个美丽的夜空。

那声音是从普罗阿修和黑骏马的眼睛里发出的。

普罗阿修的眼中射出两道彩虹。

黑骏马的眼中也射出两道彩虹。

四道彩虹在天空中无限延伸,也许正在穿越黑洞,去往普罗星。

他不会打断他们。

黑骏马和普罗阿修似乎什么动静也听不到,包括各种虫豸的叫唤声,还有森林的涛声。

他们就那样一直站在那里遥望夜空。四道彩虹越来越明显,越来越亮,电击钢铁的声音却越来越弱,渐渐地消失。

他喊了一声:“太美了!”

他意识到自己不该喊时已经太晚了,这种情形或许是不能受干扰的。他想,可怕的事情会不会发生呢?

可怕的事没有发生。

他们无动于衷。

他们静止了。

5

在这森林里的清新的早晨醒来,戈剑发现黑骏马和普罗阿修不见了。

戈剑心中若有所失。

他在森林间奔走。

他在森林间呼喊:“普罗阿修——”

“黑色闪电——”

“普罗阿修——”

“你们在哪里——”

空旷的回音。

他们没有出现。

戈剑心里隐隐作痛。他们的失踪会不会和昨夜的彩虹有关?或者普罗阿修根本就不屑与他为伍。普罗阿修憎恨地球人吗？黑骏马已经成了戈剑的朋友，它离去为什么也不告知戈剑一声呢？

戈剑心中有千万个结，一时无法解开。

他从行囊里拿出无线电话，拨通了父亲的电话。这是个清新无比的亚热带森林之晨。父亲还在床上。父亲听到了儿子戈剑从森林里传来的声音。

“爸爸，您好吗？妈妈好吗？”

“剑，我们都很好。你是否碰到什么难题了？”

“是的，的确是个很难的题，我见到了外星人。”

“什么？”

“外星人。”

“你再说一遍。”

“外星人，来自另一个太阳系的外星人。他们的星球叫普罗星。普罗是飞鸟的意思，飞鸟是普罗星人的祖先。”

“我听不见。”

“我听您的声音很清楚，爸爸。”

“什么，我听不见，信号相当弱。”

戈剑突然觉得无线电话滚烫起来，像一块烧红的铁，他拿不住了，扔掉了电话。电话机在地上真的变成了一块烧红的铁，紧接着化为乌有。

他记起了黑骏马曾经提醒过他的话：“对一切要保持缄默。”

肯定是外星来的女孩普罗阿修烧毁了他的手提电话。

他突然想起了黑骏马在罗布泊留给他的话：“如果你要找我，心里就默念几声‘普罗神兽’，我一定会出现，因为我能感应到你的内心。”

他立即闭上双眼，默念道：“普罗神兽，普罗神兽，普罗神兽……”

他感到全身颤抖了一下，有触电的感觉。他睁开双眼，发现普罗阿修和黑骏马已经站在他的面前。他心里一阵狂喜。

普罗阿修对他不屑一顾，不正眼看他。

普罗阿修手捧着一大束各种各样的森林里的鲜花,她对那些鲜花似乎很喜欢。难道普罗星上没有鲜花?

看来,刚才他们去采摘鲜花了。

黑骏马走到戈剑面前,轻声地说:“你以后不要动手打人好吗?”

“动手打人?”戈剑不解,“我没有动手打人呀。”

“你打了,你把那个猎杀豹子的人打了。”黑骏马又说。

哦,原来如此。

“我打的是坏人呀!”戈剑说。

“我们不喜欢暴力。”黑骏马说。

戈剑知道为什么普罗阿修不理他了,原来她不喜欢使用暴力的人。戈剑觉得普罗阿修可爱了许多。

戈剑笑了笑,想和普罗阿修搭讪。

普罗阿修冒出一句:

“残酷的地球人!”

老鼠是魔鬼的化身

1

中午时分,阴沉沉的太阳透过森林里的浓雾,半露出它那黯淡的眸子。但一会儿又合拢了。阴天让戈剑的心情不太明朗,他喜欢在阳光灿烂的日子里生活。

在一条透明的小溪流面前,他们停住了脚步。

透明的水中有几尾游鱼在戏水。

普罗阿修的目光停留在那几尾透明的游鱼上,她把手伸进水中,水清凉极了!普罗阿修的脸上漾起了一丝笑意。这是一条没有被污染的林间小溪,小溪旁的水草嫩绿而肥美。戈剑看到小溪流,心情也畅快了不少。

森林里夏日的阴天沉闷而密不透风，溪水的凉爽使戈剑的精神陡然一振。

“我们沿着小溪走吧。”戈剑建议。

普罗阿修点了点头表示赞同。她对戈剑的气早消了。因为戈剑给她采了一束鲜艳的花。看来女孩子都是爱花的，无论是来自哪个星球的女孩子，都视花如美丽的化身。

戈剑从来不会讨好女孩子。不像王翔总是围着女孩子转，用各种各样的办法使女孩子开心。但这次不一样，戈剑是在尽一个地球人的地主之谊，他是在用鲜花欢迎普罗阿修的到来。

通过接触，戈剑了解到了许多关于普罗星球的事情。

在离地球1亿光年的地方，普罗星像地球一样沿着自己的轨迹绕着另一个“太阳”运转。普罗星上的一年只有250天。普罗星上同样有充足的阳光，有雨水，有雾，有雷电，自然现象和地球差不多。不同的是，普罗星上没有污染，空气清新无比。这主要是和普罗星人热爱大自然有关。普罗星人有他们的法律，最令人吃惊的是，普罗星人不会自相残杀，他们和睦相处。处罚最重的一条法律就是罚犯罪的人去各地的小鸟公园里当鸟类的奴仆，也就是照顾鸟类。谁要是砍一棵树，就犯了最重的罪。

普罗星上没有荒漠。

到处都是绿色的森林和草原，到处都是清澈的河流和飞翔的鸟群。

普罗星的科学技术发展最少超越了地球几千年。但他们没有核工厂和核试验基地，普罗星上的工厂大都是生产到宇宙探密的飞碟的。偌大的工厂，看不到高矗的烟囱和废气，他们有一套相当先进的环保设备。

那是个圣洁的星球。

戈剑对普罗星有了最初的向往。

2

郁闷的天气。

天空中乌云翻滚。

小溪流里的游鱼跃出水面,活蹦乱跳。草丛里的蛇窜来窜去。鸟儿都躲起来了,看不到它们的踪影。

要下大雨了。

而且是暴雨。

戈剑觉得闷热得透不过气来。黑骏马和普罗阿修若无其事地沿着河走。

戈剑想找一个避雨之处,可附近没有山民的木屋。他怕雨淋着了普罗阿修,闷热夏季的暴雨会使人生病的,他有责任保护这位外星来的女孩。

“普罗阿修,我们到那棵大树下避雨吧。”戈剑说,“马上要下暴雨了。”

天上顿时雷鸣电闪,狂风呼啸。

“避雨?”普罗阿修的眼中出现了疑问。

“是的,快走!”戈剑拉起普罗阿修的手要走。

普罗阿修站立不动。

普罗阿修看他焦急的样子,露出洁白如玉的皓齿笑了,像朵鲜艳的花。她的鼻尖动了动,细细的汗毛在戈剑眼中变得无比可爱。普罗阿修又看了看天,眼中流露出幽蓝的光芒。

“这并不可怕。”她说。

她刚说完,豆大的雨点便从空中砸下来,打得森林“啪啪”响。整个森林被暴雨覆盖了。

一股湿热的气流钻进戈剑的鼻孔,他使劲呼吸了一下,干咳了几声。普罗阿修都不怕,他能怕吗?戈剑从小就不知道怕是什么滋味儿!

暴风雨像鞭子一样抽打在森林的树上和小溪流上。暴风雨的声音在呼啸,在吞噬着一切。

戈剑没有感觉到雨抽打在自己身上。

他觉得头顶上有一个无形的顶篷遮住了自己,把暴风雨隔绝在外面。黑骏马和普罗阿修头顶上也有一个无形的顶篷挡住了暴风雨的侵袭。普罗阿修笑着面对戈剑。

戈剑不敢正视普罗阿修的笑靥。

那美丽的笑靥有种魔力吸引着他。

"走吧。"普罗阿修说。

戈剑跟随普罗阿修移动了脚步。

他们沿着河走。

所到之处,脚下都是干干的,没有雨水流淌的痕迹,而且,那无形的顶篷始终在跟随着他们。

"普罗阿修,你施展了什么法术?"戈剑大声说。他怕暴风雨的呼啸声淹没了他的声音。

他的话还没说完,普罗阿修畅快地叫了一声,便沿着河边奔跑起来。黑骏马也神采飞扬地奔跑起来。

戈剑迟疑了片刻,也追随普罗阿修奔跑起来。

就这么一跑,他就感觉到了雨。

无形的顶篷消失了。

他的头、脸、身子在雨鞭的狂抽下微微地痛,有酥痒的感觉。他奔跑时,脚下水花飞溅。他听到普罗阿修清脆的笑声穿越雨网而来。

雨水在他身上流淌,凉丝丝的,有种特别的快感。

普罗阿修身上的皮衣没有湿透,银白色的皮衣被雨水洗过之后,透出油亮的色泽。

3

雨停了。

天空中太阳露出了半张脸。云在散去。整个森林湿漉漉的,水珠挂在树叶间，晶莹剔透。

戈剑被雨淋得如落汤鸡一般。

黑骏马和普罗阿修身上却干爽如初。

普罗阿修“咯咯”地笑，她笑戈剑的窘态。

“你们下雨不打伞，见雨不躲避？”戈剑用手抹了一把脸。

“伞？”普罗阿修不解。

“对，伞。”戈剑定了定神。

普罗阿修摇了摇头。

戈剑从密封的行囊中拿出一件T恤和一条短裤，钻到林子里去换衣服。

戈剑刚脱下湿漉漉的裤子，就看到普罗阿修微笑着朝他这边走过来。

“喂，别过来！”

戈剑大喊，他的心“扑通”“扑通”地跳着。

普罗阿修问：“为什么？”

“我在换衣服。”戈剑又喊道，“你是不可以过来的。”

普罗阿修停住了脚步：“地球人真麻烦。”

“难道你们普罗星上的人可以随地大小便吗？”戈剑说道。

“你真粗俗！”普罗阿修有点气恼。

她捡起地上的一块小石子扔向戈剑。

戈剑躲闪不及，石子正中他的肚子，他“哎哟”一声蹲了下来，心里骂道：“可恶的普罗阿修，我非治治你不可。”

“你在说什么？”普罗阿修似乎可以听见他心里说的话。

“我说你美若天仙。”戈剑瞎编了一句。

“天仙？天仙是什么？”普罗阿修的眸子扑闪着。

“你们普罗星人真麻烦！”戈剑换完衣裤，走出来，盯了普罗阿修一眼。

普罗阿修乐了。

她觉得戈剑这个地球少年还有点儿意思,地球人真怪,他们的思维很有趣。

戈剑突然听到森林里有人在唱歌:

大风大浪我不怕,
刀山火海我不怕,
千辛万苦我不怕,
天寒地冻我不怕,
我是青春的偶像,冲过火热的疆场……

这歌词不是戈剑写的吗,怎么在这森林间响起了呢?普罗阿修和黑骏马听到歌声,马上警觉起来。普罗阿修对地球人设了一道防线,包括戈剑。在普罗阿修的眼里,地球人都是一样的。只是对戈剑,她有种说不出来的感觉。

戈剑终于听清了,是铁蛋、马佩佩和王翔他们在离他不远的森林里唱他的歌。

戈剑便朝歌声传来的那个方向高声喊道:"铁蛋——"

戈剑又喊:"马佩佩——"

戈剑接着喊:"王翔——"

戈剑的喊声在山谷回荡。

"戈剑,你在哪里?"是铁蛋的声音。

"戈剑,你在哪里?"是马佩佩的声音。

"戈剑,你在哪里?"是王翔的声音。

戈剑朝歌声飘来的方向跑去,普罗阿修和黑骏马跟随其后。

他们会合了。

铁蛋冲上前,往戈剑的肩膀上擂了一拳:"好小子,又一个人单溜,害得我们找你找得好苦。哥们,又有什么奇遇?"

马佩佩站在一旁,傻呵呵地笑,她胖嘟嘟的脸红扑扑的。

王翔嘴里嚼着口香糖,站在一旁直乐。

戈剑真高兴,他不知道他们也会来。看来这个暑假热闹了,不像从前他一人闯天下那么孤单了。

铁蛋、马佩佩和王翔全身电击般颤抖了一下之后,看到了戈剑身后的普罗阿修和那匹神采飞扬的黑骏马。他们睁大了眼睛,刚才还没有的,怎么突然出现了这么一个装扮奇异的外国妞呢?那黑色的带翅膀的马又如何解释?

“戈剑,她是谁?”马佩佩轻声问道,话语中夹杂着迷惑。

“哦,我来介绍一下,这是外星来的女孩普罗阿修,这是我和你们讲过的黑骏马。”戈剑把普罗阿修和黑骏马介绍给了他们。

铁蛋不敢相信自己的眼睛,使劲揉了揉双眼:“这不是做梦吧?”

“外星也有这么漂亮的女孩。”马佩佩喃喃地说,眼中闪现出迷离的色泽。在她的记忆中,外星人大都是古怪的异形人。她看过的许多科幻电影中,外星人是不可理喻的,他们长得怪里怪气,像人又像动物,而且掌握尖端的科技,和地球人势不两立。如今这真正的外星人出现了,除了装束和肤色不一样之外,与地球人似乎没有什么区别,而且她那双幽蓝的眸子,流露出来的似乎也是似水的柔情,只不过多了一层疑虑,对地球人的疑虑。

王翔更吃惊的是那匹长翅膀的黑骏马。

原先他死活不相信戈剑讲的是真的,即使是他和戈剑握手言和之后,他也认为戈剑所说的黑骏马是虚构的。造一匹会飞的机器马,在当今世界是不费什么工夫的,就像造一架微型飞机一样,但造这样一匹肉身的,与地球上的马差不了多少,而且能飞上天空、能说话的马,就不能不说是奇迹了。王翔和戈剑和好是被戈剑的真诚所打动,而不是因为黑骏马。现在,黑骏马就在他眼前,而且它旁边还站着一个外星女孩,他的身心不禁激灵了一下。

普罗阿修也在审视着这三个和戈剑不同的地球人。她的目光落到马佩佩身上。这是个地球上的女孩,长得那么胖,不是营养过剩,而是一种病态。在普罗星上,胖是一种病,一种极严重的病。普罗星上的人没什么大病,什么癌症、肝炎、艾滋病等恶症都是没有的,就连伤风感冒牙齿痛也是耸人听闻的事儿。普罗星人没病和他们热爱自然、保护环境有关。普罗星人对肥胖病早已经有了良好的解决办法，他们给婴幼儿注射预防肥胖病的疫苗，使自己星球上的人健康、挺拔、结实，普罗星人是崇尚健美和运动的。

普罗阿修看着马佩佩，心想："她一定很痛苦很痛苦。"

其实，在戈剑的眼里，马佩佩不算胖，只不过是略为丰满点儿。

戈剑看马佩佩满眼惊恐，马上说："佩佩，普罗阿修不会伤害我们的，别害怕。她还救过我呢！"

"是吗？"

"是的。"

4

他们结伴而行。

他们在小溪旁的一棵古榕树下休息。马佩佩又走累了。王翔说马佩佩是他们的一个包袱，早知道她这么娇气就不带她来了。他们是学戈剑的样儿来这片亚热带森林探险的。他们早就听说戈剑在这个暑假要到这里来探险，因为戈剑在《新科学探索报》上看到一则消息，说这片亚热带森林中的莲花峰上有个山洞，山洞里有怪物出没，他要来看个究竟，揭开这个谜。他们在戈剑走了之后，就结伴上路了。他们不知道戈剑是骑着黑骏马飞来的，他们是开着一辆叫"白雪飞龙"的小跑车来的，他们把车停在山下的一个农民的院子里就上了山，没想到碰到了戈剑。其实，他们心中一直想碰到戈剑，因为戈剑是个经验丰富的探险者，又有丰富的独立生活经验。

这是一片经过特殊保护的原始森林，要不然，早就难逃乱砍滥伐的命运了。国家森林保护机构在保护这片原始森林上做出了不可磨灭的贡献，给地球留下了一笔宝贵的财富。

王佩佩自从碰到普罗阿修之后，内心总有一股莫名其妙的感受。她有意无意地躲着普罗阿修。普罗阿修每次审视她时，她就会出现一丝慌乱的神色。

“佩佩,你太娇生惯养了。”王翔老爱拿马佩佩开涮。

马佩佩嘟起了小嘴,她心里一百个不高兴,她不承认自己娇生惯养,要是她娇气,她就不会来了。

“王翔,你有完没完,老说佩佩干吗?”铁蛋护着马佩佩,他觉得马佩佩是个挺好的女孩,他喜欢马佩佩。

王翔不忿:“铁蛋,你怎么老是向着马佩佩,是她娇气嘛,要不然,我们早就到达莲花峰了。”

铁蛋无语。

马佩佩看着戈剑,眼睛湿湿的,她希望戈剑帮她说话。

戈剑笑了笑:“你们别吵了,太没劲,一点团结协作的精神都没有。”

他们不吵了。

马佩佩对戈剑很感激。

普罗阿修不明白他们吵什么,她只是微笑。

黑骏马突然仰头长嘶了一声。

普罗阿修问黑骏马:“普罗神兽,发现什么啦?”

“魔鬼!”黑骏马有些气喘,他的眼睛朝森林里张望,充满了恐惧。

“魔鬼?”普罗阿修神色顿时紧张起来。在普罗星上,“魔鬼”早就绝迹,但大人们常用“魔鬼”来吓小孩。说不保护好大自然,“魔鬼”就会横行天下,人类的生存状态就会受到严重的威胁。在普罗星上,城市里高高矗立的关于保护大自然的广告画上,一边是蓝天、绿地、健康的人类,一边是“魔鬼”的尸体和荒漠。在地球上发现了“魔鬼”,让普罗阿修吃了一惊。

“在哪?”普罗阿修急忙问道。

“在那棵云杉树下。”黑骏马的声音在颤抖。

戈剑听到有魔鬼,心里也一惊。

铁蛋根本就不信这世上有魔鬼。他觉得外星人的神经有些错乱。但他心里也产生了疑惑,或许外星人能看到第四维、第五维空间的怪物,那些怪物或许就是外星人所称的“魔鬼”吧!

王翔的手有些发抖。

马佩佩的眼神迷乱极了,她赶紧躲到戈剑的身后,声音支离破碎:“剑……剑……剑哥,我……我……我害怕……”

戈剑沉着地对马佩佩说:“佩佩,别怕,有我在,什么都不会发生,千万别怕,放松点。”

普罗阿修似乎看到了“魔鬼”,她喃喃自语道:“果然有‘魔鬼’,看来祖先没有骗我们。”

黑骏马壮着胆子站在了普罗阿修前边,无论怎样,黑骏马要保护她的公主不受“魔鬼”的侵害。

戈剑的目光朝不远处的云杉树下望去。

他没有发现什么魔鬼呀?

难道普罗阿修和黑骏马的眼睛产生了幻觉?或许他根本就无法用肉眼识别出魔鬼的真实形象来。在地球上,魔鬼只是在神话和童话里出现过,而且神话里和童话中的魔鬼不是被正义之神降伏就是被渔夫装进瓶子里永不见天日了,哪会有什么魔鬼呢?

见过大世面的戈剑什么也不怕。

他朝云杉树走去。

那是一棵巨大的云杉,高大而且华丽,给人一种健康向上高贵绝伦的感觉。云杉已经是地球上的稀有树种了,只有在这个亚热带山林里才幸存下来。云杉经受了许多自然的灾害毅然地存活下来,证明了其生命力的伟大和坚韧不拔。

普罗阿修看着戈剑走过去,眼中发出幽蓝的恐惧的光芒。

黑骏马大喊道:“戈剑,你要小心!”

马佩佩吓坏了,她什么也说不出来,她只是担心戈剑会有什么不测。

王翔也说不出话来,他的手还在发抖。

铁蛋站在马佩佩身边,对马佩佩说:“别怕,我在呢!”其实此刻,他的内心也动摇了,他相信神奇的黑骏马。

戈剑嘴角露出一丝微笑。

他一步一步地走过去。

做好了和魔鬼搏斗的准备,他捏紧了拳头,随时准备出击。他心里想:"打击魔鬼的时候,我不算是'残酷的地球人'吧!"

5

云杉树下什么也没有。戈剑回头看了看普罗阿修他们,自如潇洒地挥了挥手。黑骏马呆了。

普罗阿修也呆了。

他们一致认为,地球小子戈剑竟然不怕"魔鬼"。

看着戈剑的样子,铁蛋知道没了危险,就鼓动王翔以及马佩佩走了过去。

"喂,外星人,哪来的魔鬼呀!"

王翔冲呆立在原地的黑骏马和普罗阿修大声喊道。

"魔鬼就在树上。"普罗阿修说。

"啊……"

王翔拔腿就逃。

马佩佩也尖叫了一声,跑开了。

戈剑往树上看去,什么也没发现。他只发现树上的枝丫间有个很大的鸟窝。

铁蛋也看到了那个鸟窝。

鸟窝很大,不知是何种鸟的居所。

黑骏马的眼中流下了泪水。

只有普罗阿修知道黑骏马为什么流泪——"魔鬼"已经进入了鸟巢。鸟是普罗星人的神灵,是普罗星人的祖先,鸟给了普罗星人肉体和灵魂。而现在,"魔鬼"在侵犯他们的神灵。普罗阿修束手无策,她不知怎么办才好,黑骏马也不知怎么办才好。

戈剑不明白,树上会有什么魔鬼。

突然,戈剑听到了“吱吱”的叫声和鸟的扑腾声。那个大鸟巢里,好像在进行着一场殊死的搏斗。

“吱吱”的叫声来自于老鼠。戈剑听出来了。

铁蛋也听出来了。

对于四处传播疾病的老鼠,地球人也毫无办法。虽然他们采取了许多办法灭鼠,但是老鼠越来越多,老鼠的体积也越来越大。退回 50 年前,2 斤重的老鼠已经是奇迹了。但现在,20 斤重的老鼠比比皆是。人类在和老鼠搏斗,老鼠在和人类抢夺生存空间。人类投入了大量的时间和老鼠作斗争,一次一次取得辉煌的胜利,但由于老鼠的繁殖能力太强,又善于和人类周旋,人类始终无法消灭掉它们。随着老鼠的许多天敌相继濒临绝境和灭绝,老鼠更加肆无忌惮,这也和人类无节制地破坏生态平衡有关。

紧接着,戈剑他们目睹了一场动物之间的战争。

鸟巢破了,一只猫头鹰落到地上,一只小狗崽般大的老鼠也落到地上。可怜的猫头鹰白天看不见光明,什么也看不见,它只能在地上立起来,伸出钢爪般的利喙,等待着老鼠的进攻。回到 50 年前,猫头鹰对付一只老鼠太容易了,它完全可以用利爪抓住一只老鼠,然后用利喙啄死它,把它吞进肚里,既美餐一顿,又为人类消灭了一个敌人。但现在,面对进化了的巨鼠,还停留在原来状态的猫头鹰已经力不从心了。面对老鼠的上门寻衅,它只能拼命地抵御,明显落于下风。由于老鼠对猫头鹰进行有意识的追杀,猫头鹰越来越少了。猫头鹰处在了危险的境地。

那只巨鼠旁若无人,凶残地朝猫头鹰扑了过去。老鼠锋利的牙插进猫头鹰的肉里。血从猫头鹰的毛间渗出。猫头鹰惨叫一声,它的利爪也抓住了老鼠,但无济于事,没等它的利喙插向老鼠永远那么细小的眼睛,老鼠的利牙已经撕掉了它的一块肉。

猫头鹰的爪子松了下来。

它想飞。

但是它已经没有能力飞了，它的翅膀在鸟巢上就已经被老鼠破坏了。聪明而又可恶的老鼠在攻击猫头鹰时，首先攻击它的翅膀，让它无法逃脱，成为砧板上的肉。

猫头鹰在地上扑腾着。

血洒满了地上的青草。

目睹这场动物之间的争斗，戈剑一时不知如何是好，这场面是残酷的，简直是弱肉强食。马佩佩尖叫着，不敢正视。

普罗阿修闭上了眼，她把双手放在头顶，口里喃喃地说着什么，像是在举行一种什么仪式。

戈剑明白了，普罗阿修所说的"魔鬼"便是大老鼠。他没想到，高傲而又美丽的普罗阿修和神奇的黑骏马竟然怕老鼠。他不知道，在普罗星上，老鼠已经灭绝。而消灭老鼠的手段早就失传了，只留下一些传说而已，普罗阿修和黑骏马自然是毫无办法了。

就在老鼠准备再次扑上去残杀奄奄一息的猫头鹰的时候，戈剑冲上前，一脚踢翻了老鼠。

老鼠的气焰太嚣张了。只见它放弃了猫头鹰，"吱吱"叫着扑向戈剑。戈剑一躲闪，老鼠从他身边窜了过去。这只小狗般的老鼠异常机敏，要是它腾跃起来，扑到戈剑脸上，戈剑的眼睛很有可能会被它的前爪弄瞎，戈剑那英俊挺拔的鼻子说不定也会被它一口啃掉。

戈剑又狠狠踢出了一脚。

那一脚踢在老鼠的肚子上，老鼠翻身倒在地上，"吱吱"乱叫。

马佩佩捂住了脸。

普罗阿修睁开了眼。

她看到戈剑在和老鼠搏斗，惊讶极了，地球小子竟然不怕"魔鬼"。

这时，铁蛋不知从哪里搬来一个大石块，狠狠地砸向老鼠。老鼠见势不好，钻进草丛要溜。戈剑和铁蛋追了上去。王翔也追了上去。三个地球小子追老鼠的情景让普罗阿修热泪盈眶，泪水涌出了她幽蓝的双眸。

黑骏马也流出了滚烫的热泪。

普罗阿修的泪水是绿色的。

黑骏马的泪水也是绿色的。

绿得晶莹,绿得透亮。

普罗阿修走上前,抱起那只伤痕累累的猫头鹰,她要为它疗伤。

6

普罗阿修的眼中射出两道橘红色的光,那橘红色的光射在猫头鹰的伤口上,伤口冒起一股股幽蓝幽蓝的烟。渐渐地,猫头鹰不再流血了,伤口也慢慢愈合,直至完好如初。

马佩佩的眼睛直了。

她走上前,看着普罗阿修。

普罗阿修抚摸着猫头鹰的羽毛。猫头鹰竟发出孩子般啼哭的声音,弄得普罗阿修和黑骏马又眼泪汪汪的。

马佩佩想,普罗星上的人是极爱鸟类的,和地球人一样,只不过,地球人不像普罗星人那么纯粹,那么神秘。她突然喜欢上了普罗阿修,尽管自己的内心对普罗阿修有些拒绝。

戈剑他们回来了。

他们已经消灭了普罗星人认为是“魔鬼”的老鼠。

普罗阿修很感激地看着他们。

她对地球人有了新的认识,最起码他们是勇敢无畏的。

而且他们和自己有相同的地方,就是都憎恨“魔鬼”。

普罗阿修站在他们中央,把双手放在头顶,口里喃喃地念叨着他们听不懂的类似咒语的话语。黑骏马也在喃喃自语,神情肃穆。

森林里的所有鸟类从四面八方朝普罗阿修聚拢过来。

鸟群在普罗阿修的头顶欢呼着。

普罗阿修跳起了舞。

她在群鸟之中跳一种古怪的舞蹈。舞蹈美妙绝伦,变幻莫测,充满了飞翔的欲望和对美好生活的向往。群鸟也在舞蹈,在相互传递着某种圣洁而神秘的信息。

普罗阿修神采飞扬地跳着舞。

她手中托着那只猫头鹰,像是在对群鸟倾诉着什么。她眼中闪烁着迷人的幽蓝的光泽,那是深海的颜色,或许她那双幽蓝的眸子就是两片深不可测的海洋。

黑骏马眼中闪烁着快乐的蓝光。

戈剑入迷了。

铁蛋入迷了。

王翔入迷了。

马佩佩也入迷了。

除戈剑见过如此美妙而神奇的情景之外,他们三人都没见过这样的情景。普罗阿修和黑骏马似乎可以和鸟类通话,他们和鸟类可以进行心灵的沟通。

戈剑心中涌动着一股莫名的潮汐。

他说不清自己对普罗阿修是一种什么样的感觉。刚才她对他的片刻凝视,使他的心莫名地颤动了一下。他每次看到她在不同的地方与群鸟共舞,心里就出奇激动,周身有股热血在奔涌。

他实在说不清这是什么样的感觉。

但马佩佩却准确地捕捉到了戈剑心中那种莫名的感觉。

马佩佩很激动,激动之余心中又有些许的惆怅。令她激动的是外星人普罗阿修,这个神奇的外星女孩身上有种非凡的魔力,她能把附近森林里的所有鸟儿都吸引到身边,并与之共舞。可以说,马佩佩从小到大,从来没有见过这么多鸟,这是她第一次离开上海来到有这么多鸟的森林里。上海,地球上最大的都市之一,早已经看不到鸟儿了。因为严重的污染,鸟儿早已远离了这个城市,孩子们想要看鸟儿,都要到很远的野外才能见到。动物园里也没有了鸟,因为鸟儿在这样的空气中已经无法生存。人类不经意地毁坏着自己的生存空间。能见到这么多的鸟儿，马佩佩能不激动吗？

令马佩佩内心有些许惆怅的，也是普罗阿修。说心里话，马佩佩心里对戈剑有种朦胧的好感。虽然说戈剑对她像对妹妹那样关怀，但马佩佩总觉得戈剑的心离她很远。自从她见到普罗阿修之后，她就感觉到了戈剑对普罗阿修和对自己不一样。戈剑看普罗阿修的眼神，对普罗阿修的一举一动都透着一种莫名的恋情。她因此内心有些许的惆怅。

戈剑没有发现马佩佩的惆怅和迷惘。他只知道马佩佩原先是一个学习成绩很差的女孩，自从他和她结对子学习之后，她的成绩直线上升。他还知道她是个善良的女孩儿，她不矫揉造作，也不像时下众多的女孩儿一样爱慕虚荣。在戈剑眼里，马佩佩是只小兔子，应该让人关心的小兔子。

小兔子马佩佩在普罗阿修面前逊色多了。

但小兔子还是小兔子，不会让人讨厌；相反，同样让人爱怜。所有正直的男孩子都想伸出友谊之手帮助她。

如果说马佩佩是只小兔子的话，那么普罗阿修是只小神鹿。

她很高傲，很神奇，有非凡的本领，但有时也会受惊，也需要关怀，需要阳光和雨露。她不是神，而是外星人，外星人也具有人的本质。

戈剑看着普罗阿修与鸟共舞的痴迷神态，心中响起了一支悠远的歌儿。

神秘的莲花洞

1

普罗阿修非要和戈剑他们去莲花洞。

戈剑说："你和马佩佩在这里等我们，我们几个去就行了。"

“为什么?”普罗阿修问道,扑闪着幽蓝的大眼睛。因为戈剑他们消灭了可恶的大老鼠,普罗阿修对这几个地球小子产生了信任感。

“因为那里很危险。”戈剑说。

“危险?”普罗阿修摇了摇头,“不怕。”

“你们是女孩子,不能去!”戈剑坚决地制止。

铁蛋附和说:“对,你们是女孩子,不能去,要是碰到麻烦,问题就大了。”

“你们不讲理,没有男女之分的!”普罗阿修急了。是的,在普罗星上,男人女人都是一样的。在另一个太阳系的星球里,已经没有男女的区别了,男人可以做的,女人也可以做,那是一个男女高度平等的星球。就是国王,也和百姓一样过普通人的生活,他只不过起一个组织者的作用。人民尊敬他只是一种形式,没有太多实际的内容,因为国王没有特权。

“你们重男轻女,都什么年代了!”马佩佩也发话了,她不想和普罗阿修单独在一起,她要和戈剑在一起,再大的危险她也不怕。

看她俩气鼓鼓的样子,戈剑很无奈。

“那么走吧。”戈剑挥了挥手。

黑骏马笑出了声。

2

他们从莲花峰的山脚下向莲花洞进发。

莲花洞就在莲花峰南坡的森林中。戈剑他们不知道莲花洞的具体位置,在这片亚热带山地的地形图中没有标明莲花洞。

因为莲花洞刚被发现不久。

莲花洞的发现和它的神秘有关。

那是个月明星疏的深夜。三个森林巡逻队员从山地边缘的莲花镇基地进入了莲花峰的南坡,他们在这里宿营。宿营地是森林中的一片小小的开阔地,四周是荆棘丛生的灌木丛。有些许高大的云杉刺破灌木丛,像一只只无言的巨手伸向天空。

巡逻队员经常在荆棘丛中穿行,虽然说穿着保护皮肤的衣服,但也十分辛劳。直升机巡逻只能看看森林里有没有火灾,但发现不了森林中细小的情节,比如违法者猎捕珍稀动物。

他们在宿营地的周围布下警报器之后,就安然入睡了。警报器是为了防范和制止凶猛的动物侵袭他们的。

那个晚上没有风。

奇怪的是整个森林静悄悄的,连细微的昆虫的鸣叫声也丝毫没有。静得沉闷而可怕。劳累了一天的巡逻队员们沉睡过去了,他们没有发现沉寂的月光森林之夜有什么异常。

深夜,巡逻队员的鼾声依稀可闻。

这时,"轰"一声巨响。

机灵的巡逻队员们从睡梦中惊醒过来之后,听到了一种怪异的声音。

他们循声而去。

怪异的声音相当尖厉。

像是磨牙的声音,又像是铁器和铁器相互摩擦的声音。那声音穿透了森林,又似乎要穿透巡逻队员的大脑和心脏。他们觉得很难受。

一个巨大的黑影朝他们扑过来。

一个巡逻队员惨叫一声,被黑影拍倒在地。

那黑影像一只大熊的影子,还拖着一条长长的尾巴,它的身体很庞大,相比之下头要小很多。另外两个巡逻队员没有退却,同时朝黑影开了枪。

麻醉子弹射向黑影,响起"叮叮当当"的声音。

麻醉子弹对黑影无济于事,相反,更加激怒了黑影。

几声尖厉的叫声之后,两个巡逻队员也被拍倒在地,昏迷过去。

黑影伸出巨大的爪子抓起麻醉枪往嘴巴里送。黑影的牙既锋利又坚硬。在"嘎吱""嘎吱"的声音中,一支钢铁制成的麻醉枪被黑影吃掉了。

很快,三支麻醉枪化为乌有。

黑影吃完麻醉枪，弓下身，闻了闻昏迷过去的巡逻队员，然后抬起头，迟疑了一会儿，便拖着庞大而沉重的身子向来处走去。

第二天清晨，三个巡逻队员从昏迷中清醒过来，闻到了一股强烈的怪味，怪味中夹杂着硝烟和粪便的味儿。

他们相互看着，发现对方都没有死。

他们惊惶不已。

他们赶快用远距离对讲机和森林警署总部通话，要求增援。

不久，直升机在他们的头顶盘旋，下来了一队巡逻队员。他们荷枪实弹地在森林里搜索。

最后，他们发现在莲花峰南坡的某个地方，有一块巨大的岩石被炸得粉碎，露出一个黑黑的深不可测的大洞。

谁也不敢下去。

……

这件事在《新科学探索报》上披露之后，许多人纷纷赶来，可谁也没能弄清这个洞有多深，谁也没得出什么结论。

这个莲花洞又成了地球上一个不解的谜。

如今，戈剑他们来到了莲花峰。

在黑骏马的探测指引下，他们轻而易举地来到了洞口。

3

这是正午时分。

炙热的阳光照耀着森林，森林里闷热极了。戈剑、铁蛋、王翔、马佩佩已经汗流浃背，他们闷热难忍，不停地喝着备好的饮料。普罗阿修似乎不怕热，她那身银色的装束在阳光下耀眼极了。

马佩佩摸了摸普罗阿修的衣服，觉得像摸在光洁柔滑的皮肤上一样。她问普罗阿修："你难道不热？"

普罗阿修笑着摇了摇头。

原来她穿的这身衣服是空调衣，它通过普罗阿修身上的静电而产生和外界相反的温度。如果空气闷热，空调衣给普罗阿修提供的是凉爽；如果空气寒冷，空调衣就会释放出热能使普罗阿修温暖。

马佩佩自言自语道："我要有这么一套装束就好喽！"

她极羡慕普罗阿修拥有这一套装束。

这时，戈剑对普罗阿修和马佩佩说："你们离莲花洞远点，我们先过去看看。"

普罗阿修不从。

马佩佩倒很听话，在原地站住了。她靠在一棵树上，喘着粗气。

戈剑竖起了剑眉，他神色严峻地对普罗阿修说："莲花洞里有老鼠，你要是过去，老鼠就会出来。"

普罗阿修幽蓝的眼中掠过一丝恐慌。

她定住了身子。

戈剑偷偷地笑了，心想：别看她神气十足，还挺好唬的。

莲花洞黑咕隆咚的，深不可测。

铁蛋拾了一块大石头，朝洞里扔了下去，老长时间没有一点儿回音。王翔吐了吐舌头。黑骏马无声无息地注视着这个大黑洞，似乎是在沉思。

戈剑突发奇想："我想下去看看。"

"你找死哪！"王翔大叫，"要是那怪物把你吃掉怎么办！"

马佩佩在不远处的树下听到了他们说的话，她大声说："剑哥哥，你千万不要下去！"

戈剑无语，他的眼珠子不停地转动着，既然来了，不探个究竟那还不如不来呢！再说，在没有证实有怪物之前，谁知道那几个巡逻队员说的是不是幻觉呢？在巡逻队员发现怪物之后，森林警察在这里守了一个月也没有发现什么异常，最后还是撤走了。至于巡逻队员麻醉枪的丢失，至今还没有结果，说不定是怎么回事呢！

戈剑突然看了看黑骏马。

黑骏马开口了："戈剑，是否要我帮忙？"

戈剑点了点头。

4

黑骏马和戈剑走进了莲花洞。

其他人都守在洞外。王翔让铁蛋把无线电话给了戈剑,王翔对戈剑说:“你要随时向我们通报情况。”戈剑同意了王翔的提议。

说实话,王翔不敢进去,他没有戈剑的胆子大。

一进入莲花洞,一股凉气迎面扑来。

戈剑打了个寒战。

洞里黑漆漆的。黑骏马的眼中发出了亮光,这是两股橘红色的光柱,把黑漆漆的莲花洞照亮了。

洞又大又深,似乎没有尽头。

越往里进,寒气越重。

洞里空荡荡的,什么也没有。

戈剑的手提电话响了。

王翔在外面叫道:“戈剑,怎么样?”

戈剑沉着地说:“未见异常。”

戈剑关掉了电话,继续往里走。黑骏马对戈剑说:“戈剑,你感觉到了什么?”戈剑只是觉得身上有点冷。他对黑骏马说:“没事,走吧。”

黑骏马又说:“戈剑,假如你出不了这个洞了,你会怎么办?”

戈剑没有回答黑骏马,他的确没想过这个问题。他是戈剑,他应该是地球的超人。他的嘴角露出了一丝自信的笑容。

黑骏马出了口长气。

它感觉到有些呼吸不畅。

这是为什么?黑骏马从来没有遇到过这种情形,它感觉到不对劲了。戈剑难道真的没问题?它不信。

“戈剑,我们回去吧。”黑骏马说,声音有些颤抖。

“你害怕了?”戈剑问道。

“没有。”

“那么继续前进吧。”

“好吧。”

黑骏马的呼吸有了些许的障碍。

戈剑也感到了胸闷。

但他不想不明不白地出去,他还是一个劲地往里走。

黑骏马闻到了一股怪味。

戈剑也闻到了一股怪味。

那股怪味和巡逻队员描述的一模一样,怪味中夹杂着硝烟和粪便的味儿。

戈剑不想给王翔他们打电话,他不想让外面的人着急。他知道那个怪物也许就要出现了,他的心提到了嗓子眼里。害怕?不害怕是不现实的,但戈剑善于战胜恐惧,不然,他就不是戈剑了。

有一种沉重的声音传来,由远而近。

那种声音是心脏跳动的声音。

戈剑没有听过这么强烈的心脏跳动的声音,他的耳朵上像带着听诊器一样。那心跳的声音缓缓地向他和黑骏马靠近。

戈剑停住了脚步。

黑骏马也停住了脚步。

黑骏马感到了危险,它对戈剑说:“现在离开或许还来得及。”

戈剑牙缝里蹦出了个“不”字。

但他手无寸铁。

他没有能力对付险境。

此刻,支撑他的只是意志,超人的意志。再者,他相信黑骏马。

黑骏马叹了口气,它无法预测心跳的声音来自何物。

5

“咚——”

“咚——”

心跳声临近了。

戈剑在橘红色的光中看到一只黑熊一样大的巨鼠从洞的深处朝自己走过来。黑熊大的巨鼠眼珠子中发出两道白光,尖嘴上的两只利牙暴突出来,样子狰狞而恐怖。

黑骏马全身战栗起来。

“魔鬼,火星鼠。”黑骏马喃喃自语。它一步一步地退缩着。

戈剑也一步一步地退缩着。

这玩意连枪都不怕,还怕你戈剑吗?戈剑束手无策了。戈剑问黑骏马:“怎么办?”黑骏马摇了摇头。

黑骏马没想到会在地球上碰到火星鼠。

火星鼠已经绝迹多年了,怎么会在地球上重现呢?这是一个谜。黑骏马没有对付火星鼠的办法,但火星鼠已经在它和戈剑面前。要靠地球小子戈剑消灭火星鼠,那是幻想。黑骏马不知道洞里有多少火星鼠,如果就这么一头,那么它可以使出浑身解数作最后的搏斗。

无论怎样,黑骏马无法避免和火星鼠决战于莲花洞。因为它别无选择,它要保护地球小子戈剑。它在心里拼命排除恐惧的阴影,恐惧无疑会在很大程度上影响战斗力。

火星鼠在逼近。

笨重的火星鼠突然站立起来,像人一样站立起来,两条前腿变成了两条粗壮的胳膊,爪子锋利无比,发出钢铁般的光芒。它吐了吐血红的带刺的舌头,“吱——”地狂叫了一声。

戈剑捏紧了拳头。

在中学里,他是技击的冠军,面对这庞然怪物,他严阵以待。他想,逃跑不是戈剑要做的事,逃跑意味着失败。他下了决心,要击倒火星鼠。

他冲到黑骏马前面。

黑骏马喊道:“戈剑,让开!赶快退到我后面去。”

戈剑说了声:“不!”

戈剑的声音在莲花洞里嗡嗡回响。

火星鼠挥了挥粗壮而又毛茸茸的胳膊般的前腿，怪叫着朝戈剑扑了过来。

“来吧！”戈剑怒吼一声。

戈剑飞起一脚。

脚尖重重地踢在火星鼠的腹部，但火星鼠似乎一点感觉都没有。戈剑像是踢在一块坚硬的石头上，脚趾有断裂的感觉，疼痛无比。

戈剑皱了皱眉头，咬着牙，忍住钻心的疼痛，又飞起一脚。

他这一脚没踢到火星鼠，自己反而被火星鼠一掌打倒在地。

那一掌的力量很大，打得戈剑眼冒金星。他倒在地上，想爬起来，但力不从心了。他觉得有股浓烈的硝烟和粪便的臭味扑进自己的鼻孔，他挣扎了一下便昏迷过去。

昏迷前，他对自己说：“戈剑，你真没用，你是懦夫！”

把戈剑打倒在地之后，火星鼠面对的就是黑骏马了。

黑骏马无法救戈剑，此时它只有伺机把火星鼠干掉，才能去救戈剑。它听到戈剑身上的无线电话响了起来。它无法靠近戈剑，因为火星鼠朝它逼了过来。

火星鼠似乎也听到了电话的响声，它弓身反手一抓，从戈剑身上抓走了无线电话机。火星鼠怪叫着把无线电话机塞到嘴里啃着，只听到“嘎吱”“嘎吱”的声音，火星鼠把无线电话机啃成碎片之后吞了下去。

黑骏马心中冲起一股火焰。

那股火焰在它体内熊熊燃烧。

它厌恶邪恶。

火星鼠是邪恶的化身，它凶残而暴戾，对人类充满了仇恨；它伤害人类，仿佛要把人类推向万劫不复的黑暗深渊。黑骏马心中的恐惧被熊熊的火焰燃烧得干干净净。

它聚起身上所有的能量。

它突然记起了国王的一句话：“你是无敌的，魔鬼会在你的面前颤抖,邪恶会因你的力量消失,你应该一往无前地和邪恶搏斗,你能战胜一切邪恶。”

它的眼中迸射出锐利的橘红色的光芒。

这种光芒区别于刚进入莲花洞时的那种照明用的光芒,它具有巨大的杀伤力,一般的肉体一接触到这种光芒,就会被烧成灰。

火星鼠见到两道橘红色的光芒朝它射来,全身颤抖了一下,然后怪叫着施展它的手段。火星鼠眼中也射出两道光芒,激光一样的白光。

四道光芒短兵相接了。

只见莲花洞里光芒四射。白色的激光和橘红色的激光碰撞后火花迸溅,像是电流短路一样发出“呲呲”的脆响。

黑骏马遇到了强劲的对手。它只要稍一放松,它身上迸发出的巨大能量就会被火星鼠的白光吸收转化为火星鼠的力量,它就会被白光击中。只要被火星鼠的白光击中,它就会被白光烧成灰。

火星鼠“吱吱”地怪叫着。

它显得很愤怒,它不能忍受黑骏马的攻击,它认为黑骏马是人类制造的攻击它的武器。它的白色激光越来越强烈,它要击倒黑骏马,然后一点不剩地吃掉黑骏马。

黑骏马在相持之下,觉得火星鼠渐渐地占了上风。它心里默念了几声:“普罗阿修——普罗阿修——普罗阿修——”

它希望普罗阿修给它力量。

但它又不想让普罗阿修进洞里来,怕普罗阿修害怕。普罗阿修没有见过火星鼠这样的魔鬼,普罗阿修生长在一个美好的星球上,她所有的感觉都是美好的。

黑骏马心中发出的信息传递出去后,火星鼠进攻得更疯狂了。

6

普罗阿修正在阳光下的山林里伫立着。

她在想念地球上的鸟类。她这次从普罗星上来到地球,纯粹是为了鸟类,她没想到会和地球上的一群少年在一起,也没想到会碰到这么多的事情。看来,地球的问题十分严重,稍有不慎,地球人就会重蹈火星人的覆辙。但她似乎从戈剑这些地球少年身上看到了希望,他们善恶分明,充满了对大自然的热爱,就凭这一点,地球就有希望。但愿像戈剑这样的地球人多起来,大家都来爱护大自然,改变地球的困境。

普罗阿修浑身触电一样颤了一下,她感到了从黑骏马身上传来的信息。她知道黑骏马遇到了麻烦,很大的麻烦。她的眼中流露出一丝焦虑,黑骏马是不是遇到了"魔鬼?"她虽然害怕"魔鬼",但"魔鬼"并不像她想象中的那么可怕。戈剑他们消灭过"魔鬼",这让她心里增添了不少对"魔鬼"的认识。她完全有能力消灭"魔鬼",只是"魔鬼"给她留下的阴影她一下子消除不了罢了。

黑骏马遇到的肯定不是一般的"魔鬼"。

不然,黑骏马不会向她发出求救的危险信号。

普罗阿修当然不会袖手旁观,她心里默默地念道:"父亲,请赐给我勇气吧!请赐给我消灭丑恶的力量吧!"

她的内心也燃起了火焰,熊熊的火焰。

火焰中,她的心变得无畏和坚强了。

她叫了一声:"普罗神兽,我来助你!"

说完,她如一阵疾风,钻进了莲花洞。

在树下默默祈祷戈剑平安无事的马佩佩看到普罗阿修冲进了莲花洞,马上脸色一变,感觉不妙。她也来到了洞口,和铁蛋、王翔他们站在一起。

马佩佩白皙的脸涨得通红。

她不知道说什么才好,她的胸脯一起一伏,显得很焦虑。

她的确担心戈剑有什么不测,假如戈剑遇到什么不测,她会伤心一辈子。马佩佩的泪珠在眼眶里打转转,她头顶的汗珠从脸颊上流淌下来。

铁蛋说:"王翔,你在外面照顾马佩佩,我进去帮他们。"说着,他折了一根树枝，理成一条棍子就要往里冲。

“不行！”王翔神色慌乱地说，“你进去顶什么用，我们应该在外面想些办法。”

铁蛋心里也乱极了，虽然说他很刚烈，但是这种阵势他也是第一次碰到，他心里也没有底，说不定进去就是送死。这几天，他都懵了，什么普罗阿修，什么黑骏马，他不知道这世界到底发生了什么。戈剑又不让他们向外界泄露外星人的秘密，他们根本无法和外界提起外星人的事情，他真的丈二和尚摸不着头脑了。

这次旅行，让他铭记终生。

但他也十分担心戈剑发生意外。他不希望戈剑发生意外，戈剑是他心中的偶像。以前，看到戈剑理着小平头，他就也去理个小平头。可他理小平头的确不好看，他的头型太小太尖，不伦不类的，不像戈剑的头方方正正。可他还是乐意理小平头，他说那样显得精神，他不喜欢学校里的那些时髦的小伙伴们，把头发剪得怪模怪样，还染得五颜六色，故作潇洒状。

王翔沉默着，他在想办法。

马佩佩跺着脚，哭声都出来了：“你们快想办法呀！”

王翔突然一拍脑门，说：“有了，赶快和森林警署联络，让他们派人前来增援！”

“对！”铁蛋双眼一亮。

可他们不知道森林警署的电话号码。

马佩佩说：“找查号台！”

王翔拿起电话找查号台查询。

很快查到了森林警署总值班室的电话。

“喂，我是森林警署总值班室，请问哪里？”电话里传来值班女警察甜甜的声音。

“我是王翔，上海第七中学的学生，我碰到困难，请求帮助。”王翔急忙说。

“什么,你是上海七中的学生?你在哪里?碰到什么困难需要我们帮助?”女警察觉得很奇怪,她问道。

“我们在莲花洞发现了怪物,我们的同学戈剑在洞里,很危险,请帮助我们!”王翔的话里似乎都冒出火了。

“什么,你们在莲花洞?那是禁区,你们怎么闯进去了!你们几个人?”女警察十分惊讶,“怪物在哪里?”

“我们是来探险的,我们有五个人,赶快前来援救,怪物在洞里。”王翔觉得口干舌燥,他觉得这女警察太啰嗦了。

“好吧,我们马上派人前去。”女警察说完就放下了电话。

“好,戈剑有救了。”王翔兴奋地说。

铁蛋愣愣地看着王翔,心想,王翔怎么知道洞里有怪物呢?他不希望洞里有怪物,他打心里不希望洞里有怪物。

马佩佩也一样,不希望洞里有怪物。

7

普罗阿修幽蓝的双眼变成了橘红色,她在橘红色光芒的指引下,进入了莲花洞的深处。她听到了黑骏马的喘息声,她也听到了火星鼠的怪叫声。她的目光在洞里搜寻着。她迅速地来到了火星鼠和黑骏马搏斗的地方。她看到了火星鼠和黑骏马相持的情景:黑骏马气喘如牛了,它已经力不可支,在拼命地抵挡着火星鼠白光的进攻。橘红色的光渐渐地被白光吞没,眼看黑骏马就抵挡不住了。她还看到戈剑倒在地上,她心里一阵疼痛,戈剑被击倒了,这个勇敢的地球小子让她心里顿觉疼痛。

看到丑恶的“魔鬼”那么猖狂,普罗阿修已经没有了恐惧,她觉得有股巨大的力量在周身流窜。

“呀——”

普罗阿修大喊着,眼中迸射出两道橘红色的光芒。这橘红色的光芒汇入黑骏马的橘红色光芒里,橘红色的光芒顿时强烈起来,渐渐地吞掉火星鼠的白光。

火星鼠一看黑骏马来了援手,暴怒了。

火星鼠扭动着全身,它那丑陋不堪的身子发出“嘎吱”“嘎吱”的声响。顿时,白色激光又粗壮起来,和橘红色激光相抗衡。

“顶住!”普罗阿修对黑骏马说。

黑骏马其实已经不行了,它身上的能量已经快用尽了。但它一看到普罗阿修来增援,顿时精神一振,咬紧牙关,作最后的冲刺。

“恶魔,你的末日到啦!”普罗阿修叫道。

火星鼠嘴角钢针一样的鼠须一根根竖立起来,两颗巨大的獠牙也发出惨白的光。它抖动着那根粗壮有力的尾巴要和普罗阿修决一死战。

普罗阿修求胜心切,她一把抓下头顶银白色的帽子,露出橘红色的头。她的头上光洁闪亮,一根头发都没有。

“父亲,请赐给我消灭恶魔的力量吧!”

普罗阿修内心在祈祷。

只见那橘红色的头顶出现一道橘红色的光环,那光环美丽极了。橘红色光环越变越大,然后朝火星鼠飞过去,罩住了火星鼠的全身。

火星鼠惨叫一声,便没了踪影。

黑骏马长嘘了一口气,便全身瘫软,倒在地上。

普罗阿修心中叫了声:“可怜的普罗神兽。”

她没有去管黑骏马,她知道火星鼠有隐身的功能,她要消灭它,不能让它继续存在。它存在一天,对人类对地球的危害就存在一天。她收回那光环,启动大脑中的雷达系统进行搜索。

整个莲花洞充满了橘红色的光芒。

突然,普罗阿修的背上挨了重重的一击,接着,她听到一声怪叫。火星鼠无处藏身了,只好奋起抵抗,它的尾巴一扭,打在了普罗阿修背上。普罗阿修倒在地上,她无法转身,来不及释放出头顶的光环,就被火星鼠压倒在地上。火星鼠骑在普罗阿修的背上,怪叫着举起锋利的钢刀般的爪子，往普罗阿修光洁的头上插去。

普罗阿修被沉重的火星鼠压住，无法施展体内的能量，也就无法将能量转化成光环来击败火星鼠了。

在这千钧一发之际，黑骏马眼中橘红色的光芒洞穿了火星鼠的后背。火星鼠以为黑骏马丧失了能量，对它构不成威胁了，没想到黑骏马竭尽全力的一击让它哀号一声软塌塌地倒在了一旁。

普罗阿修站起来，叫了声："普罗神兽——"

她哭了，流出绿色的泪水。

这时，戈剑醒转过来。

8

马佩佩最先听到了直升机的马达声。

紧接着，他们看到了森林警署的直升机。直升机身上有森林保护标志——一只小鸟环绕在一棵绿树旁边。那森林保护标志异常醒目。

直升机在他们头顶盘旋。

直升机上放下了绳索，一个个森林警察全副武装地从绳索上滑了下来。

马佩佩激动得流下了泪水。

铁蛋欢呼起来。

王翔也欢呼起来。

森林警察荷枪实弹，打着手电冲进了莲花洞。马佩佩和铁蛋他们也要冲进去，被一个森林警察拦住了："你们在这里站着，不要进来。"

他们心痒痒的，但没办法，只好站在洞口。

戈剑觉得身子软绵绵的。

洞里充满了肉被烧焦的煳味，挺恶心的，他想吐。他想站起来，可全身又没有力气。火星鼠的那一掌差点让他丧命。

普罗阿修充满深情地看着戈剑醒转过来之后，就带着黑骏马顷刻消失了。洞里一片黑暗。

戈剑不明白普罗阿修为什么要带着黑骏马离去。他想喊住她，可喊不出来，喉头像卡着一块软绵绵的东西，他太虚弱了。

不一会儿，他看到了森林警察的手电光。

他被森林警察背出了莲花洞。

那火星鼠的尸体也被森林警察抬出了莲花洞。

复活的老虎化石

1

戈剑和铁蛋他们被直升机送到了森林警署的招待所里。森林警署卫生所的医生们给戈剑作了全面的检查，发现他没有受任何伤，只是体质弱了点，休息休息就会好转的。那些匆忙赶来的记者们对戈剑进行了采访，戈剑什么也没说。他会用笔把一切记录下来。他答应过上海的《新科学探索报》，他这次探险的文章由《新科学探索报》独家发表。但那些记者们还是从森林警署获得了一些情况，急急向各大报发稿，被森林警署拍下来的火星鼠的尸体的照片也被记者们用传真传回各个报社去了。

这是一只奇怪的巨鼠。

它不是地球的动物。

记者们纷纷猜测。

只有守口如瓶的戈剑知道，它叫"火星鼠"。

让人们吃惊的是，还没来得及将火星鼠送到森林动物研究所进行解剖研究，它就消失了，只留下一张张让人感到遗憾和不解的死尸照片。人们解开了一个谜团，又陷入了另一个谜团。原来，森林警察把那只巨鼠抬出洞口之后就进行拍照，这时，奇迹发生了，火星鼠的尸体在阳光下像一块冰一样渐渐溶化。很快，那只丑陋的巨鼠变成了一摊湿湿的水迹。

戈剑对记者们的纠缠烦透了。

戈剑被记者们吹捧成了英雄。

戈剑心里惦记着普罗阿修和黑骏马。

此刻,他们在哪里?他们才是消灭火星鼠的英雄。

2

普罗阿修和黑骏马就在莲花峰顶上。

黑骏马躺在地上奄奄一息,它最后的一击已把体内的能量耗尽。此时,它游丝般的生命在这星光之夜岌岌可危。

普罗阿修的眼中积满了绿色的泪水。

她跪在黑骏马的身旁,抚摸着黑骏马油黑的鬃毛,口里喃喃地说:“普罗神兽,你会活过来的。普罗神兽,你会安然无恙的。”

她没想到地球上充满了危机,她后悔来到地球。

她在等待普罗阿修号飞碟的到来,飞碟里储存着大量的热能,只要普罗阿修号飞碟从罗布泊飞抵莲花峰的上空,黑骏马就有救了。

她觉得等待的时间异常漫长。

她站起身来,注视着迷幻的太空。

无论是哪个星系的人,都是有丰富情感的人。无论是哪个星球上的人类,都有一个共同的目的,就是爱护自己所在的星球,爱护自己赖以生存的环境。普罗阿修从戈剑的身上看到了这一点。可是,地球和普罗星不一样,地球已经伤痕累累,而普罗星却一切完好。普罗星曾有过跟地球一样的遭遇,但普罗阿修的祖先觉醒得很早,他们用自己的爱心挽救了自己的星球,挽救了普罗星人的命运。普罗阿修相信地球人同样已经觉醒,他们同样可以挽救他们赖以生存的地球,挽救自己的命运。普罗阿修的眼中闪烁着迷人的光泽,她突然产生了帮助地球人的欲望。其实,她已经不自觉地帮助了地球人。

在这寂静的莲花山的深夜,普罗阿修突然听到了一种响声,像沉雷来自远天。她的脸上露出了笑容。

雷声持续着,越来越近,变成机器般的轰鸣。

莲花山的夜空顿时像是被一口巨大的黑锅盖住了,空气变得稀薄,满天的星斗被遮住了,山中已经没有了风。

机器的轰鸣声停止了。

天空中出现了一个光点,闪着橘红色的光亮。

那光亮在一股灼热的气流中慢慢地扩大,随即,偌大的一片天空变成了橘红色。橘红色的光罩住了莲花山。

莲花山的森林哗哗作响。

普罗阿修的眼中射出两道彩虹。天空中那巨大的发光体也射下来两道彩虹,和普罗阿修眼中的彩虹相接起来。

黑骏马艰难地站起来,眼中也射出两道彩虹。天空中的巨大发光体又射下两道彩虹,和黑骏马的彩虹相接起来。

慢慢地,黑骏马被一股巨大的磁力吸起,身体在缓缓上升。

普罗阿修也被一股巨大的磁力吸起,身体也缓缓上升。

他们的身体渐渐地接近最亮的光源了。

这时,普罗阿修发现了一块奇妙的石头,那是山林中一块华南虎的化石,她的心一阵颤动。

普罗阿修消失在光源之中。

黑骏马也消失在光源之中。

这时,天和地仿佛剧烈地颤抖了两下,橘红色的光渐渐减弱,树林的哗哗声也渐渐减弱。机器的轰鸣声又出现了,由近而远。

森林恢复了寂静。

天空呈现出本来的面目,星光闪烁。

那个晚上,戈剑似乎感觉到了什么。他感觉到天上一颗疾走的星上落下了无数的金粉,金粉盖住了一块石头,那块石头像一只虎。

3

戈剑是被马佩佩吵醒的。

这是一个清新无比的夏日的清晨,森林警署驻地鸟语花香,戈剑还闻到了清甜的露水的味儿。

“剑哥哥,快起床!”马佩佩在戈剑住的房间外又是敲门又是叫唤。

不但戈剑被吵醒了,铁蛋和王翔也被吵醒了。多日来在森林里风餐露宿,实在是太劳累了,他们想睡一个懒觉都睡不成。铁蛋睡眼惺忪地坐起来:“这鬼丫头,叫啥呢。”王翔骂了声:“神经病!”

戈剑穿上衣服,打开了房门。

“快,快走!”马佩佩一副兴高采烈的样子,好像有天大的喜事。

“什么事这么高兴?”戈剑似乎也没有睡够,他不停地用手背揉眼睛。

“森林里发现了老虎。”马佩佩说。

“什么,老虎?”戈剑简直不敢相信自己的耳朵。

“是的,森林里发现了老虎。”马佩佩说。

一听说发现了老虎,铁蛋和王翔立马蹦了起来。

“快走!”马佩佩说。

他们来到森林警署的直升机停机坪。

直升机已经发动了,螺旋桨不停地转动着。

“快上来!”警署一个官员在叫他们。警署的人都挺喜欢这群上海来的中学生。

他们一个一个地爬上了直升机。飞机上还有记者。直升机朝莲花峰飞去。

在飞机上,警署的官员给戈剑他们一人发了一个望远镜。

老虎就出现在莲花峰南面的森林里。

就在今天凌晨,值班的女警察从森林红外线扫描器的屏幕上发现了一只华南虎。于是,警署官员和记者们乘机前去观察,警署的官员顺便带上了戈剑他们。

直升机飞抵莲花峰南坡的54号森林区域上空。在直升机上,戈剑用望远镜看到了那只老虎。

那只华南虎在森林中信步走着,像是在悠闲地散步。华南虎约莫有两米来长的身子,这在华南虎中是罕见的大型虎了。

虎的皮毛是黄色的,有黑色的斑纹。

它似乎是在寻找食物。

它也许饿了。

虎是食肉的动物。一只黄羊在虎的不远处站立着。黄羊看着这只大虎,目光惊恐极了。老虎看到黄羊,便停住了脚步,只见它吐了吐血红的舌头,仰天吼了一声。

黄羊惊恐万状,如离弦的箭般跑向森林深处,惊飞了许多森林中正在歌唱的小鸟。

老虎似乎无意去追赶,又继续踱着步子,缓缓地往前走。

它四处张望,似乎在搜寻可口的美味佳肴,但它一直没有发现目标。

直升机一直跟着它。

飞机上的记者们不停地拍照,戈剑也不停地拍照,他们叹为观止。

在公元2060年的今天,华南虎早已绝迹。由于气候和环境的变化,就是这片原始森林也改变不了华南虎绝迹的命运。这突然出现的华南虎着实令人吃惊。华南虎的重现,似乎给地球带来了新的生命之光。

那么,这头华南虎看到猎物黄羊为什么不追杀呢?看它的样子应该就是在寻找食物,吃饱了的老虎是不会到处跑的。

戈剑看到华南虎又停住了脚步。

它的目光落在了一只野兔身上。

野兔机敏地竖起了耳朵。它似乎听到了这久违了的森林之王的沉重的喘息声，吓得一下子钻进荆棘丛中，顿时消失得无影无踪。

老虎没有在意这只机敏的野兔，它很挑剔，又放过了一个可口的猎物。飞机上的人都很惊讶，怀疑这只突然重现的猛兽已经退化了，丧失了猎捕其他动物的本领。虎是威猛的猫科动物，可眼前的这只虎似乎善良极了，它究竟在寻找什么呢？

如果它丧失了猎捕的本领，那么，它会饿死。

戈剑突然想起了昨夜的那种感觉，那一块石头，那一块像虎一样的石头，还有那天空中落下的金光灿灿的金粉，这种奇怪的感觉让他纳闷。他想说什么，可什么话都说不出来。望远镜一直没离开过他的双眼，除了拍照的时候外。虎的重现，将是本世纪中叶的一个奇迹吧！

虎好像发现了天空中盘旋的直升机，仰天长啸了一声，许多树叶纷纷落地。这应该是一只威猛的虎。

一只秃鹰在远天朝这边盘旋过来又盘旋而去，它是在向森林的动物们发出信号，告诉它们大王又回来了。

这是一只孤独的华南虎。

它没有敌手，又不侵犯别的动物。

它的精神是孤独的。

它的家族已经不存在了，它存在的意义是什么呢？

或者它只是一块石头，一块幻化的石头吧！

不，它在踱步，它不时长啸，它的目光在穿透森林。森林是它的家园，是动物们的家园。它爱森林，它在自己热爱的家园里散步又有什么不妥？它和它的动物臣民们和平相处又有什么可指责的呢？

让戈剑吃惊的场面出现了。

让飞机上所有人吃惊的场面出现了。

这是一只威风凛凛而又有正义感的虎，它高傲、蔑视一切又疾恶如仇。它人化了的性格刹那间体现出来了。

它发现了一只老鼠，进化了的老鼠，不是那神秘的怪物——火星鼠。那是一只小狗般大的老鼠。

那只老鼠胆大包天。

它蹿到了森林之王面前。

它张扬起和身体不成比例的尖嘴猴腮的头,朝老虎“吱吱”叫着,好像在向这只猛虎挑衅:“你是谁?你敢和我决斗吗?”

老虎低吼了一声。

老虎看到了老鼠挑衅的目光。

它们就那样相持了一会儿。

老虎终于暴怒了,它朝小狗般的大老鼠扑过去。一个饿虎扑食,老虎的利爪抓住了老鼠。

老鼠躲闪不及,被老虎抓住。它惊骇地发出悲凉的哀叫,但是无济于事,老虎在一瞬间把老鼠撕成了碎片。

老虎吞下了老鼠的碎片。

“嗷——”

戈剑欢叫起来。这是一只神奇的老虎,它竟能分辨出动物中的善和恶。黄羊它不猎杀,野兔它不猎杀,宁愿自己饿着肚子,但决不轻易放过那只阴险的老鼠,这是奇迹中的奇迹。飞机上的人都欢呼起来。

就在这时,一个森林警察突然说:“那块老虎石怎么不见了?”

“什么?老虎石?”戈剑急忙问道。

“是的,这54号森林区域的一块老虎化石不见了。”

那警察说。

这正好和戈剑昨夜那个奇妙的感觉相符了。

难道是老虎化石复活了?

这不是神话中的故事吗?

很快,戈剑不感到奇怪了,只要普罗阿修和黑骏马存在,什么都可能变成现实。因为普罗阿修和黑骏马有超人的能力。也许是普罗阿修让华南虎复活,专门用它来对付“魔鬼”老鼠的。

4

华南虎出现一天之后又神秘地失踪了，那块华南虎的化石也没有再出现。这让森林警署的人惊异万分。这咄咄怪事的出现，平添了一分神秘。而森林警署灭鼠队的队员们在新的一天里一无所获，那些大老鼠也不见踪影了。

戈剑知道这并不是幻觉。

记者们和戈剑拍摄的照片上记录了那只活灵活现的华南虎。

它真实地重现过。

这和普罗阿修有关。

也和黑骏马有关。

戈剑几次想说出普罗阿修的秘密，但他忍住了，他是个守信的少年。同时，在他的要求下，马佩佩、铁蛋、王翔也没有说出那个秘密。

“这肯定是那个外星女孩干的！”王翔说。

铁蛋对他的话表示赞同。

马佩佩无语。

戈剑真希望是普罗阿修干的，如果是这样，就证明普罗阿修还没有离开地球，黑骏马也没有离开地球。

戈剑真希望普罗阿修和黑骏马出现，因为，明天他和同学们就要离开这莲花山森林保护区了。

火星鼠之谜只有他们才能解开。

老虎化石之谜也只有他们才知道。

他为何陷入黑暗

1

铁蛋驾驶着心爱的“白雪飞龙”在山间公路上疾驰。马佩佩和戈剑坐在后排的位置上。因为小跑车开得太快，转弯的时候马佩佩的身子便歪来歪去，她禁不住叫唤：“坏铁蛋，开慢一点！”

铁蛋开心地笑道：“怕啥，不会把你摔下去的。”

戈剑说：“小心点为好，别太神气了，出了意外你负责不起，你父亲再有钱也没用。”

铁蛋不说话了，放慢了速度。

王翔吐了吐舌头，其实，是他让铁蛋开快车的，他觉得车开得飞快好不威风。可是在这山区里，几乎没有人，有谁看他威风呢？

离开莲花山森林保护区，戈剑的心情怪怪的，他总觉得有种失落感。他不像铁蛋他们那样高兴，他们吃不了苦，也极容易忘记一些事情。

铁蛋开着“白雪飞龙”，心里很惬意。这是做生意的父亲送给他的生日礼物。

“白雪飞龙”是专门为未成年少年所设计制造的小跑车。

“白雪飞龙”的妙处是，快碰到障碍物的时候，它会提前自动刹车；后面有车撞上来时，它会自动飞起，躲避危险之后安全落地。并且，车的启动和停止，都是电脑控制的。这样的小跑车当然是少年们最喜欢的交通工具啦，但它很昂贵，并不是谁都能买得起的。

正当铁蛋开得兴奋的时候，“白雪飞龙”自动减速了。电脑显示：没油了，暂停操纵。铁蛋把车停在一边，一下子没了情绪。车子抛锚在前不着村后不着店的山间公路上，铁蛋像泄了气的皮球一样蔫了。铁蛋怎么会忘了在森林警署里加油呢!

森林警署的叔叔们在他们离开时说要用直升机送他们,铁蛋自豪地说:“不用,我们自己有车。”可是现在,铁蛋却自豪不起来了。

没有了汽油的“白雪飞龙”变成了一头“死猪”。

王翔跳下车,左看右看之后,说:“真没劲!”

铁蛋不高兴地瞥了王翔一眼,心想,你王翔也不知道想点办法,就知道说丧气的话。

马佩佩急了:“剑哥哥,你看怎么办?”

戈剑也想不出什么好法子来。他说:“只有等了,看看有没有过路的车,如果有,那就拦下来讨些汽油。”

这荒山野岭的,过往的车辆极少,但他们还是抱着一线希望等待着。

2

山间公路旁是一条淙淙流淌的小溪,这不知名的小溪溪水清澈见底,与莲花溪一模一样。戈剑望着那清澈的小溪,想起了那场暴风雨,想起了普罗阿修清脆的笑声。

他们等了半晌,也没有一辆车经过。

几个人坐在路边的石头上,大眼瞪小眼,谁也不说一句话。平常话最多的王翔也没词儿了。

铁蛋急出了一身汗。平常在同学们面前炫耀“白雪飞龙”的神气劲不知跑到哪里去了。他耷拉着脑袋,一副无精打采的样子。

马佩佩注视着戈剑。她知道戈剑心里惦念着黑骏马和普罗阿修。

马佩佩站起来,走到戈剑身边,说:“剑哥哥,要是外星人和黑骏马在就好了,他们肯定有办法帮助我们的。”

戈剑看了看马佩佩一脸纯真的样子,若有所思。是呀,要是普罗阿修和她的黑骏马在,那该有多好,说不定什么问题都解决了。他的眼睛忽然一亮,他记起了黑骏马的话:有困难要我帮助的时候,就在心里默念几声“普罗神兽”。他相信普罗阿修没有离开地球，黑骏马也没有离开地球，那他为什么不呼唤黑骏马呢？

他闭上了双眼，把双手放在头顶，心里默念道：“普罗神兽——普罗神兽——普罗神兽——”

突然，他全身有了触电的感觉。

紧接着，他听到了黑骏马的声音：“戈剑，请你把所在地的方位告诉我，我和公主立即赶来。公主想念你，我也想念你，按你们地球人的说法，我们是朋友。”

戈剑的眼眶顿时湿了。“朋友”两字让他感动。

他叫马佩佩拿出莲花山脉的地图，查清了所在地的经纬度。几日来莫名的惆怅顿时飞到爪哇国去了。他告诉了黑骏马他所在的方位，他说：“黑色闪电，你告诉公主，我很想念她，你们都是我们的好朋友，是我们地球尊贵的客人。”

他在等待黑骏马和普罗阿修的到来。

3

黑骏马驮着普罗阿修飞掠而至。

黑骏马还是那么神采飞扬。

普罗阿修像一个下凡的仙女，幽蓝的双眼仿佛会说话。

戈剑激动得什么也说不出来。

马佩佩叫道：“哇，好漂亮呀！”

铁蛋呆了。

王翔心里倒吸了一口凉气，要不是亲眼所见，打死他他也不会相信这是真的。

黑骏马一落地，普罗阿修就从马背上跳下来。看到他们，普罗阿修的眼睛发出幽蓝的亮光。她笑了，笑得极甜美。她朝他们打了一个优美的手势，说了声：“朋友——”

黑骏马走到戈剑面前。戈剑抱着黑骏马的脖子，把脸贴了上去。

黑骏马温热的体温传到戈剑的身上。戈剑的手抚摸着黑骏马油亮的鬃毛,心里感慨万分。是黑骏马把他从上海驮到这里来的,是黑骏马找来了普罗阿修,是黑骏马帮普罗阿修消灭了火星鼠,是黑骏马……戈剑的眼睛里涌出了泪水。

普罗阿修走到“白雪飞龙”面前,左看右看。

普罗阿修从容地打开车的后盖,从里面取出一个塑料小桶,朝小溪走去。来到清澈的溪边,她打了一桶溪水,然后回到“白雪飞龙”旁边。

她打开了油箱盖,一股刺鼻的汽油味使她皱了皱眉头:“地球人怎么用这种气味的水?”她提起盛满溪水的桶,就要往油箱里灌水。

铁蛋叫了一声:“住手!”

他本以为普罗阿修会用什么神奇的方法帮助他们,使“白雪飞龙”启动。哪想到她竟要往油箱里灌水。

普罗阿修惊讶地看着铁蛋。

“不能往油箱里注水,你会弄坏我的跑车的!”铁蛋急了。

普罗阿修微笑道:“为什么不能?这样是有效的。”

铁蛋不由分说地冲上前,夺过水桶,把桶里的溪水全部泼了出去。

普罗阿修惊讶地看着他:“你为什么这样做?”

铁蛋的脸通红,他无言以对。他心里说,见鬼,溪水怎么能充当汽油!

戈剑也觉得很奇怪,水怎么能当燃料呢!

普罗阿修似乎看出了他们眼中的疑问,她笑了:“在我们星球,只要是水,就能当燃料。水中含有丰富的物质,只要通过电脑程序的正确处理,那些物质就会发生化学反应,变成燃料。”

“真是天方夜谭。”王翔插了一句。

“不是天方夜谭,而是你们的知识太贫乏了。其实,在很久很久以前,我们的祖先就用水做燃料了。但是,因为汽车会排出大量的废气污染空气,所以在我们星球上汽车很早就被淘汰了。在我们的博物馆里,可以看到比你们这里更先进的汽车。”普罗阿修说得很离奇。

据知识面很广的戈剑所知，在地球上，最先进的国家也没有用水做燃料的先例，而在普罗星上，这已经成了历史，这太神奇了。

“喂，你们就别争了。就让她试一试吧!”马佩佩说，“天都要黑了。”

“试一试，把我的车试坏了谁赔?”铁蛋犟起来了。

“我赔!”马佩佩说。

铁蛋心里说，你赔得起吗？但他不愿意伤害马佩佩，只好默不作声地应允了。

戈剑打来了水，他把水注进了油箱。

铁蛋心疼坏了，但他也希望出现意想不到的奇迹。

加满了水后，戈剑盖上了油箱盖。

普罗阿修坐上了车。

她把手放在了车上的电脑上。

她那细嫩的手指间放出了一股股电流。

“电脑程序需要改变。”她说。

似乎有种神奇的力量使电脑屏幕上的数据拼命地跳动着。这是一种魔法，外星人的魔法吗？电脑的数据不断变化之后，溪水竟然真的变成了燃料。电脑屏幕上显示:燃油已满，车可使用。

普罗阿修收回了放电的手，她下了车，对铁蛋说:“你试一试吧。”

铁蛋用异样的眼光看着普罗阿修。普罗阿修眼中有一种神奇的力量，当铁蛋的目光和她的目光相对时，铁蛋接收到了一个信息。这个信息通过目光被传递到铁蛋的大脑:请启动你的跑车，你必须相信，水可以代替燃油。

铁蛋钻进了车，试了试启动装置。车的马达响了起来，启动了。哈！车能开了。铁蛋的眼中放出了异彩。

王翔摸了摸头，吐了吐舌头:天哪，这外星人真是无所不能，这太神奇了。

戈剑笑了。他吹响了口哨。口哨声极好听。

马佩佩跳了起来，拍着手叫道:“好啦！好啦!”

普罗阿修说:“地球人迟早要淘汰汽车的。”

“为什么?”铁蛋兴致勃勃地问。

普罗阿修没有回答,但她给他们讲了一个故事,故事神秘而有趣。

4

在普罗星上很久远的时候,汽车工业已发展到相当高的程度,航空业的发展也十分惊人。但是,有些问题日夜困扰着普罗星人的生活,那就是汽车和飞机等排出的大量废气和杂质。虽然说他们已经停止在普罗星上开采石油,用水充当了燃料,可环境污染的问题却解决不了。这是一个非常令人头疼的问题。环境污染不仅直接危害人的身体,而且还对星球上的动植物尤其是他们奉为神灵的飞鸟威胁巨大。

就是在这种背景下,出现了一个可以在普罗星上被载入史册的人。他就是马的研究者普罗奥耶。

普罗奥耶在普罗星上是著名的马学专家,他能和马对话,他知道马的语言。普罗奥耶是个地道的马痴。

普罗奥耶长年居住在普罗星上一个叫白银的草原上。草原四季如春,鲜花常开。普罗星上最优良的黑骏马就出自这片如诗如画的草原。

一天清晨,普罗奥耶在清新无比的空气中醒来,看到许多黑骏马密密麻麻地在他的居所外面站立着。

他突然感觉到了问题。

他用一种奇怪的语言和马说话:“嘶——哪——嘶——哪——耶——”

一匹领头的黑骏马也长嘶起来。在马的嘶叫声中,每一个音节都代表一个词或者一个字,把那些词和字连起来,就是一句完整的话。

普罗奥耶问马:“马呀,你们为什么神情沮丧,眼中流露出忧伤?我的心好感伤。你们能否告诉我心中的苦恼,告诉我是谁让你们如此难过?”

马回答:“你看那天边,那不是云,那是污浊的气体凝结的魔体,它就要飘到草原上来了,我们闻到了死亡和疾病的气息。你是我们马类尊敬的父亲,父亲你能解救我们,让我们不受黑云的侵害吗?”

普罗奥耶听罢大惊。

他朝东方望去。果然,那里有一片黑云,正朝这边飘移过来。普罗奥耶的肉眼是无法分析出那些云的质地的,当时普罗人并没有发明万能芯片装置,人脑也不能分解一切,不能聚集能量。普罗奥耶相信马,许多动物的眼睛比人类的眼睛更神奇,它们会发出一种电波,感觉到许多人类无法感觉到的东西。

普罗奥耶马上从屋里搬出一台空气测试仪。

它是专门用来测试空气中的各种成分的,在普罗星上,人和动物对空气的清新度要求十分高,远远高出地球人的几百倍。

普罗奥耶在测试中发现,草原的空气中增加了许多有害的离子。他大吃一惊。那乌云就是罪魁祸首。

他马上告知了空气处理机构,要他们在短时间内处理掉那些废气组成的乌云。

他对马群说:“马呀,你们回到草原上去吧,我们会采取一切办法还你们一片清新空气的。”

马群纷纷走了。

那匹领头的黑骏马向普罗奥耶道了一声谢就飞奔而去。

白银草原是马的家园,是不能受污染的。

但问题是,空气污染是由工业的高速发展导致的,比如汽车、飞机、工厂等,都会散发出大量人无法处理的有害废气。

普罗奥耶就产生了一个奇妙的想法,能不能用某种没有污染的东西代替汽车、飞机等交通工具?这样就可以控制废气的不断增加,普罗星上的新鲜空气就不会受到污染了。

一次,他在一个节日里与草原上的人一起和鸟类翩翩起舞时,想到了鸟的翅膀。

鸟的翅膀是神奇的。

人们通过对鸟的翅膀的大胆想象,发明了飞机,那么,可不可以再在鸟的翅膀上做文章呢?普罗奥耶幽蓝的双眼发出了痴迷的光泽。

从那以后,他把自己长久地关在了试验室里。他对鸟的遗传基因和马的遗传基因进行了深入的研究,提出了一个大胆的设想:能否把鸟的翅膀移植到马的身上?

如果马能飞翔,那么问题就解决了。飞翔的马代替了车和飞机等交通工具,那么普罗星就会重现一个清洁无比的世界。

当他的论文在普罗星上一家有影响的刊物上发表之后,他的设想遭到了普罗星人的强烈反对。因为鸟是普罗星人的祖先,是普罗星的神,人们认为只有作为神的鸟才能飞翔。普罗奥耶没有被反对的意见吓退。相反,他把自己的所有精力投入到了科研之中,并在报刊上发表文章说服广大的普罗星人。

普罗奥耶把从鸟蛋中提取出来的鸟类的某种基因注入了一匹受孕母马的体内,然后把那匹母马安置在一个特殊的试验室里。

普罗奥耶期待着一个新生命的诞生。

普罗星人永远不会忘记那个遍地花香的日子,普罗奥耶创造了一种神奇的马,会飞翔的黑骏马。

这种马经过一代一代的改良,在飞翔速度上达到了惊人的快捷之后,逐渐取代了钢铁制作的交通工具。

这位普罗奥耶就是普罗阿修的祖先,他后来当了普罗星的国王。国王是一种荣誉——至高无上的荣誉,它一般授给对普罗星有巨大贡献的人。

5

这是神话吗?

或许是,或许普罗星上的马原本就像鸟一样长着翅膀飞行,或许普罗星上的马本来就是鸟类中的一种。

戈剑想。

普罗阿修讲完这个神话般的故事之后,就和他们同行了。她有自己的特殊使命,她来地球造访是有其目的的。

天黑之前,他们来到了一个叫上木的山村。纯朴的上木村村民接待了他们。

6

上木村是莲花山脉中的一个很小的村落。上木村村民的祖先是靠打猎和种植为生的。现在,除了莲花山森林保护区还剩下一片原始森林之外,莲花山脉的大部分山上都是砍伐过后新种植的树木的幼林了。在这片幼林中已经找不到可以猎杀的动物了。况且,政府的法律有明文规定:严禁捕杀森林里受保护的动物。所以,上木村的村民现在只能靠种植为生。尽管如此,村民们仍然富得流油,因为他们培植出来的香菇、银耳之类的山珍都是上等货,都能卖上好价钱。这里虽然说是偏远的山村,却也洋楼林立,卫星接收天线也安装起来了,城市人生活中能够享受到的,山村里也不缺少。比起半个世纪前的上木村,简直一个是天上,一个是地下。

他们住在农民王生财家的二楼客房里。王生财家的房屋宽敞,二楼就有五间客房,所以,村长才把这些小客人安排在他家里住。

那个晚上,王生财的老婆给小客人们做了一顿丰盛的晚餐。戈剑他们吃得很饱,很快活。可是,普罗阿修什么也没吃。

王生财奇怪地看着装扮奇异的普罗阿修,问戈剑:“她是不是有病?”

普罗阿修含笑看着王生财,幽蓝的眼中出现了奇妙的色泽。

戈剑看了看普罗阿修,没有回答王生财。

铁蛋在笑。

王翔只顾吃东西,没有理会王生财。

马佩佩却说:“对,她有病,不穿多点衣服的话,她全身都会发抖。”

“哦——”王生财就不觉得奇怪了。

戈剑盯了马佩佩一眼:“你不说话难道会把你当哑巴卖啦!”

马佩佩嘟了嘟嘴,心想:你就对普罗阿修好,干吗对我这么凶!

普罗阿修一直在微笑。

让王生财吃惊的是那匹黑骏马,长翅膀的黑骏马。王生财从来没见过这样的马,他狐疑的目光老在黑骏马身上转悠。

戈剑告诉他:“这匹马是科学家研制出来的新产品,是匹机器马。”

这年头,什么新鲜事都有,王生财听完戈剑的解释之后,心里也就坦然了。

他们刚吃完饭,却听到了一阵哭声,那哭声极凄婉。

普罗阿修脸上的微笑消失了。

她似乎感觉到了什么。

7

那是王生财 12 岁的儿子在哭。

原来他是个瞎子。他从城里的盲人学校回到了家,因为他的眼睛开始腐烂了。王生财带着儿子跑遍了许多大医院,都无法治愈儿子的眼病。儿子的眼睛只要一疼,他就哭,哭得伤心和凄婉。

普罗阿修一听到哭声,心里就发抖。

在普罗星上,哭声是罕见的,哭是极度悲伤的表现。普罗星人不像地球人那样,悲伤时哭,兴奋时也哭。想想,一个美好的地方,没有疾病,没有战争,人们和平共处,生活在纯净的空气中,悲又从何而来呢?

普罗阿修感到地球人的悲伤来自于地球人本身。

那个晚上,普罗阿修和黑骏马失踪了,第二天上午才从天而降。

8

戈剑和铁蛋他们是被哭声吵醒的。

他们起床后发现一个高挑个的瘦弱的男孩在王生财家门口不远处的小溪旁哭泣。哭声是那么悲伤和凄婉,山林里的小鸟们好像也因他悲伤的哭声停止了欢唱。只有小溪流的淙淙声和着哭声显出了凄凉。

王生财坐在客厅里的沙发上叹气。

他看到戈剑他们下楼,强打着笑脸说:“你们怎么不多睡一会儿,早饭好了再起床吧,出门在外挺辛苦的。”

戈剑说:“我们不辛苦,昨晚睡得挺好。”

“哦。”王生财的眼睛很红,明显是熬夜了。

“小溪边的男孩为什么哭?”马佩佩问道。

“他是谁?”铁蛋又问。

王翔看着王生财窘迫的样子,若有所思。

他们昨晚只听到了哭声,并没有见到王生财眼瞎的儿子。王生财不愿意让他们看见自己的儿子,那内心的苦衷是再明显不过的。在这几个小客人到来之后,王生财就把儿子关进了他的卧房里,而且嘱咐儿子千万别哭。

王生财看他们一副关切的样子,就说:“他是我的独生子小宝。”

“那他——”戈剑欲言又止。他知道,这其中肯定是有原因的。他见王生财一副无奈而伤心的样子,有点儿不忍心。

“他伤心呀,小小年纪眼就瞎了,能不伤心嘛!也不知是造了什么孽,好好的一个孩子眼睛就瞎了。瞎了还不算,还腐烂了,到哪都治不好。我们夫妇从没做过什么亏心事,我们都是凭良心做事,怎么会这个样子,小宝他命苦哇!”

王生财说着说着就掉泪了。

戈剑他们都很难过,这是个不幸的父亲。

“他原先是好好的,3 岁那年,眼睛却突然什么也看不见了。”王生财痛苦地说。

戈剑他们出了王生财的家门,朝王小宝走了过去。

王小宝听到了他们的脚步声,便停止了哭泣。哭声没有了,但他瘦弱的身子还在颤抖。

“你们来了。”王小宝的声音也在颤抖,“我知道,你们是从上海来的，你们好吗？”

戈剑握住了他的手：“小宝，我们很好。”

王小宝的脸上露出了一丝笑容，那泪珠儿似乎凝结在他糜烂的眼睛上了。

他的手很凉，在这盛夏的早晨，戈剑感觉不到他的体温。

马佩佩看着王小宝那可怜劲儿，鼻子酸酸地难受。她想起了自己苦难的童年。但她再苦也没有王小宝苦，虽说她小时候没有父母，贫穷得连玩具都买不起，但她拥有一个慈爱的奶奶，还拥有光明。失去光明的那种痛苦是她马佩佩无法想象的。

铁蛋和马佩佩的心情不一样，他在想，如果自己能帮助王小宝就好了。王翔也是这样想的。

戈剑用自己的手温暖着王小宝，王小宝感觉到了戈剑的体温，做一个健康的人多好哇！王小宝突然说：“大哥哥大姐姐，上海好玩吗？”

戈剑没想到他会提这个问题。

他不知怎么回答王小宝。他只能说：“好玩，不过，没有莲花山好玩。”

王小宝说：“你们骗我，你们知道我看不见东西了，你们是在安慰我。我们莲花山哪有繁华的大上海好玩呀！”

“上海真的没有莲花山好玩，莲花山多宁静啊，还有那么多树，那么多鸟儿，还有清澈的小溪流，小溪流里的鱼儿是透明的。在这个世界里生活是多么的惬意。上海没有这么纯净的空气，没有鸟儿，没有溪流，那里看不到星星，看不到月亮，空气沉闷极了。”马佩佩不知从哪里冒出这么多的话。

王小宝沉默了。

对于王小宝而言，一切都离他那么遥远，他在黑暗中孤独地穿行。他只能听到一些自然的声响，但他无法描述那些具体的美好的事物，他只能在想象中回味那些美好的事物。他的神态使他看起来已不像一个纯真的孩子了，仿佛是一个饱经沧桑的老人。

但他的心灵还是一个孩子的心灵，他向往真善美的东西。

戈剑他们见王小宝沉默，也都不说话了。他们不知道对王小宝说些什么好。安慰在此时此刻变得空洞无物。

“喂，大哥哥大姐姐，你们怎么不说话了？”王小宝说。他的内心似乎感受到了什么，“其实不要紧的，我都已经习惯了。我哭一哭心里就好受点，不哭反而难过。真的，你们不要为我担心。”

接着，王小宝又说：“你们都是好人。爸爸妈妈是好人，伯伯叔叔们是好人，大哥哥大姐姐们也是好人，小弟弟小妹妹们也都是好人，他们常来关心我，还给我讲故事呢。我知道，太阳是红色的，月亮是银白色的，玫瑰花有红的有黄的，树木是绿的，小溪流是欢快的，还有，还有大上海有许许多多高楼大厦，那里有许多许多的人，有许多许多的汽车……其实我不孤单，大家都喜欢和我在一起玩。”

说到这里，王小宝的面部表情痛苦极了，他的眼窝里流出了血水，他的眼睛又开始痛了。

马佩佩的眼泪刷地流了出来。

戈剑心里响起了一支歌儿，那支歌儿在穿越他的心灵。

铁蛋也握住了王小宝另一只冰凉的手。

王翔无言地望着天空，天空湛蓝湛蓝的，有小鸟飞掠而过。

9

戈剑的心情很沉重。

马佩佩对戈剑说：“剑哥哥，王小宝的眼睛会好吗？”

戈剑摇了摇头，他不知道。

只有等普罗阿修他们回来，或许普罗阿修能够回答马佩佩。

“我们应该帮助王小宝。”铁蛋说。

戈剑点了点头，表示赞同。

“那怎么帮他呢？”王翔很迷惘的样子。

是呀，怎么帮他呢？

这绝对是个难题,无法解决的难题。王小宝不需要钱,安慰对他也无济于事,他需要的是重见光明。光明对一个12岁的孩子而言,是多么重要呀!

戈剑陷入了沉思。

这时,王小宝朝他们摸索着走过来。铁蛋上前扶住了他。戈剑见王小宝过来,忙迎了上去。"小宝,你有啥事需要我们帮助吗?"

王小宝摇了摇头。

就在这时,黑骏马驮着普罗阿修从天而至。戈剑眼中出现了希望的火花,他叫了一声:"普罗阿修。"

"你到哪里去了,神出鬼没的。"马佩佩埋怨普罗阿修。

普罗阿修的神色有些异常。她看着王小宝,眼中透出一种奇妙的光泽。

"是那匹会飞的马吧?"王小宝的嘴角露出了一丝笑意,"爸爸说,你们有一匹会飞的机器马。"

戈剑说:"小宝,这是一匹神奇的黑骏马。"

王小宝伸出手探索着,他要抚摸这匹神奇的马。黑骏马走到小宝面前,让它抚摸。王小宝的手在黑骏马光滑的皮毛上游动着,他十分惊讶地说:"这不是机器马。"黑骏马的眼中流下了绿色的泪水。

戈剑对黑骏马说:"黑色闪电,你能不能载王小宝飞行一圈?"

黑骏马点了点头。

"什么,要让我飞上天空?"王小宝不相信自己的耳朵。

"是的,黑骏马要驮着你在天空飞翔,像小鸟一样飞翔。"马佩佩动情地说。

铁蛋和王翔把王小宝扶上了马背。

"抓住黑骏马的鬃毛。"戈剑把王小宝的手放在黑骏马长长的鬃毛上,"坐稳了?"

王小宝兴奋地说:"坐稳了。"

"好,飞吧!"戈剑拍了拍黑骏马的背。

黑骏马长嘶了一声,展翅飞向蓝天。

王小宝一阵欢呼。

看着王小宝欢乐的样子,戈剑他们也乐了起来。马佩佩无限遐思的样子:“要是我能长出一双翅膀多好,我就能飞越太空了。”

普罗阿修没有说话,她只是默默地看着这群充满爱心的地球少年。

10

他为什么陷入黑暗?

普罗阿修解答了这个问题。她说,王小宝的眼病是原子弹爆炸造成的,也就是说,王小宝的眼病是因为核辐射。

“不可能!”戈剑说。

早在20年之前,地球人就不再研制使用核武器了。

那些核反应堆都一个一个地销毁了,怎么还会有核辐射呢?再说,莲花山脉从来没有受到过核冲击波的破坏,这里是一片纯净的土地。王小宝的眼病根本就和核辐射无关。

“是呀,地球上根本就没有核武器了,怎么可能还有核辐射呢?”王翔也说。

普罗阿修说:“这要归罪于上个世纪地球上的几次原子弹爆炸。地球人多次的核武器试验其实已在地球上种下了罪恶的种子。核试验和核爆炸造成的恶劣影响以你们地球人现在的科学技术根本就无法消除。”

“为什么?”戈剑、铁蛋、王翔不解,马佩佩也不解。

“地球人以为空气和水的流动交换可以稀释淡化放射性的污染,但这是错误的。核爆炸所释放出的放射性污染是不会消失的。大自然没有办法消化这些放射性的污染。有的地方表面上已经消除了,但实际上污染始终存在。就是有的地方真正消除了,那也只是一种表象而已,其实核污染已经转移。比如说太平洋上的比基尼岛,现在已经看不到当年核爆炸后的惨状了,但那些放射性的污染并没有消失,它们上升到空中，聚集成一股股核气流，在大气层中流动。”

戈剑没想到普罗阿修说出了这么一番话，这是他从来没有考虑过的问题。看来，地球污染问题相当严重，如果不加以高度重视，后果不堪设想。

“当那些核气流侵入地球表层时，危害就出现了。地球表层的人、动物和植物一旦碰到这些可怕的核气流，谁都不能幸免于难。”普罗阿修继续说，“就像王小宝，他3岁时碰到了偶尔入侵的核气流。那天，王小宝和他母亲到山上去采野果。山上的野果每到秋天就成熟了，这是你们地球的自然规律。其实，王小宝的母亲来到山上并不只是为了采野果吃，而是想让3岁的王小宝在山野里开开眼界，认识大自然的一些真面目，因为3岁的孩童正处在人生的启蒙状态，需要许多感性的认识来丰富大脑。王小宝母亲的做法无疑是正确的。可是，事情就这样发生了，这种前人种下的祸根是无法设防的。当时的情形并不奇怪。王小宝的母亲因故离开了王小宝几分钟，母亲在离开前对王小宝说：‘小宝，你在这里等妈妈，妈妈马上就回来。’小宝当时很乖，他真的站在那里等妈妈。这时，起了一阵风，奇怪的风，风包裹住了王小宝和他站立的那片小空间。不一会儿，那股风就旋转走了。那股风就是核气流。王小宝觉得眼睛奇痒无比，但他母亲回来后并没在意。准确地说，就是他母亲知道王小宝受到了核气流的侵害，也是无济于事的。就这样，王小宝的眼睛坏死了。而王小宝当时伫立的那片小空间，至今寸草不生。”

“你怎么知道的？”铁蛋问道。

“昨晚，我已经查证过了。”普罗阿修说。

黑骏马这时已经驮着王小宝在天空中飞完一圈回到了地面。王小宝一下马，高兴极了，仿佛遇到了一件天大的喜事，他天真地说：“我也长出翅膀了吧？”

可是，不一会儿，他又黯然神伤了，小脑袋耷拉到胸前：“要是能看到就好了。”

普罗阿修的眼中闪烁着迷人的光泽:“要是有雷电就好了。”

“为什么?”戈剑问。

“有了雷电,我们的飞碟就可以充电,增加能量了。我们飞碟上储存的能量已经不多了。”普罗阿修说。

“你的意思是?”戈剑又问。

“如果我们能量足够的话,就可以帮助你们地球回收那些核气流,并且治好王小宝的眼疾。”黑骏马说。

戈剑听了心里一振。

马佩佩立即跳起来:“那么,王小宝的眼睛有救了?”

普罗阿修点了点头。

于是,他们决定在上木村住下来,等待雷电。好在这是夏日,雷电到来的机会还是很多的。

王小宝听呆了。他没想到自己有幸碰到了外星人,一个善良的乐于助人的外星来的大姐姐普罗阿修和那匹神奇的长着翅膀的黑骏马。

火星人的悲剧

1

听说普罗阿修要为王小宝治眼疾,上木村的村民们都拥到了王生财家。这些纯朴的村民们都用探寻和感激的目光看着普罗阿修。普罗阿修从纯朴的村民们的眼中发现了地球人的善良、乐于助人、勤劳勇敢、好客等美好的品质,她心中对地球人的某些偏见顿时烟消云散。

在她离开普罗星的前夜,父亲和母亲与她长谈了一夜。在普罗星关于地球的记录中,地球人是凶残的,无恶不作的:他们发动战争,自相残杀;对动物进行大肆捕杀;烧毁森林,乱砍滥伐;盲目地发展科技,大量开采地下资源,制造核武器,危害自己赖以生存的环境……这些记录都是普罗星人的飞碟光临地球时浮光掠影带回去的关于地球人的资料。

普罗阿修准备了足够的能量对付地球人。父亲对她说,到达地球后,首先要和普罗神兽取得联系,因为普罗神兽是普罗星人正面探访地球人的先行者,它能够保护普罗阿修并且给普罗阿修提供更详尽的地球人的相关资料。

普罗阿修没想到会碰到善良又勇敢的地球少年戈剑,没想到会在地球上消灭火星鼠,更没想到地球人和普罗星上有关地球人的记录怎么也对不上号。

她没有想到自己会帮助地球人。

她此行的目的并不是帮助地球人,而是帮助地球上的飞鸟家族。通过普罗神兽从罗布泊上空的观察站发回的信息,普罗星人了解到地球上的飞鸟正面临危机。地球上大部分区域的飞鸟都染上了一种病毒,它们的内脏都有炎症。有的鸟类频频死亡,濒临灭绝。这和地球上的大气污染有关。普罗星人不忍心飞鸟在地球上死亡和灭绝,所以,普罗阿修来到地球抢救飞鸟。在实在没办法的情况下,她会把地球上的鸟类全部送到普罗星上去。这些,戈剑都是不知道的。

在不必要的情况下,不要向地球人公开自己的身份,这是普罗阿修的父亲和母亲在她临行前警告她的。他们认为地球人的武器很恶毒,他们怕普罗阿修受到攻击。

那么,为什么不派别人来呢?

这是有原因的。

在普罗星上,没有人不知道普罗阿修公主对鸟类的痴迷。她总是在清晨和黄昏用特殊的语言把鸟儿呼唤到自己的身边,与鸟共舞,向鸟儿传达普罗星人热爱动物热爱大自然的信息。普罗阿修的举动,使普罗星上的鸟类和普罗星人不分彼此,共享纯净的空气和优美的大自然。

正因为如此,到地球上抢救飞鸟的人,当然是非普罗阿修莫属了。

在地球上,普罗阿修看到那些可怜的鸟儿因为受到环境的污染,内脏在发炎，那善于歌唱的嗓子也喑哑了，心里难过极了。

她在和群鸟起舞时常流下绿色的晶莹的泪水，她的心在为鸟儿祈祷。她在和群鸟翩翩起舞时，用最亲切、最温柔的语言和鸟儿娓娓交谈，试图解除它们内心的忧伤，并发射出巨大的能医治鸟儿疾病的能量，直接为鸟儿治病。

如今，她在上木村发现了核气流造成的危害，她不能坐视不管。

为了飞翔的鸟儿。

也为了善良的地球人。

2

一位老婆婆把戈剑拉到一边，悄声问他："那个穿银白色皮衣蓝眼睛的姑娘是仙女下凡吧？"

戈剑摇了摇头。

"我总觉得她身上有股仙气，她的坐骑，也就是那匹会说话的带翅膀的马，也有股神圣不可侵犯的味儿。"老婆婆说话时神秘兮兮的。

或许老婆婆年轻的时候就听说过星外来客吧，但戈剑要替普罗阿修保守秘密，他不能告诉老婆婆她是外星来的女孩。

为了让老婆婆心安，戈剑告诉她："那姑娘有特异功能。"

"哦——"老婆婆心里释然了，"原来是这样。"

老婆婆拄着拐杖走了。

她一碰到村人就说："那个上海来的女孩会特异功能，小宝有救啦。我说过的嘛，小宝这么乖的孩子会碰上贵人的，这下可好了。"

村人喜气洋洋，也对老婆婆说："小宝有救啦。"

戈剑笑了。

戈剑抬头望了望天，天上的太阳明晃晃的。这风和日丽的天，什么时候才会有雷电呢？他心里很着急，他希望普罗阿修早日解除王小宝的痛苦，让他重见光明。

他曾神色冷静地对普罗阿修说："如果能救王小宝于黑暗之中，我愿意献出我的双眼。”

普罗阿修不解地眨巴着那双幽蓝的大眼睛，她觉得戈剑身上有某种闪光的东西在照耀着她的心：“你说，为了解救王小宝，你愿意献出你明亮的眼睛，让自己陷入黑暗？”

“是的。”

“你不后悔，不害怕？”

“不后悔，也不害怕。”

“真的？”

“真的。”

“这一点，你很像我们普罗星人。”

“我想，只要是有思维的人，无论是地球人还是普罗星人，都应该有一颗火热的爱心，宁愿牺牲自己，也要用生命的光去照亮他人。”

“噢——”

普罗阿修被地球人的崇高精神感动了。

普罗阿修向戈剑伸出了一只手。

戈剑也笑着伸出了一只手，他想，普罗星人表示友好的方式原来也是握手。

他们的手紧紧地握在一起。

一股电流传遍了戈剑的全身，他顿时触电般全身颤抖起来，觉得身上灼热难忍。他的手仿佛不是握着普罗阿修柔软的手，而是握着一块电烙铁。他想把手收回，但他没有这个能力。

不一会儿，普罗阿修松开了手，微笑着看着他。

他顿时感觉到神清目爽，仿佛大脑中有种什么东西在刺激着他。哇，这外星人真是不一样，握一下手还放电。戈剑也笑了。

3

在等待雷雨天的时候，普罗阿修给戈剑他们讲了关于火星人的故事。火星上原先真的有人？

是的,火星上真的有人。

早在1976年,地球上的"海盗"1号和"海盗"2号宇宙飞船拜访火星时,就意外地给地球人类带回了"火星人的脸"的照片。照片上的"人"有着高高的额头、大大的眼睛、不算太高的鼻子、小巧的嘴巴、尖尖的下巴,立体感颇强,看上去好像在俯瞰什么。

这幅"火星人的脸"是外星人到此一游的自画像,还是火星地形的自然结构呢?2030年,美国人登上火星后证实:"火星人的脸"根本就不存在。那张照片成了一个谜。

那"火星人的脸"真的是火星人的脸吗?

是的。

那是最后一个火星人的脸。

试想,如果地球上只剩下了最后一个人,那么这个人能活多久?就是说地球上没有了水,没有了植物和动物,一切有生命的物体都消失了,就剩下一个人的时候,那么,这个人会怎么样?

也许他活不了1分钟,就会窒息而死。

也许他会自杀,选择各种方式自杀。

也许他会被吓死,被空洞无物的大自然的风声吓死。

也许他会坚强地生存下来,希望用各种方式使人类延续,重新创造生命。但他避免不了一死,因为只有他一个人。

……

反正,整个星球什么都毁灭了,只剩下一个人是可怕的。谁也不希望自己就是那个剩下的人,没有同伴,没有食物,没有水,没有生机勃勃的大自然。

可是,火星上当时就剩下了那么一个人。

当普罗星上的飞碟落到火星上时,那个火星人已经奄奄一息了。普罗星人把那个火星人救到了飞碟上,并给他注入了大量的热能。火星人醒转过来。他看到健康的充满朝气的普罗星人时,竟失声痛哭。但他已经哭不出眼泪了,怪异的干号声充满了整个飞碟。

他恨哪！

他恨自己，恨火星人，他说是火星人自己毁灭了火星。他说到了火星鼠。他说到了残忍的火星人。他说到了互相残杀，说到了毁灭火星的大自然。他说到了火星人大战火星鼠……一切，令他悲伤，也令他懊悔。

当他讲完一切之后，普罗星人的飞碟正在穿越黑洞。普罗星人本来是要把火星人带回普罗星上进行研究的，但火星人在飞碟穿越黑洞时气绝身亡。他那顽石一般的躯体化成了一摊水。

奇怪的是，这个火星人竟活了 500 年。

也就是说，火星上的最后一个人活了 500 年。

4

火星上曾经有郁郁葱葱的森林，森林里有各种各样的动物，有飞鸟，有走兽，有各种各样的昆虫……

火星上曾经有河流、湖泊，也有大海。在河流、湖泊、大海里，有鱼儿，有鲸，有海豹，有水底植物……

火星上的人类本来也很善良，在大自然里和平相处，共享人生。

可是有一天，火星上的人分成了两大派。这两派的火星人进行了长期的争斗。在无休止的争斗过程中，他们拼命地发展科学技术。谁的科技手段高超，谁就能够战胜另一方。因为长期的争斗，火星人没有顾及保护自然环境。

由于地下资源被无节制地开采，地震等自然灾害频繁发生，许多美丽的景致在地震、火山爆发中消亡了。

成片成片的森林在战火中消失。

动物也在渐渐灭绝。飞鸟在家园遭到破坏之后纷纷飞向太空，希望在遥远的太空找到自己的乐土。可它们还没有飞出火星的大气层，就熄灭了生命之火。

河流渐渐干涸。水资源成了火星人生存的最大问题。

但火星人没有顾及这个日趋严重的问题，他们忙于自相残杀，各自研制出致命的武器来杀伤对方。他们研制出比地球人研制的原子弹厉害1万倍的核武器相互攻击，导致了火星上生态的完全失衡。

在这危急的关头，火星鼠出现了，它加速了火星人的毁灭。

火星鼠究竟是什么东西？

普罗阿修在讲到火星鼠的时候，眼中迸发出一种恐惧的光芒。她说，火星鼠是在核反应堆里诞生的魔鬼。

这些魔鬼巨大无比，而且刀枪不入，连核爆炸后的冲击波对它们也毫无杀伤力。火星鼠有个奇怪的嗜好，就是专吃钢铁。火星鼠的繁殖能力极强，在火星上肆无忌惮地成长。

火星鼠的出现给火星人带来了巨大的恐慌。当两派人握手言和共同来对付火星鼠的时候，火星人大势已去。满目疮痍的火星上，火星鼠肆意横行。

在火星鼠和火星人的相互拼杀之中，火星鼠占了上风。火星鼠的智商很高，它们能躲避火星人的有效攻击，而且知道用战术对火星人进行攻击。通常，它们会出其不意地把火星人击倒，然后把火星人用来消灭它们的超能量激光枪一点一点地啃吃掉。

火星人后悔已经来不及了。

火星鼠的大量繁殖，把火星人逼到了最后的边缘。

这时，火星上的臭氧层消失了，火星上变得酷热无比。

火星人的生命在自然中消亡。

火星上的水干涸了。

绿色消失后的火星，变成红红的一片。

在火星人和火星鼠的最后一战中，双方两败俱伤。那最后一个火星人目睹了自己的同类在恶劣的自然界中一个一个倒下。而火星鼠这种凶残而奇怪的动物也一个一个倒下了，肉体化成一摊摊奇臭无比的水。

普罗星人把火星鼠的出现归结为火星人拼命制造杀人武器的结

果,而火星上所有生命体的毁灭关键在于火星人毁坏了大自然。

所以,在普罗星上,他们一代一代地相互告诫:爱护大自然就是爱护自己的生命。

普罗阿修在解释莲花洞的火星鼠时,是这么说的:火星鼠还没有灭绝,它们的卵子还在火星周围的尘埃中游荡,一旦碰到可以生存成活的气候和条件,就会孵化、复活。地球的太空船到达火星时,把火星鼠的卵子带到了地球。或许是一个,也或许是许多。每次普罗星上的飞碟从宇宙中航行归来,都要进行消毒,而地球人并不知道给自己的宇宙飞船消毒。如果火星鼠在地球上蔓延开来,那后果就不堪设想了。

"那么,地球上还有没有火星鼠呢?"戈剑焦急地问普罗阿修。

普罗阿修摇了摇头:"还没有发现。但如果地球能改变目前的困境,不让火星鼠的卵子有孵化成活的条件,即使有火星鼠的卵子被带回地球也是没有关系的。"

戈剑又陷入了沉思。

马佩佩听得心惊肉跳。

铁蛋不停地抓耳挠腮。

王翔的眼中出现了许多幻觉。

5

两天过去了,还没有雷电出现,天空晴朗得碧蓝如洗。戈剑焦急起来,这老天爷,需要它有雷电的时候它偏偏没有,不需要它有雷电的时候雷电却总是出其不意地来到。

黑骏马望着天空。

黑骏马仿佛有些忧伤。

它是不是想家了?它离开普罗星整整一年了。去年这个时候,它从罗布泊的夜空中降临时,恰好碰到了戈剑。它是不是也会想念普罗星上的兄弟姐妹们?它的兄弟姐妹们是不是也在想念它呢?

戈剑也有些想念父母亲了。

在他的手提电话被普罗阿修销毁之后,他就再没和父母亲联系上。他心里想,父母亲应该相信他不会出事的。另外,父母亲也应该在电视、报纸等新闻媒介上知道他们消灭火星鼠的情况了,父母亲肯定会为他高兴,说不定还给他准备了一个意想不到的礼物在等待他的回归呢!

想起父母亲,戈剑心中甜甜的。

他永远记得 8 岁那年,父亲带他去旅行的情景。说实话,父亲的正直、善良、勇敢直接影响了戈剑。

那是到天涯海角去旅行。

海南风光旖旎。高大的椰子树让戈剑赏心悦目,惊叹于大自然的伟大。如诗如画的海岛风景在戈剑心中留下了深刻的印象。戈剑喝着天然椰汁的时候,父亲给他拍了一张动人而又可爱的照片。

一看到大海,戈剑兴奋得手舞足蹈。

蔚蓝的大海让戈剑的心情无比舒畅。

上海周围的海已经看不到这样动人的蔚蓝了,因为长江上游的水土流失和黄浦江的严重污染使得海面变得浑浊不堪,还漂浮着肮脏的泡沫和垃圾。

原来这里有一片蔚蓝色的大海,戈剑的心顿时被吸引住了。他怪父亲为什么不早点带他来看这蔚蓝的大海和明净的天空。父亲笑着拍着他的头说:“傻儿子,现在不是来了嘛!”

“要是妈妈也一块儿来就好了,她一定也会很高兴的。”戈剑觉得美中不足。

阳光把海滩上细小的沙子照得耀眼。

戈剑快活地在沙滩上跳跃着。

海风使他的白色 T 恤鼓起来,飘扬着。

大海是美丽的,纯净的海水让戈剑感觉到清新的思绪随着海浪飞,随着洁白的鸥鸟的翅膀飞。他幻想着童话中的美人鱼的出现,他要告诉美人鱼,他热爱大海。

嬉闹累了,他和父亲坐在一块礁石上看潮起潮落。

就在这时,父亲戈克看到一个人朝海里面扔空铁皮易拉罐。铁皮易拉罐在海面上漂浮,顿时给干净的海面投上了一个污点,像是在光洁的地板上吐了一口浓痰,让人心里极不舒服。

父亲戈克看到这种行径很气愤,马上冲了过去。戈剑紧紧地跟在父亲的后面。

把易拉罐扔进大海的是个小伙子。那小伙子或许也是看到了蔚蓝色的大海心里一阵兴奋才把易拉罐扔进大海的。

戈克冲到小伙子面前,气愤地说:“你怎么没有一点公共道德,乱扔垃圾!”

小伙子莫名其妙地看着戈克,心想,这人是不是神经病,没头没脑地训斥人。小伙子板起脸:“喂,你有没有搞错,管那么宽!”

“我就要管,爱护大自然是每一个公民的义务!”

戈剑看到那个易拉罐在浅海处漂浮着,马上跑进了海滩,把那个易拉罐捡了起来,扔到了沙滩上的一个垃圾筒里。

“你看看,孩子都知道乱扔垃圾不对,你是个成年人,你怎么在孩子们面前做表率?”戈克义正词严地对小伙子说。

小伙子看着戈剑捡易拉罐的情形,心里很惭愧,他低下了头,说了声:“对不起。”

戈克说:“不是对不起我,而是对不起美丽的大自然!”

小伙子的眼中似乎看到了什么闪光的东西,他突然冲着蔚蓝的大海大声说:“对不起——”

许多游人朝他观望。

戈克笑了。戈剑也乐了。后来,那个小伙子还和戈克一家成了好朋友,经常书信往来,探讨一些人类关心的自然问题。

事后,戈剑问父亲:“要是碰到流氓怎么办?”

戈克反问戈剑:“儿子,你说怎么办?”

戈剑说:“和他作坚决的斗争。”

戈克笑着说:“好儿子,有种!”

戈剑也笑嘻嘻地朝父亲竖起大拇指:“好爸爸,你也有种!”

戈剑想到这里,真想回到家里和爸爸聊天,给爸爸讲他这次探险的故事,讲普罗阿修,讲黑骏马,讲火星人的悲剧。

6

天上聚起了几大团乌云。

戈剑惊喜极了。

激动人心的时刻马上就要到了。

普罗阿修和黑骏马站在山的高处,等待着雷电的闪现。

乌云翻滚着从四面八方聚拢过来,空气沉闷极了。普罗阿修神色庄重地和黑骏马站在高处。普罗阿修让戈剑告诉村子中的全体人员都躲在屋里,不要出来。

天渐渐地暗了。

村里的人都透过窗户看着远处山头上的普罗阿修和黑骏马。

戈剑也痴痴地看着。

普罗阿修站在那天与地之间,就像一个呼风唤雨的女神。

而黑骏马则是一匹气宇轩昂的神驹,那风采是地球上的马无法相比的。

天空中顿时电闪雷鸣起来。

普罗阿修的光头上突然出现了万道金光,黑骏马的头顶上也出现了万道金光。普罗阿修的双眼迸射出两道彩虹一样的光柱,黑骏马眼中也迸射出两道彩虹一样的光柱。

那万道金光和四道彩虹般的光柱直插入翻滚的雷电交加的乌云里。

只见闪电光都落到普罗阿修的眼中和黑骏马的眼中。

上木村的人惊呆了。

他们从来没有见到过可以收集闪电作为能量的人。普罗阿修和黑骏马仿佛是两个蓄电池,他们把天空中的电能全吸收到了自己的身上。

上木村的人对闪电是十分敬畏的。在许久以前，据说闪电是雷神用来惩治恶人的武器。如今，他们也害怕被闪电击中，如果被闪电击中，人就会烧成焦炭。

戈剑和马佩佩他们目睹了这神奇的一幕。

地球人早在一百多年前就在探索把闪电的能量回收利用，但一直没有成功。地球人做不到的，普罗星人却做到了。

戈剑突发奇想，要是人类掌握了这种本领，地球人用电的问题就解决了，就不用建电站、风力发电厂，也不用建火电厂和核电厂了。那么，地球上的资源就可以保留下来，为子孙后代造福了。普罗阿修要是把她的秘密告诉地球人，教会地球人回收闪电多好啊！

普罗阿修和黑骏马站立的那个山头在抖动，地震一般。上木村的村民们也觉得地在颤抖，他们十分担心房屋会被震塌，好在可怕的事情并没有发生。

紧接着，倾盆暴雨在狂风中从天而降。

雷还在响。

闪电还在暴雨中闪耀。

普罗阿修和黑骏马还在那山头伫立着。

他们眼中彩虹般的光柱还没有熄灭。

这一场暴风雨下了整整两个小时。

雨停了之后，乌云很快散去了，天空中又露出了太阳公公的笑脸。上木村的村民都拥出了房门，来到王生财的家门口，等待着普罗阿修骑着黑骏马回来。

戈剑拉着王小宝的手说："小宝，你很快就能看见光明了。"

王小宝欣喜地笑着。

戈剑突然想起了火星人。他想，火星人要是不自相残杀的话，说不定也会像普罗星的女孩普罗阿修一样帮助地球人的。

一个星球的消亡是十分可悲的。

黑骏马驮着普罗阿修飞掠而至。

人们惊讶地发现,他们经历了一场暴风骤雨,身上却丝毫也没有被打湿,只是普罗阿修在她金光四射的光头上戴上了银白色的空调帽。

戈剑说:“普罗阿修,你累了吗?”

“累?”普罗阿修眨巴着幽蓝的双眼,她不明白累是什么。

她也不知道地球人是会累的。

她只知道普罗星人身上的能量失去之后就会倒下。

普罗阿修在人群中一下子找到了那个瞎了眼的孩子王小宝。

她朝他走过去。人们闪开了一条道,让她无阻地通过。

普罗阿修走到了王小宝跟前。

人群沉寂了。

静得掉落一根针都能听见。

人们在期待着奇迹的出现。

王小宝感觉到了普罗阿修,他轻声地问:“你就是那个有特异功能的大姐姐吧?”

普罗阿修没有回答王小宝。

她凝视着这个渴望光明的孩子。

这时,她听见戈剑在朝她喊:“普罗阿修,你救救他吧!”

铁蛋也在喊:“你救救他吧!”

王翔也在喊:“救救他吧!”

马佩佩流着泪说:“普罗姐姐,你救救他吧!”

村民们都在说:“姑娘,救救小宝吧!”

王生财夫妇不知说什么好。

普罗阿修向他们点了点头,那幽蓝的双眼充满了自信的光芒。她抱起王小宝,转身进了屋,然后,把门关上了。

人们被挡在王生财屋门口。

戈剑搂着黑骏马的脖子。他问黑骏马:“能行吗?普罗阿修能治好王小宝的眼睛吗?”

黑骏马说:“能,可普罗阿修要消耗很大的能量,这和一般的伤不一样,这是核辐射。”

戈剑明白了。

7

王小宝出来了。

王小宝使劲揉了揉眼睛,望着天空中的太阳,泪流满面。

人群中一片寂静。

王小宝看着大家。

他已经不认识父母亲了,他不知道哪个是父亲,哪个是母亲。他也不知道谁是上海来的大哥哥大姐姐,谁又是平常和他一起玩的小伙伴。

王小宝看到了那匹神奇的黑骏马。

他二话没说,朝黑骏马跑过去。

他在和黑骏马亲昵。

这时,不知谁叫了声:“王小宝能看到光明啦!”

人群一下子就沸腾了。

大家朝王小宝和黑骏马拥过去。

戈剑没有动,他看着从屋里走出来的普罗阿修,看着她幽蓝的双眼焕发出的光彩,久久地,眨都没眨一下眼。

普罗阿修感动了。

多好的地球人哪,他们互相关心,别人的痛苦他们记在心上,别人的欢乐他们一起分享,别人的生命胜于他们自己的生命,他们充满了爱心。

有什么比爱心更能让世界长久呢?

普罗阿修想起了最后一个火星人奄奄一息的样子,她的内心像潮水在奔涌,假如火星人像地球人这样充满爱心,或许……

普罗阿修之吻

1

告别了那个叫上木的小村，戈剑他们坐上“白雪飞龙”上路了。因为这个暑假即将过去，他们要赶回上海，准备迎接新学期了。

普罗阿修和黑骏马又失踪了。

普罗阿修和黑骏马有自己的事要做，自然不会和戈剑他们同行了。

一路上，戈剑都在沉思。

他有太多的话要对普罗阿修说。他想，普罗星和地球要是结成友好共建星球该有多好，那样的话，普罗星上的人就可以到地球上来吸取地球人的优秀成果，地球人也可以到普罗星上去学习普罗星人先进的科学技术和保护大自然的先进手段。

这一切，要是能变成现实多好。

如果真能实现，戈剑想成为第一个到普罗星上的地球人。

2

戈剑一回到家里，这个三口之家立马充满了欢乐。戈克忙着帮儿子冲洗照片，杨兰忙着给儿子做好吃的，两口子忙得不亦乐乎。戈剑呢，则在看妈妈炒菜。

杨兰推了推儿子：“快出去出去，这里用不着你，你去看电视打游戏机，干什么都行，辛苦了那么长时间，好好休息休息。”

戈剑说：“妈，人家就是想看您炒菜嘛，您何必要赶我出去呢！”

“儿子，这次你可露脸了，还上电视了呢！”杨兰边炒菜边说，“莲花洞还有很多秘密吧？你还不肯和那帮记者说，是不是要留给妈的画报独家专用呢？”

“想得美，人家答应了《新科学探索报》的。这次呀，可以写出好多文章了。我要告诫咱们地球人爱护咱们赖以生存的地球，不然就是死路一条，会重蹈火星人的悲剧。”戈剑得意地说。

“什么，火星人？”

“是呀，火星人的确存在过的。”

“瞎说。”

“我没瞎说，是普罗阿修说的。”

“普罗阿修？”

“对，普罗阿修。妈，您还记得我去罗布泊碰到的黑骏马吗？”

“记得。”

“普罗阿修和黑骏马都是从普罗星上来的。”

“普罗星？”

“是的，离我们太阳系很远的普罗星，要穿过那个神秘的黑洞才能到达。”

杨兰都听呆了，儿子着魔了吧？她伸出一只手摸了摸儿子的头，自言自语道：“没发烧吧？”她心里七上八下的。

他是不是在幻想？

杨兰知道，曾经有个上海的中学生得了幻想症，一天到晚说他在和外星人下棋，还说外星人下棋招数可多了，他怎么也下不过外星人。儿子会不会得幻想症呢？不会吧？她分明听儿子说：“铁蛋、王翔、马佩佩他们也见过普罗阿修和黑骏马。”

3

就在戈剑回到家中的这个夜晚，戈剑感到了不适。他全身总是在颤抖，而且他把晚饭吃的东西全吐掉了。为了不让父母亲知道，他忍受着痛苦。

他的头好像要炸开。

他每次从异地回到上海，都会有一段时间感到不适。比如，他会觉得浑浊的空气压迫得他喘不过气来,那些汽车、工厂的噪音让他的头皮发麻……但这些都是感觉上的不适,不像这回,是身体和感觉一起不适。

到了深夜,那种身体上所表现出来的症状还没有消失。他自己问自己:“这是怎么了?是不是病了?”

他是在一种奇怪的感觉中沉睡过去的。

他的身体在缓缓地上升,他超越了城市上空的黏稠的空气,他看到了一片纯净的天空,天空中繁星点点,有流星偶尔划过夜空,那拖着一条闪光尾巴的流星让戈剑感到生命的短暂,他在飞升……

他轻飘飘地来到一个偌大的星球上。

这个星球上到处都有赤红色的灰尘在流动,它的地面上到处都是厚积的灰尘。戈剑轻飘飘地在灰尘上走着。

有一个隐隐约约的声音告诉他:“戈剑,你脚下的星球叫火星。”

火星?戈剑悚然一惊。

他想伸手去抚摸一下火星的地表,可他怎么也摸不到,火星上的灰尘太厚了。是不是火星上的森林、动物、人类还有火星鼠都变成了这红色的厚积的灰尘了呢?他想听一听最后一个火星人的诉说,可他耳朵里尽是空旷的回音,那空旷的回音中有火星人毁灭森林的声音,有大火熊熊燃烧的声音,有河流干涸的声音,有孩童的哭叫声,有爆炸声,有火星鼠的怪叫声,有火星人最后的喘息声……他想喊,他想大声地喊,想喊回火星人失落的世界。可他的喊声变成了一缕游丝,在宇宙间消失得无影无踪。

他离开了痛苦不堪的沉默的火星,身体继续飞升,飞升。

有一团蓝色的轻雾托着他的躯体在飞升。

他在穿越黑洞。

起初,黑洞像一张魔鬼的大口吞没了他。他使劲挣扎,但还是被吸进去了。于是,他的身体开始穿越黑洞。

黑洞中有一股奇异的香气在吸引着他,他的神经开始放松。他开始抖落全身污浊的火星灰。黑洞中传来一个古老而又神秘的声音，那声音分明在问："你是谁，你来自何方？"

戈剑响亮地回答："我叫戈剑，我来自美丽的地球。"

"你为什么姗姗来迟？我等了你千万年。"那古老而又神秘的声音又说。

"你是谁？"戈剑大声问道。

黑洞归于沉寂。

黑洞里什么也看不见，戈剑的身体在急速地穿越黑洞，他的问话没有人回答，他只听到风在疾走。

他知道，只要穿越黑洞，他就可以看到光明，他就可以来到一个圣洁的世界，这个世界就是地球人神话中的天堂，天堂里没有沉重的喘息。

戈剑穿过了黑洞。

他来到了一片鲜花盛开、草木葱茏的土地上。他听到百鸟在歌唱。这里的空气清新无比，有暗香浮动，沁人心脾。

戈剑的眼睛清澈起来。他的体内涌动着一股春天的感觉。

这片土地上没有车来车往，没有工厂高高的冒着黑烟的烟囱，没有嘈杂的机器轰鸣声，没有硝烟的味儿，没有呛人的焦煳味儿，没有杂七杂八的腐烂的味儿……

戈剑在这充满奇异香气的土地上飘荡着，他的身体似一朵云又似一缕青雾，他的眼前弥漫着一层雾状的水汽。

他来到一条小河边。

小河边有一个美丽的女孩在向他招手，招手……他看清了，那是普罗阿修，她没有戴帽子，光洁而美丽的头在闪烁着光辉。他朝她奔跑过去。

他发现自己和普罗阿修一起跳舞的时候，那种美轮美奂的舞蹈让他心情无限宽广和舒畅。他还发现各种各样的美丽的鸟儿在和他们一起跳舞，他听见了鸟儿的语言。

他看到神奇的长着翅膀的黑骏马在不远处欢快地注视着他们……

4

戈剑从梦中醒来，发现自己躺在家里的床上，顿时有种失落感，那奇妙的梦境使他飘飘欲仙。

他的头一阵一阵地疼痛，针扎一般。

有时持续的时间长一点，有时持续的时间短一点。他实在不明白这是怎么了。

早餐的时候，他一看到面包、牛奶、鸡蛋、火腿肠就想吐，根本就没有一丝食欲。他原本不是这样的，戈剑的食欲历来都是挺好的。奇怪的是，他竟一点儿都不饿。

细心的杨兰发现了儿子的不适。

她关切地问："剑儿，怎么啦？"

戈剑摇了摇头："没什么。"

杨兰知道戈剑是个坚强的孩子，他不是那种无病呻吟，有点小病就小题大做的人。她赶紧走到戈剑身边嘘寒问暖。

父亲戈克也感觉到了异常："剑，你怎么一点胃口都没有？"

"爸爸，我不饿。"戈剑回答父亲。

戈克想，这没有道理呀，怎么会不饿呢？一个人小伙子睡了一晚上，什么都消化光了，不可能不饿的呀！这小子是不是偷吃什么了？也不可能，戈剑从来都没有吃零食的坏毛病，看来，戈剑肯定是病了。昨晚，戈剑把火星鼠的照片洗出来了，也把那只华南虎的照片洗出来了，可黑骏马和普罗阿修的底片冲出来之后一片空白。这些证明，戈剑这一次探险，的确经历了许多，而且，他说的都是真话。

戈剑可能是累病了。

戈克对杨兰说："阿兰，你带剑儿去医院看看医生吧。我上午有个研讨会要开。"说完，戈克抹了抹嘴，背起一个包，和妻儿道了声再见就出了家门。

"爸爸再见。"

戈剑刚跟爸爸道完别，杨兰就发现了一个变化，这个变化让她大吃一惊。

她发现戈剑的眼睛变成幽蓝色的了。

她没有告诉戈剑，她不想让戈剑害怕。她赶紧说："剑儿，咱们上医院吧。"

戈剑无奈，只好答应母亲。

戈剑坐上母亲从车库里开出来的新型桑塔纳轿车，往医院驶去。

在通往医院的路上，戈剑的身体又触电般颤抖起来。杨兰认真地开着车，没在意戈剑身体的变化。不一会儿，戈剑又恢复了正常。可是，他的视力却不正常了。

戈剑使劲揉了揉眼睛。

这绝对不是幻觉。

他竟能看到空气中各种各样的有害物质，那些可怕的化学成分和病菌在空气中游动着，被人吸进去又吐出来。

这太可怕了。

他屏住呼吸。

但没多久他就憋不住了，他干脆闭上了双眼。

他怎么能看见那些只有在显微镜底下才能见到的东西呢？这太奇怪了。难道他的第三只眼显现出来了？难道人真的有第三只眼吗？

戈剑正想入非非，杨兰的车子停住了。杨兰对儿子说："到了，下车吧。"

戈剑睁开了眼。

在医院的走廊里，戈剑看到许多病菌在空气中飞舞，在和药物争斗。那些消毒水分离出来的离子吞吃着病菌，病菌有的在抗争，有的匆匆逃亡。

在杨兰挂号时，有一团病菌朝她的脸贴了上去。戈剑大叫一声："妈，注意！"

杨兰回过脸来看着戈剑惊恐的眼睛："怎么啦？"

戈剑走过去用手帕擦杨兰的脸。

杨兰说："儿子，没有汗哪，你擦什么？"

"细菌。"戈剑说。

"傻儿子，谁的脸上没有细菌呢。快走吧，去看医生。"杨兰毫不在乎地说。

戈剑知道，这不是幻觉，这是千真万确的，他的双眼能看到常人看不到的东西了，但他无法解释这种情况。

杨兰把儿子领进了一间诊室。

戈剑坐在医生面前。

医生是个瘦高个子，他问戈剑："姓名？年龄？"

杨兰把戈剑的姓名和年龄报给了他。

医生"哦"了一声，抬起头审视戈剑。

戈剑幽蓝的双眼发出一种奇妙的光芒，医生全身颤抖了一下。

医生定了定神，问道："哪里不舒服？"

戈剑没说话。

杨兰就替儿子说："他头痛，吃不下饭。"

"哦。"医生看了看戈剑，"伸出舌头来！"

戈剑伸出了舌头。

医生又拿了个体温计，放在戈剑的腋窝里。

戈剑觉得自己根本就没有病。他突然想起了普罗阿修和黑骏马，问题就出在普罗阿修和黑骏马上，也许他们能替他解开这个谜。

医生从戈剑的腋窝里拿出温度计看了看，没说什么。他又拿起听诊器听戈剑的心肺，一切未见异常。

他不敢和戈剑对视。他做完一套程序之后，便对杨兰说："去做个脑电图，再拍个脑部的片子吧！"

杨兰就带戈剑去做脑电图和拍片。

"做脑电图干吗？妈，回家吧，我没有病，真的没有病。"戈剑说。

杨兰有点儿生气："这么大的人了，也不知道爱护自己的身体！小病不治容易得大病，身体是本钱，没有一个健康的体魄，你有再大的抱负也实现不了。”

戈剑不言语了。在妈妈面前，他是个听话的孩子，他没有理由顶撞妈妈，因为她完美无缺。在戈剑心目中，杨兰是世界上最优秀的母亲。

来到脑电图室，做脑电图的那个医生满脸严肃。

看着他古板的样子，戈剑想笑，他觉得这个医生的脸就像一块石头，冷冰冰的毫无表情。他想，这个医生或许从小就缺乏母爱，而且没有朋友。古板的医生在做脑电图时，惊呆了。他看到那机器突然冒起了烟，像短路一样噼里啪啦一阵乱响。机器顿时失灵了。

戈剑感觉不对劲，他只是想了一下“短路”，机器就烧了。

医生张大了嘴巴。

戈剑站起来就往门外走，他不能再在这里待下去了，他要回家。

那医生马上喊戈剑：“你回来——”

他要戈剑给他做证明，证明机器是在工作中烧坏的，不然他负不起责任。

戈剑头也不回，他来到门外，拉起在那里等待的母亲就走。杨兰不知发生了什么事。那古板的医生还在后面追。

杨兰问戈剑：“剑儿，发生了什么事？”

戈剑说：“妈，快走，回去再告诉您。”

杨兰只好和戈剑跑出了医院的大门。杨兰开着车朝家里疾驰而去。

古板的医生赶到门口，目瞪口呆地看着戈剑母子俩离去，不知所措。

有人问他：“柯医生，发生什么事了？”

他气喘吁吁地说：“那孩子带电。”

“什么？”那人问道。

“我说，我说那个孩子身上带着可怕的电流。”柯医生上气不接下气地说。

那人怪怪地看着柯医生，摇了摇头："神经病。"

柯医生冲着那人的背影大吼道："你他妈的才是神经病！"

5

戈剑坐在妈妈面前，脸色绯红。

他说："妈妈，您信不信我可以看到您的内脏？"

杨兰迷惘地看着戈剑，她不相信戈剑所说的一切都是真的，这太离奇了。杨兰发现儿子变得幽蓝的双眼迸射出迷幻的光泽，她无言以对。

"真的，妈妈。我看到做脑电图的那个医生的胃里长了一个瘤子，瘤子里有许多活的癌细胞在蠕动。"

"那你为什么不告诉他？"杨兰睁大了眼睛。

"我怕，我真的害怕，我从来没有这么害怕，我看见的东西太恐怖了，我发现我们这个城市已经无法住人了。"戈剑的眼中流露出从来没有过的悲哀。

"剑儿，你说得太严重了，其实没有这么可怕，你看我们不是好好的吗？"杨兰碰到这样的事，也有点儿束手无策了。

"不，妈妈，这个城市的污染很严重，许多人身上都带有病毒，有的人已经患了很严重的病，但他们还蒙在鼓里。"戈剑振作了点儿。

"剑儿，那你说该怎么办？"

"我不知道。"

"能否去告诉市长？"

戈剑摇了摇头。

市长又能干什么呢？他不能改变这个局面，他只能看着鲜花在污浊的空气中凋谢却无能为力。前人在大力发展工业的过程中留下了许多问题，尽管市长经常在电视讲话中激昂地说要保护环境，为子孙后代造福，但日益飞速发展的工业没有高科技的环保设备相匹配，很难解决污染问题。

人生活在污浊的空气中，生活质量大打折扣，许多人体的奇怪顽疾都和污染有关。

戈剑否决了母亲的提议。

杨兰想,这绝对不是一个小问题,可我们这些大人们有谁认真去对待过这个问题呢?现在,16 岁的儿子已经把这个问题面对面地提出来了,而且触目惊心。杨兰心里难过极了。

就在这时,马佩佩和铁蛋、王翔他们来了。

他们一进门,就乐呵呵地谈着回家后发生在自己身上的事情。他们喜气洋洋地说他们成了名人了,谁都夸他们有出息,居然消灭了那怪物,解开了莲花洞之谜。

铁蛋得意地说:"戈剑,你猜,我爸给了我什么奖品?"

戈剑笑了笑,没有心情去猜,相反,他开始注意铁蛋他们的眼睛。戈剑发现他们的眼睛都很正常,没有什么异样。

"告诉你吧,我爸奖了我 1 万块钱。"铁蛋兴高采烈地说。

"钱,钱,你爸就知道钱!"戈剑没好气地说。

铁蛋很委屈,他不知道戈剑哪来的火。

铁蛋说:"钱有什么不好,可以办很多事呢。我可以把这 1 万块钱捐给残疾人基金会,你想想,1 万块钱可以帮助残疾人做多少事。"

戈剑没说话。

马佩佩发现了异常。

她惊叫起来:"剑哥哥,你的眼睛——"

铁蛋呆了:"你的眼睛怎么变色了?"

王翔若有所思地说:"怎么和普罗阿修的眼睛一样了。"

杨兰看着这群可爱的孩子,不知说什么好。她心潮翻滚,她必须要把孩子们心中的秘密公之于世,让全社会都来爱护自己的"母亲"——地球,让全社会都来关心关系到人类存亡的自然环境。许多环境保护专家已经忧心忡忡了,但保护环境并不只是那些专家们的事,而是全社会的事。如果每个人都投入保护自然环境的行列,那么,这个城市就可以拔开"云雾"见青天了。

戈剑苦恼极了。

他和马佩佩他们说了回家之后自己身体的变化后,马佩佩他们也惊讶极了,他们都不像戈剑这样,他们怀疑戈剑中邪了。

马佩佩眨巴着眼睛,回想着这段日子里发生的每一件事,每一个细节。

握手?

“对了,是握手!”马佩佩跳了起来,“剑哥哥和普罗阿修握过手。”

戈剑突然想起了那次握手。

普罗阿修伸出了一只手,她向戈剑伸出了一只手。戈剑也笑着伸出了一只手,他想,普罗星人表示友好的方式原来也是握手。他们的手紧紧地握在一起。一股电流传遍了戈剑的全身,他全身颤抖起来,顿时觉得灼热难忍。他的手仿佛不是握着普罗阿修的柔软的手,而是握着一块电烙铁,烧红的电烙铁。他想把手收回,但他没有这个能力……普罗阿修松了手,微笑着看着他。他顿时感觉到神清目爽。哇,这外星女孩真是不一样,握手还放电。戈剑也冲普罗阿修笑了……

对,也许问题就出在那次神奇的握手上。

戈剑突然感觉到普罗阿修的微笑中包含着什么秘密。她从来没有和人类握过手,只和他戈剑握过。这里面肯定有问题。

他想马上去问普罗阿修,可普罗阿修和黑骏马此刻在哪里?

杨兰看着从迷惘中清醒过来的儿子,心里流过一股清泉。

6

戈剑不知道普罗阿修为什么要和他握手。是表示友好,还是有别的内容?戈剑期望着普罗阿修的到来,他要问个明白。

戈剑站在黄浦江边,心潮起伏。

黄浦江的水散发出一种腥臭味儿,浑浊的水面上漂浮着各种各样的垃圾。其实,黄浦江的水已经成了这个曾经美丽繁华的都市的一大发展障碍了。

这条江曾经是上海人的骄傲,而如今,它已经腐臭了。风景秀丽的外滩也已经失去了它的光芒。人们多么希望外滩能重现一百多年前的美丽和繁华呀,可如今,它已经无人光顾了!

戈剑看着这条浑浊的腐臭的江,一阵心酸。

他有些不忍心。

黄浦江,是上海人的母亲河。

母亲在呻吟,上海人能不心痛吗?

戈剑看着江上的那些白色船只,感慨万分。

那些白色船只是专门净化江水用的。每天,工人们从白色船只上往江里倒下许多白色的粉末来净化江水。可一点作用也没有。多少年了,人们为了净化受污染的江河花费了多少心血啊!地球人是善良的,是向往美好生活的。

黄浦江里寻找不到一尾游鱼了。

戈剑的目光在江里搜寻。

他看到的是许多毒菌在繁殖,看到的是氤氲的毒气在江面上缕缕上升。

泪水涌出了戈剑的双眼。

他流的是绿色的泪水。

泪水掉进了江里。

奇怪。

这绿色的泪水一落到江里,江水就清洁了一小片。

但紧接着,那一小片清洁的江水又被脏水污染了。

戈剑发现他的泪水竟能净化江水。

可他有多少泪水呢?

这茫茫的江面,要用多少泪水才能清洁干净呢?

戈剑无能为力。

他又想到了普罗阿修和黑骏马。

他们没有离开地球吧?

普罗阿修,你在哪里?

黑骏马,你在哪里?

这时,马佩佩站在了戈剑身后。

戈剑抹了抹眼睛,一转身发现了马佩佩。

“剑哥哥,你怎么哭了?”马佩佩忧伤地问道,“又在想普罗阿修和黑骏马吗?”

戈剑不知怎么回答她。

马佩佩看着戈剑,两眼充满了深情。戈剑觉得马佩佩不像从前了,她好像长大了不少。但戈剑不喜欢马佩佩老像个尾巴一样跟着他。他有自己的事要做,一个女孩儿老跟在自己身后,总是有些不妥的。戈剑的情绪一下子变了。

戈剑瞪了马佩佩一眼:“佩佩,你回家去吧,铁蛋和王翔都在家做暑假作业呢,你怎么不回家做作业?”

“我做完了。”马佩佩用手玩着那条长辫子。

“骗人!”戈剑的声音大了起来。

“干吗凶巴巴的?”马佩佩赌气地说,“人家关心你嘛!”

戈剑觉得奇怪:“不在家做作业,跑到黄浦江边来关心我,你疯啦!我又不是小孩子,需要你关心吗?你还是省点心,好好关心关心你自己吧,不要到时候作业没做完被老师训得哭鼻子。”

马佩佩委屈极了,戈剑怎么变得不讲理了?简直是好心当作驴肝肺!马佩佩嘟着小嘴,转过了身。

戈剑看着马佩佩的背影,觉得自己说话过分了点儿,马上说:“好了好了,别耍小姐脾气啦,快回去做作业吧,我没事儿的。”

马佩佩的泪珠子在眼眶里转。

她心想:你心中只有普罗阿修和黑骏马,就是没有我马佩佩,哼,有什么了不起的!但她不敢说出来,她知道戈剑的脾气,他要一发火不理她了,她可就惨啰。

戈剑口袋里的无线电话机突然响了起来。马佩佩转过了身,看着戈剑。

“喂,我是戈剑。”

“戈剑,我是铁蛋。你赶快到我家里来,有特殊情况。”

“什么特殊情况?”

“你赶快来,来了你就知道了。”

“好吧,我马上来。”

戈剑收起无线电话,对马佩佩说:“快走,还愣着干什么!”

7

铁蛋发现了普罗阿修和黑骏马。

是在电视的新闻上。铁蛋把那段电视新闻给录下来了。接着,他马上联络了戈剑、王翔、马佩佩来看。

普罗阿修和黑骏马怎么会出现在电视新闻上呢?

普罗阿修和黑骏马确实出现在电视新闻上了。这是怪事,摄像师怎么能拍到普罗阿修和黑骏马的图像呢?

不管戈剑信不信,他真实地在电视上看到了普罗阿修和黑骏马。

情况是这样的。

因为山洪暴发,福建的汀江河水狂涨,超过了历史上的最高水位。汀江像一匹脱缰的野马,横冲直撞;又像一个疯狂的醉汉,不停地摔打着两岸的村庄。

一条一条河堤被冲垮了。

一个一个村庄被淹没了。

山洪来得突然,暴雨还在倾泻着。

许多村庄里的百姓来不及逃往高处,就被汹涌的洪水围困住,冲进了江河里。洪水无情,百姓根本就无法自救。每年,两岸的河堤都要加高加固,但治标不治本,严重的水土流失使河床越来越高,甚至高出了村庄,洪水一来,人们便束手无策了。

阴风在怒号。

暴雨在狂叫。

洪水在村庄里肆虐。

汀江两岸的农田被冲毁了。

江面上漂浮着连根拔起的大树，还有牲畜和人的尸体。

汀江沿岸各县纷纷告急。

政府派出大量的人员，甚至派遣部队冲向灾区。

远水解不了近渴。

村庄里的人们都爬上了屋顶，爬上了高高的树顶，等待救援的人。

各种动物也爬上了树顶，在洪水淹没不到的地方惊慌地望着泛滥的洪水。可怜的蛇被洪水冲卷着，在波峰浪谷间挣扎。还有牛羊，也在挣扎。不会凫水的猪被冲进了洪水中，顷刻没了性命。

普罗阿修看到了这人间的惨景。

她从来没见过洪水泛滥的情景。在普罗星上没有洪水，因为普罗星人爱护森林，普罗星上没有水土流失，普罗星的水流平静而鲜活。纵然是狂风暴雨，普罗星上也不会发洪水，普罗星人很重视江河的分流。

黑骏马大叫一声“不好”。

汹涌浑黄的水一股一股地聚集在汀江中，汀江窄而浅的河道承受不了了。河堤被冲垮，村庄也在一霎间被洪水淹没。

普罗阿修的双眼发出幽蓝的光芒。

“抢救地球人！”

普罗阿修果断地说。

黑骏马也附和道：“抢救地球人。”

于是，普罗阿修和黑骏马朝汀江飞去。

汀江两岸受灾的村庄上空，一匹神奇的马驮着一个天使般的姑娘出现了。神奇的黑骏马掠过屋顶，掠过水面……凡是它掠过的地方，所有的人都触电般颤抖了一下，然后身体高高地升起，飘移到山上。那些濒临绝境的动物也高高升起，飘移到安全地带。

在高处的电视记者录下了这一幕。

这简直是神仙下凡。

许多人在欢呼，许多人在祈祷。

黑骏马在和暴怒的洪水抢时间。它赶在了洪水的前头。

黑骏马看到一座山挡住了洪水，水必须绕过这座山才能冲向下游开阔的江面。

只有打通这座山，让洪水直泻而下，才能解救汀江上游两岸的村庄和人民。

“怎么办？”普罗阿修问黑骏马。

“打通它！”黑骏马果断地说。

“可是，凭我们两人现在的能量要打通这座高耸的荒山太难啦！”普罗阿修说。

是的，他们在地球上的这段时间，已经消耗了大量的能量。

虽然说天上电闪雷鸣，但他们没时间去吸收雷电，救地球人要紧！

怎么办？

黑骏马突然说：“飞碟。”

“对，飞碟可以帮我们。”普罗阿修笑了。

普罗阿修站在那座挡住江流的山对面的一个小山头上，高举起双手，她的指尖向天空发射出了信号。

她闭上双眼，喃喃自语着。

她知道，她带来的普罗阿修号飞碟现在正从罗布泊上面的太空中朝她的方向快速地飞过来。

普罗阿修号飞碟从罗布泊上空的普罗星观察站飞抵汀江上空，只需数秒钟的时间。

汀江两岸的人们听到了巨大的轰鸣声。

紧接着，他们看到天空中出现了一片耀眼的橘红色的光。

普罗阿修的头顶出现了万道金光。

黑骏马的头顶也出现了万道金光。

顿时，那团橘红色的光咆哮起来，在那雷电闪烁的天空中咆哮起来。四周的闪电所迸射出的电光纷纷射向那团橘红色的光。

假如闪电是一根根巨针的话，那么那团橘红色的光便是一个巨大的磁铁，磁铁把那一根根针吸到自己的身上。

普罗阿修的眼中也迸射出了橘红色的光芒。她头顶的金光和天空中的那团橘红色的光连接起来。她站立在山头上，大喊了一声，眼中的光芒便射向那座荒山。

黑骏马头顶的光也和天空中的光连接起来，它眼中的光芒也射向那座荒山。

这是奇异的情景。

有幸目睹到这奇异情景的人们眼中闪烁着奇异的光彩，他们忘了自己正处在洪水的威胁之中。那个电视记者拍摄下了这动人的图像。他万万没有想到，他的这次实地采访会让他变成知名记者。

飞碟吸收了闪电的能量。

飞碟又把闪电的能量输送到普罗阿修和黑骏马的身上。

普罗阿修和黑骏马浑身充满了神奇的力量。

当普罗阿修和黑骏马眼中迸发出的光芒射到那座山上时——

那座山颤抖了。

那座山在颤抖中爆炸了。

爆炸声传得老远。

人们看到爆炸后出现了一团团橘红色的烈焰。没有碎石的迸射，那座山似乎在顷刻间灰飞烟灭了。

洪水顿时直泻而下。

人们一片欢呼。

在人们的欢呼声中，普罗阿修和黑骏马的身体在飞升，一直升到那橘红色的光芒中，然后消失了。

巨大的轰鸣声消失了。

天空中还在下着雨。

炸开这座山，起到了泄洪的作用，上游村庄里的水顿时退下去了。

电视报道了这神奇的景象。

那神奇的人和马来自何方，谁也不知道。

只有戈剑他们知道。

戈剑能解开这个谜。

他的文章会解开这个谜。

戈剑看完了铁蛋录下的电视新闻，心里激动万分。

他想，普罗阿修是好样的。

黑骏马也是好样的。

他突然想见他们。

8

戈剑彻夜难眠。

他想了很多很多。他睡不着，起身来到了阳台上。他心里默念道："普罗神兽——普罗神兽——普罗神兽——普罗神兽——"

紧接着，他浑身一颤，有电流通过全身。

他听到了黑骏马的声音："戈剑，发生了什么事？"

戈剑心中说："快来吧，我十分想念你和普罗阿修，你们没有危险吧？"

黑骏马说："我们也想念你，可是现在我们有事情要做，不能前去。不过，我们会尽快赶去的。我们没有危险，只是地球上的空气越来越让我们感到不适应了，我们的能量消耗得太快，无法补充。我们在地球上停留的时间不会太久了。"

戈剑心里像有种什么东西堵着。

这时，戈剑的父亲出现了。戈克问儿子："剑儿，怎么还不睡？你在和谁讲话？"

戈剑说："我一点睡意都没有，我没有和谁说话呀。"

"我看到你的嘴巴在动，好像在说什么。"戈克走上前，搂住儿子的肩膀。儿子碰到外星人的事让他担忧。

儿子什么都能看见，好像这个世界在儿子眼中是透明的了，并且，他可以一连几天不吃不喝,他的手碰到什么电器,什么电器就要坏掉。他不敢碰任何电器了,连台灯都不敢碰,一碰到台灯,整个电线就要短路。这样下去绝对不行。

儿子走在街上,所有的人都躲着他。

这事儿已经惊动了政府机关和许多科研部门。但谁也解不开他身上的谜。

许多报纸都报道了他身上发生的奇异现象。儿子明显地消瘦了,他显得心事重重。这可怎么办?

戈剑在父亲戈克眼里已经不正常了。

他是不是成了外星人的试验品?

戈克夫妇都很恐惧。

现在,每天都有许多人登门造访戈剑。但戈剑极不情愿见他们。

这些人之所以来拜访戈剑,还要从那位做脑电图的医生说起。

戈剑的母亲杨兰打电话告诉那位医生他胃里面有肿瘤时,他还不相信,但经过"CT"检查之后,戈剑的话得到了证实。他吓坏了。好在及时被发现,不然,一到晚期,后果就不堪设想了。癌症只要发现得早,是可以救治的。在2060年的今天,癌症并不可怕,但如果到了晚期,就不容易治疗了。这是人类心中的一道阴影。

戈剑能给人透视的消息传出去后,先是戈剑的亲戚们来了。

他们一个一个鱼儿般游进戈剑的家里,要戈剑给他们透视,看有没有病。戈剑无奈,只好一个一个地给他们看。看了后没有问题的,一个个兴高采烈地走了。个别有问题的,又哭哭啼啼,神情沮丧,弄得戈剑一家挺难过的。

紧接着,戈剑父母亲的同事、朋友也来了……

戈剑的父母亲也唉声叹气起来。

但他们没有责怪戈剑,反而为戈剑担惊受怕。因为戈剑每天看完那么多人之后,都会感到眼前发黑。戈剑不知道,他身体的能量在渐渐地消耗。他不像普罗阿修,能用闪电和飞碟上储存的能量补充自己。

看着儿子憔悴的样子，戈克不上班了。他一天到晚站在家门口为儿子挡驾，说儿子病了，不能看病了。马佩佩他们也很着急，他们在戈剑的家门口，和戈克一起为戈剑挡驾。

每次戈剑给人看完病，都会对他们说："现在的疾病大都是由污染引起的，请爱护自然吧！"人们总是神情庄重地点点头。

那天，一辆黑色的新型红旗轿车停在了戈剑家的门口。戈克知道，坐这种车的人是有来头的，因为只有市里的领导才坐这种车。

果然，从红旗轿车里走下了和蔼可亲的市长。他身后跟着两个人，一个是科学院的院长，一个是著名的医学家。戈克见市长来了，不知怎么办才好。挡驾吧，不太礼貌；让他进去吧，儿子又不知怎么办才好。他有点局促地站在那里，只是笑。

"你就是小探险家戈剑的父亲戈克?"市长微笑着问戈克。

戈克想，市长的忘性真大。上次在美术馆举办的"生命与自然"大型影展，就是市长亲自剪的彩，他还和戈克谈了好大一会呢！

戈克说："市长，您忘了'生命与自然'的那次摄影展了?"

"哦，你瞧我的记性，我真是糊涂了。你看你看，你就是我们市的那位大摄影家戈克嘛！"市长忙打着哈哈。

"我们今天来，是想看看小探险家戈剑。我在电视上知道了他的事迹，今天，我想和他聊聊。"市长对戈克说。

这是没有办法的事，戈克只好请贵客进了家门。

那天，市长和戈剑谈了整整一个下午。反正，当市长从戈剑家出来时，他的神情特别严肃，仿佛发生了什么重大的事情。

需要说明的是，市长没有让戈剑透视他的身体，但他的身体被戈剑看得一清二楚。戈剑看清了，他的心是红的。和广大爱护地球母亲的人一样，市长的心是红的。

对于这一点，戈剑心里有种说不出的欣喜。

9

普罗阿修和黑骏马是在一个深夜到达上海市的。

城市的街道静悄悄的。偶尔有汽车穿过街道,随后又恢复了寂静。当然,这种寂静和莲花山自然保护区比起来,就差远了。

“地球人建这么多高楼干什么?”普罗阿修不解。

黑骏马说:“地球人越来越多了,挤得空间越来越小。”

普罗阿修摇了摇头,似乎在表示遗憾。

普罗阿修看着高楼大厦,若有所思。

黑骏马突然说:“注意,公主,有拿着武器的人过来了。”

“什么,武器?”普罗阿修朝街那边望了过去。

黑骏马说:“有 5 个人,都带着钢铁制造的武器。”

普罗阿修点了点头。

她心里马上警觉起来。临行前,父亲曾告诉她,一定要注意地球人的武器,那是残害生命的东西。一旦被地球人的武器击中,生还的希望很小。但普罗阿修知道,只要她保持高度警惕,地球人的武器就没法伤害到她。

普罗阿修警觉地看着那几个带着武器的地球人朝她走过来。

黑骏马也警觉起来。

黑骏马说:“要不要让他们看到我们?”

普罗阿修微笑着说:“看到也无妨。”

走过来的那几个人是这个大都市的夜间巡逻警察。他们全副武装,佩戴着微型冲锋枪,挺威风的样子。

“喂,胖子黄,下班后干什么?”

“睡觉呗!”

“就知道睡觉。”

“胖子黄回家睡觉,咱们干吗去?”

“我那儿子一天到晚被外星人弄得神兮兮的,都走火入魔了,我要回家看看这小子睡了没有。”

“真有外星人吗?”

“我看不一定,这年头,什么怪事都有。”

“我看真有,电视上都播了,那么神奇的事我们地球人能干得出来?况且,人家戈剑那小子还亲眼见过呢!你没看《新科学探索报》上他写的文章?这外星人不是我们太阳系的呢。我要能一睹那外星女孩的芳容就好啦。”

巡警们边说边朝普罗阿修和黑骏马走过去。

就在他们走到离普罗阿修只有10米远的时候,他们全身电击一样颤抖了一下。胖子黄说了声怪话。他最先看到了普罗阿修和那匹黑骏马。

普罗阿修和黑骏马就站在昏黄的路灯下。

胖子黄失声叫道:“外星人!”

他们职业本能地端起了微型冲锋枪。他们没想到说曹操曹操就到,刚才还在议论外星人,现在电视上的那个外星人和那匹带翅膀的外星马就出现在他们面前了。

“哇——”

一个警察叫了一声。

“注意,千万别开枪,外星人不好惹。”其中一个巡警叫道。

他们都愣在那里,不知所措。

普罗阿修微笑着看着他们说:“你们为何手执杀人的武器?”

胖子黄说:“我们的武器是用来对付坏人的,不是对付你的。你是地球的客人。”

“坏人?”在普罗阿修的脑海里找不到这个词。普罗星上的人都和睦相处,哪来的坏人?

“是的,是用来对付坏人的。”胖子黄又说。

“不,武器不好。”普罗阿修说。

接着,普罗阿修和黑骏马的眼变成了橘红色。

“瞧他们的眼睛!”其中一人惊恐地叫道。

他还没说完,那橘红色的光就射到他们的微型冲锋枪上来了。那几支冲锋枪面条般软了下来,紧接着化成了钢水,一点一滴地落到街上的水泥地面上。

看着手中的枪熔化掉,巡警们惊呆了。

普罗阿修和黑骏马收回了橘红色的光。

普罗阿修的眼睛恢复了幽蓝。她的脸还是微笑着:“给你们一个教训,不要使用武器。”

黑骏马突然仰起头,长嘶了一声。

普罗阿修脸上的笑容也凝固了。

她叫了声:“不好!”然后骑上黑骏马,飞掠而去。

那几个巡警惊呆了。

胖子黄最先清醒过来:“赶快报告总部!”

领头的巡警马上拿起对讲机:“总部总部,我们发现外星人,我们发现外星人!”

10

黑骏马驮着普罗阿修朝动物园飞去!

他们为什么要飞往动物园呢?

因为他们的大脑得到了一个至关重要的信息:“动物园里有只孔雀要死去。”

普罗阿修的眼中积满了绿色的泪水。

动物园里,一片寂静。

孔雀园里,几只孔雀哀伤地看着它们的一个即将死去的同伴。

生命是宝贵的,每一个生命的消失都是无奈的,人珍视生命,动物也一样珍视生命。

那只得病的孔雀被同伴们围拢着。

它好像在对同伴们说:“我不行了,但我要最后开一次屏,最后向这美好人间展示一下自己美丽的风采。”

同伴们无言地望着这只马上要开屏的孔雀。

普罗阿修和黑骏马赶到了。

黑骏马站在孔雀园的门外,像一个忠实的保镖在保护着普罗阿修。

普罗阿修抱起了那只孔雀。

她用手抚摸着孔雀的羽毛,两眼发出幽蓝的光泽,似乎在说:“孔雀,别怕,你不会死的,你会活得好好的。”

孔雀好像也在说:“看到您,我很高兴,您是天上下凡的仙女,要把我带到天堂那个圣洁的世界里去跳舞吧?”

普罗阿修的到来,使孔雀们的眼中流露出了欣喜,那些琥珀般的眼睛跃动着希望的火花。

普罗阿修看了看天上那层云雾,它遮住了月亮和星星。普罗阿修心里觉得很沉闷,她知道那不是自然的云雾,那是地球上的灰尘、有害气体等凝成的云雾。在这种环境下,鸟儿是无法健康生存的。

黑骏马也看着那层黑雾。

普罗阿修对黑骏马说:“普罗神兽,你带孔雀们离开这里吧!”

黑骏马说:“好的,公主。”

普罗阿修对孔雀们说:“去吧,到一个极乐的世界去吧!在那里,你们的疾病会消失,你们的身心会健康,你们的眸子会变得明亮;在那里,你们可以欢乐地歌唱,你们可以愉快地跳舞,你们不用担心新鲜的空气会变质,你们不用担心会被关在铁笼子里,你们可以自由自在地飞翔。”

孔雀们琥珀般的双眼似乎湿润了。普罗阿修的话语感动了这些美丽善良的孔雀。

黑骏马说:“公主,那您怎么办?”

普罗阿修微笑着说:“我不会出事的,你走之后我就去找戈剑。”

黑骏马一听说戈剑,它的心就放下来了,它不能让普罗阿修独自留在这个城市里,它担心危险出现在普罗阿修的面前。

黑骏马的眼中发出了幽蓝的光芒。

它朝西北方向飞去。

那些孔雀跟在黑骏马的身后飞去，好像有一朵橘红色的祥云在托着它们飞翔。

普罗阿修目送它们远去，脸上又露出了动人的微笑。

普罗阿修在动物园里走动起来。

她来到关着猎豹的铁笼子前，看着呼呼沉睡的几只猎豹。

她不明白地球人为什么要把动物关起来，这是一种残暴的表现，动物应该在大自然中自由自在地生活。

普罗阿修不明白地球人为什么要把动物关在这狭小的空间里。

从动物们的眼神中可以看出，它们是无奈的。人类利用各种手段把它们抓来，放在动物园里，这是在侵犯动物的权利。

普罗阿修觉得地球人这样做十分不妥。

普罗阿修微微一笑。

她心中有了主意。

11

戈剑在这个晚上变得奄奄一息了。

他的脸上毫无血色，幽蓝的双眼变得浅蓝，看什么东西都模糊一片。他躺在床上，呈昏迷状，口里在说着胡话："普罗阿修……黑色闪电……普罗阿修……黑色闪电，不要，不要让火星鼠在地球上复活……不要，不要给火星鼠提供生存的空间……千万不要，普罗阿修……黑色闪电，我要，我要保护地球……"

他太累了。

这几日，他消耗了太多的能量。

他无法补充能量。

他只有倒下了。

戈克看着儿子，不知所措。要是能用自己的生命救活儿子，他肯定会毫不犹豫地放弃自己的生命。儿子是他的希望，他不希望儿子未成年就夭折。

医院的医生们对戈剑一筹莫展。

这是个奇怪的男孩。

杨兰的眼中含着泪水,她希望儿子只是得了一场伤风感冒,在第二天早晨又活蹦乱跳起来。她相信儿子会醒来,他是个勇敢的孩子。

马佩佩的眼中也含着热泪,他心目中的英雄和偶像剑哥哥怎么啦?她突然有点恨普罗阿修,要不是那个标新立异的外星女孩,她的剑哥哥绝对不会这样子的。她还恨那些让戈剑看病的人,是他们消耗了剑哥哥的能量。剑哥哥,你醒来吧!马佩佩的心在祈祷。

铁蛋焦虑地坐在那里,一言不发。

王翔在劝杨兰,让她不要着急。

铁蛋突然自言自语:“要是普罗阿修来就好了。”

“对,普罗阿修在就好了。”马佩佩心里虽然恨普罗阿修,但还是盼望她的到来,她要是来了,戈剑就有救了。

解铃还需系铃人。

他们都盼望着普罗阿修的到来。她一定会来的,因为黑骏马答应过戈剑,他们回普罗星之前,一定会来和戈剑告别。

马佩佩走到阳台上,看着那深邃的夜空,双手合十,两眼紧闭,喃喃自语。她在祈祷,祈祷普罗阿修的到来。

这时,戈剑家的电话铃响了起来。

戈克拿起了电话。

他听到了市长的声音:“喂,是戈克吧?”

戈克说:“是的,市长,您有何事?”

“戈剑在吗?”市长的声音似乎很着急。

“在,请问发生了什么事?”戈克问道。这么晚了市长来电话,肯定有急事。

“你让戈剑,不,你马上送戈剑到市政府来,我们有重要的事情请他帮助解决。”市长说。他的口气像是在对部下下命令,“请立即赶来。”

“市长，不行。”戈克说。

“为什么？”市长低沉的声音让人感到可怕的事情正在发生。

“戈剑昏迷不醒。”戈克说。

“这——”

市长的声音里充满了无奈。戈克听到对方把电话挂了。戈克心里突然闪过一个念头，他吩咐杨兰和铁蛋他们看着戈剑，自己拿起照相机，开车往市政府奔去。

最先发现那些猛兽出现在城市大街上的是一位出租车司机。这位出租车司机把一个客人送往火车站之后就开车回自己家。在经过动物园时，他看到前面的街上走来了一群动物。

为首的是一头凶猛的豹子。

后面跟着狼、巨蟒、大象等动物。

司机吓坏了。

他“嘎”地停住了车。

他的车一停住，那头凶猛的豹子便低吼一声扑了过来。

豹子跳上了他的汽车。隔着挡风玻璃，豹子向他张开血盆大口，大声吼叫着。

豹子用舌头舔着挡风玻璃。

出租车司机吓坏了，他赶紧拨打了报警电话。

事态严重了。

动物园里的猛兽都被人放出来了，随时都有可能伤害市民的人身安全。市长在他的办公室下达指令：“马上通报全市，加以高度重视，严防外星人和野兽的袭击。”

电台、电视台马上发出紧急通告。

当戈克赶到市政府时，市长正要驱车前往出事地点——出租车被猛兽围攻的地方。市长看到了戈克，便神色严峻地对戈克说：“上车吧，一块走。”

警车呼啸着奔向出事地点。

市长来到出事地点之后下了车，他在几名警察的保护下走上前去。

他看到的是这样的情景：豹子在车头上舔挡风玻璃，狼蹲在车门边吐着舌头，巨蟒盘在车顶上，大象在用长长的鼻子钩后备厢盖……市长惊呆了，那么多动物围着出租车，像是在向人类示威。出租车里的那名司机早就吓晕过去了。

警察们荷枪实弹，向动物们瞄准。

那些动物好像对大批赶来的警察和发出怪响的警车无动于衷。

市长下令："千万不要开枪，谁伤害一只动物就拿谁问罪。"

他问道："动物园的负责人来了没有？"

没有人回答。

不一会儿，警察局局长凑上前说："市长先生，动物园里的人全像中了邪似的昏迷不醒，正在医院抢救。"

市长无言了。

这是一个十分棘手的问题。怎么可能呢？这些动物一股脑儿地跑出来，究竟发生了什么事？但他必须采取措施，因为出租车里还有一个人的生命需要抢救。今夜，怎么会发生这么多咄咄怪事呢？刚接到警察局的电话，说巡警的枪全被外星人化成了钢水，紧接着动物园又出了乱子。唉，这外星来的女孩怎么搞的，她是不是要对地球人进行攻击呢？

市长望着灰蒙蒙的夜空，心想：外星人，我们是否可以面对面谈谈？

但必须先解决眼前的问题。

市长突然想到了一个办法，何不调机器人前来把这些动物弄回动物园关起来？

对了，就这样办。市长命令警察局局长："快把机器人别动队调来！"

警察局局长马上说了声："是！"

机器人别动队是国家给警察机构设置的一支机器人队伍，是专门在紧急情况下使用的。

很快，机器人被几辆大卡车拉了过来。

机器人一下车，马上接受了指令：逮住那些动物，送回动物园。

机器人一个个英勇无比地朝那辆出租车包围过去。

机器人的出现，使在场的所有人略松了一口气。他们知道，这些经过特别设计和训练的机器人对付这些动物是不成问题的，它们既可以使动物们不受伤，又可以使动物们乖乖就范。

戈克在抓拍镜头，许多电视台、电台、报刊的记者们也蜂拥而至。

一个机器人走到汽车的前面，伸出两条力大无比的胳膊，抱起了那只豹子。那只豹子本能地咬住了机器人的胳膊，但无济于事，机器人似乎没有疼痛感，手一点也没松。它抱着豹子往动物园走去。

一个机器人一手抓起了那只蹲在车门边的狼，另一只手又抓起了另一只狼，然后朝动物园走去。

一个机器人面对那条巨大的蟒蛇，眼都没眨一下，它把蟒蛇像弄面条一样盘在自己的身上，朝动物园走去。

就在这时，所有在场的人浑身电击般颤抖了一下，他们看到了普罗阿修。这神秘的外星女孩出现在了众人的面前。

人群一阵骚乱。

市长拿着话筒，对大家说："大家不要乱，千万不要乱。警察们听着，千万不要开枪，千万不要伤害外星人，一切听我的指挥。"

普罗阿修看着这一切，心中充满了愤怒：地球人怎么可以这样对待同样拥有在地球上生存的权利的动物呢？

她的目光变成了橘红色。

警察胖子黄大叫："注意，她的目光变啦！"

警察们举起了枪，但没有命令他们是绝对不能开枪的。

普罗阿修的目光射到了机器人身上。

机器人纷纷倒下。

普罗阿修的目光把机器人身上的蓄电池吸干了。机器人没有了电，身上的电脑指挥系统便失灵了，顿时变成了一堆破铜烂铁。

动物们纷纷聚拢到普罗阿修的周围。

市长简直惊呆了,那些凶猛的动物在外星女孩面前全都变成了乖乖的绵羊,难道外星女孩是主管动物的仙女,她身上有地球人所没有的魔力?

市长不知道,普罗阿修懂得各种动物的语言,她会向各种动物传递它们可以接收到的信息。她爱动物,动物自然也爱她。

普罗阿修和地球人对峙着。

戈克呆了。

儿子是对的,儿子说得没错。儿子的确做了一件别人做不到的事。戈克没有看到那匹黑骏马,黑骏马呢?

普罗阿修又看到了枪。

她的目光投射到一个警察的枪上,那支钢枪顿时化成了水。警察吓坏了。警察局局长对市长说:“下令吧!”

市长沉着地说:“不!”

戈克这时大叫了一声:“普罗阿修,住手!”

普罗阿修一怔,他怎么知道自己的名字?她收回了厉害无比的目光。她的眼睛像是涌过了一层潮水,又变得幽蓝了。

儿子的眼睛像她的眼睛一样幽蓝。戈克又说:“普罗阿修,我是戈剑的父亲。戈剑你知道吗?他是我的儿子。”

普罗阿修明白了。她放松了戒备,她的脸上露出了微笑。

市长心里还捏着一把汗。

“戈剑怎么啦?”普罗阿修问道。

“他昏迷不醒。”戈克心痛地说。

“啊——”普罗阿修的脸色微微变了一下。她好像想起了什么。她突然往戈剑家的方向狂奔而去。她奔跑的姿态优美动人,她奔跑的速度快得惊人,连警车都追不上。

市长吩咐一部分人留在这里善后,然后不由分说把戈克拉上了车。车子朝戈剑家疾驰而去。

普罗阿修在奔跑的过程中只有一个念头，那就是赶快给戈剑这个善良而勇敢的地球少年一个吻。

普罗阿修之吻。

就让我变成一匹黑骏马吧！

1

普罗阿修在这大都市深夜的长街上奔跑着。她听见一个地球少年“咚咚”的心跳声，那心跳声由强变弱。她知道戈剑危在旦夕。她没想到地球人的体质这么差，她差点害了他。她原本是想帮助戈剑的，想让他成为地球超人，可她错了，她那个星球上的人的办法在地球人身上行不通。她忽略了一个问题，地球人血管里流的是鲜红的血，而普罗星人血管里流的是绿色的血，她不可能改变戈剑的血的颜色。

令她感动的是戈剑面对王小宝时的那种宁愿牺牲自己来换取别人幸福的神态。她不会忘记戈剑那句让她的心颤抖的话：“如果能让小宝复明，我宁愿献出自己的双眼。”

往往只是那么一句话，一个行动，就能深深打动人心。普罗星人也不例外。普罗阿修觉得当初黑骏马没有看错人，它在罗布泊救了戈剑，这举动是对的。不然，戈剑到了普罗阿修号飞碟上，他的身体会溶化的。地球上的科学家鲁贝特，就是被飞碟吸进去之后溶化了。地球人的身体质地和普罗星人不一样，地球人受不了普罗星飞碟上的高温和热能。

普罗阿修在疾走。

她的大脑能够感应出戈剑所在的确切位置，她准确地找到了戈剑的家。

她出现在戈剑的面前。

杨兰看见了这个不速之客,这不就是外星来的女孩普罗阿修吗?她的心情怪异极了,她简直不敢相信自己的眼睛,这奇迹出现得让她不知所措。

马佩佩高兴地跳了起来:“普罗阿修,你可来了!”

铁蛋兴奋地说:“我说过的嘛,普罗阿修肯定会来的,这不就来了。太好了!”

王翔含着热泪对戈剑说:“戈剑,你睁开眼,看看谁来了。你有救了,戈剑!”

戈剑静静地躺在床上,紧闭着双眼,神情安详而又憔悴。

普罗阿修流下了绿色的泪水。绿色的泪水落到戈剑刚毅的脸上,溅起了绿色的小花朵。

普罗阿修俯下身子,在戈剑的额上吻着。

马佩佩大声说:“普罗阿修,你快救剑哥哥呀,你干吗吻他?”

普罗阿修没有理会马佩佩,继续吻着。

那是一个长吻。

杨兰什么话也没说。她在等待奇迹的出现。她相信普罗阿修的这个长吻对戈剑而言有着重大的意义。

铁蛋马上制止马佩佩:“你急啥呢,普罗阿修说不定是在救戈剑呢!”

“嘘——”

王翔把食指放在唇边,示意他们别作声。他已经被普罗阿修庄严肃穆的神情感染了,他的心在“怦怦”跳着,期待着戈剑的醒来。

2

戈剑感觉到自己渐渐浮出水面。

浑浊的水渐渐离他而去,他呼吸到了清新的带着朝露和野花香味的空气,他感觉到自己在上升,上升到一片圣洁的空中。他听见清脆的鸟鸣破空而来,他看到鸟的洁白纯净的羽毛在蔚蓝如洗的天空中纷纷飘落。他在飞升,有一朵圣洁的绿云在托着他飞升。他觉得自己的五脏六腑中的浊气被一个巨大的海绵吸去了。有一股让他精神抖擞的电流传遍他的全身……

他醒了。

他看到了普罗阿修的脸和那双幽蓝的眼睛,他看到了母亲杨兰期盼的目光,他看到了小伙伴们欣喜的容颜,他一下子坐了起来。

普罗阿修笑了。

她再也不敢和地球人握手了。

“我饿——”戈剑说。

他的确饿坏了。他好像经历了一次艰辛的长途跋涉。杨兰给他拿来了许多食物,他大口大口地吞咽着。

马佩佩笑着说:“剑哥哥,你好像是个饿死鬼。”

“对,我就是个饿死鬼!”戈剑朝马佩佩做了个鬼脸。

大伙笑了起来。

这时,他们听到了警车的警报声。

杨兰从窗口探出头,大吃一惊,她发现警察把她的家包围了。

这是怎么回事?

她心惊肉跳起来。

“我毁坏了那些杀人的武器。”普罗阿修平静地说。

“什么,你毁坏了警察叔叔的枪?”马佩佩大惊失色。

普罗阿修点了点头:“那些武器不好,它们对人的威胁很大,应该销毁的。”

戈剑在思索着,普罗阿修做得对不对呢?

这时,戈剑看到父亲走进来,他喊了声:“爸爸——”

戈克看到戈剑一副容光焕发的样子,又看了看一旁的普罗阿修,他迷惘了。

“市长在下面。”戈克对戈剑说。

“市长?”戈剑睁大了眼睛。

“是的，他在下面，是他制止了警察朝普罗阿修开枪。”戈克说。

“哦——”戈剑若有所思，“我要见市长。”

戈剑出了家门。

市长看到了他：“你不是——”

“是普罗阿修救了我。”戈剑说，“市长伯伯，谢谢您没让警察朝她开枪。”

“普罗阿修救了你？”市长的眼中闪烁着光泽。

“是的。”戈剑神情严肃，“她是友好的，为何如临大敌？”

市长说：“我们怕出事。”

“如果普罗阿修要和地球人为敌，我们是无法抵抗的。”戈剑沉着地说。

“能否让我和这个外星女孩谈谈？”市长询问，“如果能的话，最好不过了。我们需要相互了解和沟通。”

戈剑点了点头。

黑骏马突然从天而降。

它看到这紧张的阵势，大吃一惊，忙问戈剑：“普罗公主呢？出了什么事？”

戈剑看到黑骏马，高兴极了，他上前搂着它的脖子，说：“没事儿的，没事儿的。”

市长见此情景，马上吩咐警察局局长：“你们撤吧！”

“那您——”警察局局长有所顾虑。

市长说：“这还用担心吗？”

警察局长命令：“撤——”

可飞翔的马让警察们呆若木鸡。

3

谁也不知道市长先生和外星女孩谈了些什么。反正，他们谈得挺投机，仿佛是忘年之交。这是戈剑意料之外的。假如警察朝普罗阿修开火,或许事情就不是这样的了。

普罗阿修终于说:“我要走了,要离开地球回普罗星去了。”

戈剑恋恋不舍。

普罗阿修把戈剑当成了朋友:“按我们普罗星上的规矩,临别前一定要为朋友做一件事。你可以向我提出一个要求,无论什么样的要求,我都会尽力办到的。”

黑骏马也说:“你也可以向我提一个要求,我也会尽力办到的。”

戈剑心潮起伏。

马佩佩说:“剑哥哥,你就要她把空调衣留给你吧!”

戈剑瞪了马佩佩一眼,马佩佩吐了吐舌头,不敢再说什么了。

戈剑在沉思。

他舍不得他们离去,但他们必须回去,地球不是他们的家园,普罗星才是他们的家园。谁都离不开自己美丽的家园。可这一别,意味着什么呢?

这美丽而善良的外星女孩。

4

现在,普罗阿修才透露了来造访地球的真正目的。

她和黑骏马来到地球,是为了鸟,就是那拥有迷人羽翅,能在天空中飞翔的鸟类。

在普罗星上,鸟类是普罗星人的神灵,传说中普罗星人是鸟进化而来的。鸟是神圣不可侵犯的。在普罗星上,人可以为鸟而亡,但鸟儿不允许有悲伤,不允许遭到屠杀,不允许被囚禁。

当造访地球的飞碟给普罗星的国王带回去一份有关鸟的报告之后,普罗阿修和黑骏马就被派往地球拯救鸟类了。那份报告上详细说明了地球上鸟类的情况:地球上的鸟类虽说受到了地球人的保护,严禁被猎杀,但严重的污染已经使鸟儿丧失了美丽的家园,许多鸟儿已经死亡或濒临死亡,活着的鸟儿除了一小部分之外,大部分都得了各种各样的病，病毒正在它们的体内扩散……

普罗阿修和黑骏马来到了地球，他们四处奔忙，拯救鸟类。他们给鸟类治病，用身体散发出的能量为鸟儿消毒，把鸟儿送到飞碟上进行治疗。奇怪的是，地球上的鸟儿进入普罗星人的飞碟后安然无恙，而地球人却不能。鸟儿和普罗星人有内在的关联。

如今，地球上的鸟儿的病基本治好了，普罗阿修和黑骏马也要回到普罗星上去了。但是，普罗阿修不忍心让鸟儿留在地球上，她害怕她心爱的鸟儿再得病，再濒临绝境，她害怕火星鼠会在地球重现，危害那些他们奉若神灵的鸟儿。这该怎么办？

普罗阿修已经采取了行动——掠夺鸟类。

她要把地球上的鸟全都带到普罗星上去。

这对于她而言是一个善举，可在地球上的许多地方，人们产生了恐慌。

电视新闻上近来频频出现这样的报道：某某地方，当人们在清晨中醒来时，发现小鸟的歌唱声没有了。有人去调查，发现该地区的鸟已经绝迹。

比如说莲花山保护区。

当森林警署的警察们在某个清晨醒来之后，发现飞鸟已经绝迹了，他们把这个情况和莲花洞的怪鼠联系在了一起。

如果地球上没有了飞翔的鸟儿，那么，这是多么令人沮丧的事儿。

普罗阿修没有想到这一点。

所以，当她把这个秘密告诉给地球少年戈剑时，戈剑一时不知说什么好。这是多么残酷的事儿呀！

普罗阿修还告诉了他黑骏马会说话的秘密。

其实，只要人掌握了动物的语言，是可以和动物进行交谈的。你可以通过动物的声音、动作、目光来了解动物所要表达的东西。同样，你也可以用声音、动作、目光告诉动物你所要表达的东西。信息交流沟通之后，你就会感悟到生命与生命的相互理解，相互交融。那么，你就会对动物产生爱心,你和任何动物,除了拥有丑恶灵魂的老鼠,都可以达到生命的共鸣,从而相互尊重。普罗星人充分认识到了这一点。

他们研制了一种可以将马的语言翻译成普罗星人语言的电脑芯片,并把它植入马的大脑。信息通过马的大脑的中枢神经传输到马的声带上,马便会说话了。

黑骏马脑里所植入的芯片和其他简单的语言翻译器不一样,因为这是一匹奇异的马,普罗星人要让它像人一样思维,像人一样可以吸收雷电和其他东西所发出的能量,同时也可以释放出能量保护自己。所以,普罗星人给它植入了和普罗阿修脑里一样的芯片。普罗星人把黑骏马人化了。

普罗阿修脑里的这块芯片是普罗星人高科技的结晶。普罗星人一生下来就会被人在脑中植入一块芯片。这块芯片让普罗星人无所不能。

这太神奇了。

假如那芯片植入地球人的大脑会怎么样?

谁也无法回答这个问题。

5

戈剑只有一个要求。这个要求让普罗阿修惊讶极了。

黑骏马似乎早就料到戈剑会提这个要求,它的眼中出现一种神秘的色泽。

戈剑说:“请不要把鸟儿带走,地球人也需要鸟类的存在。没有鸟类,地球会失衡的。”

普罗阿修注视着戈剑。

她从戈剑真诚的目光中读懂了什么。

她点了点头。

她下了多大的决心呢?谁也无法知道。如果普罗阿修要带走地球上的鸟儿,谁也阻止不了她。这是千真万确的。

为此,普罗阿修要付出代价。

6

这应该是崭新的一天。

这个城市崭新的一天。

在这个清晨里,市长做了一件古怪的事,他竟然让天文台宣布该市上空在今天中午 12 点整会出现日全食,日全食的时间长达一个小时。市长是不是疯了?

戈剑他们知道,市长没有疯。

昨晚被外星人困扰了一夜的市民们今天又有了新的话题,那就是日全食。这个日全食只有在上海才能看到。

市长先生还做了一件令人吃惊的事,他竟然下令解散动物园。

这天上午,他上班的第一件事就是来到了机场。机场上,两架大型运输机停放在那里整装待飞。市长看到十几辆大型客车载着许多动物来到了机场。

他要把这些动物送回森林、草原、湖泊、海洋、江河中去。

这些动物有豹子、大象、蟒蛇、鳄鱼等等数十种,而且许多都是珍稀的物种。

记者采访市长:“为什么要这样做?”

市长激动地说:“为了地球,为了下一代。”

记者又问:“回归大自然后,这些动物有没有危险?动物园可以提供更好的保护措施。”

市长说:“不,我觉得应该让它们回归自然,在大自然中,它们更安全。另外,我们不是有许多动物保护和研究机构吗?他们会尽到责任的。”

记者继续问:“这样做会不会引起广大市民的愤怒?他们失去了一个很好的假日游玩场所。”

市长说:“没有比让这些生命恢复自由更重要的了。假如动物把我们人类囚禁在森林里观赏,你会怎么想?我想广大的市民会理解的。”

“但愿如此。”记者说。

戈剑没想到普罗阿修和黑骏马会做出如此惊天动地的事来，为了地球人，也或许是为了将要留下来的鸟类。

这天中午12时许。

天空中一个巨大的球状物体遮住了刚刚突破云雾露出笑脸的太阳。天空一片漆黑。

人们在一阵电击过后昏昏睡去。

谁都想看到这一幕，可谁也没看到，包括戈剑。

黑暗的天空中，露出一点橘红色的亮光。

那亮光渐渐地扩大。

亮光变成了一个橘红色的洞。有种奇异的香味飘散开去。

普罗阿修站在这座城市的最高处——摩天大楼的楼顶。她双手举向天空，喃喃地说着什么。

黑骏马神色庄重地看着那个橘红色的大洞，心里说：“这有没有效呢？”

原来，昨晚，普罗阿修通过飞碟把信息传回了普罗星。她要求父亲把普罗星上专门消除污染和消化垃圾的卫星弄到地球上空来，她要把地球上空的那些雾吸收掉，也要把地球上的垃圾吸收消化掉，让地球人和地球上的鸟类有个清洁的环境。

橘红色的洞中出现了强烈的光。

那强烈的光射到地球的表面上，迅速扩散。那些光照在地球上的一堆堆人类制造出来的无法处理的垃圾山上。

那些垃圾山像在焚烧。

但看不到火苗。

垃圾山渐渐地变成了橘红色的光，一缕缕地飘向天空中的那个大洞，从洞中钻了进去。空气中飘浮着的许多有毒的气体也变成了橘红色的光，飘向天空中的那个大洞。

那些积聚在大气层上的黑雾也变成一缕缕橘红色的光，飘进了天空中的那个大洞。

洞口渐渐收缩。

橘红色的洞变成了一个橘红色的亮点，然后渐渐消失。天空又回归于黑暗。

普罗阿修惊喜地说："成功啦！"

黑骏马没有感到惊喜，它发现了另一个问题，也是一个十分严重的问题。

普罗阿修也发现了这个问题。

普罗星人制造出来的清洁卫星无法净化地球上被污染的水，原因是地球和普罗星不一样。

水不净化，地球人的生命还会受到伤害。

那些飞翔的鸟也同样还会受到伤害。

这怎么办？

她不可能反悔，不能把鸟儿带走，她答应过戈剑的。普罗星人是说话算数的。普罗星人是讲信用的。

水不是不可以净化。

他们必须用普罗星上最原始的办法来解决这个问题。

但这需要付出生命的代价。也就是说，普罗阿修和黑骏马必须牺牲一个。

普罗星人净化水的最古老的办法就是用自己的绿血来净化。但地球上的水源污染面积太大了，靠几毫升绿血是无法达到目的的，这该怎么办？

普罗阿修说："让我来吧！"

黑骏马的眼中闪烁着绿色的光芒："不，让我来，公主！"

普罗阿修说："不行，还是我来吧，我要与鸟儿同在！"

黑骏马哭了。它的声音在颤抖："公主，你应该活着，你活着比我活着更有用。普罗星上的骏马多的是，但公主你只有一个，你是普罗星的骄傲。"

普罗阿修流下了绿色的泪水。

黑骏马说完，就朝臭气熏天的黄浦江飞过去。

它的头猛地撞在黄浦江边的铁栏杆上。

黑骏马脑中流出了绿色的鲜血。

它的鲜血如一条清亮的小溪，汩汩地流进了黄浦江。

黑骏马的鲜血流经的地方，水变得清洁了。

黑骏马的绿血迅速地渗透了整个江水。渗透了海。渗透了地球上有水的地方。地球上的水都是相通的。

黑骏马的血流干了。

普罗阿修含着泪水看着黑骏马渐渐干涸的躯体在变得无比清新和芳香了的空气中渐渐溶化，最后变成一缕绿色的轻烟，向遥远的太空飘去。

普罗阿修听到一个声音在说："公主，你会永远记住我吗？"

7

"日全食"消失了。

人们从昏睡中清醒过来。

人们吐出了一口浑浊的气流，吸进去清新无比的空气，神清气爽。

这世界变了吗？

戈剑从昏睡中清醒过来。

他也呼吸到了清新无比的空气，这种感觉在梦中有过。他来到阳台上，看到阳台上花瓶里的鲜花开放了，那绿叶没了往昔的黯淡，那花瓣多么的鲜艳哪！

天空中万里无云。

谁给了他们一个晴空？

他惊喜极了。

他想起了普罗阿修和黑骏马。

他突然看到天空中一群洁白的鸽子在飞翔，鸽哨声悠远辽阔而亲切。他从没有见过这种情景。他看到城市的屋顶发出晶亮的光泽，好像被清洁剂洗过一样，但清洁剂洗的没有这么自然和亮丽。

他看到城市街道两旁的绿树重新萌发了鹅黄的鲜嫩的芽。他看到了欢呼的人群久别重逢般如花的笑脸。

戈克走出了家门。

戈剑的父亲戈克要去拍摄新生活最美的画面。

小鸟在城市的屋顶上欢唱，在城市焕发新绿的树上歌唱。

早已消失了的鸥鸟又回到黄浦江的上空。

黄浦江，黄浦江怎么也变了样？

那清澈的水，那绿色的清波，那清甜的水味……

这世界怎么说变就变了？

是普罗阿修！

是黑骏马！

戈剑在呼唤。

8

普罗阿修神色凄迷地站在戈剑面前。

这不是他刚认识时的普罗阿修，那神气活现、高傲不羁的普罗阿修。

她怎么啦？

戈剑有太多的话要对她说。

可他知道，她要走了。

突然，他感觉到缺少了什么。对，黑骏马呢？那匹神奇的黑骏马呢？戈剑的目光在普罗阿修的前后左右搜寻着，还是没有发现黑骏马。

“黑骏马呢？普罗神兽呢？”戈剑焦急地问。

普罗阿修没有正面回答他，她给他讲了一个故事。

她说，从前，普罗星上有个勇敢的男人，在一次长途旅行中到达了一个地方。那个地方的水源被魔鬼的毒液污染了。他奋力将魔鬼消灭之后,就在那条被污染的河流面前哭泣。他哭这条河,他想用自己的泪水洗清这条河,因为他没有保住这条河的清洁。这时,鸟神对他说,只要你使用自己的绿血,就能使这条河恢复从前的样子。这个英雄的眼中幻化出了河流清澈的样子,他看到了鱼儿欢畅地游动的情景,他便义无反顾地割断了自己的血管。他的绿血渗透进河流,河流变得清澈了。

戈剑听完这个故事,眼睛湿润了。

他为什么不能用自己的鲜血净化黄浦江呢?

在很久很久以前,黄浦江也是清澈的吧,那么后来它怎么变得浑浊腐臭了呢?

是魔鬼的毒液污染了黄浦江吗?

不是,是地球人本身。是地球人心中的魔鬼。

戈剑心痛了。

马佩佩不知从哪儿采来了一束鲜花。

她把鲜花递给了普罗阿修。

普罗阿修接过鲜花,脸上露出凄艳的笑容。她把鲜花扔进了黄浦江里。黄浦江顿时充满了鲜花的芬芳。

铁蛋问普罗阿修:“你还会来吗?”

普罗阿修没有回答铁蛋。

或许会来,或许永远不会来了。

王翔什么也没说,他只是注视着普罗阿修,他心里说:漂亮的外星女孩,你能给我一个吻吗?

戈克夫妇来了。

戈克对普罗阿修说:“能否和这些地球的孩子们合个影?”

普罗阿修点了点头。

于是,普罗阿修、戈剑、铁蛋、王翔、马佩佩合了一个影。

令他们无比遗憾的是,没有了黑骏马。

或许,黑骏马正在遥远的天空中注视着他们,祝福着他们呢!因为,美丽的灵魂是不会死的。

9

美丽的灵魂是不会死的。

黑骏马的灵魂在超越太空。

黑骏马的灵魂抵达了那个巨大而又漫长的黑洞。黑骏马的灵魂在穿越那个黑洞。黑骏马的灵魂到达了那个天堂般圣洁的星球。它是普罗神兽,普罗星的君主和人民用最隆重的仪式迎接黑骏马灵魂的回归。

所有的普罗星人举起双手,口里喃喃地祈祷着什么。他们知道,黑骏马是他们的骄傲,是宇宙间的英雄。

黑骏马的灵魂在没有坟茔的草原上留下了鲜活的脚印,它那神奇的翅膀在迷幻的太空中留下了永久的影像。

美丽的灵魂不会死。

普罗阿修号飞碟飞临上海的上空。

那巨大的轰鸣声。

那橘红色的光。

那神奇的巨大的飞碟短暂停留之后就要带着普罗阿修走了。

普罗阿修吹起了神奇的口哨声,顿时,地球上的鸟儿从四面八方聚拢过来。

举头观望的上海人从没有见过这么多的鸟儿,有孔雀、有猫头鹰、有苍鹰、有岩鹰、有海鸥,有各种各样的拥有美丽羽毛的小鸟,这些都是地球的小鸟。地球人呀,你们应该爱它们,它们会给你们丰厚的回报,它们会给你们欢乐,会让你们美梦成真。

普罗阿修在跳最后的舞蹈。

她在徐徐升空中与群鸟共舞。

她的舞姿美得令人心醉。

那些鸟儿对普罗阿修有无限的依恋。

是呀,能不依恋嘛!

普罗阿修流着绿色的泪水,她不会带这些鸟儿走,她只希望地球人不要重演火星人的悲剧，给鸟儿一个鲜活的空间，也给自己一个鲜活的空间。

普罗阿修的身体消失在橘红色的光里。

人们听到一声钢铁碰撞的巨响，那团橘红色的光消失了。

飞碟朝罗布泊方向飞去。罗布泊是地球的一个极点，从这个极点飞抵黑洞是最快捷的路径。

马佩佩看到普罗阿修消失了，顿时失声痛哭。

铁蛋也忍不住泪流满面。

王翔默念道，外星的女孩，你何时再来？

戈剑冲着西北方向的天空大声喊：“普罗阿修，就让我变成一匹黑骏马吧……”

他的声音，如一道黑色的闪电，穿越时空而去。

图书在版编目(CIP)数据

野河滩/李西闽著. —济南:山东大学出版社,2015.8
ISBN 978-7-5607-5338-6

Ⅰ.①野…
Ⅱ.①李…
Ⅲ.①中篇小说－小说集－中国－当代
Ⅳ.①I247.5

中国版本图书馆 CIP 数据核字(2015)第 197806 号

策划编辑:张申华
责任编辑:王立强
装帧设计:牛　钧
排版制作:任　艳

出版发行:山东大学出版社
社　　址:山东省济南市山大南路 20 号
邮　　编:250100
电　　话:市场部(0531)88364466
经　　销:山东省新华书店
印　　刷:东港股份有限公司
规　　格:880 毫米×1230 毫米　1/32
　　　　　12.125 印张　334 千字
版　　次:2015 年 8 月第 1 版
印　　次:2015 年 8 月第 1 次印刷
定　　价:28.00 元